Klaus-Peter Wolf · Traumfrau

Was fangen fünf Skatbrüder in einem deutschen Dorf mit ihrem gemeinsamen Lottogewinn an? Sie beschließen, sich eine asiatische Frau zu kaufen. Stumm soll sie sein und jedem Einzelnen die geheimsten Wünsche erfüllen. Aus den Stammtischphantasien wird Wirklichkeit, und das Drama beginnt.

Klaus-Peter Wolf ist für seine ungewöhnlichen Recherchen bekannt. Um zu ergründen, was in den Köpfen von Männern passiert, die sich über sogenannte „Ehevermittlungsinstitute" eine asiatische Frau kaufen, gründete Klaus-Peter Wolf die Firma „Hot pants" für Mädchen- und Frauenhandel (Steuernummer Finanzamt Hachenburg 18/079/0175/7). So getarnt hat er über zwei Jahre das „Milieu" durchforstet und beide Seiten des Marktes kennengelernt: die Käufer, die ihm ihre ansonsten verborgenen Motivationen enthüllten, und die Händler, die ihm ihre Geschäftspraktiken erläuterten. Herausgekommen ist ein spannender Roman über die Abgründe menschlichen Verhaltens.

**Klaus-Peter Wolf**, 1954 in Gelsenkirchen geboren, lebt heute in der ostfriesischen Stadt Norden. Seine Bücher und Filme wurden mit zahlreichen Preisen ausgezeichnet. Bislang sind seine Bücher in 26 Sprachen übersetzt und über fünfzehn Millionen Mal verkauft worden. Mehr als 60 seiner Drehbücher wurden verfilmt, darunter viele für »Tatort« und »Polizeiruf 110«.
Mehr über den Autor erfahren Sie auf der Website:
www.klauspeterwolf.de
Im Pendragon Verlag außerdem lieferbar:
„Samstags, wenn Krieg ist".

Klaus-Peter Wolf

# Traumfrau

Mit einem Nachwort
von Klaus-Peter Wolf

PENDRAGON

**Pendragon Verlag**
*gegründet 1981*
www.pendragon.de

3. Auflage

Originalausgabe
Veröffentlicht im Pendragon Verlag
Günther Butkus, Bielefeld 2011

Umschlag & Herstellung: Uta Zeißler, Bielefeld
Umschlagfoto: ullstein bild – Eckelt/CARO
Satz: Pendragon Verlag auf Macintosh
Gesetzt aus der Adobe Garamond
ISBN 978-3-86532-260-9
Gedruckt in Polen

# 1

Je mehr er über die Gewohnheiten und Lebensbedingungen der Schädlinge wusste, desto leichter fiel es ihm, sie wirkungsvoll zu bekämpfen. Da herumliegende Gartenabfälle den Insekten ideale Winterquartiere boten, kompostierte er im Herbst auch das letzte welke Blättchen. Er wollte es der feindlichen Insektenarmee von Anfang an so schwer wie möglich machen. Aber vor chemischer Kriegsführung schreckte er zurück. Er hatte Zeit genug, um Wollläuse, Schildläuse, Raupen, Schnecken aller Art und ähnliches Getier von den Pflanzen abzusammeln.

Im letzten Jahr hatte er strohgefüllte Blumentöpfe verkehrt herum an Stöcken neben seinen schönsten Pflanzen aufgestellt und die darin entstandenen Ohrenkneifernester verbrannt. Er war froh, dass ihn dabei niemand gesehen hatte. Er kam sich deswegen gemein vor. Auf eine merkwürdige Art hinterlistig. Seitdem versuchte er sich einzureden, dass Ohrenkneifer nicht nur Schaden an den Blüten anrichten, sondern auch irgendeine sinnvolle Aufgabe haben.

Schon vor dreißig Jahren, als er dieses Haus mit fünfzig Prozent Eigenleistung gebaut hatte, träumte er davon, sich im Garten einen eigenen Teich anzulegen. Doch damals war alles andere wichtiger gewesen: die Kinder, ein Auto, seine Ehrenämter in der Gemeinde, der Urlaub in Italien, die Krankheit der Frau. Doch was sollte ihn, den pensionierten Witwer, jetzt noch davon abhalten, sich seinen alten Wunsch zu erfüllen?

Die Befürchtungen der Nachbarn, es könne eine Mückenplage geben, bewahrheiteten sich nicht. Denn für seine Goldfische und Schleierschwänze waren Mückenlarven begehrte Leckerbissen.

Das Ausschachten und Wegkarren der Lehmerde war keine leichte Arbeit für einen Mann in seinem Alter. Den ganzen April über arbeitete er vier bis fünf Stunden täglich. Er nahm fünfzehn Kilo ab dabei. Dann lag endlich das große Loch wie ein weit geöffnetes Maul vor ihm und er senkte eine dreißig Quadratmeter große, schwarze Teichfolie darüber ab. Eine Tonne großer weißer Kiesel war angeliefert worden und versperrte einen Teil der Straße. Trotzdem half ihm niemand. Man schüttelte höchstens den Kopf über ihn.

Er vermischte gerade gute Erde mit Knochenmehl für Sumpf- und Wasserzonen, als sein Körper wie von einer Kugel getroffen zusammenzuckte. Die Schippe glitt ihm aus der Hand, und die Knie gaben nach. Dann saß er auf den Kieselsteinen und wusste, dass dies die erste Warnung war. Vielleicht hatte er noch zwei Jahre, vielleicht noch fünf oder zehn. Jedenfalls sagte ihm der krampfartige Schmerz in der Herzgegend, dass auch sein Leben endlich war.

Zwei Wochen später, in seinem Teich schwammen die ersten Fische, Froschbiss und Teichrosen gediehen prächtig, traf es ihn zum zweiten Mal. Er ging an der Ichte spazieren, verfolgt von einem zwitschernden Dompfaffe, der immer wieder das Quaken des Frosches übertönte, den Günther Ichtenhagen so gern für sein Feuchtbiotop gefangen hätte, als sein Herz zu zerreißen drohte. Diesmal war es schlimmer. Er befürchtete, den Heimweg nicht mehr alleine zu schaffen. Nur wenige Meter weiter wusste er eine Bank aus groben, unbearbeiteten Baumstämmen.

Aber er kam nicht bis dorthin. Die Beine gehorchten ihm nicht mehr, nur über seine Hände und Arme hatte er noch Kontrolle. Er scharrte Laub und Moos zusammen und formte es zu einer Art Kopfkissen. Er konnte es jetzt nicht ertragen, seinen Kopf auf den harten Boden zu legen. Zu Hause schlief er auf großen Daunenkissen. Er besaß keinen Hut, weil der Druck auf seinen Kopf dadurch unerträglich wurde. Selbst sein Lesebrillengestell bereitete ihm Schwierigkeiten. Er wollte den Kopf freihaben. Immer. Und wenn der Kopf mit anderen Gegenständen in Berührung kam, dann mussten sie weich und nachgiebig sein.

Nachdem er eine halbe Stunde oder länger so gelegen hatte,

gelang es ihm, sich aufzuraffen und langsam, mit zittrigen Beinen, bis nach Hause zu kommen.

Er kochte nicht für sich. Zwar war die Küche mit allem ausgestattet, doch seit dem Tod seiner Frau hatte er sie nur noch benutzt, um sich Kaffee aufzubrühen oder mal zwei Spiegeleier in die Pfanne zu hauen.

Er frühstückte immer ausgiebig. Vollkornbrot, Tomaten (am liebsten aus dem eigenen Garten), Käse, Margarine. Keine Butter. Mittags aß er fast nichts. Manchmal trank er eine Tasse Kaffee und stippte zwei, drei Kekse hinein. Aber das war selten. Dafür saß er jeden Abend Punkt neunzehn Uhr in der *Linde*. Dort gab es preiswerte, gute Hausmannskost: große Schnitzel und Koteletts aus eigener Schlachtung.

Bevor er in die *Linde* ging, trank er einen Aalborg Jubiläums Aquavit. Dort gab es den Schnaps auch, aber er trank ihn lieber zu Hause. Nicht dass er geizig gewesen wäre, nein, aufs Geld kam es ihm nicht an. Aber in der *Linde* servierten sie diesen Schnaps auf eine, wie er fand, ungebührliche Art und Weise in einem Pinnchen. Er trank ihn aus einem eisgekühlten, langstieligen Original Aalborg Glas. Solange sie sich in der *Linde* nicht daran gewöhnen konnten, den Aalborg stilecht zu servieren, würde er ihn eben zu Hause trinken.

Er war um neunzehn Uhr immer der Erste am Stammtisch. Knapp fünf Minuten nach seinem Eintreffen stand das Essen bereits dampfend vor ihm. Darauf war Verlass. Den Salat aß er immer zuletzt. Meist trudelten dann auch schon seine Skatbrüder ein.

Zuerst Hermann Segler, der sofort einen Schnaps brauchte, um zu vergessen, dass der von seiner Frau geführte Lebensmittelladen im Dorf nicht einmal genug für die Miete abwarf. Da ihnen aber das Haus gehörte, waren sie auf das Geld, das der Laden abwarf, nicht angewiesen. Wer einen Wagen besaß, kaufte billiger in der Kreisstadt ein und ging nur zu Seglers, wenn unerwarteter Besuch kam oder um die Kleinigkeiten einzukaufen, für die eine Fahrt in die Kreisstadt nicht lohnte. Für vierzig Brötchen fanden sie jeden Morgen Abnehmer. Im letzten Sommer, als ein Bautrupp die Straße im Dorf aufbaggerte, verkaufte Frau Segler sogar belegte Brötchen an die Bauarbeiter. Die Eistruhe wurde leer, und ein paar zusätzliche Kästen Bier gingen über die Ladentheke. Dieser kurze Aufschwung dauerte aber keine zehn Tage, dann zog der Bautrupp weiter.

Hermann Segler wusste nicht genau, warum seine Frau darauf bestand, den Laden weiterzuführen. Weil die autolosen Einwohner von Ichtenhagen darauf angewiesen waren? Weil eine Geschäftsaufgabe wie eine Niederlage für sie gewesen wäre? Oder einfach nur, weil sie Angst hatte, sich sonst zu Tode zu langweilen?

Er selbst hasste das Geschäft. Er arbeitete als Metzger in der Kreisstadt und verstand seinen Sohn nur zu gut, der kurz nach seinem achtzehnten Geburtstag das elterliche Haus in Richtung München verlassen hatte und jetzt nur noch zu Weihnachten und den Geburtstagen per Postkarte Lebenszeichen gab.

Für einen guten Skatspieler war Martin Schöller noch zu jung, fand Günther Ichtenhagen. Man konnte an seinem Gesicht ablesen, wie sein Blatt aussah. Seine Kommentare waren zu laut, seine Freude über einen eingeheimsten Stich zu prahlerisch, und er beging einen grundlegenden Fehler: Er steckte die Karten immer in der gleichen Reihenfolge. Von links nach rechts. Erst die Buben, dann alle anderen Trumpfe, ihrer Gewichtigkeit nach geordnet, schließlich die Farben. Wenn Martin Schöller einen Trumpf zog und abwarf, konnte Günther Ichtenhagen jedes Mal abzählen, wie viele Trümpfe er noch in der Hand hielt, und auch ziemlich genau voraussagen, wie hoch sie waren.

Günther Ichtenhagen verriet diese Beobachtung den anderen Skatbrüdern nie. Wahrscheinlich waren sie alle schon von selbst drauf gekommen und hielten ebenfalls den Mund. Dass gerade dieser junge Lümmel, den er früher selbst unterrichtet hatte, immer wieder durch seinen Ordnungsfimmel hereinfiel, amüsierte Günther Ichtenhagen. In der Schule war Martin Schöller ihm nur einmal wirklich aufgefallen. Er sah ihn noch heute vor sich stehen mit frechem Blick, höhnischem Lächeln um die Mundwinkel, mit herausfordernder Körperhaltung, als ginge er zum Duell und nicht zur Tafel. Die krummen und schiefen Striche wollte Günther Ichtenhagen nicht länger durchgehen lassen. Er wischte sie einfach aus und drückte Martin das große Holzlineal in die Hand.

„Was denkst du jetzt?", fauchte Günther Ichtenhagen seinen aufsässigen Schüler an. Er konnte diesen frechen Blick nicht einfach übergehen.

„Ich denke, dass Sie den Ordnungswahnvorstellungen eines preußischen Hauptfeldwebels erlegen sind."

Er hatte diesen Satz nie vergessen. Das hatte noch nie einer zu ihm gesagt und erst recht kein Schüler. Fast bewunderte er die Respektlosigkeit dieser Worte. Aus ihnen sprach eine Weitsicht, die Günther Ichtenhagen durchaus respektierte. Das Ablehnen eines übertriebenen Militarismus. Wie dümmlich waren dagegen die Schimpfworte der anderen Schüler.

Martin Schöller hatte seine Möglichkeiten nie voll ausgenutzt. Er wollte immer alles jetzt und sofort und bekam dann gar nichts, auch nicht auf lange Sicht. Er nannte sich gern Lastwagenfahrer, das klang so schön nach großer weiter Welt, doch seine Skatbrüder wussten, dass er nur Beifahrer gewesen war. Einmal für sechs Monate bei einer Spedition. Die Strecke Hamburg–Frankfurt kannte er seitdem auswendig. Sein Vetter im Nachbardorf hatte ihm angeboten, eine Lehre in seiner Tischlerei zu machen. Damals hatte er das lächelnd abgelehnt. Tischlerei! Du meine Güte! Er wollte sein Leben nicht zwischen Sägespänen verbringen!

Er war ein Abenteurer, der noch nichts erlebt hatte. Ein Held ohne Heldentaten. Ein Killer, der kein Blut sehen konnte, ein einsamer Frauenheld. Seit einem Jahr ging er regelmäßig ins Bodybuilding Center. Dreimal in der Woche. Er hatte Zeit. Wo andere einen Bierbauch bekamen, saß bei ihm eine bewegliche Panzerplatte.

Seine Oberarme hatten vier Zentimeter zugelegt. An die

Bizepsmaschine setzte er sich immer zuletzt, um seine Armmuskeln noch einmal so richtig aufzupumpen. Er machte geradezu erstaunliche Fortschritte und inzwischen hatte er sich vom Trainer auch überreden lassen, seine tägliche Eiweißration mit Schokoladengeschmack runterzuwürgen. Fünfundvierzig Mark für ein bisschen Eiweißpulver kam ihm reichlich viel vor, aber immerhin, sein Körper entwickelte sich großartig.

Die Vitamintabletten nahm er nicht mehr, sie waren ihm auf den Magen geschlagen.

„Wenn du jetzt am Ball bleibst, stehst du in zwei, drei Jahren auf der Posing Bühne", orakelte der Trainer, doch trotzdem verschrieb Martin Schöller sich dem Bodybuilding nicht mit Haut und Haaren. Er lebte nicht nur für diesen Sport, so wie einige andere aus dem Studio, die dafür aßen, tranken und schliefen. Es erweiterte seine Möglichkeiten, gab ihm Selbstbewusstsein und das Gefühl, den Hollywood-Helden näher zu kommen. Aber der Gedanke, seine Muskeln niemals wirklich gebrauchen zu können, deprimierte ihn. Er trainierte für einen Ernstfall, den es nicht mehr gab. Der starke Recke, der die Prinzessin vor dem übel riechenden Drachen rettete, gehörte der Vergangenheit an. Bestenfalls. Wahrscheinlich erzählten auch die Sagen nur davon, wie die Männer damals gerne gewesen wären. Und vielleicht waren sie damals schon genau solche Stubenhocker wie wir heute … Vielleicht würden in hundert Jahren die Menschen unsere Hollywood-Videos sehen und denken: Das waren noch Zeiten, als man Abenteuer erleben konnte, als dem Mutigen die Welt gehörte, als das Böse immer verlor. Was es den Guten einfach machte, mutig zu sein.

Martin Schöller hatte sich die eher dunklen Haare hellblond färben lassen, und seitdem ringelten sich auch Löckchen auf seinem Kopf. Günther Ichtenhagen fand das albern. Wenn man mit sechsundzwanzig Jahren gesund, zeugungsfähig, aber ohne Beruf und eigenes Einkommen in Ichtenhagen festsaß, hatte man keinen Grund, den Weltmann zu spielen. Mit Schulterpolstern, weiten Ärmeln und v-förmig geschnittenen Oberteilen versuchte Martin Schöller, die Formen seines muskulösen Oberkörpers zu unterstreichen. Schließlich konnte er nicht immer im Muskel-T-Shirt herumlaufen.

Für einen Samstagabend – zwanzig Uhr – war es merkwürdig leer in der *Linde*. Sogar zwei Skatspieler fehlten noch: Hans Wirbitzki und Wolfhardt Paul, von allen Wolfi genannt. Martin Schöller schob Günther Ichtenhagens Essgeschirr zur Seite, rieb sich die Hände und sagte: „Na, was ist – spielen wir schon mal einen?"

„Dir sitzt das Geld wohl zu locker", stichelte Hermann Segler.

„Bis zwölf Uhr hab ich euch alles abgenommen, was ihr in den Taschen habt, hahaha, und dann geh ich noch in den Club! Ich erzähl euch beim nächsten Mal, wie es war, hahaha."

„Aber vorher zahlst du deine Schulden in die Lottokasse!"

Hermann Segler blickte Martin Schöller zu ernst an, als dass dieser es für einen Scherz halten konnte, trotzdem witzelte Martin Schöller: „Nun hab dich mal nicht so! Wenn wir sechs Richtige im Lotto haben, zahlst du mir meinen Anteil aus und ich begleich davon sofort meine Lottoschulden. Ha! Ha! Ha!"

„Nee, nee, damit das gleich ganz klar ist. So läuft das nicht. Wer vor der Ziehung nicht bezahlt hat, nimmt auch nicht an der Ausschüttung teil."

Grinsend zog Martin Schöller sein Portemonnaie aus der Tasche und warf es auf den Tisch.

„Na, das wär ja wohl ein Witz. Da spiel ich jede Woche mit euch zusammen Lotto, und wenn ihr sechs Richtige habt, sagst du ätsch, Schöller, du hast aber vergessen zu bezahlen, hahaha. Juristisch gesehen geht das gar nicht. Wir sind nämlich eine Tippgemeinschaft. TG steht auf jedem Lottoschein. TG *Lindestammtisch*."

Hanne Wirbitzki brachte drei Bier und lästerte: „Man soll das Fell des Bären nicht verkaufen, bevor man ihn gefangen hat. An deiner Stelle würde ich jetzt gar nichts mehr bezahlen, Martin. Rechne mal aus, was du da im Laufe deines Lebens sparst, wenn du jede Woche den Einsatz zur Sparkasse bringst, statt ihn zu verspielen."

„Wo bleibt Hans eigentlich", fragte Günther Ichtenhagen nicht ohne Sorge in der Stimme. Wenn es Hans wirklich schlecht gegangen wäre, hätte Hanne sicherlich schon etwas gesagt, statt hier Witzchen zu machen; aber seit Günther Ichtenhagen seinen Körper und seine Gesundheit genauer beobachtete, machte er sich auch um andere Leute größere Sorgen.

Hans Wirbitzki war vor mehr als zehn Jahren nach Ichtenhagen gezogen. Jeder kannte seine Geschichte. Er kam aus dem Bergbau. Aus dem Ruhrgebiet. Die Zeche, in die er achtzehn Jahre lang, ohne ein Mal unpünktlich zu sein, eingefahren war, hatte dichtgemacht. Die billigen Wohnungen auf dem Land und der Sozialplan ermöglichten es Hans Wirbitzki und seiner Frau Hanne, nach Ichtenhagen zu ziehen.

Günther Ichtenhagen beneidete Hans Wirbitzki oft um seine fleißige, aktive Frau. Wochentags arbeitete sie in der Kreisstadt als Verkäuferin in einem Schuhgeschäft, abends besuchte sie die anderen Frauen im Dorf – sehr zum Leidwesen von deren Männern, denn sie war Avon-Beraterin und verließ kaum einen Haushalt ohne Seifen, Wässerchen und Pülverchen mitsamt einer gesalzenen Rechnung dazulassen.

Samstags und sonntags kellnerte sie in der *Linde*, und so waren die Wirbitzkis gemessen an ihrem Besitzstand in Ichtenhagen zwar Habenichtse, doch jeder erkannte den Fleiß der Frau an, die zusätzlich noch ihren ständig kränkelnden Ehemann versorgte.

Seit der Bergbaukrise arbeitete Hans Wirbitzki nicht mehr. Wenn er von seiner früheren Arbeit redete, dann mit den Worten: „Der Scheiß Pütt".

Der war überzeugt davon, seine Gesundheit unter Tage gelassen zu haben. Trotz der frischen Luft hier in Ichtenhagen war sein Gesicht grau. Seine Lunge rasselte bei jedem Atemzug. Er nannte es Steinstaub, und obwohl er Schleim aushustete, rauchte er abends beim Skat Zigarren. Sechziger Fehlfarben.

„Der guckt noch die Sportschau", beruhigte Hanne die Skatspieler.

„Schon vorbei", bemerkte Martin Schöller, der immer erst nach der Sportschau in die *Linde* kam.

Hanne Wirbitzki schien dadurch nicht im Geringsten beunruhigt, sie wischte sich die biernassen Finger an der Schürze ab und sagte gleichgültig: „Vielleicht ist er wieder vorm Fernseher eingeschlafen. Das passiert in letzter Zeit immer öfter."

Hermann Segler wollte noch etwas zu ihr sagen, aber aus der Küche rief man bereits wieder nach ihr.

„Hanne! Wo bleibst du denn? Der Salat wird welk!"

Mit diesem Standardwitz wurde sie samstags, wenn die Geschäfte gut gingen, mindestens zwanzigmal in die Küche zitiert.

Wolfhardt Paul stampfte herein, wie es sich für einen bodenständigen Landwirt gehörte. Er war immer noch stolz darauf, Bauer zu sein, obwohl er längst nicht mehr von der Landwirtschaft leben konnte. Aber er hatte nicht verkauft wie so viele andere. Er verpachtete seine Wiesen auch nicht, und er vermietete sie nicht als Campingplatz an Touristen. Das fehlende Kleingeld holte seine Frau bei der Bundespost herein. Sie betrieb die Ichtenhagener Poststation. Er fragte sich immer, wann man diese kleine Station schließen würde. An guten Tagen verkaufte sie zehn Briefmarken. An schlechten gar keine, und die schlechten Tage überwogen. Gäbe es nicht einige Zeitschriftenabonnements, bräuchte der Postbus ihr Dorf an manchen Tagen gar nicht anzufahren. Vorigen Winter, als der Schnee kniehoch lag und seine Frau mit einer bösen Grippe zu kämpfen hatte, ließ er sich von ihr breitschlagen und trug morgens im Dorf zwei Pakete aus. Seitdem fanden es einige Leute lustig, ihn „Herrn Oberamtmann" oder „unseren Postillion" zu nennen, was ihn fuchsteufelswild machen konnte.

Er war Bauer und kein Postbote!

Hermann Segler hob ab, und Martin Schöller gab. Drei, zwei, drei, zwei.

Günther Ichtenhagen fand das nicht korrekt. Er gab vier, drei, drei. Er fand, das gehöre sich so.

Dann sah er zu, wie Martin Schöller seine Karten auffächerte und zusammensteckte. Da er selbst den Kreuz-Buben hatte, gehörte nicht viel dazu zu ahnen, dass die drei Karten, die Martin Schöller so sorgfältig zu Anfang hintereinander hielt, Pik-, Herz- und Karo-Buben waren. Dazu kamen vier andere Trümpfe. Günther Ichtenhagen tippte auf Pik. Die restlichen drei Karten gehörten nicht zusammen, waren sozusagen Abfall. Bestimmt würde er die letzten zwei gegen den Skat austauschen, falls er ans Spiel kam.

Kaum hatte Günther Ichtenhagen achtzehn gesagt, maulten hinten bereits wieder die Fernsehgucker: „Nicht so laut!"

Er begriff nicht, warum diese Leute in die Kneipe gingen. Fernsehen konnten sie zu Hause billiger und bequemer. Ihn störte es nicht, wenn der Fernseher lief. Aber dass sie jetzt nur noch flüstern durften, damit die ihren Krimi verfolgen konnten, sah er überhaupt nicht ein. Wie jeden Samstag rief er auch jetzt zum Fernsehtisch: „Ihr kriegt noch einen viereckigen Kopf! Verlasst euch darauf!"

Die Fernsehgucker ließen sich dadurch natürlich nicht beeindrucken, sondern winkten nur gelangweilt ab.

Gegen einundzwanzig Uhr, Günther Ichtenhagen lag bereits mit zweihundertzehn Punkten vorn, betrat Hans Wirbitzki noch unausgeschlafen das Lokal, schielte kurz zu seiner Frau, nickte ansatzweise und setzte sich zu seinen Freunden. Hanne Wirbitzki bediente ihren Mann scheinbar wie alle anderen Gäste. Vielleicht musste man so viel Menschenkenntnis haben wie Günther Ichtenhagen, um zu sehen, dass sie das Bierglas vorwurfsvoll vor Hans Wirbitzki auf den Deckel setzte, und dass er mit einem gewissen triumphierenden Trotz trank.

Er hatte wie immer schwarze Ränder unter den Fingernägeln. Wenn er gab und aussetzte, spielte er mit dem Skat. Meist bog er die zwei Karten, bis sie fast knickten, zu einer Tüte und schälte sich mit dem spitzen Ende den Dreck unter den Fingernägeln weg. Günther Ichtenhagen fand das abstoßend. Es hatte deswegen schon mehrfach Streit gegeben. Wenn er seinen Skatbruder zurechtwies, führte er nur die Spielkarten ins Feld, die schließlich dabei beschädigt wurden. Seinen Ekel verschwieg er.

Martin Schöller nannte das: „Hans zinkt schon wieder die Karten."

Hans Wirbitzki zuckte dann jedes Mal zusammen, ließ die Karten auf den Tisch klatschen und versuchte, seine Hände zu verstecken. Im Laufe des Abends vergaß er den Zwischenfall aber und begann erneut mit dem Reinigen seiner Fingernägel. Dann benutzte er entweder Streichhölzer oder die Kanten von Bierdeckeln.

Punkt zweiundzwanzig Uhr kam die Ziehung der Lottozahlen. Jetzt rief Hermann Segler zu den Fernsehguckern: „Macht doch mal lauter!" Dabei drehte er sich nicht zum Apparat um, sondern sortierte weiter seine Karten. Er hatte ein Bombenblatt in der Hand.

Auch Wolfhardt Paul sah keinen Grund, das Spiel zu unterbrechen. Mindestens ein Kontra war bei seiner Karte drin. Günther Ichtenhagen glaubte ohnehin nicht an einen Lottogewinn. Er frotzelte nur mit Martin Schöller: „Na, hast du endlich bezahlt, mein Kleiner? Ich fürchte, sonst bist du gleich nicht bei den glücklichen Gewinnern."

Dann sah er wieder in seine Karten.

Hans Wirbitzki zog den Lottoschein aus der Tasche und ging zum Fernseher. Er musste sowieso aussetzen.

Wenn nicht so ein spannendes Grand Spiel gelaufen wäre, hätten sie vielleicht bemerkt, dass Hans Wirbitzki noch nervöser zu seiner Frau Hanne hinüberschielte als sonst. Der Lottoschein brannte fast in seinen Fingern. Er hatte Mühe, ihn festzuhalten und sich nichts anmerken zu lassen. Schon nachdem die dritte Kugel gefallen war, wusste er, dass sie drei Richtige hatten und spürte den heißen Hauch des Glücks. Auch die nächste Kugel würde eine ihrer Zahlen aufweisen. Er ahnte es. Und tatsächlich, da war sie!

Später schilderte er den anderen diese Situation immer wieder aufs Neue. Er wusste, dass die nächste Kugel für sie fallen würde! Und er fasste bereits den Entschluss, in der Kneipe kein Wort zu sagen.

Nicht weil er zu knauserig war, von dem Geld einen auszugeben, nein, er hatte Angst, sein Anteil würde gleich von seiner Frau übernommen, die damit sicherlich etwas sehr Vernünftiges anzufangen wusste, und genau das wollte er verhindern.

Das Wort zum Sonntag lief schon, als die anderen immer noch nichts von ihrem Gewinn ahnten.

Günther Ichtenhagen bekam die Punkte aufgeschrieben. Hans Wirbitzki trank sein Bierglas leer.

„Ich muss mal an die frische Luft."

„Ist dir schlecht? Soll ich mitkommen?"

„Wenn du willst."

Martin Schöller protestierte laut: „Hey, hey, hey, ihr könnt jetzt nicht abhauen! Wir sind mitten im Spiel! Was sind das denn für Sitten! Seit wann hören wir samstags schon um zehn Uhr auf?"

Hans Wirbitzki ging nicht nach draußen. Sondern zur Toilette; besorgt folgte Günther Ichtenhagen ihm.

Er hasste den beißenden Geruch von Chlor. Jedes Mal, wenn er diese Toilette betrat, wünschte er sich in seinen Garten an seinen Teich zurück. Er atmete flach und so wenig wie möglich.

„Was hast du? Ich mach mir Sorgen um dich. Dir geht's in letzter Zeit gar nicht gut, oder?"

„Du, Günther, wir – wir haben gewonnen."

„Du meinst, ich bin dabei zu gewinnen, beim Skat …"

Erst jetzt begriff er. „Du meinst …?"

„Klar", nickte Hans Wirbitzki, „im Lotto."

„Wie viel Richtige? Du guckst ja so – also, jetzt spann mich nicht auf die Folter! Du wirst doch hier nicht für drei Richtige …"

„Nicht drei, Günther, fünf. Fünf Richtige!"

Ehrlich erfreut klatschte Günther Ichtenhagen seinem Kumpel mit der flachen Hand auf die Schulter. Bei dem Gedanken, sie könnten sechs Richtige haben, war er erschrocken. Er fühlte sich schon zu alt für so große Veränderungen. Er brauchte keine sechs Richtigen mehr. Hatte ein Haus und seine Pension und dazu mäßige Ansprüche. Aber fünf Richtige, das war etwas. Darüber konnte man sich freuen. Fünf Richtige reichten nicht aus, um das Leben durcheinander zu bringen, wohl aber, um sich etwas zu gönnen, sich eine Freude zu machen.

„Warum sagst du mir das hier auf der Toilette? Das ist nicht geheim. Wir müssen den anderen sofort …"

Er lachte hell auf.

„Wir können uns um eine Lokalrunde drücken, meinst du! Wenn wir die Sache als Geheimnis behandeln?"

Hans Wirbitzki schüttelte den Kopf.

„Nein, Günther, aber meine Frau kellnert da drin."

„Na und? Soll sie es nicht erfahren?"

Hans Wirbitzki zuckte mit den Schultern.

„Ich dachte ja nur … Wolfi wär's sicher auch recht, wenn er ein paar Blaue hätte, von denen seine Frau nichts weiß. Dir kann's natürlich egal sein, du bist Witwer … Und wenn Hermann mit einem Lottogewinn nach Hause kommt, steckt seine Alte sowieso alles in den Lebensmittelladen. Und Martin kann seinen Gewinn als Kostgeld an die Eltern abdrücken, wollen wir wetten?"

„Vielleicht hast du Recht … Wir sollten die Sache wirklich erst mal für uns behalten."

Wieder an den Stammtisch zurückgekehrt, setzte sich Günther Ichtenhagen erst gar nicht mehr. Der Pastor hatte zu Ende gepredigt, das Fernsehen brachte jetzt eine Rock 'n' Roll Sendung und war noch lauter aufgedreht als sonst.

Mit einem Blick auf den Fernseher sagte Günther Ichtenhagen: „Wisst ihr was, ich lad euch zu mir ein, auf ein Glas Wein."

Das war unüblich. Zwar trafen sie sich manchmal in seinem Haus, aber samstags, wenn der Skatabend bereits begonnen hatte, war die Runde bisher nie abgebrochen worden.

„Oh“, kommentierte Hermann Segler, „auf ein Gläschen Wein! Gibt's da was zu feiern?“

Martin Schöller, der schon sieben Striche auf seinem Bierdeckel hatte und auch beim Skat wieder dick in den Miesen stand, witterte ein kostenloses Besäufnis und stand gleich auf. Seine Bodybuilding-Ambitionen hinderten ihn nicht daran, sich freitags und samstags einen Vollrausch anzutrinken. Meist steckte ihm seine Mutter fürs Wochenende zwanzig oder dreißig Mark zu. Sie zwackte es von der Haushaltskasse ab und fand sich großzügig. Aber es reichte kaum, um davon blau zu werden. Nicht einem Kerl wie ihm.

Wolfhardt Paul ging das alles viel zu schnell, er wollte erst mal in Ruhe austrinken und eigentlich auch gar nicht aus der Kneipe weg, aber die anderen zogen ihn mit hinaus; hier in der *Linde* brauchten sie nicht jedes Mal zu bezahlen, bevor sie gingen. Wenn sie genügend Geld in der Tasche hatten, beglichen sie alle Deckel auf einmal.

Von der *Linde* bis zu Günther Ichtenhagens Häuschen waren es knapp zweihundert Meter. Unterwegs schwieg Hans Wirbitzki verbissen. Er hatte Angst, wenn er jetzt mit der Information rausrückte, könnte Martin Schöller mit einem Freudenschrei das ganze Dorf und das Nachbardorf auf ihren Lottogewinn aufmerksam machen.

Der Gedanke, Geld zu haben, von dem seine Frau nichts wusste, wurde für ihn immer verlockender. Er konnte schon kaum noch begreifen, wie er es bisher ausgehalten hatte, über jede Mark Rechenschaft ablegen zu müssen.

Da er außer der *Linde* keine Gaststätten besuchte, wusste seine Frau stets besser als er, wie viel er schon durch seine Kehle gejagt hatte.

Plötzlich empfand er diese Situation als demütigend.

# 2

Nur Paul genehmigte sich einen Roten. Die anderen lehnten Wein ab. Zwar hatte Günther Ichtenhagen immer einen Kasten Bier im Keller stehen, doch der war nicht mehr ganz voll und auf ein richtiges Besäufnis war er nicht eingerichtet.

Plötzlich standen alle unter dem Druck, durcheinanderreden zu müssen und dabei so schnell wie möglich ihr Blut mit Alkohol zu verdünnen.

„Wie viel gibt es eigentlich für fünf Richtige?"

„So fünftausend bestimmt."

Martin Schöller strahlte: „Das wären ja tausend für jeden. Wow. "

„So ein Quatsch", protestierte Hermann Segler. „Ich wette, wir kriegen fünfzehn, ja! Zwanzigtausend Mark!"

Der Glanz in Martin Schöllers Augen kam nicht nur vom Bier. Hans Wirbitzki winkte ab.

„Nein, so viel gibt's nicht."

„Ruf doch mal einer bei der Lottozentrale an", schlug Wolfhardt Paul vor.

Obwohl das einleuchtend war, beschwichtigte Günther Ichtenhagen seine Freunde und sagte: „Sie haben die Quoten jetzt noch gar nicht. Die kommen frühestens am Montag oder am Dienstag raus. Wenn wir jetzt anrufen, sagt man uns höchstens, wie hoch die Gewinne am vorigen Wochenende waren."

„Na und, ich finde, das ist egal. Dann wissen wir wenigstens, wie viel es ungefähr gibt", keifte Martin Schöller. Er sah aus, als würde er Hautausschlag bekommen. Feuerrote Flecken glühten in seinem Gesicht. Hermann Segler fischte das Telefonbuch aus dem Schränkchen und blätterte. Gleich nach den ersten zwei Seiten fand er die Nummer der Lottoansage. 0 11 62. Er wählte und lauschte in den Hörer. Ein Tonband lief ab.

„Boah! Das muss man sich mal vorstellen! Für neunundneunzig Millionen Mark wurde gespielt! Du liebe Güte!"

„Dann sind die Gewinne hoch", orakelte Hans Wirbitzki.

Wolfhardt Paul schüttelte den Kopf.

„Mensch, die Zahlen sind von voriger Woche, kapierst du immer noch nicht?"

„Hast du mal 'nen Schnaps?", fragte Martin Schöller mit einem Ton in der Stimme, der mehr eine Forderung als eine Bitte war. Günther Ichtenhagen nickte und ging zum Kühlschrank. Sein Aalborg Jubiläums Aquavit stand immer kalt.

„Das versteh ich nicht, was die hier sagen."

„Warum nicht?"

„Die reden hier von Gewinnklasse eins, zwei und drei. Was haben wir denn?"

„Wir haben fünf Richtige."

„Na und, was ist das für eine Gewinnklasse?"

Günther Ichtenhagen stellte den Aquavit auf den Tisch und holte sich einen Füllfederhalter, einen Block und nahm dann die Sache selbst in die Hand.

Er schrieb einfach mit.

Gewinnklasse zwei – zweitausenddreihundertfünfundneunzigmal viertausendsechshundertvierundsechzig Mark. Gewinnklasse vier – neunundneunzig Mark. Gewinnklasse fünf – acht Mark sechzig.

„Ich glaube, wir sind mit fünf Richtigen Gewinnklasse drei. Das hätte dann beim letzten Mal knapp fünftausend Mark gegeben."

„Also doch – tausend für jeden."

„Glaub ich nicht."

Martin Schöller goss ein. Er schüttete sich den Schnaps einfach in sein leeres Bierglas und kippte ihn. Günther Ichtenhagen mochte das nicht. Er wog ab, was dagegen sprach, zum Schrank zu gehen und die richtigen Gläser herauszuholen. Entschied sich dann aber dagegen und ignorierte einfach Martin Schöllers ungebührliche Trinkgewohnheiten.

Je mehr sie tranken, desto sicherer wurden sie, dass nicht insgesamt fünftausend Mark heraussprangen, sondern für jeden fünf. Martin Schöller versprach, dann endlich die Puppen tanzen zu lassen, und Hermann Segler redete mehr mit seiner Bierflasche als mit seinen Freunden. Er starrte sie an und blubberte: „Raus hier. Ich muss endlich raus aus dem Kaff."

Wolfhardt Paul, der in seinem ganzen Leben noch nie Urlaub gemacht hatte, der sich außer im Krieg, nicht weiter als hundert Kilometer von seinem Bauernhof entfernt hatte, sagte: „Sollen wir das machen? Wir fünf zusammen? Ohne unsere Frauen? Wegfahren?"

„Natürlich ohne unsere Frauen", fuhr Hans Wirbitzki auf. Wolfhardt Paul nickte. „Meine müsste sowieso das Vieh versorgen. Wir können gar nicht beide zusammen weg."

Hermann Segler grinste. Zum ersten Mal dachte er voller Freude an den Lebensmittelladen, denn seine Frau würde den Laden nicht schließen. Der Supermarkt in der Kreisstadt machte auch keine Betriebsferien.

Martin Schöller lachte.

„Am besten fliegen wir mit dem Bums Bomber nach Bangkok! Das wäre doch mal was für euch alte Böcke! Da braucht ihr eure Frauen wirklich nicht mitnehmen!" Etwas leiser fügte er hinzu: „Wer nimmt schon eine Flasche Bier mit nach Dortmund?"

Ungläubig sah Hermann Segler den jungen Spund an. Klopfte der hier nur große Sprüche? Oder gab's so etwas wirklich?

„Du meinst Urlaub im Bordell?"

Endlich gab es mal etwas, wovon Martin Schöller mehr verstand als seine Skatbrüder. Zwar hatte er seine Erfahrungen nur aus Illustrierten und dem Kino, aber immerhin.

„Na klar, das ist die ganz große Masche. Sextourismus! Bietet heute jedes größere Reiseunternehmen an." Seine Stimme hatte einen triumphierenden Klang. Er brüstete sich damit, als sei es sein ureigenstes Verdienst, dass es so etwas gab.

Günther Ichtenhagen hatte das Wort noch nie gehört: Sextourismus. Aber jetzt ging er zum Schrank und holte die Aalborggläser. Darauf wollte er nun doch einen nehmen.

Um seinen Worten mehr Gewicht zu geben, spurtete Martin Schöller nach Hause und kam mit einem Stapel Reisekataloge zurück. Sie waren von ganz normalen Reiseunternehmen. Touropa, Trans Europa, TUI.

Jetzt, dachte Günther Ichtenhagen, will er uns aufziehen. Mit diesen biederen Reisebüros fahren tausende von Familien in Urlaub. Da wird es doch nicht …

Martin Schöller war schon bei Bangkok und las laut vor: „Einfaches, kleines Hotel außerhalb des Zentrums. Einfache Zimmer mit Bad, Dusche und WC. – Jetzt kommt's, Leute! Dieses Hotel wird besonders von Junggesellen bevorzugt. – Na, sagt das nicht alles? Wird besonders von Junggesellen bevorzugt! Und ist für Ehepaare und alleinstehende Damen nicht geeignet, hahaha, seht ihr, das meine ich! Oder hier – einfaches Mittelklassehotel im Herzen von Bangkok, direkt an der geschäftigen Petchburi Road. Zu einem günstigen Preis wird ihnen hier ein tolerantes Haus geboten. Es ist besonders für alleinreisende Gäste zu empfehlen. – Alleinreisende Gäste! Tolerantes Haus! Kapiert ihr denn gar nichts? So macht der Mann von Welt heutzutage Urlaub! Oder hier – Country Lodge. Für preisbewusste, alleinreisende Herren ist dieses freizügige Bungalowhotel in Pattaya genau das Richtige. In unmittelbarer Nähe des Hotels der Night Club Alcazar mit seiner Live Show …"

So eine hübsche kleine Asiatin könne ihn schon reizen, gab Hermann Segler zu, allerdings waren die Preise für Flugreisen plus Hotel ernüchternd.

Außerdem, wandte Wolfhardt Paul ein, wie wollten sie denn ihren Frauen klar machen, warum sie alle zusammen nach Bangkok flogen?

Hans Wirbitzki fand es übertrieben, für einen Bordellbesuch extra eine Flugreise zu unternehmen, wenn man sogar im Dorf … Aber da hoben alle empört die Hände. Nein, im Dorf war es gänzlich unmöglich.

Zwar gab es dort einen Privatclub, aber den frequentierten nur durchreisende Lkw-Fahrer. Für die anderen Privatclubs im

Landkreis galt dasselbe. Die Dinger schossen überall aus dem Boden, wurden aber nur von Fremden besucht.

Jetzt begann Martin Schöller von seinen Erfahrungen als Lastwagenfahrer zu erzählen, von der Tour Frankfurt-Hamburg.

Seinen staunenden Skatbrüdern berichtete er von Dampfbädern, Massagesalons und Hot Whirl Pools. Er versicherte, er würde niemals mehr zu einer deutschen Hure gehen, weil bei den Asiatinnen und Philippininnen das Preis-Leistungs-Verhältnis viel günstiger sei.

„Okay, okay", sagte er, „einige sind hier schon ganz schön verdorben worden, aber sie kommen aus Ländern, in denen man dreißig, höchstens fünfzig Mark im Monat verdient, und dann wissen sie unser Geld zu schätzen, das sag ich euch. Auch wenn sie Preise nehmen wie die deutschen Huren, man achtet leider in den meisten Häusern darauf, dass einheitliche Preise verlangt werden – die leisten dann auch wirklich was dafür. Die wissen noch, was die Mark wert ist, hahaha!"

Für Günther Ichtenhagen wurde das alles zu viel. Er spürte sein Herz wieder und es drängte ihn nach draußen.

Hans Wirbitzki hatte sich schon wieder eine neue Zigarre angesteckt und er sog so hektisch daran, dass es aussah, als hielte er einen glühenden Dolch zwischen den Fingern.

Dieses Bild prägte sich Günther Ichtenhagen am deutlichsten ein. Das aschfahle Gesicht des lungenkranken Hans Wirbitzki, der mit fieberhaften Augen alles zu sehen schien, wovon Martin Schöller erzählte, und dabei so nervös rauchte, als müsse er sich mit dem Tabakqualm betäuben.

## 3

Am anderen Morgen erwachte Günther Ichtenhagen mit Kopfschmerzen. Es war ein wolkenloser, warmer Tag. An seinem Teich zwitscherten die Vögel, doch er konnte jetzt nicht ins

Licht sehen. Der entsetzliche Druck tief hinter seinen Augen wurde durch die Helligkeit nur noch schlimmer.

Das Zähneputzen konnte nichts gegen den pelzigen Zungenbelag ausrichten. Weil er zu gierig war, verbrannte er sich an der ersten Tasse Kaffee die Lippen. Das Brot, gestern noch backofenfrisch, mit vollem Geschmack, wurde in seinem Mund zu einem pappigen Brei. Er fand es unmöglich, das Zeug runterzuschlucken. Aus der Hausapotheke holte er sich Aspirin und weil er Aspirin nicht vertragen konnte, nahm er gleich eine Magentablette hinterher.

Die Szenen der letzten Nacht kamen ihm merkwürdig unwirklich vor. Doch der Wohnzimmertisch voller leerer Flaschen und überquellender Aschenbecher bewies, dass das gestrige Saufgelage tatsächlich stattgefunden hatte.

Früher hatte ihm so etwas nichts ausgemacht. Er war geradezu stolz darauf, dass er niemals einen Kater bekam, egal, wie hart die Nacht auch wurde. Aber jetzt musste er sich eingestehen, dass sogar seine Finger zitterten und schwere Fesseln sein Herz zusammenpressten.

Er rieb sich die Schläfen und grübelte darüber nach, ob etwas dran sein konnte an den Geschichten von Martin Schöller. Kinder, die er einmal unterrichtet hatte, blieben für ihn immer Kinder. So sehr er sich auch bemühte, in ihnen die erwachsenen Menschen zu sehen.

Schwer vorstellbar, dass der mittelmäßige Schüler Martin Schöller, den er als schüchtern in Erinnerung hatte, als einen, der immer vor den Draufgängern in der Klasse beschützt werden musste, dass der sich mit käuflichen Mädchen herumtrieb, die Preise kannte, die Tricks und Kniffe und Erfahrungen aufzuweisen hatte mit Frauen aller Hautfarben und Kontinente.

Vermutlich war das alles nur Kino. Wunschdenken. Prahlerei.

Die Anzeigen in den Werbeprospekten der Reiseunternehmen klangen zwar zweideutig, aber was Martin Schöller da alles hinein interpretierte …

Er selbst wäre nie auf so etwas gekommen.

Den restlichen Abend hatten sie nur noch über die Käuflichkeit von Frauen geredet und alle ihnen bekannten Preise miteinander verglichen.

Als Udo Tiedemann das Haus seiner Eltern an die Leute von außerhalb verpachtete, die daraus einen Privatclub machten, wurde er zum schwarzen Schaf des Dorfes. Viele sagten, er habe das Dorf nur verlassen, weil er es nachher dort nicht mehr ausgehalten hätte. Günther Ichtenhagen glaubte das nicht. Im Gegenteil, gerade weil er es im Dorf nicht mehr aushielt, hatte Udo Tiedemann das Haus seiner Eltern an den Meistbietenden verpachtet, statt, wie üblich, es zunächst innerhalb der Dorfgemeinschaft anzubieten. Es lag günstig an der Hauptverkehrsstraße, die das Dorf in zwei Teile zerschnitt. Wer von Brens nach Weierstadt wollte, musste diese Bundesstraße benutzen. In Weierstadt befand sich die nächste Autobahnauffahrt. Obwohl fast im Wald, lag das Haus also verkehrsmäßig günstig. Es wirkte von außen wie eine Schießbude. Gegen eine rote Laterne vor dem Haus hätte man nichts einzuwenden gehabt. Damit konnte man leben. Jetzt aber wurde das Haus zur Straße hin von mindestens hundert roten und blauen Glühbirnen eingerahmt, die abwechselnd aufleuchteten. Auf der anderen Straßenseite, direkt gegenüber, stand die Gaststätte, die die Dorfbewohner besuchten: Die *Linde*. Die flackernden roten und blauen Lichter waren im Thekenraum durch alle Fenster zu sehen, weil alle Fenster zur Straße hinausgingen.

Täglich zwischen siebzehn Uhr und siebzehn Uhr dreißig kam ein Mercedes mit Frankfurter Kennzeichen, ein 280er SE, ständig auf Hochglanz poliert, und brachte vier Frauen in den Club.

Zwar huschten sie nur vom Parkplatz rasch ins Haus, sodass die Dorfbewohner sie nur für Sekunden zu Gesicht bekamen, doch dass die Frauen zierliche, kleine Asiatinnen waren, wusste jeder. Der Fahrer des Wagens betrat den Club immer zuletzt. Etwa eine halbe Stunde später, gegen achtzehn Uhr, begann dann das Flackern der Lichterkette. Wer eingelassen werden wollte, musste klingeln und wurde erst durch ein Guckloch beobachtet.

Doch noch nie hatte jemand der Dorfbewohner bemerkt, dass ein Kunde abgewiesen worden wäre. Obwohl sie alle von auswärts kamen und im Dorf unbekannt waren, trauten sich nur die wenigsten, direkt vor dem Club zu parken. So kam es, dass neuerdings abends und nachts fremde Autos im Dorf auftauchten, und weil man in den schmalen Straßen nicht gut parken konnte, stellten sie ihre Wagen in Vorgärten ab, die sie für Rasenflächen hielten. Oder am Rand des frisch bestellten Ackers, der keine fünfzig Meter hinter dem Club lag. Auch Günther Ichtenhagen fühlte sich durch das nächtliche Aufheulen von Automotoren belästigt. Schon mehrfach war er dadurch aus dem Schlaf gerissen worden. Irgendetwas für ihn Unergründliches brachte die Männer dazu, leise und heimlich zu parken, sich fast in den Club hineinzuschleichen und bei der Abfahrt laut und aggressiv zu sein. Sie donnerten durch das Dorf, als sei es eine Rennstrecke, und wer sie sah, wunderte sich, dass sie dabei nicht noch laut hupten.

Gegen vier Uhr morgens, wenn die letzten Kunden das Dorf verlassen hatten, erlosch die Lichterkette und der Fahrer brachte die Frauen in seinem blank gewienerten Mercedes zurück. Der Club war das einzige Haus im Dorf, in dem niemals die Rollläden hochgezogen wurden.

Im Gemeinderat dachte man laut darüber nach, ob denn gegen dies neue Wahrzeichen von Ichtenhagen nichts unternommen werden könnte. Aber außer einem Brief an Udo Tiedemann, in dem er aufgefordert wurde, den Mietvertrag mit seinen eigentümlichen Kunden nicht zu verlängern, brachte man nichts zustande. Der Bürgermeister hatte angeblich den Clubbesitzer schriftlich aufgefordert, die auffällige Beleuchtung wieder zu entfernen, aber Günther Ichtenhagen hielt das für ein Märchen, denn Bürgermeister Sendlmayr wusste, als er in der *Linde* darauf angesprochen wurde, nicht einmal den Namen des Clubbesitzers.

An der Klingel stand kein Name. Der Klingelknopf war mit Nagellack rot angemalt worden.

Die Befürchtungen der Dorfbewohner, von jetzt an ständig die Polizei im Dorf zu haben, erwiesen sich als überflüssig. Bisher war die Polizei nicht ein einziges Mal im Club aufgetaucht. Eine Weile war es Dorfgespräch, dass es eine Schlägerei gegeben hatte. Der Fahrer des Mercedes 280 SE, der die Damen brachte und auch wieder abholte, hatte einen Kunden – aus Gründen, die niemand kannte – hinausgeworfen und ihm vor der Tür noch eine gelangt. Der Rausgeworfene zog mit gesenktem Kopf beschämt ab. Das war die ganze Schlägerei. Mehr hatte niemand gesehen, trotzdem war es lange Zeit Thema Nummer eins.

Einmal hatte eine der Frauen noch vor achtzehn Uhr einen Spaziergang im Dorf unternommen. Sie kam an Günther Ichtenhagens Haus vorbei, blieb ein paar Sekunden stehen und sah sich den gerade erst entstandenen Teich an. Er zimmerte an einer Bank, die er an der Längsseite des Teiches aufstellen wollte. Er sah dem Mädchen direkt in sein kindliches Gesicht. Sie lachte ihn breit an. An seinen Fingern klebten Sägespäne und Erde. Er wischte sie an den Hosenbeinen ab, stand auf und ging auf die Besucherin zu. Erst später wurde ihm bewusst, dass sie mädchenhaft auf ihn gewirkt hatte. Wie seine Schülerinnen mit vierzehn, fünfzehn, kurz vor der Abschlussklasse. Wie seine Tochter, als sie zur Konfirmation ging.

Er wollte ihr die Hand geben, ja, sie in seinen Garten bitten, doch als er zwei Schritte in ihre Richtung machte, schreckte sie zurück, als sei er mit einem Dolch bewaffnet. Der Mercedesfahrer hetzte auf das Haus zu, als hätte er Angst, es könne ihm etwas entwischen. Das Mädchen stand stumm. Der Fahrer schrie sie in einer Sprache an, die Günther Ichtenhagen nicht verstand, doch an ihrem entsetzten, schuldbewussten Gesicht, an dem aggressiven Ton und den wütenden Gesichtszügen des Fahrers erkannte Günther Ichtenhagen unschwer, dass der Mann dem Mädchen Vorwürfe machte. Dann packte er sie am Ärmel und zwang sie, mit ihm zu gehen. Sie wehrte sich nicht. Sie rief nicht um Hilfe, nur ihre Körperhaltung signalisierte Günther Ichtenhagen, dass die Frau Hilfe brauchte. Er wollte „Hallo, halt! Lassen Sie die Frau los!" rufen. Er wollte sogar hinterher, sich dem Mann in den Weg stellen und ihn für sein rüpelhaftes Verhalten zurechtweisen, wie er früher seine Schüler gemaßregelt hatte.

Aber er war kein Held. Und weit über sechzig.

Trotzdem musste er etwas gerufen haben, denn der Fahrer drehte sich zu ihm um und sah ihn fragend an.

Entschuldigend zuckte Günther Ichtenhagen mit den Schultern und stammelte fast: „Ich hab ihr nichts getan. Ich wollte ihr nur meinen Teich zeigen …"

Und im gleichen Augenblick ärgerte er sich maßlos über sich selbst. Das Mädchen habe keine Angst vor ihm, sondern vor dem Fahrer. Wie kam er dazu, sich vor dem auch noch zu rechtfertigen?

Der Vorfall hatte ihn lange beschäftigt. Er verstand sein eigenes Verhalten nicht.

Die Aspirintablette half ihm nicht. Er trank den lauwarmen Kaffee mit viel Milch und Zucker und beschloss dann, einen Spaziergang zu machen, um wieder fit zu werden.

An der Ichte standen die Schafgarben mannshoch. Es wimmelte von Kohlweißlingen. Günther Ichtenhagen wusste, dass es dreitausend einheimische Schmetterlingsarten gab, und konnte mühelos dreißig verschiedene auf Anhieb bestimmen. Jahrelang hatte er im Lehrerzimmer seinen Stammplatz unter der großen Schmetterlingskarte gehabt. Ein Geschenk des letzten scheidenden Schuldirektors. Da, an der Schafgarbe, entdeckte er einen Schwalbenschwanz. Ein großes, fein gemustertes Tier, fast zu schön, um echt zu sein, mit tiefblau gezeichneten Hinterflügeln und einem roten Tupfer an den Ausläufern.

Günther Ichtenhagen näherte sich vorsichtig. Der Schwalbenschwanz zitterte ein wenig, blieb aber sitzen. Günther Ichtenhagen konnte den Saugrüssel nicht erkennen. Hatten Schwalbenschwänze vielleicht gar keinen? Der Körper des schönen Tieres war völlig mit Blütenstaub bedeckt.

Da – auch ein Zitronenfalterpärchen flatterte zwischen den Schafgarben.

Günther Ichtenhagen vergaß seine Kopfschmerzen. Schmetterlinge hatten ihn schon immer fasziniert. Nicht wegen ihrer Schönheit und ihrer Farben, sondern wegen ihrer vollkommenen Metamorphose.

Hier, an der Ichte, fühlte er sich wohl. Am Wegrand roch es nach Holunder, und weiter unten, zwischen den Brennnesseln, blühte wilde Kamille. Himbeeren, Brombeeren und Hopfen wucherten nebeneinander. Er bückte sich immer wieder, um reife Himbeeren zu pflücken. Er kaute sie nicht, sondern zerquetschte sie mir der Zunge am Gaumen, weil sich nur so das Aroma wirklich im ganzen Mund entfalten konnte.

Noch bevor er die Schritte hörte, registrierte er den rasselnden Atem von Hans Wirbitzkis versteinerter Lunge. Hans Wirbitzki hatte die rechte Hand voller pechschwarzer Brombeeren und kaute sie so sorgfältig durch, als wollte er ihre chemischen Bestandteile überprüfen.

So – mit langen Zähnen – aßen die Städter die Früchte des Waldes. Günther Ichtenhagen wusste, woher diese Art zu essen kam. Sie entsprang der tiefen Angst, man könne einen lebenden Wurm herunterschlucken. Wer seit seiner Kindheit vom Wegrand aß, scherte sich nicht darum. Aber viele Leute wie Hans Wirbitzki, die aus dem Ruhrpott kamen und gewöhnt waren, ihre Brombeeren in Dosen bei Aldi zu kaufen, die wurden diesen Blick nie los. Da konnten sie noch so lange auf dem Land leben.

„Na, Hans, wartest du drauf, dass Hanne das Essen vom Herd nimmt?"

Hans Wirbitzki lächelte säuerlich.

„Ach die!"

„Oh, hängt euer Haussegen schief?"

„Hm."

„Passte ihr wohl nicht, dass wir ihr gestern Abend ein Schnippchen geschlagen haben und sie dich nicht mehr unter Kontrolle hatte, was?“

„Vermutlich. Wir sollten das viel öfter tun. Bei dir zu Hause, da ist es viel ungezwungener als in der Kneipe, wo einen jeder hört und sieht.“

„Vor allen Dingen deine Frau, was?“

„Ist ’ne blöde Situation, wenn einem die Alte den ganzen Abend auf die Finger guckt.“

„Kannst ja in den Club gehen“, schlug Günther Ichtenhagen spaßeshalber vor, „da kellnert sie schließlich nicht.“

„Würde mich schon manchmal reizen“, gab Hans Wirbitzki zu. „Wenn ich die Mädels da so ein- und ausgehen sehe … da würde sie mich auch rein- und rausgehen sehen.“ Seltsam aggressiv fuhr er fort: „Hast du schon mal beobachtet, wie die spuren, wenn der Typ sie nur anguckt? Der braucht kein Wort zu sagen. Da, wo die herkommen, ist der Mann noch König. Zu Hause gehen die bestimmt drei Meter hinter ihrem Mann her und essen immer erst, wenn er satt ist. Ich hab mal so was im Fernsehen gesehen …“

„Hör auf, Hans“, sagte Günther Ichtenhagen.

„Da steht kein Mann unterm Pantoffel. Von wegen, die Alte teilt ihm das Taschengeld zu! Darüber können die Männer da bloß lachen.“

„Klingt ganz, als wolltest du auswandern.“

„Wenn Hanne nicht wäre – lieber heute als morgen. Martin sagt, da kannst du mit drei- bis vierhundert Mark im Monat leben wie ein Fürst. Und für fünfundzwanzig, dreißig Mark kannst du dir schon eine Hausangestellte leisten.“

„Willst du deine Möbel einschiffen?“

„Wieso Möbel einschiffen? Wozu soll man sich eine Spülmaschine kaufen, wenn die Haushaltshilfe billiger ist als der Strom?“

„Da hat dir Martin ganz schöne Flausen in den Kopf gesetzt, Hans.“

„Ich würde mir das an deiner Stelle auch mal überlegen. Was haben wir denn schon vom Leben? Unsere Zeit ist um. Wir treten bald ab. Guck mich an. Meine Gesundheit hab ich in dem Scheiß Pütt versaut. Und nun kann ich mich von Hanne rumkommandieren lassen ... "

„Also Hans, jetzt bist du aber wirklich ungerecht. Sie ist eine fleißige Frau und ...

„Ich kann's nicht mehr hören! Jedes Mal, wenn einer sagt, dass sie eine fleißige Frau ist, meint er damit im Grunde, dass ich ein fauler Sack bin."

Günther Ichtenhagen spürte die grausame Verletzung, die Hans Wirbitzki mit sich herumtrug. Schlimmer als seine kaputte Lunge, quälender als der Steinstaub.

Hans Wirbitzkis Sätze gehörten nicht in diese Umgebung. Passten nicht zu diesem friedlichen Fleck Erde an der Ichte. Sie beleidigten die Natur und störten deren erfrischende Kraft.

Als der Holunderduft verflog, waren die Kopfschmerzen wieder da. Das drückende Gefühl hinter den Augen meldete sich noch stärker als zuvor.

Wie jeden Sonntag erwartete er auch heute seine Tochter Kati und seine Enkeltochter Stefanie. Seit er den Teich im Garten angelegt hatte, war er für Stefanie von einem uninteressanten alten Mann zu einem tollen Opa geworden. Sie bestaunte seinen Teich geradezu andächtig. Mit einem Käfig voller Löwen hätte er sie nicht mehr beeindrucken können. Da er jede Pflanze kannte, weil er sie selbst gesetzt hatte, konnte er ihr alles erklären. Wenn er ihr beim Erzählen in die Augen sah, wusste er, dass sie zu oft vor den Fernseher abgeschoben wurde. Warum, dachte er, erzählt Kati ihr keine Geschichten? Warum liest sie ihr nicht aus Märchenbüchern vor? Warum erschlagen sie die kindliche Fantasie mit schnellen, grellen Bildern? Der Schwiegersohn kam fast nie mit. Er machte keinen Hehl daraus, dass er sich bei seinem Schwiegervater langweilte und Besseres zu tun wusste.

Günther Ichtenhagen stellte sich seinen Schwiegersohn schnarchend auf der Wohnzimmercouch vor, während im Fernsehen die Sportschau lief. Er war noch keine dreißig, aber er gehörte zu denen, die alt auf die Welt kommen. Unvorstellbar, dass er je etwas anderes als seine Rente im Sinn hatte.

Streit hatten sie nie. Worüber hätten sie sich entzweien sollen? Er war ein interesseloser Mensch, der alles nur langweilig und öde fand und in Ruhe gelassen werden wollte.

Günther Ichtenhagen wusste, dass es keine uninteressanten Dinge gab, sondern nur desinteressierte Menschen. Wer sich wirklich mit etwas beschäftigte, dem öffneten sich Welten. Es störte ihn überhaupt nicht, dass sein Schwiegersohn die Arbeit am Teich belächelte. Dieser Dummkopf ahnte nicht, was ihm entging.

Günther Ichtenhagen schritt kräftiger aus. Er wollte die Wohnung noch aufräumen, bevor Kati kam. Sie sollte nicht den Eindruck bekommen, ihr Vater führe ein Lotterleben.

Sie hatte ihm schon oft empfohlen, sich eine Haushaltshilfe zu nehmen. Im Dorf ließ sich bestimmt ein Mädchen finden, das für ein paar Mark bereit war, seine Wäsche zu waschen und das Haus in Ordnung zu halten. Er wehrte sich gegen diesen Gedanken. Er war weder faul noch hilflos. Und schon gar kein Pflegefall. Je öfter Kati davon sprach, desto heftiger keimte in ihm Misstrauen. Befürchtete sie vielleicht, er könne über kurz oder lang pflegebedürftig werden, und sie müsste dann – schon allein wegen der Nachbarn – täglich ins Dorf kommen, um ihn zu versorgen?

Jedes Mal wenn er sich bückte, um eine Bierflasche in den Kasten zurückzustellen, geriet sein Kopf zwischen zwei dröhnende Propellermotoren. Wenn er sich wieder aufrichtete, entfernte sich der Lärm.

Er riss die Fenster weit auf und schnappte nach Luft. Er brachte den Bierkasten in den Keller zurück und wischte sogar die Tischplatte wieder blank, dann ließ er sich müde, unendlich müde in den Sessel fallen und streckte die Beine von sich, als ob sie nicht zu ihm gehören würden.

Viel zu früh klingelte es. Er rief: „Herein“, schließlich hatte

Kati einen Schlüssel, und der Weg vom Sessel bis zur Tür schien ihm plötzlich unendlich weit. Doch es klingelte ein zweites Mal, das war nicht Kati. Bis jetzt hatte er an jedem Sonntag schon von Weitem Stefanies Stimme gehört.

„Opi, Opi, darf ich die Goldfische füttern?"

Diesmal vernahm er von Stefanie keinen Ton. Sie war ein fröhliches, lebhaftes Kind. Undenkbar, dass sie schweigend neben ihrer Mami vor der Tür stand.

„Günther? Stör ich dich beim Mittagsschlaf?"

Hermann Segler. Komisch, dachte Günther Ichtenhagen, er kommt sonntags nie zu mir. Ich treff ihn immer erst abends in der *Linde*.

Mühsam wuchtete Günther Ichtenhagen sich hoch, schlurfte zur Tür, öffnete und schlappte gleich wieder zu seinem Sessel zurück, ohne Hermann Segler auch nur anzusehen.

„Was ist denn mit dir los? Hast du noch einen Kater? Du siehst ja völlig fertig aus."

„Vielleicht", stöhnte Günther Ichtenhagen, „habe ich mich ein bisschen übernommen. Beim Aufräumen ist mir schwindelig geworden."

„Du solltest dir besser eine Haushaltshilfe anschaffen. Da hat deine Tochter ganz recht." Er lächelte plötzlich eigenartig süffisant. So, als sei ein Stichwort gefallen, auf das er gelauert hatte.

„Was guckt du so?"

Hermann Segler setzte sich und legte seine roten Metzgerhände wie zum Gebet zusammen.

„In deinem Alter, Günther, sollte man wirklich nicht mehr alleine sein. Und du hast es doch auch gar nicht nötig."

Will er mir irgendeine arbeitslose Verwandte als Haushaltshilfe aufschwatzen?, dachte Günther Ichtenhagen. Sein Sohn ist in München, eine Tochter hat er nicht, seine Frau hat gar keine Zeit mit ihrem Lebensmittelladen …

„Martin war heute bei mir. Wir haben einen Frühschoppen gemacht, in der *Linde*."

„Frühschoppen, soso."
„Und weißt du, was der mir vorgeschlagen hat?"
„Nee."
„Wir sollen uns eine Frau kaufen, meint er."
Verständnislos sah Günther Ichtenhagen seinen Freund an. Träumte der immer noch vom gemeinsamen Bordellbesuch, wie gestern Abend? Gegen Ende der Nacht waren die Wünsche zusammengeschrumpft. Aus einer Flugreise nach Bangkok war schließlich ein gemeinsamer Ausflug nach Frankfurt in die Kaiserstraße geworden. Hermann Segler sah, dass Günther Ichtenhagen nichts begriff. Er breitete die Hände zu einer einladenden Geste aus, als ob er Günther Ichtenhagen umarmen wollte, und sagte dann ermunternd: „Ja, du hast richtig gehört. Er meint, wir sollten uns eine Frau kaufen. Von unserem Lottogewinn."

Statt sich diesen Unfug anzuhören, hätte Günther Ichtenhagen lieber noch eine halbe Stunde die Augen zugemacht, um sich für den Besuch seiner Enkeltochter auszuruhen. Da er nicht reagierte, war Hermann gezwungen weiterzureden.

„Also, ich habe es auch erst für einen Witz gehalten. Aber je länger ich mir die Sache überlege – es hätte schon etwas für sich. Für eine gemeinsame Reise nach Bangkok reicht's nicht. Höchstens für einen von uns. Und fürs gleiche Geld kann man schon eine Frau kaufen. Fesche Mädels, sag ich dir! Knackig und …"

Günther Ichtenhagen begriff, dass Hermann Segler es durchaus ernst meinte. Er atmete tief durch, beugte sich vor und blickte seinen Skatbruder an. Hermann Segler hielt dem Blick stand und fuhr fort: „Außerdem könntest du wirklich jemanden gebrauchen, der hier im Haushalt anpackt und darauf achtet, dass du dich nicht übernimmst. Ja, Günther, das sind gute Hausfrauen. Nicht irgendwelche Emanzen, die einem auf der Nase herumtanzen. Die sind noch richtig erzogen worden. Da zählen noch Tradition, Treue, Fleiß, Gehorsam! Und außerdem …"

„Du spinnst ja."

„... und außerdem würden wir damit ein gutes Werk tun."

## 4

Der Gugelhupf sah verlockend aus. Kati schnitt ihn sorgfältig an. Stefanie wippte auf dem Sofa hin und her und schnalzte mit der Zunge. „Ich hab den Teig umgerührt, stimmt's Mami?"

Kati nickte. „Ja, du hast mir brav geholfen."

„Dann wird er besonders lecker sein", versicherte Günther Ichtenhagen.

Zwischen den Kaffeetassen auf dem Tisch lag die Lokalzeitung. Der Anzeigenteil war aufgeschlagen. Neben entflogenen Kanarienvögeln, neu eröffneten Arztpraxen und einem Fernsehgeräte-Reparaturdienst „Kein Bild, kein Ton – ich komme schon", das briefmarkengroße, blasse Foto einer jungen Frau.

**Heiraten Sie hübsche Exotinnen**
anschmiegsam, anspruchslos und treu ergeben,
vermittelt: *PV Hot Pants, Agentur*
Sofortheirat binnen drei bis vier Wochen
notariell garantiert. Festpreise.

Es war die biedere Lokalzeitung, die er seit mehr als dreißig Jahren abonniert hatte, wie jeder hier im Dorf. Doch seit dem Gespräch mit Hermann Segler, nachdem der diese Annonce zweimal laut vorgelesen hatte, kam Günther Ichtenhagen die Zeitung unanständig vor. Ja, unanständig war das richtige Wort dafür. Er schämte sich, dass sie so offen auf seinem Tisch lag. Verschämt zog es sie in seinen Sessel und versteckte sie unter seinen Beinen. Er ließ sie verschwinden wie ein verräterisches Pornoheftchen. Dabei hatte Kati, solange sie im Haus der

Eltern wohnte, die Zeitung jeden Morgen aus dem Briefkasten geholt. Sie dachte sich nichts dabei, wahrscheinlich wäre ihr nicht einmal aufgefallen, dass eine Annonce mit Kugelschreiber eingekreist war.

Günther Ichtenhagens Handflächen wurden feucht. Mit beiden Händen griff er nach seiner Tasse. Er hielt sie behutsam zwischen den Fingern wie hauchzartes, chinesisches Porzellan. Obwohl der Kaffee nur lauwarm war, blies er über die schwarze Oberfläche, bis sie sich kräuselte.

Stefanie plapperte fröhlich drauflos, und eigentlich liebte er ihre kindlichen Worte, ihre unschuldigen Gedanken. Doch heute rauschten sie an ihm vorbei. Wie an jemandem, der Jahre am Meer gewohnt hat und schließlich das Geräusch der Wellen nicht mehr hört. Er sah ihr Lachen und die Bewegungen ihres Mundes, bemühte sich auch zurückzulächeln, dachte aber über Dinge nach, die ihn zu sehr in Anspruch nahmen, als dass er sich Stefanie wirklich hätte zuwenden können.

Wieso ist das unanständig? Hast du etwa etwas gegen Behinderte? Das ist doch eine tolle Sache. Die Typen würden sonst nie eine Frau abkriegen, und die Mädchen sitzen da zu Hause in Armut und Dreck. Sie hungern sich durch die schönsten Jahre ihres Lebens und träumen von nichts anderem als hierher, in unser Wirtschaftswunderland, zu kommen. Wenn man ihnen den Traum erfüllen kann, dann sollte man nicht kleinlich sein. Also, ich hab keine Vorurteile ausländischen Frauen gegenüber. Das gebe ich ehrlich zu, und mir gefallen auch die Mädchen, die im Club arbeiten, obwohl, das Ding muss natürlich weg aus unserem Dorf, das ist klar, da sind wir uns einig …

Er führte den Kuchen zum Mund, biss hinein und kaute mechanisch daran herum.

„Opi, schmeckt dir der Kuchen gar nicht?“

„Doch, mein Kind, dem Opi schmeckt der Kuchen schon. Ich glaube, er ist nur müde. Vielleicht sollten wir besser gehen. Opi muss sich hinlegen.“

Ohne dass er sie darum gebeten hatte, bereitete Kati ihm im

Wohnzimmer auf dem Sofa ein Lager, holte Kissen aus dem Schlafzimmer, schüttelte sie auf und bestand darauf, dass er sich hinlegte. Es gehörte überhaupt nicht zu seinen Gewohnheiten, auf dem Sofa zu schlafen, aber er gehorchte widerstandslos. Ihm fehlte jede Kraft, sich auf Diskussionen einzulassen. Er musste wieder an das kindliche Lächeln des asiatischen Mädchens denken, wie es seinen Teich vom Gartenzaun aus betrachtet hatte, und an die nervösen, fahrigen Bewegungen des Fahrers. Das Mädchen hatte Angst vor diesem Beschützer gehabt. Und er, Günther Ichtenhagen, der ehemalige Lehrer, hatte nicht eingegriffen. Das bohrte in ihm. Jetzt tat sich für ihn die Möglichkeit auf, so einem armen Kind zu helfen. Er konnte ein thailändisches Mädchen aus Hunger und Elend befreien und hierher zu sich in dieses Haus holen, das für ihn allein ohnehin viel zu groß war. Er fühlte sich beinahe ein bisschen heldenhaft bei dem Gedanken, obwohl er wusste, dass mehr als Hilfsbereitschaft dahintersteckte. Doch das versuchte er im Moment zu verdrängen.

## 5

Die nächsten Tage tropften träge dahin. Günther Ichtenhagen verließ das Haus immer erst kurz vor neunzehn Uhr, um in der *Linde* zu essen. Die anderen traf er nicht. Er empfand das Wetter als drückend und die Portionen in der *Linde* als viel zu mächtig. Er schaffte gerade die Salatbeilagen und stocherte dann lustlos in dem anderen Essen herum. Er mied Bier und Wein, trank stattdessen Mineralwasser und Tee. Sogar auf seinen Aalborg Aquavit verzichtete er. Seine Knochen waren merkwürdig schwer geworden. Die Gelenke wurden durch ein dumpfes Gefühl gelähmt und eine ständige Müdigkeit reduzierte seine Tatkraft. Schon das Zeitunglesen und das Abendessen in der *Linde* strengten ihn an. Um seinen Teich kümmerte er sich nicht mehr. Er erwischte sich dabei, dass er die Zeitung fast systematisch auf Nachrichten aus Thailand durchsuchte. Vergeblich. Keine Reiseberichte. Keine politischen Nachrichten. Und erst recht nichts über die Frauen dieser Region. Nur ein kurzer einspaltiger Gerichtsbericht schreckte ihn auf.

Ein Frankfurter Zuhälter war zu fünftausend Mark Geldstrafe wegen Menschenhandels verurteilt worden, weil er in seiner Bar thailändische Mädchen zwang, als Animierdamen und Prostituierte zu arbeiten. Er hatte sie laut Zeitungsbericht mit dem Versprechen nach Deutschland geholt, in seinen Restaurants sechs Monate Arbeit für sie zu haben. Als sie sich weigern wollten, anderes als die vereinbarten Arbeiten zu leisten, drohte er den Frauen mit der Polizei, denn sie hatten nur ein Touristenvisum; ihre Arbeit war daher illegal, und sie mussten den Flugpreis noch an ihn zurückzahlen. So leisteten die verängstigten Frauen seinen Anweisungen Folge. Nach der Arbeit schloss er sie in einzelne, kleine Zellen ein; Ausgang hatten sie nie. Ihre Papiere und die Rückflugtickets fand die Polizei in einem Banksafe. Die ganze Geschichte war aufgeflogen, weil einem „Kunden“ aufgefallen war, dass sich die Mädchen merkwürdig scheu und ängstlich verhielten. Der „Kunde“ befreite eins der Mädchen in einer privaten Aktion aus seiner Zelle und überredete es schließlich, mit ihm zur Polizei zu gehen.

Fünftausend Mark Geldstrafe erschien Günther Ichtenhagen herzlich wenig. Wie viel mochte der an den drei Frauen in der Zwischenzeit verdient haben? Das Geschäft hatte sich wahrscheinlich trotz der Geldstrafe gelohnt. So ein Urteil, dachte Günther Ichtenhagen, ist wohl eher eine Ermutigung als eine Strafe.

In seinen Träumen sah Günther Ichtenhagen sich in der Rolle des „Kunden“, der die Mädchen befreit hatte. Der Wunsch, so ein armes Geschöpf unter seine Fittiche zu nehmen und ihm ein sicheres Leben zu gewähren, wuchs. Der Gedanke, für ein junges Mädchen zum Retter in der Not zu werden, gefiel ihm. Wann war ihm das letzte Mal jemand dankbar gewesen? So eine Thailänderin würde dankbar sein. Ihn versorgen und sich um seinen Haushalt kümmern. Mit so einer Frau an seiner Seite wäre der Gedanke an ein Altersheim endgültig aus der Welt.

Waren nicht viele von diesen Thaimädchen sogar ausgebildete Krankenschwestern? Und sie bräuchte nicht in einem Krankenhaus zu arbeiten. Sie sollte nur für ihn da sein.

Seine Rente reichte aus. Überhaupt ... seine Rente ... Nach seinem Tod würde sie eine Witwenrente beziehen. Sie hätte mit dieser Ehe ausgesorgt. Ja, er hatte ihr etwas zu bieten.

Sein Herz raste. Er musste sich wieder hinlegen.

Erst Mittwoch am späten Nachmittag, als die Bäume bereits scherenschnittartige Schatten warfen, fütterte er seine Goldfische. Die Teichpumpe spuckte nur gurgelnd Wasser aus. Hier war etwas nicht in Ordnung. Noch vor einer Woche hätte ihn jede Unregelmäßigkeit, die den Lebensraum in seinem Teich gefährdete, zu hektischer Betriebsamkeit veranlasst; jetzt nahm er es zur Kenntnis wie die Nachricht über ein fernes Erdbeben, das er nicht verhindern konnte.

Seit zwei Tagen dudelte unaufhörlich das Radio und gab seinem Leben eine geschwätzige Kulisse. Er hörte weder auf die Musik, noch interessierten ihn die Wortbeiträge. Das Radio gab ihm lediglich das Gefühl, nicht ganz allein zu sein.

Seine Bewegungsunlust wuchs. Seine Muskeln zogen sich nur zäh zusammen wie abkühlender Teer. Am Freitagabend, kurz bevor er in die *Linde* gehen wollte, rief Kati an und erkundigte sich nach seinem Befinden. Es sei alles in Ordnung, log er, er fühle sich wohl. Doch sein Tonfall passte nicht zu den Worten und Kati hakte zweimal nach: „Stimmt das auch, Vater? Soll ich nicht lieber mal nach dir gucken kommen?“

Aber er wollte nicht von ihr bemuttert werden und sie hatte gar keine Zeit für ihn und war dankbar, dass er ihr die Möglichkeit gab zu glauben, es ginge ihm gut. Dann plapperte Stefanie noch ein paar Sätze für ihren Opa. Obwohl er gern mit dem Kind telefonierte, wurde seine Aufmerksamkeit plötzlich abgelenkt. Er wollte nur noch auflegen. Im Radio lief ein Bericht, den er unbedingt hören musste. Er schnappte Worte auf, die ihn elektrisierten. „Prostitutionstourismus in Thailand", „Späte Folgen des Vietnamkrieges", „Zweite Generation".

Es war nicht leicht, Stefanies Redefluss abzuwürgen. Ihm fiel keine Ausrede ein. Obwohl es ihm unangenehm war, schaffte er es, einfach aufzulegen. Er konnte später zurückrufen und irgendeine Erklärung erfinden.

Mit wenigen Schritten war er beim Radio. Er drehte lauter und sah sich nach Kugelschreiber und Papier um. Er wollte einige Aussagen mitschreiben.

„Mitte Februar war es mal wieder so weit. Fast achttausend Soldaten der US-Marine gingen im thailändischen Pattaya an Land, um sich von einem dreiwöchigen Manöver im südchinesischen Meer zu erholen. Örtliche Tourismusbehörden schätzten, dass jeder der Seeleute durchschnittlich dreihundert Mark für ‚rest and recreation' ausgeben würde. Also für Ruhe und Erholung, wie es verharmlosend heißt; gemeint sind hauptsächlich Ausgaben für sexuelle Dienstleistungen.

In Erwartung des großen Geschäfts waren viele Prostituierte aus der Hauptstadt Bangkok angereist, beziehungsweise von ihrem Zuhälter zu den Ortswechseln genötigt worden. Unter ihnen befand sich eine Anzahl junger Frauen, die durch ihre hellere oder auch dunklere Hautfarbe auffielen. Sie sind Töchter weißer oder farbiger US amerikanischer Soldaten, die zwischen 1960 und 1976 in den Kampfpausen zu ‚rest and recreation' aus Vietnam nach Thailand eingeflogen worden waren oder aber in einer von den sieben amerikanischen Basen auf thailändischem Boden stationiert waren."

In der Aufregung fand er kein Schreibpapier und kritzelte auf den Zeitungsrand.

„Zur Unterhaltung der GIs entstand ein dichtes Geflecht von Massagesalons, Bars und Bordellen. Seit Anfang der Siebzigerjahre strömen auch Sextouristen aus Europa und Japan hierher. So wie ihre Mütter sogenannte gemietete Ehefrauen, also Zeit-Ehefrauen der GIs oder aber Prostituierte waren, so sieht auch diese Generation von Prostituierten wegen ihrer geringen Ausbildung häufig in den Sexhotels die einzig ausreichende Verdienstmöglichkeit.

Viele der Prostituierten in Pattaya sind noch sehr jung. Stark zugenommen hat in den vergangenen Jahren die Kinderprostitution. In der Hoffnung auf regelmäßige Geldüberweisungen zur Lebenssicherung verkaufen verarmte Familien aus dem Norden oder Nordosten Thailands ihre Kinder mithilfe von Agenten nach Bangkok, damit sie dort in der Industrie oder im Dienstleistungsgewerbe – eingeschlossen die Prostitution – einen Arbeitsplatz finden. Auffallend ist, dass große Hotels in Bangkok häufig ein kleines Mädchen auf ihren Anzeigen abbilden, das einen männlichen Gast willkommen heißt."

Zumindest den Namen der Stadt notierte er sich. Pattaya. Wollte Martin Schöller sie nicht zunächst dorthin lotsen? Pattaya wurde von mehreren Reiseunternehmen als Junggesellenparadies gepriesen.

„Die Schätzungen über die Zahl der Prostituierten in Thailand bewegen sich zwischen einer halben und einer Million. Das sind zwischen zehn und zwanzig Prozent aller vierzehn- bis vierundzwanzigjährigen Frauen, ungeachtet der Tatsache, dass Prostitution in Thailand offiziell verboten ist. Die Männer, für die sie arbeiten, vom amerikanischen Marinesoldaten bis zum bundesdeutschen Pauschaltouristen und japanischen Wochenendausflügler, haben die Taschen voller Geld und gehen freigiebig damit um."

Zehn bis zwanzig Prozent aller Frauen, schrieb er. Das war ungeheuerlich!

„Dieses Urlaubsverhalten sowie aufschneiderische Erzählungen über den Lebensstandard daheim erwecken bei den Frauen die Vorstellung von einem materiell sorgenfreien Dasein in den Heimatländern der Sextouristen und nähren den Traum vom besseren Leben an der Seite eines solchen Mannes. Die Ehe mit einem ‚reichen Ausländer' erscheint als einzige Chance, um sowohl der Prostitution als auch der Armut zu entkommen. Diese Wunschvorstellungen der Frauen führen dazu, dass

Heiratsvermittler oder besser, gesagt, Frauenhändler ein leichtes Spiel mit ihnen haben. Ein ganzes Netz von einheimischen und ausländischen Geschäftemachern schlägt aus ihren Hoffnungen Profit."

Der Kraftaufwand, einen Kugelschreiber auf Zeitungspapier zu drücken war ihm nie größer erschienen. Es war, als müsse er die Mine ausquetschen, um eine hauchdünne Linie zu erzeugen. Das Zeitungspapier riss. Seine Gelenke schienen anzuschwellen, und sein Herz erinnerte ihn daran, dass er nicht mehr ganz gesund war.

„Während die Zahl der europäischen Sextouristen in den letzten Jahren stagniert, hat der Heiratshandel einen Aufschwung erlebt. Die von den thailändischen Frauen und Mädchen nicht erkannte große Gefahr ist die, dass Träume und Illusionen in einem Bordell enden, weil sich der vielversprechende Gatte nach der Heirat als Zuhälter entpuppt. Oder die Frau vereinsamt in einer bundesdeutschen Trabantenstadt, weil entweder der Ehemann oder mangelnde Sprachkenntnisse und kulturelle Barrieren ihre Bewegungsfreiheit einschränken.

Über diese Aussichten jenseits der Träume emigrationswilliger Frauen will eine Frauengruppe in Bangkok aufklären, die ein Fraueninformationszentrum betreibt und unter den Prostituierten aktiv ist ..."

Das Telefonklingeln erschreckte ihn wie das Bellen eines angriffslustigen Hundes. Günther Ichtenhagen fühlte sich gehetzt. In seinem Nackenhaar bildeten sich kleine Schweißperlen, die jetzt, zu einem winzigen Rinnsal vereint, zwischen seinen Schulterblättern herunterliefen. Atemlos erreichte er das Telefon, riss den Hörer ab, in Erwartung einer dramatischen Nachricht. Er war sicher, Martin Schöller oder Hans Wirbitzki seien am anderen Ende.

Um so verdatterter reagierte er, als Katis Stimme ihm entgegenschlug: „Ihr seid wohl getrennt worden. Stefanie ist schon ganz traurig. Sie dachte, du hättest aufgelegt, Opi. Ich hab ihr aber erklärt, dass so etwas schon mal passieren kann. Dass die

Leitung plötzlich abbricht ... Vater ... Die Leitung ist doch unterbrochen worden, oder hast du wirklich aufgelegt?"

„Jaja", versicherte er, „wir sind unterbrochen worden. Hallo Stefanie, mein Schätzchen. Wie geht's dir denn? Dachtest du, der Opa hat aufgelegt?"

„Ja, ich dachte, du willst nicht mehr mit mir telefonieren."

„Aber wie kommst du denn darauf, mein Liebling?"

Im Radio spielten sie jetzt „Born in the USA". In den letzten Tagen hatte Günther Ichtenhagen diese Platte oft gehört, allerdings nie richtig zur Kenntnis genommen. Jetzt signalisierte die Musik ihm immerhin, dass der Wortbeitrag vorbei war. Er setzte sich, das Telefon auf den Knien, in den Sessel und atmete tief durch. Er erfand eine Geschichte über seine Goldfische und erzählte sie Stefanie.

Als er in die *Linde* kam, blickte er auf die Uhr. Schon kurz nach acht. Er wurde vorwurfsvoll angesehen wie ein Schüler, der zu spät zum Unterricht kommt. Komisch, dachte er, wie aus Gewohnheiten schließlich Verpflichtungen werden. Was würden sie denken, wenn ich eines Abends gar nicht käme ... Vielleicht wird schon bald eine mandeläugige Thaifrau für mich kochen ...

Gegen seine sonstigen Gewohnheiten bestellte er sich einen doppelten Aalborg-Jubiläums Aquavit, weil er zu Hause vergessen hatte, einen zu trinken und er fand, heute hatte er ihn nötiger denn je. Er ignorierte das stillose Likörglas und goss den Schnaps mit geschlossenen Augen hinunter. Den Schnaps im Magen, spürte Günther Ichtenhagen, dass sich ein Krampf in seinem Körper löste. Er bestellte gleich noch einen Doppelten.

Er fühlte sich, als sei er durch den Radiobericht in ein tiefes Geheimnis eingeweiht worden. Es verstärkte seinen Wunsch, wenigstens einem Mädchen aus dieser Situation herauszuhelfen.

Jetzt erinnerte er sich daran, dass er als Kind mit seinen Spielkameraden an einem Bahndamm Prinzessinnen aus den Kerkern von uneinnehmbaren Festungen befreit hatte. Manchmal hausten Drachen vor diesen Verliesen. Mutig hatten sie sich den siebenköpfigen Drachen gestellt und sie regelmäßig mit einem Holzschwert durch das Abschlagen jedes einzelnen Kopfes getötet. Manchen Monstern wuchsen zwei neue Köpfe, wo man einen abschlug. Aber auch sie waren verwundbar. Zwischen den Schulterblättern. Diese Bilder kamen so plötzlich und wellenartig zurück, dass er sogar den Duft der nahe liegenden Kartoffelfeuer roch und sich plötzlich wieder genau an das Gesicht der blonden Ingeborg erinnerte, die bei diesen Spielen stets den Part der zu befreienden Prinzessin übernommen hatte. Auch spürte er den hingehauchten Kuss auf seiner rechten Wange, den sie nach ihrer Rettung an alle Helden verteilt hatte.

Hanne Wirbitzki sprach ihn an.

„Es macht keinen Spaß mehr, für dich zu kochen. Was ist denn mit dir los? In den letzten Tagen isst du kaum noch etwas, und dann kommst du auch noch zu spät."

„Gibt's nichts mehr?"

„Natürlich. Wir haben bis dreiundzwanzig Uhr warme Küche."

Und warum, dachte Günther Ichtenhagen, warum komme ich dann immer pünktlich um neunzehn Uhr?

„Du siehst so … so in dich gekehrt aus. Hast du etwa eine Freundin?"

Dass er über ihren Scherz nicht lachte, sondern sie erschrocken ansah, irritierte sie. Sie hatte nur versucht, ihn aufzumuntern.

Es ärgerte ihn, dass sie ihn aus seinen Gedanken gerissen hatte. Es war schön, an Eisenbahnschienen Prinzessinnen zu befreien. Und er verspürte jetzt gar keinen Hunger mehr auf die Hausmannskost der Lindenküche. Ihn gelüstete nach einem spitzen Stock mit einer aufgespießten Kartoffel, die in der Glut ankokelte. Mit langen Zähnen wollte er sie essen, ungeschält, heiß und mit all ihrem Ruß.

Er verließ die *Linde* rasch, um nicht von irgendwem angesprochen zu werden. Er brauchte Zeit für sich, wollte ein bisschen sinnieren, in der Vergangenheit kramen. Die Flut der blassen Bilder, die jetzt auf ihn zurollte, sollte nicht mehr von Gesprächen unterbrochen werden. Er wollte fortgetragen werden ins dunkle Meer der Erinnerungen.

Zu Hause legte er sich mit einer Flasche Mineralwasser auf die Couch, stopfte sich weiche Kissen in den Nacken, verschränkte die Hände hinterm Kopf, schloss die Augen und ließ den inneren Film ablaufen. Bald schlief er ein.

Er träumte von dem Urlaub in den Alpen mit Elfriede. Damals, als sie noch jung und gesund war und so hell lachen konnte, dass es in seinen Ohren schmerzte. Es war der letzte und einzige Urlaub ohne Kati. Vermutlich wurde sie sogar in diesem Urlaub gezeugt. Er stand wieder auf dem Gipfel des Berges, hatte seinen Arm um Elfriede gelegt und rund um sie her nur noch Landschaft. Sogar auf die Raubvögel konnten sie herabsehen.

Ein paar kleine, weiße Wolken hingen unter ihnen in den Tannenwipfeln.

Sie konnten diese Weite nicht fassen. Dieses plötzliche Gefühl von Freiheit. Sie hatten nie tiefer geatmet und empfanden die Klarheit wie einen plötzlichen Rausch. Doch anders als damals wurde Günther Ichtenhagen plötzlich immer leichter. Schon schwebte er über dem Gipfel, und Elfriede sah zu ihm auf, wie er ohne eine einzige Bewegung mit ausgebreiteten Armen und zusammengepressten Beinen vogelgleich davon schwebte.

Sein Flug hatte nichts Gefährliches an sich, drohte nie, zu einem Sturz zu werden, denn ihm fehlte jede Anstrengung. Günther Ichtenhagen zog den Kopf ein und drückte ihn an die Brust; das reichte aus, um in die unteren Wolken einzutauchen. Jetzt stand Elfriede über ihm. Er hörte, wie sie seinen Namen rief. Er flog, um ihr zu gefallen.

Dann sah sie ihn nicht mehr und begann zu weinen und zu klagen. Nicht aus Angst, ihm könnte etwas zugestoßen sein, sondern weil sie die Einsamkeit nicht ertrug. Klagte, weil sie den Weg zurück allein nicht finden würde, und beschwor ihn, zurückzukommen. Mit ruhiger Gelassenheit schwebte er zu ihr heran, bat sie, sich an ihm festzuhalten, und glitt dann mit ihr auf dem Rücken davon.

Als er erwachte, war sein Nacken steif. Er sah nach, was das Fernsehprogramm bot, fand aber nichts, was ihn auch nur annähernd interessiert hätte.

Nervosität verdrängte seine Mattigkeit. Er fühlte sich unruhig wie ein Rennpferd vor dem Start. Der Gedanke, morgen Abend in der *Linde* seine Skatbrüder wiederzutreffen, ließ sein Blut schneller durch die Adern pulsieren. Unmöglich, sich jetzt schlafen zu legen. Er holte sein langstieliges Glas, nahm noch einen Aalborg und ging dann zur Ichte, wo die Luft würziger und schwerer zwischen den Hügeln hing als je zuvor.

## 6

Günther Ichtenhagen stand im Unterhemd vor dem Rasierspiegel und genoss das schabende Geräusch, mit dem die Klinge auf seinem Gesicht Bahnen zog wie ein Schneepflug. Mit zwei Fingern straffte er die Haut über den Backenknochen und kratzte darin mit der Doppelklinge Schaum und Stoppeln ab. Er liebte es, sich nass zu rasieren. Er fühlte sich dabei jung, männlich und stark. Es brachte ihm viele Samstagabende seiner Jugend zurück. Das Fieber vor dem Rendezvous. Die Vorfreude auf den Tanz. Den Geschmack von Lippenstift.

Wenn er die Augen schloss, konnte er sogar für einen Moment Elfriedes Parfüm riechen. Sir de Paris. Es war damals sündhaft teuer gewesen. Vierzehn Mark. Auf der Tanzfläche hatte er sie nach dem Namen dieses zauberhaften Duftes gefragt, wodurch sie sich sichtlich geschmeichelt fühlte. Am anderen Tag wollte er ein Fläschchen für sie besorgen. Der dunkelblaue Flakon mit dem silbernen Verschluss fühlte sich an wie Elfriedes Haut an jenem Tanzabend. Der Preis erschütterte ihn. Das Fläschchen war nicht größer als eine Taschenuhr. Es enthielt nur ein paar Tropfen. Doch er traute sich nicht, es dem Friseur zurückzugeben. Er hatte noch nie so viel Geld für ein Geschenk ausgegeben. Er musste nach Hause zurück und seinen Vater anpumpen, um noch Geld für eine Tasse Kaffee und ein Stückchen Kuchen zu haben. Er hatte sich mit Elfriede in einem Café verabredet und bedauerte seine Investition nicht eine Sekunde, denn Elfriede wusste das Geschenk zu schätzen.

Jetzt klatschte er sich Rasierwasser ins Gesicht, aber es erfrischte nicht, es brannte nur auf der Haut. Es war eine neue Marke. Blau. Sah aus wie Eiswasser. Ein Geschenk seiner Enkeltochter Stefanie.

Als Vater und Opa war er daran gewöhnt, zu Weihnachten einen Schal, ein paar Socken oder Rasierwasser zu bekommen. Aber dieses hier war eine billige Marke. Er vertrug es nicht. Rote Flecken bildeten sich in seinem Gesicht. Er warf die volle Flasche sofort in den Abfallkorb.

Auf dem Weg zum Kleiderschrank überlegte er sich die Sache noch einmal und holte die Flasche wieder heraus. Vielleicht konnte er damit dem arbeitslosen Martin Schöller eine Freude machen oder Hans Wirbitzki.

Er wunderte sich, dass ihm überhaupt der Gedanke gekommen war, die Flasche wegzuwerfen. Männer seiner Generation, die den Krieg erlebt hatten, wussten, was es bedeutete, arm zu sein. Sie warfen nicht einfach achtlos weg, was man noch gebrauchen konnte. Er hatte es immer als eine Unsitte der jungen Leute empfunden, alles Mögliche wegzuschmeißen. Jetzt stand er mit der Flasche in der Hand im Zimmer und fragte sich, ob er inzwischen nicht selbst zu dieser Wegwerfmentalität gekommen war.

Als er das frische Hemd auf seiner Haut spürte, zog er unwillkürlich den Bauch ein und straffte seine Körperhaltung. Er nahm die goldenen Manschettenknöpfe mit den schwarzen Onyxsteinen und ärgerte sich darüber, dass einer der Steine verkratzt war.

Er besaß auch eine passende Krawattennadel. Wann hatte er sie zum letzten Mal benutzt?

Schon auf Katis Hochzeit nicht mehr. Bei dem Gedanken musste er lächeln. Er hatte sich übers kalte Büfett gelehnt und sein Schlips hing bis auf die Eierplatte und baumelte in der Mayonnaise. Heutzutage gab's kaum noch richtige Oberhemden, sondern nur noch Sporthemden mit fantasielosen weißen Knöpfen. Die Männer trugen keine Manschettenknöpfe mehr.

Nein, heute würde er nicht mit offenem Kragen gehen. Trotz der Schwüle wählte er die hellblaue Krawatte und steckte auch die Krawattennadel mit dem schwarzen Onyx an.

Wie er sich jetzt so im Spiegel betrachtete, gefiel er sich. Er war keineswegs ein alter Mann. Er war ein Herr. Dass er fünfzehn Kilo beim Ausschachten des Gartenteichs verloren hatte, tat ihm gut. Seit Monaten hatte er sich nicht mehr gewogen. Vermutlich waren inzwischen wieder ein paar Pfündchen dazugekommen, aber er war immer noch schlank.

Als er das Haus verließ, kontrollierte er mit einem Blick die Uhrzeit. Fünf vor sieben. Heute kam er pünktlich in die *Linde*. Seinen Gelenken ging es besser. Von Mattigkeit konnte gar keine Rede mehr sein. Er freute sich auf einen zünftigen Skat. Danach konnten alle mit zu ihm. Schließlich gab es etwas zu besprechen. Vorsichtshalber hatte er zwei Kästen Bier besorgt und eine zusätzliche Flasche Aquavit.

Während er sich mit kraftvollen Schritten der *Linde* näherte, knabberten Nagetiere die Bodenfolie in seinem Gartenteich durch. Trotz aller Umsicht war es ihm nicht nötig erschienen, das ausgeschachtete Teichinnere mit Maschendraht zu unterlegen. Diese Sicherung schien ihm übertrieben. Noch bevor er in der *Linde* das Essen serviert bekam, ertrank in seinem Garten eine Familie Wühlmäuse. Sie versuchten, sich vor dem einstürzenden Wasser ins Innere ihres Höhlensystems zu flüchten, doch das Wasser schoss zu schnell durch die dünnen Gänge.

Ein Goldfisch glubschte in das Loch. Er fetzte ein wenig an den ausgefransten Rändern der angenagten Folie, aber er war zu dick, um die Mäusehöhle zu erforschen.

7

Ihr Skatspiel in der *Linde* war nur ein nervöses Ablenkungsmanöver. Sie mussten ihren Skat heute dreschen, um nicht aufzufallen. Das eigentliche Ereignis dieses Abends würde erst später, in Günther Ichtenhagens Wohnung, stattfinden.

Martin Schöller spielte so unaufmerksam, dass er nicht einmal – wie sonst – alle Trümpfe hintereinander steckte. Zum ersten Mal, solange er an dieser Skatrunde teilnahm, fächerte er sein Blatt unsortiert auf.

Damit verwirrte er Günther Ichtenhagen derart, dass dieser ein bombensicheres Kreuz Solo verlor. Im ersten Moment glaubte Günther Ichtenhagen, von Martin Schöller hereingelegt worden zu sein. Aber schließlich konnte Günther Ichtenhagen schlecht ein Recht darauf anmelden, dass Martin Schöller seine Karten so zu ordnen hatte wie immer.

Erst jetzt bemerkte Günther Ichtenhagen, wie sehr ihn Schöllers künstlich blonde Löckchen störten. Auch seine Zähne hatten einen unnatürlich weißen Glanz. Heute trug er ausgewaschene, eng sitzende Jeans und nagelneue Puma-Schuhe mit goldenen Streifen. Sein Muskel-T-Shirt verriet geradezu marktschreierisch, dass er zu den Menschen gehörte, die Anerkennung brauchen, ja, krankhaft nach Bewunderung lechzen. Er befand sich immer nur latent im Gleichgewicht. Brauchte permanent Bestätigung, um nicht umzukippen. Hier in Ichtenhagen waren seine Möglichkeiten begrenzt. Zwischen Brens und Weierstadt gab es für Helden weder Aufgaben noch Publikum.

Wen konnte er hier in der *Linde* mit seinen eingeölten Muskelpaketen schon beeindrucken?

Hanne Wirbitzki schielte manchmal zu ihm herüber und einmal, als sie ihm einen halben Liter servierte, hatte sie sogar ungeniert hingefasst, in seinen Bizeps gekniffen und gelacht: „Da, Tarzan, lass es dir schmecken."

Er war damals rot geworden, und Hans Wirbitzki hatte sich

bemüht zu lachen, damit niemand merkte, wie peinlich ihm das Verhalten seiner Frau war.

Aus Angst, schwach zu sein, war Martin Schöller stark geworden. Aber während andere bereits seine Kraft bewunderten, beherrschte ihn noch immer die Angst vor der eigenen Schwäche. Eines Tages würden ihn dicke Muskelfasern schützend umgeben, einhüllen wie eine Ritterrüstung, und jeden Blick in seine ängstliche Psyche höhnisch abwehren. Er wusste, dass er verletzbar war. Mehr durch Worte und Blicke als durch Faustschläge. Forderte er ein Mädchen zum Tanzen auf und erhielt einen Korb, konnte ihn das für Wochen fertigmachen. Auf keinen Fall brachte er am gleichen Abend den Mut auf, eine andere zu fragen. Nach jeder Abfuhr war er so mutlos, dass er höchstens noch einen Spaziergang mit Johnnie Walker machte. Er mochte diesen Whisky nicht, hätte sich beim Trinken am liebsten die Nase zugehalten. Doch Whiskytrinken war männlich, und gerade wenn eine Frau ihn verschmähte, wollte er sich männlich fühlen. Außerdem gab ihm keine andere Alkoholsorte so sehr das Gefühl, Gift in sich hineinzuschütten. Jeder Schluck hatte etwas von einem kleinen Selbstmordversuch an sich und doch lag über allem das süße Wissen: Er würde überleben.

Obwohl Hermann Segler die Punktzahlen gewissenhaft wie immer aufschrieb, galt es stillschweigend als abgemacht, dass heute niemand bezahlen musste.

Wolfhardt Paul überreizte sich sogar einmal und bemerkte es erst widerwillig, als er nach Ablauf des Spiels von Hans Wirbitzki gefragt wurde: „Wie hast du denn den Kreuz Solo gespielt?"

„Einfach", knurrte Wolfhardt Paul, und alle fanden Martin Schöllers laute Bemerkung: „Da hast du dich aber überreizt, Wolfi!" überflüssig.

Natürlich hatte er sich überreizt, zum ersten Mal, seitdem er an diesem Skatstammtisch teilnahm. Niemand hatte einen Grund, ihn deswegen aufzuziehen. Am wenigsten Martin Schöller. Wolfhardt Paul war ein kluger und besonnener Skatspieler.

Gedankenverloren begann Hans Wirbitzki, sich die schwarzen Ringe unter den Fingernägeln mit einer Ecke seines Bierdeckels auszukratzen. Plötzlich erwachte er wie aus einem Traum, blickte auf die Uhr, dann ein wenig schuldbewusst auf seine Frau, die ihn aber nicht beachtete, weil sie Salatteller servierte. Dann zog Hans Wirbitzki fast verschämt eine Sechziger Fehlfarben hervor, biss sie an, spuckte die Tabakkrümel in den Aschenbecher und brachte die Zigarre mit zwei Streichhölzern zum Glühen. Wie eine Keule hing sie zwischen seinen Lippen.

Er hüstelte, und sofort warf Hanne ihm einen vorwurfsvollen Blick zu. Hermann Segler, der den Blick auch registrierte, packte seine Schreibutensilien zusammen, klopfte die Karten auf der Tischplatte demonstrativ zusammen und sagte: „Wir wollten sowieso gleich gehen."

„Bis zehn müssen wir bleiben", stellte Hans Wirbitzki fest.

Mit einem Augenaufschlag verständigten sie sich darüber, dass es tatsächlich besser sei, noch bis zehn Uhr zu bleiben. Früher waren sie nie vor Mitternacht vom Stammtisch aufgestanden. Aber wenn sie nach zehn die Runde bei Günther Ichtenhagen fortsetzen würden, konnte niemand Verdacht schöpfen. Höchstens der Lindenwirt würde säuerlich gucken. Schließlich lag zwischen zehn und Mitternacht die Zeit, in der das meiste Bier gezapft wurde.

Günther Ichtenhagen schmunzelte bei dem Gedanken, dass sie fast fünftausend Mark gewonnen hatten, ihr Lottogewinn für den Wirt aber eine Geschäftseinbuße bedeutete. Noch vor ein paar Tagen hätte er genau das Gegenteil für logisch gehalten. Wenn eine Stammtischrunde gemeinsam gewann, was lag dann näher, als den Gewinn in der Kneipe zu lassen?

Als Günther Ichtenhagen seine Karten flüchtig auffächerte, stellte er fest, dass er alle vier Buben in der Hand hielt. Auch wenn heute niemand seine Spielschulden begleichen musste, wollte er jetzt die Punktzahl so hoch wie möglich treiben. Ein Hand-Spiel war auf jeden Fall drin. Er wog ab, ob er Schneider ansagen konnte oder nicht.

# 8

Hans Wirbitzkis Atem klang wie Drehorgelmusik.

Hermann Segler schwitzte, als würde das Bier direkt unter die Haut sickern und nach draußen dringen, ohne erst den Umweg durch Magen und Blutbahn zu nehmen. Er hielt die Arme vom Körper abgewinkelt, weil sie sonst unangenehm anklebten. Wie gläserne Rennschnecken bewegten sich die Wassertropfen auf seiner Haut. In seinen Bauchfalten entstanden Pfützen, die überliefen, und da, wo das Hemd sich spannte, bildeten sich schnell wachsende, dunkle Flecken. Er brauchte sich nicht zu genieren. Es fiel niemandem auf. Die glänzenden Farbfotos, die Martin Schöller wie ein Kartenspiel auf dem Tisch ausgebreitet hatte, nahmen die volle Aufmerksamkeit der Männer in Anspruch.

Selbst ein ungeschickter Einbrecher hätte in Ruhe die Wohnung ausräumen können.

Wolfhardt Paul nahm ein Bild in die Hand und führte es nah vor seine Augen. Eine fast weihnachtliche Stimmung kam in ihm auf. Das Mädchen stand vor einer großblättrigen exotischen Pflanze. Ihre Augen – genau in Bildmitte – spiegelten das Blitzlicht wider, sodass mitten in ihrer schwarzen Iris zwei künstliche Sterne glitzerten. Ihre pechschwarzen Haare hatte sie hinter die Ohren gekämmt, um einen freien Blick auf ihr ovales Gesicht zu ermöglichen. Ihr Pony reichte bis zu den Augenbrauen. Bestimmt hatte sie widerspenstiges Haar. Obwohl ordentlich frisiert, wirkte es wild. Mit ihrem schmalen Hals und ihrem unschuldigen Lächeln weckte sie einen Beschützerinstinkt in Wolfhardt Paul, den er seit Jahren nicht mehr gespürt hatte.

Obwohl sie lächelte, lag Leid in ihrem Gesicht. Sie trug ein weißes Kleid, das die Schultern freiließ und ihre dunkle Haut zur Geltung brachte.

Wolfhardt Paul hatte außer im Fernsehen und in Illustrierten noch nie eine Frau mit so schreiend roten Lippen gesehen.

Er drehte das Foto um. Das Mädchen hieß Suvanna Intama und hatte die Nummer 931049.

Er las alle Angaben zu ihrer Person.

*1,51/50*
*Buddhistin*
*05.02.2500 (1957)*
*Pass: beantragt*
*spricht Thai und etwas Englisch*
*Suvannas einziges Hobby ist die Hausarbeit.*
*Sie ist ledig, hat keine Kinder.*
*Eine Heirat ist sofort möglich.*

„Was heißt das hier? Eins Komma einundfünfzig Strich fünfzig?“

„Das bedeutet, dass sie ein Meter einundfünfzig groß ist“, belehrte Martin Schöller den Landwirt.

Das hatte sich Wolfhardt Paul gedacht. Aber was bedeuteten die fünfzig? Das Alter konnte es schlecht sein …

„Vielleicht die Kleidergröße?“, rätselte Günther Ichtenhagen. Aber für diese Vermutung brachte Martin Schöller nur Spott auf.

„Guck sie dir mal genau an. Die hat höchstens Kleidergröße sechsunddreißig. Das ist der Brustumfang!“

Hans Wirbitzki versuchte, sich das vorzustellen. Eine Frau mit einem Brustumfang von fünfzig Zentimetern. Mit seinen Armen beschrieb er vor seinem Bauch einen Kreis von etwa fünfzig Zentimetern.

„Nee“, lachte er, „das kann ja wohl nicht sein, die ist doch keine Puppe, sondern ein Mensch. Vielleicht der Taillenumfang.“ Wolfhardt Paul konnte sich darunter genauso wenig vorstellen. Für einen Moment überlegte er, welchen Brust- und Taillenumfang seine Frau haben mochte. Unmöglich zu schätzen. Wann hatte er sie zum letzten Mal nackt gesehen? Vor etwa einem Jahr, als sie in der Badewanne ausgerutscht war und ihn um Hilfe rief? Vermutlich hatte sie überhaupt keine Taille. Ihr Körper war fassförmig.

„Was glauben die Buddhisten eigentlich?", fragte Günther Ichtenhagen. „Wenn sie angibt, am fünften zweiten im Jahre zweitausendfünfhundert geboren zu sein, dann muss sie wohl strenggläubig sein ..."

„Die haben eine ganz andere Zeitrechnung."

Martin Schöller nahm Suvannas Bild an sich und steckte es wieder ein. „Die ist sowieso viel zu alt."

Wolfhardt Paul protestierte: „Wieso zu alt? Das ist ein junges Mädchen!"

„Überleg mal, Wolf, siebenundfünfzig geboren – die ist zweiunddreißig! Für thailändische Verhältnisse eine alte Frau ..."

„Dreißig? Sie sieht viel jünger aus ..."

„Wieso ist sie mit dreißig denn zu alt für uns?", hakte Günther Ichtenhagen nach, und Martin Schöller wies ihn mit einem scharfen Satz zurecht: „Mit vierzig ist sie eine alte Frau. Verbraucht. Diese Asiatinnen sind nur schön, solange sie jung sind."

Hermann Segler gab ihm sofort recht. In der Metzgerei, in der er arbeitete, kaufte jeden Freitag eine Asiatin ein. Ihre faltige Pergamenthaut ließ sie hexenhaft aussehen und mindestens hundert Jahre alt. Doch ihr federnder Gang und ihre feste Stimme konnten keiner Greisin gehören.

Wolfhardt Paul verlangte das Foto noch einmal zurück und Martin Schöller spottete: „Hast dich schon auf den ersten Blick verliebt, was? Sind tolle Frauen! Aber diese Suvanna ist nichts für uns. Die werden sich schon was dabei gedacht haben, uns nur ein Brustbild zu schicken. Die anderen sind alle in voller Größe abgebildet. Bestimmt hat sie X-Beine."

„Was hältst du von der hier? Saandsir Khampanya."

Auch in ihren schwarzen Augen leuchtete das Blitzlicht. Auch ihr Mund war schreiend geschminkt, rot wie Erdbeerbonbons. Sie zeigte ihre weißen Zahnreihen und brauchte auch ihre Beine nicht zu verstecken. Ihr Blick hatte etwas Verworfenes. Nicht viel und auch nicht aufdringlich.

*Saandsir Khampanya*
*9102048*
*149/48 kg*
*Buddhistin*
*16.09.2506 (1963)*
*Pass: beantragt*
*Thai und etwas Englisch.*
*Ihre Hobbys sind Kochen und Hausarbeit.*
*Eine Heirat ist sofort möglich.*

„Hahaha, von wegen Brustumfang und Taille! Das ist die Kilozahl! Hier, bei der steht's dahinter. Kilo!

Bei dem Gedanken, die Frau könne tatsächlich nur 48 Kilo wiegen, erschrak Wolfhardt Paul. Seine Frau kämpfte ständig darum, ihr Gewicht unter hundert Kilo zu drücken. Es gelang ihr nur selten. Ein oder zwei Wochen im Jahr, nach dramatischen Hungerkuren oder Anfällen von sportlicher Hysterie näherte sie sich der Hundert-Kilo-Marke. Doch sobald sie wieder auf hundertacht oder hundertzehn war, ließen all ihre Bemühungen nach. Sie stopfte, wenn auch heimlich, Kuchen in sich hinein, bis die Waage hundertfünfzehn Kilo zeigte, und der Arzt ihr Tabletten gegen den hohen Blutdruck verschrieb.

Hans Wirbitzki interessierte sich nicht für die Daten. Er saugte die Bilder auf. Er bedauerte, dass die Frauen Kleider trugen und keine Bikinis.

Martin Schöller schien Gedanken lesen zu können, denn er legte das Foto von Jatamas vielversprechend vor Hans Wirbitzki auf den Tisch und raunte: „Stell dir die mal in Reizwäsche vor!"

Günther Ichtenhagen hatte die Bemerkung nicht gehört. Er hing der Frage nach, ob es nicht sinnvoll sei, eine Frau auszusuchen, die Deutschkenntnisse hatte. Eigenartigerweise fand sich darauf in dem reichhaltigen Angebot aber kein Hinweis.

Martin Schöller las den Brief des Ehevermittlungsinstituts lauthals vor.

„Ja, Herr Schöller" – das bin ich, haha – „Sie haben richtig gelesen. Denn in unserem Inserat versprechen wir nicht zu viel! Wenn Sie wirklich eine süße kleine Asiatin zur Ehefrau haben möchten, dann kann Ihr Wunsch sofort in Erfüllung gehen, wenn Sie wollen, schon Ende dieses Monats.

Ich habe Ihnen einige bildhübsche Mädchen ausgesucht und hoffe, wenigstens mit einer Dame bei Ihnen ins Schwarze getroffen zu haben. Durch das Deutsche Fernsehen bin ich in Thailand sehr bekannt geworden. Viele Zeitschriften haben über mich und mein Büro in Deutschland sehr ausführlich berichtet. Viele Mädchen haben diese Zeitungsberichte gelesen und wollen nun auch einen Ehemann aus Deutschland! Ich kann Ihnen helfen, eins dieser hübschen Mädchen schnell und unkompliziert zu heiraten. Wir holen Ihre Braut ab und Sie heiraten in wenigen Wochen. Suvanna finde ich persönlich besonders nett. Sie schreibt in einem Brief an mich: ‚Bitte suche mir einen lieben Mann. Es spielt keine Rolle, wie alt er ist, was er von Beruf ist oder was er verdient. Er soll nur gut zu mir sein und nicht zu viel Bier trinken. Vor allen Dingen hoffe ich, dass er keine Glücksspiele spielt.'"

„Für einen Skatclub ist das nicht gerade die Richtige!"

Hermann Segler erschrak über seine Worte. Sie klangen nicht wie ein Einwand, sondern wie Spott. Er hatte keinen Grund, sich über dieses Mädchen lustig zu machen. Warum tat er es trotzdem? Er genierte sich ein wenig und erst als Hans Wirbitzki nachsetzte: „Kein Bier und kein Glücksspiel – na danke? Das kann ich bei meiner Hanne auch haben", fühlte Hermann sich besser.

„Wir müssen sie nicht nehmen. Leute, es sind genug andere da. Soll ich nun den Brief zu Ende vorlesen oder nicht?"

„Jaja, lies schon weiter."

„Wenn Ihnen Suvanna gefällt, so sollten Sie mit mir einen Besuchstermin vereinbaren! Ich werde dann mit Ihnen eine Finanzierung ausarbeiten, die alle Unkosten abdeckt. Also Affidavit of support …"

„Was soll denn das heißen?"

„Ist doch egal, lass ihn weiterlesen."

„Reisepass, Gesundheitspass, sämtliche Heiratspapiere, Übersetzung und Beglaubigung, sämtliche Angaben, Steuern und Stempelgebühren, die erforderlichen Tickets sowie Transfer und Flughafengebühren und, wenn Sie wollen, sogar mit Führerschein und einem Deutsch-Kurs über das Goethe-Institut in Bangkok."

„Na prima, dann könnten wir sie doch einen Deutschkurs machen lassen."

„Und wie teuer ist das?"

„Der Brief geht noch weiter: Diese Vermittlung ist hundertprozentig. Daher unsere Geld-zurück-Garantie. Wenn Sie hier heiraten wollen, genügt Ihre Geburtsurkunde, das ist schon alles. Den Rest organisieren wir für Sie. Sie können schon bald Ihre neue Lebensgefährtin in die Arme schließen."

„Na, darauf trinken wir jetzt aber erst mal einen."

„Wie bist du so schnell an die Bilder gekommen?"

„Da kommst du schneller ran als an fünf Mark. Ich hab einfach auf eine Annonce geschrieben."

Günther Ichtenhagen stellte die eisgekühlte Flasche Aalborg zwischen die Fotos auf den Tisch.

Wolfhardt Paul ertrug die innere Unruhe nicht. Er musste aufstehen und auf und ab gehen. Er sammelte die leeren Bierflaschen ein, brachte sie in den Keller und versorgte alle mit neuen Getränken.

Vor ein paar Tagen hatte er die Idee noch für blödsinnig gehalten, doch jetzt, da er die Bilder gesehen hatte, wusste er, dass er nicht sterben wollte, ohne so ein Mädchen berührt zu haben. Er wollte sie nur anschauen – das redete er sich jedenfalls ein –, höchstens mal über ihre Haut streicheln. Mehr nicht. Sie sollte ihn anlächeln wie auf dem Foto und allein ihre Anwesenheit würde ausreichen, damit er sich wieder als Mann fühlen konnte. Aber er hatte noch eine Schwierigkeit mit der Sache. Eine beklemmende Angst. Jetzt traute er sich, es auszusprechen.

„Ich finde es gar nicht so gut, wenn sie Deutsch lernt bei diesem Schiller-Institut in Bangkok."

„Goethe-Institut", verbesserte Günther Ichtenhagen.

Martin Schöller gab ihm sofort recht.

„Jaja. Wenn wir uns unterhalten wollen – na ja, dafür brauchen wir sie schließlich nicht. Wozu hat man seine Kumpels?"

Empört stemmte Günther Ichtenhagen sich an der Tischplatte hoch. Was bildete sich der Bengel ein? Die losen Redensarten schrieb Günther Ichtenhagen seiner Jugend zu. Aber man durfte ihm nicht alles durchgehen lassen. Doch Günther Ichtenhagens aufkeimender Widerstand sackte sofort in sich zusammen, als Hermann sagte: „Also, ich würd gern mit ihr sprechen. Schließlich will man ja auch was wissen, wie das so ist, da wo sie herkommt und so. Aber je mehr sie reden kann, umso größer ist auch die Gefahr für uns alle."

Hans Wirbitzki nickte. Das leuchtete sofort ein. Jawohl, sie durfte auf keinen Fall Deutsch sprechen. Auf gar keinen Fall!

Martin Schöller spürte, dass sich ein Streit entzünden könnte. Er versuchte, das Thema zu wechseln, und hob lobend hervor, dass alle Frauen das gleiche Hobby hatten: Hausarbeit und Kochen.

„Das wär eine ideale Partie für dich, Günther, oder nicht? Eine, die dir den Haushalt macht, für dich kocht und …"

„Also, ich würd jede gegen meine eintauschen", warf Wolfhardt Paul ein.

„Darauf trinken wir aber jetzt erst mal einen!"

Die Männer prosteten sich zu, und Günther Ichtenhagen befürchtete, dass die Dinge begannen, sich zu verselbstständigen. Aus dem Spiel würde Ernst werden. Die vor Begeisterung entflammten Gesichter seiner Skatbrüder signalisierten ihm, dass er sie nicht enttäuschen durfte. Sie erwarteten von ihm, dass er eine dieser Asiatinnen heiratete.

Hermann Segler, Wolfhardt Paul und Hans Wirbitzki waren selbst verheiratet. Außer ihm selbst blieb nur Martin Schöller. Aber was konnte Martin Schöller so einer Frau schon bieten? Er war stellungslos und wohnte bei seinen Eltern. Günther Ichtenhagen dagegen hatte dieses große Haus und den schönen Garten mit Teich vorzuweisen. Nach seinem Tod – sozusagen als Belohnung – wartete auf das Mädchen eine angemessene Rente.

Günther Ichtenhagen blätterte alle Fotos durch. Er rückte sich die Krawatte zurecht, sein Herz begann schneller zu schlagen, und das Wort „Kavalier" ging ihm nicht mehr aus dem Kopf. Jawohl, er würde sich ihr gegenüber als perfekter Kavalier erweisen.

Plötzlich wollte er allein sein. Die anderen nahmen keinen Anstoß daran, dass er mit einer Flasche Bier in der Hand hinausging und sich allein auf die Bank an seinen Teich setzte. Er hatte keine Augen für die Teichrosen und den Froschbiss. Er legte seinen Kopf in den Nacken, atmete tief durch und blickte hinauf zu den Sternen. Dabei spürte er bereits die Nähe einer scheuen, asiatischen Schönheit. Ihr Lächeln hatte etwas Unterwürfiges. Sie machte einen Knicks und senkte den Blick. Mit einer großzügigen Geste deutete er ihr an, dass sie vor ihm keine Angst zu haben brauchte. Sie sollte ihm gerade in die Augen sehen können. Furchtlos. Er war ein Kavalier. Jawohl.

Im Haus steckten sie die Köpfe näher zusammen. Hans Wirbitzki sprach aus, was alle fürchteten: „Und was, wenn unsere Frauen Wind von der Sache kriegen?"

„Das dürfen sie nicht."

„Das werden sie auch nicht."

Hermann Segler fand seine Idee großartig, und alle nickten, als er sagte: „Man kann sich praktisch eine Frau aussuchen wie im Katalog. Man bekommt genau das, was man haben will. Sie kann kleiner sein oder größer, man kann die Hautfarbe bestimmen und ihre Religion. Es liegt völlig an uns, welche wir nehmen …"

„Natürlich."

„… warum nehmen wir dann nicht eine Stumme?"

„Eine Stumme?" Noch während Wolfhardt Paul die Frage aussprach, begriff er warum und grinste.

„Ja, genau. Eine Stumme! Wir brauchen dann nie zu befürchten, dass sie irgendetwas ausplaudert. Deutsch würde sie über kurz oder lang doch lernen."

Hans Wirbitzki knallte sein Bierglas auf den Tisch: „Das ist genial. Wir nehmen eine Stumme."

„Außerdem ist eine Stumme bestimmt billiger … Wer nimmt schon eine behinderte Thailänderin?", murmelte Martin Schöller.

„Wieso behindert?", brauste Wirbitzki auf. „Nein, nein, sie soll schon bildhübsch sein, so wie die hier, nicht im Rollstuhl sitzen oder was. Sie soll nur eben nicht sprechen können."

„Jaja, Hans, wir verstehen uns. Aber wenn jemand nicht sprechen kann, dann ist das eine Behinderung. Und das drückt den Preis nach unten, wollen wir wetten? Am besten mach ich einen Termin und rede mal persönlich mit dem Chef von diesem Institut."

„Du bist ein Mordskerl", gestand Wolfhardt Paul und klopfte Martin Schöller auf die Schulter. Martin strahlte übers ganze Gesicht. Endlich hatte er die volle Anerkennung dieser Männer.

Hermann Segler köpfte eine neue Flasche Bier und trank in langen Zügen. Jetzt, da er wusste, dass sie eine Stumme bestellen würden, stoppte sein Schweißausbruch. Er fühlte sich erleichtert. Wie befreit.

## 9

Das leichte Zittern ihrer Hand ließ die Kaffeetasse auf dem Porzellanteller vibrieren. So entstand ein schriller Ton, der langsam näher kam und erst durch das harte Aufsetzen des Porzellans auf die Glasplatte klirrend beendet wurde. Jetzt schraubte sie die Warmhaltekanne auf. Das lang gedehnte Quietschen des Hartgummiverschlusses klang wie Stöhnen. Gluckernd prasselte der Kaffeestrahl in die Tasse, sodass sie noch einmal auf dem Unterteller in Bewegung geriet und leise zu wimmern begann.

Er hielt die Augen weiterhin geschlossen. Sie schraubte die Thermoskanne wieder zu und ihr Atem rasselte. Dass sie bei ihrer Kurzatmigkeit überhaupt die Treppen bis zu ihm hochkam, wunderte ihn immer wieder. Jetzt tröpfelte sie Milch in die Kaffeetasse und schüttete zwei gehäufte Teelöffel Zucker hinterher.

Nun rührte sie endlos um. Bei jeder Umdrehung ließ sie den Löffel unerträglich laut am Porzellan entlangkratzen. So entstand ein gleichmäßiges Klingeln, bis die Tasse erneut den Unterteller auf der Glasplatte in Schwingungen versetzte. Sie ließ den Löffel los. Er schepperte gegen den Tassenrand. Der vom Rühren entstandene Strudel reichte aus, um den Löffel noch eine Runde an der Tassenwand entlangschleifen zu lassen.

Sie klapperte mit ihren Pumps über die Holzdielen zum Fenster und schon quietschte die Halterung der Rollläden trocken im Gewinde. Sie ratterten hoch und ließen den Straßenlärm herein.

Zum Glück war es verpönt, sonntags morgens Rasenmäher zu benutzen. Dafür wusch auf der anderen Straßenseite der Sohn des Bürgermeisters für ein angemessenes Taschengeld den Wagen seines Vaters. Mit geöffneten Türen und lauter Radiomusik, versteht sich. Die für die Phonzahl viel zu kleinen Lautsprecher des billigen Radios schrepsten metallisch. Jetzt hebelte Mutter das Kippfenster auf und meckerte: „Hier stinkt es bestialisch! Den Geruch krieg ich gar nicht mehr raus! Warum machst du nicht wenigstens das Fenster auf, wenn du …“

„Mutter – bitte! Nicht so laut. Ich habe Kopfschmerzen!“

Martin Schöller sagte das in der irrigen Hoffnung, er könne sie damit zum Schweigen bringen. Doch noch während er den Satz aus dem trockenen Hals quetschte, wusste er, dass er ihr damit nur ein neues Stichwort gegeben hatte.

„Wie kann man sich in jungen Jahren nur schon so ruinieren? Nimm dir ein Beispiel an deinem Vater! Der trinkt nicht, der raucht nicht und macht jeden Tag seinen Spaziergang.“

„Mutter – bitte! Jetzt nicht!“

„Komm, trink deinen Kaffee. Danach geht es dir bestimmt besser."

„Ich brauch erst mal ein Glas Cola. Schön kalt."

Er wollte sich aufrichten, doch ihr entsetzter Aufschrei ließ ihn in die Kissen zurücksinken.

„Coca-Cola auf nüchternen Magen! Um Himmels willen! Willst du dich umbringen? Dein Magen ist sowieso überempfindlich. Kaffee ist das Höchste der Gefühle. Eine warme Milch mit Honig täte dir allerdings viel besser …"

„Mutter, ich hab einen Magen wie ein Mülleimer. Überhaupt nicht empfindlich. Ganz im Gegenteil."

Wortlos sammelte sie seine Wäsche auf, die er achtlos auf dem Boden vor dem Bett verstreut hatte. Dabei beugte sie sich so tief, dass ihr Gesicht nah an seines geriet.

„Du hast dir gestern Abend die Zähne nicht geputzt", stellte sie fest und es klang wie ein Richterspruch.

Sie zerrte an seinem Kopfkissen. Er gab es frei. Sie schüttelte es auf und warf es zum Auslüften auf die Fensterbank.

„Jetzt mach schon, Martin. Trink schön deinen Kaffee und dann ab ins Bad. In zwanzig Minuten beginnt die letzte Morgenandacht."

„Ich will nicht im Bett frühstücken."

„Andere würden sich freuen, wenn sie das Frühstück ans Bett …"

„Warum lässt du mich nicht im Esszimmer frühstücken?"

Er kannte die Antwort.

„Weil Vater es nicht leiden kann, wenn der Frühstückstisch so lange gedeckt ist. Wer nicht kommt zur rechten Zeit …"

„Es ist Vater völlig wurscht, wie lange meine Kaffeetasse auf dem Tisch steht."

„Und wenn jemand zu Besuch kommt? Was sollen die Leute denken, wenn du um diese Zeit verpennt und noch im Schlafanzug am Frühstückstisch sitzt?"

„Wer kommt uns schon sonntags morgens besuchen?"

„Man kann nie wissen."

Sie zog ihm die Bettdecke weg, musterte vorwurfsvoll seine Blöße und klagte: „Wie oft habe ich es dir schon gesagt: Du sollst einen Schlafanzug anziehen, bevor du ins Bett gehst."

„Ich schlaf aber lieber nackt."

„Das ist ungesund."

„Blödsinn."

„Außerdem ist es schlecht für die Bezüge."

Er nahm einen Schluck Kaffee, biss einmal in das Käsebrötchen, ignorierte das Ei unter dem selbst gestrickten, hellroten Wärmemützchen und wollte an seiner Mutter vorbei ins Bad.

„Iss erst etwas. Mit nüchternem Magen kann einem schnell schwindlig werden. Vorige Ostern ist Tante …"

„… Martha vor dem Altar zusammengebrochen", vervollständigte er ihren Satz.

Er duschte, während sie ihm die Sonntagssachen zurechtlegte. Sie entschied, was er zur Messe anzog. Später konnte er sich umziehen. Er brachte alles so schnell wie möglich hinter sich. Es kam mehr darauf an, dass Mutter hörte wie die Dusche ein- und ausgeschaltet wurde, als darauf, wirklich nass zu werden. Weil sie geradezu panisch darauf achtete, dass er sich nach jeder Toilettenbenutzung die Hände wusch, jeden Morgen unter die Dusche ging und sich nach jeder Mahlzeit die Zähne putzte, hatte er eine Technik entwickelt, sie all dies glauben zu lassen. Oft genug wusch er sich nach dem „Pipimachen" nicht die Hände mit Wasser und Seife, wie sie es vorschrieb, sondern wischte sie nur am Gästehandtuch ab. Um nicht aufzufallen, schaltete er aber einmal den Wasserhahn an und aus. Er kam sich dabei schelmisch vor. Gerissen, fast ganovenhaft.

Er ließ den Trockenrasierer übers Kinn huschen und pustete dann ein paar Bartkrümel aus dem Klingenkopf. Die Zähne putzte er sich ausgiebig, um den schlechten Geschmack loszuwerden, und gurgelte mit Odol.

Als er aus dem Badezimmer kam, trieb sie ihn zur Eile an, und während er in seine frische Wäsche stieg, sagte sie: „Hauch mich mal an."

Er hauchte, und sie nickte zufrieden.

„Schon besser. Schließlich kannst du nicht mit einer Schnapsfahne die heilige Hostie empfangen."

Weil er wusste, dass es ihr wunder Punkt war, fragte er scheinheilig: „Aber das darf ich gar nicht mehr. Ich hab doch schon etwas gegessen."

„Ach, das macht nichts. Das ist heute alles ganz anders. Außerdem weißt du ja, dass Tante …"

„… Martha vor dem Altar umgekippt ist, weil sie es nicht vertragen konnte, so lange mit nüchternem Magen …"

„Beeil dich, sonst kommst du noch zu spät!"

Er stakste aus dem Haus, hin zur Kirche. Jetzt knurrte sein Magen.

Wie eine Marionette – von unsichtbaren Fäden geführt – stand, saß oder kniete er im genauen Rhythmus mit den anderen, ohne auch nur einen Gedanken darauf zu verschwenden. Nur an einem einzigen Sonntag in seinem Leben hatte er dieses Ritual versäumt. Damals lag er mit hohem Fieber im Bett.

Nicht weit von ihm entfernt, vorn im Kirchenschiff, blickten Hermann Segler und Frau gemeinsam in ein Gesangbuch. Niemand in Ichtenhagen entzog sich den sonntäglichen Kirchgängen. Selbst der heute von allen verachtete Udo Tiedemann, der das Haus seiner verstorbenen Eltern nicht in Ehren hielt, sondern an einen unanständigen Club verpachtet hatte, war, solange er in Ichtenhagen wohnte, jeden Sonntag hier anzutreffen gewesen. Martin Schöller schloss die Augen, was sehr andächtig wirkte, und genoss noch einmal die Worte von Wolfhardt Paul: Du bist ein Mordskerl!

Ein Mordskerl. Er – Martin Schöller.

Endlich fand er Anerkennung. Auch in der Skatrunde. Bei den alten Hasen. Obwohl er inzwischen Muskeln besaß wie kein anderer in Ichtenhagen, schreckte er manchmal im Schlaf hoch, weil er die gemeinen Rufe seiner Schulkameraden beim Staffellauf nicht mehr ertragen konnte: „Schwabbel! Schwabbel! Schneller, Schwabbel! Schwabb! Schwabb! Schwabb!"

Damals war jeder Sportnachmittag der reinste Horror für ihn gewesen. Er hatte einen Hintern gehabt wie zwei Sofakissen, einen dicken Bauch und dünne Ärmchen und auch im heißesten Sommer trug er weite Pullover, um seine Speckfalten zu verbergen. Aber unter der Dusche, nach dem Turnen, mussten alle nackt sein. Auch er. Daran ließ sich nichts ändern. Er hatte den massigsten Körper und den kleinsten Pimmel.

Allen sprossen dort schon die Haare, nur ihm nicht. Er empfand es als demütigend, mit den anderen turnen und schwitzen und duschen zu müssen. Er wollte aussehen wie die anderen und nicht mehr Schwabbel heißen, sondern Spitznamen haben wie sie. Wollte Tarzan, Flash Gordon, Ringo, Pille oder wenigstens Martin genannt werden. Auf keinen Fall aber Schwabbel.

Doch so sehr er sich auch Mühe gab abzunehmen, seine Mutter mästete ihn. Wenn er einmal keinen Nachschlag verlangte, wenn er nicht wenigstens zwei gehäufte Teller voll aß, glaubte sie gleich, es hätte ihm nicht geschmeckt. Was für sie bedeutete, dass ihr Sohn sie nicht mehr liebte. Sie hatte furchtbar schlechte Zeiten mitgemacht und tobte ihren ganzen Nachholbedarf an Martin aus. Manchmal fühlte er sich wie ihr Mastschwein, dann aber auch wieder sicher, geborgen und glücklich. Besonders nach seinen Niederlagen liebte er es, in der Küche zu sitzen und sich von ihr auf den Teller schöpfen zu lassen. Mit jedem Löffel fraß er ihre Liebe in sich hinein, und mit jedem Löffel wurde die Liebe größer. Wenn es ihm besonders schlecht ging, schaffte er sogar einen vierten Teller und zwei Portionen Mousse au Chocolat oder Karamellpudding zum Nachtisch.

Sie saß bei ihm, sah ihm beim Essen zu, lobte, was für ein guter Sohn er sei und begriff nicht, wie unglücklich sie ihn machte. Manchmal steckte er sich nach solchen Fressorgien auf der Toilette einen Finger tief in den Hals und versuchte, alles wieder herauszuwürgen. Denn kaum war er so voll, dass nichts mehr hineinging, wusste er auch, dass er sich am nächsten Tag dafür hassen würde. Er wollte nicht Schwabbel sein, sondern Martin. Sie wollte nur das Beste für ihn. Doch sie machte ihn fertig. Unter ihrer liebevollen Obhut wurde er von Tag zu Tag kleiner. Sie wollte ihn vor jedem Unheil beschützen und pflanzte damit tiefe Angst und Unsicherheit in ihn. Weil angeblich seine Knöchel nicht stabil genug waren und der Orthopäde davon abgeraten hatte, bekam er als Einziger keine Rollschuhe. Erst als alle Klassenkameraden, selbst die zwei Klassen unter ihm, Fahrräder besaßen, kaufte sein Vater ihm, gegen den Widerstand der Mutter, auch eins. Seitdem hatte sie angeblich keine ruhige Minute mehr, aus Angst „der Junge könnte unters Auto kommen". Um ihn von Radtouren und von seinen Kameraden fernzuhalten, schlug sie ihm vor, lieber mit ihr fernzusehen, und versprach, seinen Lieblingskuchen zu backen. Butterkuchen mit ganz viel Streuseln drauf.

Er bemerkte nicht einmal, welches Kirchenlied er im Moment lauthals mitsang, so sehr nahmen ihn die Gedanken gefangen. Schweißperlen standen auf seiner Stirn.

Die anderen hatten ihn zum Paddeln mitgenommen. Dieter Segler, der Sohn von Hermann Segler, Udo Tiedemann, Helga Paul, die Tochter von Wolfhardt, und Manfred, der Sohn des Bürgermeisters. Manfred hatte echte Paddel vom Gummiboot seines Vaters mitgebracht, aber das Boot war angeblich undicht und musste erst noch repariert werden. Sie glaubten Manfred kein Wort. Vermutlich wollte der Vater es nur nicht herausrücken. Dieter besorgte eine Wäscheleine, Udo ein paar Nägel, und aus Baumstämmen, Zaunlatten und Baubudenbrettern zimmerten und schnürten sie sich ein Floß zusammen. Ein richtiges Floß! Groß genug für sie alle, unsinkbar wie die Titanic, machte es sie zu den unumschränkten Herrschern über den Baggersee. Mitten auf dem See befand sich eine kleine Insel aus Lehm und Sand, ihr Stützpunkt. Helga hatte eine angebrochene Packung HB mitgebracht, und auf der Insel rauchten sie die ersten Zigaretten, wie Verschwörer, fühlten sich als Abenteurer, als Piraten, als Herrscher über die Sieben Weltmeere.

Als seine Mutter im Kittel am Ufer auftauchte, mit wilden Gesten nach ihm rief und Jesus, Maria und alle toten Verwandten beschwor, ihren Jungen zu beschützen, wäre er vor Scham fast krepiert. Die anderen erwarteten, dass er seiner Mutter jetzt eine scharfe Antwort gab, sie aufforderte, ihn endlich in Ruhe zu lassen. Vielleicht hätte er es auch geschafft, aber Udo sagte abfällig: „Ach du Scheiße, deine Mutter", sodass Martin vom blutrünstigen Piraten schlagartig wieder zum braven Sohnemann wurde. Seine Mutter jammerte und wehklagte am Ufer, und er wusste nicht, ob er sie im Moment mehr hasste oder bemitleidete. Er stieg aufs Floß, um zu ihr zurückzuschippern, und was das Schlimmste war: Alle anderen mussten mit, sonst hätten sie zurückschwimmen müssen.

Die ängstlichen Rufe seiner Mutter „Vorsicht, Vorsicht! Um Himmels willen! Wie könnt ihr nur!" gellten so schmerzhaft in seinen Ohren wie die Schreie „Schwabbel, Schwabbel!" während des Staffellaufs.

Wenn sie ihn wenigstens geschlagen oder übel angeschnauzt hätte! Aber nein, sie drückte ihn an ihren dicken Busen wie ein Baby, das den Flammen entrissen worden war, weinte fast vor Freude, ihn lebendig wiederzuhaben, und schimpfte die anderen aus, weil sie ihn zu diesem gefährlichen Unfug angestiftet hätten. Sein Nacken versteifte sich damals so sehr, dass er den Kopf tagelang nicht bewegen konnte. Bis er von Helga wieder angesprochen werden konnte, ohne gleich einen feuerroten Kopf zu bekommen, vergingen Wochen. Dabei hatte er sich an diesem Tag am Inselstrand Helga näher gefühlt als je zuvor. Er fand sich nicht mehr dick und unsportlich und auch nicht mehr ängstlich. Er war ein stolzer Pirat und sie auf dem besten Weg seine Piratenbraut zu werden. Trotz all seiner Macken und Fehler lehnte Helga ihn nie wirklich ab. Aber ihre Art der Zuwendung konnte er nicht ertragen. Sie war von Mitleid bestimmt.

Sie bewunderte Udo, weil er sich verwegen gab und wilde Ideen hatte. Dieter machte ihr manchmal die Hausaufgaben, und Manfred ließ sie auf seinem Pony reiten. Von ihm nahm sie Sahnebonbons an, obwohl die zwischen den Zähnen klebten.

Martin verließ die Kirche mit dem Strom der anderen und hoffte, von niemandem angesprochen zu werden. Er hatte Glück. Mit beständigem Kopfnicken und freundlichem Grinsen kam er davon.

Er musste jetzt handeln. Etwas tun. Sofort. Die Geschichte vorantreiben. Fragen, ob eine Stumme im Angebot war. Ein Preisnachlass musste drin sein. Und am besten noch eine Provision.

Gleich türmten sich wieder Schwierigkeiten auf. Seine Eltern durften natürlich nichts davon erfahren. Ihren Kirchgang hatten Vater und Mutter schon hinter sich. Unwahrscheinlich, dass sie das Haus noch einmal verlassen würden. Das Telefon stand im Korridor auf dem Schuhschrank, vor dem Garderobenspiegel. Wenn sich die Eltern in der unteren Etage aufhielten, konnten sie jedes Wort verstehen, das am Telefon gesprochen wurde. Zum Glück gab es keinen Gebührenzähler am Apparat, so konnte er, wenn er ungestört war, getrost ein Ferngespräch führen. Aber ungestört war er in diesem Haus nie. Die Telefonzelle im Dorf schied ebenfalls aus. Jeder würde sich fragen: Welchen Grund hat der Martin, von dort zu telefonieren, wo sie doch zu Hause einen eigenen Apparat haben?

Die Telefonzelle stand auf dem Parkplatz vor der *Linde*, unmöglich, dort nicht gesehen zu werden. Er musste schon das Dorf verlassen und zu einer Telefonzelle in Brens oder Weierstadt gehen, um ungestört zu sein.

Weil sonntags der Schulbus nicht fuhr, blieb ihm nur der Fußweg. Er hätte trampen können, aber das kam für ihn nicht in Betracht. Trampen war vielleicht spannend von einer Autobahnraststätte aus. Oder in der Großstadt, wo man in sehnsüchtiger Tramperromantik darauf hoffen konnte, interessante Leute kennen zu lernen. Zwischen Brens und Weierstadt aber waren die Chancen gering, jeder kannte jeden. Touristen gab es nicht, und sonntags spulte sich auch kein Berufsverkehr ab. Sogar der Club blieb sonntags geschlossen.

Er schritt weit aus. Ganz auf gleichmäßige Atmung konzentriert wie beim Bodybuilding, bemerkte er nicht, dass bereits nach dem ersten Kilometer Schweiß die Kleider am Körper festklebte.

Die schattenlose Straße führte schnurstracks zwischen den Feldern hindurch, die aussahen wie in der Sonne zum Trocknen ausgebreitete Handtücher. Dort unten, hinter der Baumschule am Rand der Tannenschonung, lag der Baggersee. Ihr Baggersee. Er konnte sich diesem See nicht nähern, ohne an den Tag der großen Steinschlacht zu denken. Er trat heftiger auf und schnaufte, als könnte er so den Ausgang der Steinschlacht nachträglich verändern.

Das Vergangene war nicht vergangen. Nicht für ihn. Im Gegenteil, es begleitete ihn. Hetzte ihn zeitweise.

Die Jungens aus Weierstadt hatten an diesem Baggersee nichts zu suchen. Ihr Anführer hieß Herbert Ruhland. Er hatte Hände, rau und groß wie ein Erwachsener und seine übermäßig langen Arme ließen ihn wie ein Gorilla aussehen. Wenn er die Schultern hängen ließ, reichten seine Hände fast bis zu den Kniekehlen. Wo er auftauchte, gab es Ärger. Er galt als streitsüchtig, hinterlistig und unfair. Ab und zu machte er mit seiner Bande Ausflüge von Weierstadt in die umliegenden Gemeinden. Für einen Tag oder länger beanspruchten sie dann einen Spielplatz, eine Rodelbahn oder einen von kindlicher Hand befestigten Staudamm in der Ichte. Manchmal ließ er sich bestechen. Mit Bonbons, Kaugummi oder Zigaretten.

Drachen zogen ihn und seine Bande geradezu magisch an. Wo auch immer sich einer in die Lüfte erhob, tauchte Herbert Ruhland kurze Zeit später auf. Dieter Seglers großer, sechsschwänziger, chinesischer Drache (ein Geschenk seines Großvaters) hatte es ihm besonders angetan. Schon zweimal war Dieter ihm entwischt. Eine Weile traute er sich gar nicht mehr, seinen Drachen steigen zu lassen, um Herbert Ruhland nicht anzulocken. Doch dann, an einem besonders schönen Ferientag mit idealen Winden, brachten sie den Drachen auf mehr als hundert Meter Höhe. Da erschien Herbert Ruhland mit seinen Leuten.

Die Jungs aus Weierstadt fackelten nicht lange, umzingelten ihre Opfer und Herbert verlangte freundlich grinsend, den chinesischen Drachen geschenkt zu bekommen. Dieter Segler weigerte sich auch nach der zweiten Ohrfeige standhaft, den Drachen rauszurücken. Da hielt Herbert plötzlich ein Taschenmesser in der Hand, griff nach der Leine des Drachens und drohte, sie durchzuschneiden. Mit Tränen in den Augen gab Dieter seinen Drachen her. Die Weierstädter zogen ab. Helga brüllte hinter ihnen her: „Ihr seid gemeine, blöde Schweine!"

Sie wollte Dieter Segler über den Verlust hinwegtrösten, aber es gelang ihr nicht, und auch als Martin eine Runde Sahnebonbons austeilte, verzog sich Dieters Gesicht nicht. Sie schworen sich, zurückzuschlagen, falls Herbert Ruhland und seine Weierstädter sich noch mal am Baggersee blicken lassen sollten. Udo behauptete gar: „Von jetzt an herrscht Krieg."

Zwei Tage später, als Martin zum Baggersee ging, um dort seine Freunde zu treffen, hörte er schon von Weitem Helgas Schreie. Kein Zweifel, die Weierstädter waren hinter ihr her. Martin ließ sich ins Gras fallen, lag eine Weile vor Angst fast bewegungslos und robbte dann vorwärts, um im Schutz der Baumschule einen freien Blick auf den Baggersee zu bekommen.

Die Weierstädter waren zu sechst. Sie trieben Helga vor sich her. Sie schubsten sie, bewarfen sie mit Dreck und traten nach ihr.

Die Erinnerung reichte aus, dass Martin sich ans Herz fasste. Es pochte wie damals, wild und ungleichmäßig. Er verlangsamte seine Schritte und hatte Mühe, seinen Atem unter Kontrolle zu bekommen. Damals hätte es ihn fast zerrissen. Einerseits wollte er ihr helfen. Wünschte sich nichts sehnlicher, als sich für sie zu prügeln, für sie geschlagen zu werden, ja, für sie zu bluten und zu Boden zu gehen. Andererseits fürchtete er, vor ihren Augen von den Weierstädtern gedemütigt zu werden. Vielleicht zwangen sie ihn wieder zu sagen: „Ich bin dick, doof, faul und gefräßig."

Oder er musste, wie schon so oft, Herbert Ruhland die Füße küssen. Vielleicht würden sie ihn auch wieder zwingen, Hundescheiße zu essen oder einen Regenwurm ... Tränen spritzten aus seinen Augen, und er knirschte mit den Zähnen.

Unfähig, sich zu bewegen, sah er zu, wie sie Helga in den Baggersee trieben. Sie stand mit all ihren Kleidern bis zum Bauchnabel im Wasser. Am Ufer flegelten sich die Weierstädter, lachten, rauchten und schnippten mit brennenden Kippen nach ihr. Wenn Helga versuchte, wieder ans Ufer zu kommen, schubsten sie sie zurück, warfen mit Dreck, fuchtelten ihr mit Ästen vor dem Gesicht herum, und Herbert Ruhland spuckte nach ihr. Inzwischen hatten sie sie so weit, dass sie zu bitten begann.

„Ich hab euch doch nichts getan. Bitte, lasst mich hier raus, ich sag auch den anderen nichts."

Sie erntete nur Spott.

„Ich tu auch, was ihr wollt", schrie sie, und ihre Stimme schnappte über.

„Hört, hört!", grölte Herbert, und Martin schwor sich, ihn umzubringen, war aber immer noch nicht fähig, sich auch nur mit einem Wort einzumischen. Da sah er seine Freunde Dieter und Udo näher kommen. Sie würden gleich eingreifen. Keine Frage. Dann waren die Weierstädter zwar immer noch in der Überzahl, aber was spielte das jetzt für eine Rolle? Sie würden sich blutige Nasen holen. Na und? Für Helga wären sie Helden. Retter. Wenn er sofort handelte, hätte er eine Chance, als Erster einzugreifen.

Plötzlich hörte er sich selbst brüllen. Es war kein Wort, nicht mal ein Indianergeschrei, sondern ein wildes, tierisches Kreischen.

Der Ton schmerzte in seinen Ohren und stach in der Kehle, doch er machte ihm Mut. Erschrocken fuhren die Weierstädter herum und sahen Martin Schöller auf sich zurasen. Jetzt formte seine Stimme schon Worte: „Lasst sie in Ruhe, ihr blöden Säcke!", brüllte er und raste weiter vorwärts. Höchstens zehn Meter vor ihnen blieb er stehen, bückte sich, packte nach unten, hatte plötzlich die Hände voller Kiesel und gröberer Steine und begann zu werfen. Die ersten Geschosse feuerte er blindlings ab, doch als er einen der Weierstädter vor Schmerz laut aufheulen hörte, versuchte er es gezielter. Ruhland! Er musste versuchen, Herbert Ruhland zu treffen. Wenn er den in die Flucht schlug, hatte er gewonnen.

Jetzt nahmen auch Udo und Dieter die Weierstädter unter Beschuss. Der Steinhagel lähmte sie für ein paar Sekunden. Noch bevor sie sich klar darüber waren, ob sie einen Gegenangriff starten oder lieber weglaufen sollten, schleuderte Helga zwei schlammnasse Steine und traf mit einem Herbert Ruhland an der Schulter. Jetzt griffen auch die Weierstädter nach Steinen und warfen in schneller Folge, was sie zwischen die Finger kriegten. Doch ihre Würfe waren unkonzentriert und wenig gezielt. Fluchend zogen sie sich steineschmeißend zurück. Mit jedem Schritt, den sie rückwärts machten, flammte größerer Stolz in Martin, Udo, Dieter und Helga auf. Dies war ihr Baggersee! Sie ließen sich von den Weierstädtern nicht vertreiben! Das wollten sie jetzt ein für alle Mal klären.

Der blonde Weierstädter, den sie Strohkopf nannten, wurde an der Kniescheibe getroffen. Er stürzte und hielt sich mit beiden Händen sein blutiges Knie. Zwei liefen in Richtung Baumschule davon, und Herber Ruhland konnte sie mit seinen Beschimpfungen: „Ihr feigen Schweine!" auch nicht halten.

„Wir haben gewonnen!", jubilierte Udo. „Wir haben gewonnen! " und fiel Dieter bereits in die Arme, als auch die anderen Weierstädter zu laufen begannen und Helga hysterisch lachte. Die Schlacht war vorbei. Sie hatten tatsächlich gewonnen! Herbert Ruhland drehte sich noch einmal um, hob drohend die Faust und schrie: „Das werde ich euch heimzahlen, ihr Waschlappen!"

Da feuerte Martin mit aller Kraft seinen letzten Stein, einen weißen, glatten Kiesel in hohem Bogen ab. Er rechnete nicht damit, Herbert noch zu erreichen, so weit war er schon weg. Er warf den Stein nur noch aus Übermut, im Siegestaumel. Aber als er Herberts Schrei hörte, wusste er, dass er ihn schlimm getroffen hatte.

„Mein Auge! Mein Auge! Sie haben mir einen Stein ins Auge geworfen! Hilfe!"

Jetzt rannte Herbert Ruhland, als sei ein Schwarm Bienen hinter ihm her, stützte, raffte sich auf und rannte weiter.

Halb ohnmächtig fiel er wieder hin, da wo vorher sein rechtes Auge gewesen war, quoll eine Mischung aus Blut und weißer Gelatine.

Martins Siegestaumel verwandelte sich in panische Angst. Herbert Ruhland würde sein Auge verlieren. Und er, Martin, war der Täter. Er sah seine Mutter in Ohnmacht fallen und seinen Vater die Hände über dem Kopf zusammenschlagen, er hörte schon all die vorwurfsvollen Reden, was für ein missratener Kerl er geworden sei, als Udo, weiß um die Lippen, aber mit energischer Stimme sagte: „Ich war's."

„Quatsch. Er war's", rief Dieter. „Ich hab's genau gesehen, dass er …"

„Trotzdem. Ich nehme es auf meine Kappe. Außerdem hätte der Wurf genauso gut von mir sein können. Schließlich haben wir alle geworfen."

„Meine Mutter", sagte Martin, „Himmel, wenn meine Mutter das erfährt …"

Udo stieß ihn an. Noch heute spürte Martin Schöller diese Berührung.

„Mach dir keine Sorgen, Martin. Wir sagen, dass ich es war."

„Und deine Eltern?"

„Ach die!"

„Sie werden dir die Hölle heiß machen."

„Ach …"

„Was meinst du, wie teuer das ist!"

„Ich glaub, ich bin gegen so etwas versichert.“

Helga wrang ihre nassen Kleider aus, genierte sich aber, sie vor den anderen auszuziehen, sie wollte einerseits bei ihnen bleiben, andererseits aber nach Hause und sich umziehen.

„Wir gehen jetzt alle zusammen zu Helga und erzählen, wie es passiert ist. Und das mit Herbert nehm ich auf mich. Klar?“

„Klar.“

„Klar.“

Auch Helga nickte. Sie liebte Udo für seinen Edelmut. Sie brauchte kein Wort, um es zu sagen. Ihre Blicke reichten völlig aus. Sie mochte alle drei. Sie waren ihre besten Freunde. Aber Udo liebte sie von diesem Moment an.

Zunächst fiel Martin ein schwerer Mühlstein vom Herzen, weil Udo alles auf sich nahm. Er war tatsächlich versichert, und die Versicherung regelte den Schaden. Alles lief viel undramatischer ab, als Martin befürchtet hatte. Niemand fügte Udo ein Leid zu. Aber in der Schule hatten jetzt alle Respekt vor ihm. Der Nimbus eines Kämpfers umgab ihn. Er war so etwas wie ein Rächer geworden. Eine legendäre Figur. Einer, dessen Freundschaft man nun suchte und vor dem man sich gleichzeitig in Acht nahm. Damals wären viele Mädchen gern mit ihm gegangen und schielten neidisch auf Helga. Auch die Jungen aus den oberen Klassen schubsten ihn nicht mehr herum. Und selbst Herbert Ruhland ließ ihn in Ruhe. Er ahnte nicht, wer sein Auge wirklich auf dem Gewissen hatte.

Martin Schöller hatte unmerklich zu rennen begonnen. Jetzt verlangsamten sich seine Schritte wieder. Er schlug sich mit der rechten Faust in die Innenseite der linken Hand. Udo Tiedemann hatte ihn um seinen Ruhm gebracht. Mit der einzigen Heldentat seines Lebens schmückte sich ein anderer.

Er blieb stehen. Es war sinnlos, nach Weierstadt zu laufen. Sonntags war das Büro des Ehevermittlungsinstituts garantiert nicht besetzt. Er ärgerte sich, nicht früher daran gedacht zu haben. Er kehrte um und ging ins Haus seiner Eltern zurück.

Als er durchgeschwitzt, mit nassen Klamotten und wirrem Haar in der Küche auftauchte, räumte Mutter gerade das Geschirr beiseite und musterte ihn zornig.

„Wir essen jeden Sonntag pünktlich um dreizehn Uhr!"

„Ich weiß, Mutter."

„Unterbrich mich nicht, Martin! Wir essen jeden Sonntag um dreizehn Uhr. Kannst du mir sagen, warum du eine halbe Stunde zu spät zum Essen kommst? Die Messe ist bereits seit zwölf Uhr aus! Hockst du wieder mit den anderen in der *Linde*? Muss ich jetzt auch schon mit dem Essen auf meine Männer warten wie die anderen Frauen in unserem Dorf?"

„Aber nein, Mutter, ich ..."

„Andere würden sich freuen, wenn sie so etwas Leckeres ..."

„Ich freu mich ja auch, Mutter."

„Na gut, heute will ich dir noch mal verzeihen. Setz dich hin, ich tisch für dich neu auf. Aber das passiert mir nicht noch einmal, hast du gehört?" – „Ja. Mutter. Entschuldige bitte."

Normalerweise blieb das Bodyfit-Center sonntags nachmittags geschlossen. Heute war das anders, denn der Wettbewerb in der Brenser Discothek San Francisco stand bevor. Eine Jury, bestehend aus fünf jungen Mädchen und dem Landesmeister im Bodybuilding, sollte den schönsten jungen Mann von der Posingbühne wählen. Dem Sieger winkten dreihundert Mark. Alle gaben vor, um das Geld zu kämpfen, aber den meisten ging es nur darum, mit der muskulösen Pracht ihres Körpers die Discomädchen zu beeindrucken.

Wann konnten sie ihre mühsam erarbeitete Form schon mal so richtig zur Schau stellen?

Dem Discothekenbesitzer garantierte die Sache ein volles Haus und den Leuten vom Bodyfit-Center viele neue Interessenten. Die letzten Tage vor dem Wettkampf wollten alle Beteiligten nutzen, um hier noch einen Muskel zu definieren, dort ein paar Gramm Fett abzubauen oder eine gleichmäßige Bräunung der Haut herzustellen.

Martin Schöller machte sich auf den Weg zum Training. Seine Mutter war wieder versöhnt mit ihm. Er hatte fünf Knödel gegessen, zwei dicke Scheiben Sauerbraten; obwohl er die Vorsuppe – irgendeine Fleischbrühe – überhaupt nicht mochte, hatte er sie brav ausgelöffelt und auch den grünen Wackelpeter mit Vanillesoße hatte er restlos aus der Schale gekratzt.

Nun begann in der Familie Schöller der Fernsehsonntag, und davor floh er. Er wusste noch nicht, ob er sich an dem Wettbewerb in der Discothek San Francisco beteiligen sollte. Wenn er die Konkurrenz ansah, wusste er, dass seine Chancen nicht schlecht standen. Aus Schwabbel war Herkules geworden.

Im Studio war es brechend voll. Keine Maschine frei. Die Frauen trainierten hauptsächlich Waden, Oberschenkel, Bauch und Po, während die meisten Männer ihre Oberarme und den Brustkorb für die wichtigsten Körperteile hielten. Nur einige wenige, zu denen auch Martin gehörte, versuchten, ihrem Körper insgesamt eine gleichmäßige Ausbildung zu geben.

Alle Kleiderhaken im Umkleideraum waren besetzt. Er stellte seine Pumatasche auf dem Boden ab und bemühte sich, nicht in eine der Duschpfützen zu treten. Er hasste es, in nassen Strümpfen zu trainieren. Sein Muskel-T-Shirt war auf dem Rücken so weit ausgeschnitten, dass nur noch ein fünf Zentimeter breiter Stoffstreifen seine Wirbelsäule bedeckte.

Er liebte es, beim Training dem Spiel seiner Muskeln im Spiegel zuzusehen. Er gaffte nicht nach den anderen. Erst recht nicht nach den Frauen. Er beobachtete nur sich selbst. Dabei sagte er sich immer wieder: Das bin ich – Martin Schöller. Das bin ich, Martin Schöller, jawohl. So sehe ich aus. Mein Speckbauch ist weg. Von wegen dünne Oberärmchen! Schwabbel gibt es nicht mehr.

Er wollte an die Latissimus Maschine, um seinen Rücken zu stählen. Aber dort schuftete bereits ein anderer Kandidat mir einem Neunzig-Kilo-Gewicht. An der Bizeps-Maschine standen die Männer Schlange, die Frauen an der Butterfly-Maschine, weil diese eine straffe Brust versprach. An der Schrägbank mühte sich ein Anfänger ab, und Martin Schöller musste mit den Kurzhanteln vorliebnehmen. Auch hier waren die kleinen Gewichte alle in Gebrauch, erst ab fünfzehn Kilo lagen die Hanteln in den Eisen. Er suchte sich eine günstige Stelle an der Spiegelwand und begann seine Flyings.

Er spürte genau, dass er beobachtet wurde. Die Frau an der Butterfly-Maschine dort hinten sah ihn nicht direkt an, sondern die Spiegelung seines Spiegelbildes an der gegenüberliegenden Wand. Wo es sich endlos immer kleiner werdend multiplizierte.

Sie war neu hier. Er hatte sie vorher noch nie gesehen. Sie trug einen kurzen, weißglitzernden Athletikdress, der ihren Körper nachmodellierte wie nasse Seide. Ihre blonden Haare waren zu einem dicken Pferdeschwanz zusammengebunden. Wenn sie Luft holte, neigte sich der Pferdeschwanz nach unten und ihre Augen öffneten sich weit. Dann spannten sich ihre Muskeln. Bevor sie die Kraftreserven in den letzten Muskelfasern mobilisierte, schloss sie die Augen, atmete aus und der Pferdeschwanz wippte nach oben.

Sofort, als sie die Augen wieder öffnete, sah sie ihn an.

Trotz der Flyings verspannten sich seine Nackenmuskeln. Jetzt versuchte sie, direkten Blickkontakt mit ihm aufzunehmen. Er schloss die Augen, um nicht hinsehen zu müssen, erhöhte die Gewichte und pumpte Sauerstoff in seine Muskeln. Wütend schlug er die Kurzhanteln gegeneinander.

Sie findet dich toll ... sie möchte von dir angesprochen werden ... Sie wartet nur darauf ... Nun lass doch endlich die Scheißhanteln in Ruhe, geh zu ihr und sag etwas! Aber was soll ich denn sagen? Was, verdammt noch mal? Zum Beispiel: Na, neu hier? Nein. Das geht nicht. Das sagt jeder.

Er hatte das Gefühl, dass sie seine Gedanken erraten konnte und spürte, wie er puterrot wurde. Okay, das machte nichts. Jeder schob es auf die Kraftanstrengung, wenn hier einer rot wurde. Aber trotzdem, er fühlte sich ertappt. Er traute sich jetzt gar nicht mehr, sie anzusehen. Gleichzeitig versuchte er, in den vielen Spiegeln irgendwo einen indirekten Blick auf sie zu erhaschen. Er fand sie nicht. Als er an der Langhantel stand und neue Gewichte aufschraubte, spürte er sie plötzlich hinter sich.

„Kannst du mir mal helfen? Ich glaube, meine Gewichte haben sich verhakt …“, sagte sie, und er nickte nur stumm. Er begleitete sie zu ihrem Gerät, blickte aber dabei zu Boden. Obwohl sie die Antwort auf ihre Frage deutlich sehen konnte, stellte sie sich voller frischer Neugier: „Machst du das schon länger? Ich bin heute zum ersten Mal hier. Ich weiß gar nicht, ob Bodybuilding auch was für mich ist. Zeigst du mir eine Übung für die Waden? Also ich finde, meine Waden sind zu dünn. Was meinst du?“

Während er alle Konzentration aufbrachte, um einen passenden Satz zu finden, wurde etwas in ihm wieder zum Schwabbel. Speckrollen legten sich über seine Hüften, Fettwürste ringelten sich um seinen Bauch und plötzlich baumelte ein Doppelkinn an seinem Hals. Er brauchte den Blick in den Spiegel, um sich zu vergewissern, dass er Schwabbel besiegt hatte. Erst als sie unaufgefordert seine Waden anfasste und als vorbildlich lobte, schaffte er es zu sagen: „Es gibt eine gute Übung mit den Eisenschuhen. Komm mit, ich zeig sie dir.“

## 10

Der Schulbus, der Hanne Wirbitzki in die Kreisstadt mitnahm, hielt direkt vor ihrer Tür. Diese kleine Extrawurst briet ihr der Busfahrer jeden Morgen. Er mochte sie, so wie die meisten Leute Hanne Wirbitzki mochten. Weil sie fleißig war und freundlich.

„Guten Morgen, Frau Professor“, lachte der Busfahrer.

Hans Wirbitzki hörte diesen Spruch jeden Morgen. Heute machte er ihn besonders sauer. Warum nannte der Busfahrer seine Frau Frau Professor? Jeden Morgen nahm Hans Wirbitzki sich vor, sie am Abend zu fragen. Doch jeden Abend vergaß er es oder er verschob die Frage, fand es nicht mehr so wichtig. Je mehr die Leute Hanne mochten, um so mehr fühlte er sich von ihnen abgelehnt. Er war für die Ichtenhagener der zugereiste Prolet aus dem Ruhrgebiet geblieben. Der Kumpel von der Zeche. Zwischen ihm und allen anderen gab es einen gewaltigen Unterschied: Die anderen besaßen Grund und Boden in Ichtenhagen. Manch einer hier hatte noch weniger Geld als Hans Wirbitzki mit seiner Rentenanpassung. Aber was zählte, war der eigene Besitz. Wer in Ichtenhagen zur Miete wohnen musste, war so etwas wie ein Streuner, ein Zigeuner, ein Nichtsesshafter.

Er glaubte, allen Grund zu haben, mit sich, seinem Leben und seiner Frau unzufrieden zu sein. Er fand, dass Hanne ein herrschsüchtiges Weib war. Sie tat alles nur, um ihm zu zeigen, wie klein er war, wie sehr sie ihn verachtete. Sie verkaufte Schuhe in der Kreisstadt, kellnerte am Wochenende in der *Linde* und zog als Avon-Beraterin durchs Dorf, um allen Leuten klar zu machen, dass sie es war, die die Kohle nach Hause brachte.

Sie stellte ihm, bevor sie losfuhr, das Frühstück wie einen stummen Vorwurf auf den Tisch.

„Ich weiß, dass du keinen vernünftigen Kaffee kochen kannst und die Eier nicht richtig hinkriegst, mein Lieber."

Nein, gesagt hatte sie das nie. Er interpretierte es nur in ihre Nettigkeiten hinein.

Noch im Schlafanzug setzte er sich an den Frühstückstisch und gab sich alle Mühe, es sich nicht schmecken zu lassen. Lustlos schlürfte er den Kaffee und ließ die Schwarzbrotschnitten, die sich schon wellten, wie Schiffchen auf und nieder wippen. Ganz so perfekt, wie sie tat, war sie nicht. Altes Brot. Pah!

Er hasste es zu duschen. Er wusch sich, wie er es von zu Hause gewöhnt war, in der Küche über dem Spülstein. Er schaufelte sich mit beiden Händen kaltes Wasser ins Gesicht und prustete wie ein Nilpferd. So hatte sein Vater es getan und sein Großvater. So wollte er es auch tun. Freitags ging er in die

Badewanne, weil Hanne darauf bestand. Wenn es ihm gelang, sich darum zu drücken, sprach sie ihn erst wieder in der nächsten Woche freitags darauf an.

Er suchte nach seinen Zigarren. Vermutlich rauchte er sie nur, weil er wusste, dass Hanne den Geruch nicht mochte und sich Sorgen um seine Gesundheit machte. Ein paarmal hatte sie ihm ernsthaft angeboten, sich doch „ein anderes Hobby" auszusuchen, eins, das weniger gesundheitsschädlich war. Sie machte sich ständig Sorgen um seine viele Freizeit und brachte ihm Illustrierte mit nach Hause und Bücher, machte Vorschläge, welche Filme er sich ansehen sollte. Sie erzählte ihm von Leuten, die ihrer Meinung nach interessante Hobbys hatten. Als Günther Ichtenhagen begann, in seinem Garten einen Teich auszuheben, sprühte sie vor Begeisterung wie eine Wunderkerze.

„Willst du mir allen Ernstes eine solche Knochenarbeit aufschwatzen? Da hätte ich ja gleich auf dem Scheißpütt bleiben können. Siehst du nicht, wie der schuftet?"

„Man kann nicht nur rumsitzen und simulieren. Dabei wird man ja schwermütig. Ein Mann muss etwas haben, woran er denkt und wofür er arbeitet. Etwas, das ihm Spaß macht. Etwas ganz Eigenes. Da ist so ein Teich nicht schlecht. Besser als Briefmarken zu sammeln."

Jetzt, da ihm diese Worte wieder durch den Kopf gingen, musste er schmunzeln. Ja, bald würde er etwas Eigenes haben, das ihm Spaß machte. Etwas, worauf er sich freute und wofür er lebte. Ein Hobby. Eine Beschäftigung für die vielen freien Stunden. Etwas, das seine Zeit ausfüllte, wenn sie ihrem Seniorchef im Schuhgeschäft schöne Augen machte: ein süßes kleines Thaimädchen. Knabenhaft und geradezu sündhaft jung.

Eine Frau, die ihn nicht als Pflegefall betrachtete, sondern als Mann. Eine, die Respekt vor ihm hatte, ja, vielleicht sogar Angst. Eine, die abhängig von ihm war, von seinen Launen und seinen Wünschen. Eine, die nie auf die Idee käme, ihn herumzukommandieren. Erstens, weil sie stumm war, und zweitens, weil sie gelernt hatte, dass Männer das Sagen haben.

Kleine, zierliche Füße sollte sie haben. Er wollte ihr ein paar Schuhe mit Stöckelabsätzen kaufen. Rot sollten sie sein. Rote Stöckelschuhe! Auf keinen Fall diese entsetzlichen Gesundheitslatschen, mit denen Hanne herumlief. Platt und mit Fußbett.

In Gedanken staffierte er das Mädchen weiter aus und kaute dabei auf dem trockenen Schwarzbrot herum. Die Zigarren vergaß er. Er stand auf und ging zur Toilette. Als er im Flur unabsichtlich sein Spiegelbild sah, erschrak er. Seine Wangen glühten. Sein Blick war fiebrig. Er sah aus, als hätte er zu lange in der Sauna gesessen. Er musste sich ablenken. Am liebsten hätte er einen Schnaps getrunken, doch er wusste, dass der ihm um diese Tageszeit nicht bekommen würde.

Im Zeitungsständer neben der Fernsehillustrierten fand er sein Westernheftchen. Er blätterte hektisch darin herum, suchte die spannende Stelle, wo die schwarzen Reiter die Ranch überfielen. Obwohl seine Augen den Buchstaben folgten, nahm er den Inhalt kaum wahr. Diese Fotos gingen ihm nicht aus dem Kopf. Er spürte, dass sein Leben eine entscheidende Wendung nahm. Er schlug das Heftchen zu und warf es auf den Tisch. Dabei blätterten ein paar Seiten um. Jetzt lag die letzte Innenseite zuoberst. Die Seite mit den kleinen Anzeigen.

*UNSICHTBAR FÜR ANDERE! Wollten Sie nicht schon einmal ein paar Zentimeter größer erscheinen? Jetzt können Sie sich Ihren sehnlichsten Wunsch erfüllen: Größer zu sein! Erleben Sie neue Erfolgsmomente! Reichliche Auswahl an eleganten und sportlichen Schuhen. Sie sehen aus wie normale Schuhe, machen Sie aber sieben bis zehn Zentimeter größer!*

Er schmunzelte. Vielleicht würde Hanne das als neues Hobby akzeptieren:

*Entdecken Sie die Schatzkammer der Menschheit! Die Erde! Jahrtausendelang haben die Menschen ihre Schätze vergraben. Jetzt kann man sie aufspüren. Mit unseren Detektoren. Suchtiefe bis vier Meter. Werden Sie Schatzsucher. Kostenlose Information …*

Hanne fände die Idee bestimmt unterstützenswert. Er hätte etwas zu tun und alle könnten hinter seinem Rücken über ihn lachen. Die andere Kleinanzeige dagegen hätte Hanne bestimmt nicht beachtet.

*Lieben Sie das Besondere? Pariser Chic für die schönen Stunden zu zweit aus unserem erotic-shop. Atemberaubend sinnliche Dessous in allen Farben und reichhaltige Lederabteilung für unsere Domina. Bestellen Sie unseren Katalog, kostenlos und unverbindlich (Bitte zwei Mark in Briefmarken beilegen.)*

Er sah auf die Uhr, so als müsse er sich vergewissern, dass es wirklich noch so früh am Tag war und Hanne noch lange keinen Feierabend hatte. Er suchte einen Briefumschlag, füllte umständlich den viel zu kleinen Vordruck der Anzeige aus und hätte vor lauter Vorfreude am liebsten Martin Schöller angerufen, um ihm von der Idee zu berichten. Ja, er würde tolle Sachen für die Kleine aussuchen. Er wollte sie ausstatten wie eine … wie eine Prinzessin.

Sie brauchte nicht in Lumpen herumzulaufen, nein, das Feinste war für sie gerade gut genug.

Er fuhr in die Kreisstadt, um den Brief abzuschicken. Vor dem Schuhgeschäft, in dem Hanne arbeitete, ging er mehrfach auf und ab und versuchte, durch die Schaufenster einen Blick auf Hanne zu erhaschen. Er wusste nicht, warum er das tat, er fühlte sich ihr plötzlich überlegen. Er hatte ein Geheimnis. Etwas, das ihm gehörte. Er wollte sie sehen, wie sie in ihrer Ahnungslosigkeit Schuhe verkaufte.

In ein paar Tagen schon musste der Katalog kommen. Dann könnte er aussuchen. Wäsche für seine Prinzessin. Hanne würde es nicht merken. Die Post holte er aus dem Briefkasten. Immer. Tja, dachte er, darauf bist du nicht gekommen, dass ich völlig selbstständige, eigene Bereiche habe. Unseren Briefkasten zum Beispiel. Wenn du wüsstest, meine liebe Hannelore, in mir steckt viel mehr als …

Die Erkenntnis kam wie ein Schwindelanfall. Er stützte sich an der Hauswand neben dem Schaufenster ab, drehte sich um, atmete tief durch und spürte, wie sein Mund trocken wurde.

Die dicke Uschi Paul. Wie hatte er sie nur vergessen können? Jeder Brief in Ichtenhagen ging durch ihre Finger, jede Postkarte und jedes Paket. Bestimmt würde sie schon am Umschlag erkennen, was er da für Post bekam. Vielleicht stand hintendrauf: Erotic-Versand. Vielleicht waren sogar eindeutige Bilder auf dem Briefpapier. Nein, er brauchte sich keine Hoffnungen zu machen. Wolfhardts fette Kuh würde nicht schweigen. Nicht eine Minute. Im Gegenteil. Wenn jemand in Ichtenhagen Post aus dem Erotic-Versand bekam, dann reichte das für Uschi Paul aus, um an mehreren Nachmittagen zu Kaffee und Kuchen eingeladen zu werden.

Er stellte sie sich vor, wie sie breit dasaß, die Hände auf den Tisch gestützt, wie sie Sahnetorte in sich hineinschaufelte und über ihn herzog. Er konnte unmöglich seinen Brief von der Post zurückholen. Er hatte nur eine Chance. Er musste verhindern, dass Uschi Paul in den nächsten Tagen die Post austrug.

Er beschloss, sofort mit Wolfhardt zu reden.

## 11

Wolfhardt schüttelte den Kopf.

„Wie stellst du dir das vor, Mensch? Selbst wenn ich wollte, ich könnte gar nicht! Meinst du, die Post liegt hier stundenlang rum, dass ich Zeit hätte, sie durchzuwühlen und deinen Katalog auszusortieren? Die Uschi ist so pflichtbewusst, die … Hier geht die Post pünktlicher ab als bei der Bundesbahn die Züge. Zwischen acht Uhr dreißig und acht Uhr vierzig kommt der Postbus aus der Kreisstadt. Der Tillman lädt sein Postsäckchen hier ab, und Uschi guckt schnell durch, was zu tun ist und zieht gleich los. Kurz vor neun ist sie meist schon wieder zurück. Länger dauert es gar nicht. Ich krieg die Post überhaupt nicht in die Hand."

„Und wenn du sie in Urlaub schickst?"

Wolfhardt Paul tippte sich mit dem Zeigefinger an die Stirn.

„Du bist ja übergeschnappt."

„Es ist wichtig für mich."

„Mach die Sache nicht schlimmer, als sie ist. Hunderttausende bestellen bei diesen Versandhäusern. Da ist nichts dabei. Du kannst immer noch sagen, du hättest es nur zum Scherz probiert, oder meinetwegen bestell was für deine Hanne – die hat doch noch eine tolle Figur! Vielleicht machst du ihr sogar eine Riesenfreude damit! Natürlich wird Uschi sofort damit hausieren gehen. Aber was macht's denn schon? Dir kann es egal sein. Das ist kein Drama!"

Hans Wirbitzkis Augen lagen tief in den Höhlen. Seine Wangenknochen traten hervor, und seine Haut war plötzlich zu dünn, um die vielen roten Äderchen zu verdecken. Hunderte feiner Kanäle durchzogen sein Gesicht und pulsten nervös. Wie von einer längst überwundenen schweren Krankheit erneut heimgesucht, griff er sich ans Herz, musste sich setzen und wischte unaufhörlich imaginären Schweiß von seiner trockenen Stirn.

Unmöglich, dachte Wolfhardt Paul, dass ein erwachsener Mann wegen so einer Lappalie derart in Panik gerät. Der geniert sich nicht: Der hat Angst.

„Soll ich dir ein Glas Wasser holen?"

„Ja bitte."

Er japste wie ein Seehund nach Luft, schien dann wieder eine Weile überhaupt nicht zu atmen, bis er die Luft schnaubend ausstieß. Er nahm das Wasserglas in beide Hände und trank.

„So ein Drachen kann deine Hanne doch gar nicht sein, dass sie dir wegen so einem Katalog …"

„Es ist nicht wegen Hanne … ich … ich will nur nicht wieder ins Gerede kommen."

Wolfhardt hatte nie geglaubt, dass an der Sache etwas dran war. Doch jetzt, als er Wirbitzkis Zustand sah, begriff er schlagartig: Es stimmte.

„Du bist nicht nur wegen deiner Lunge aus dem Ruhrpott hierhergezogen. Du hattest noch andere Gründe …" Hans Wirbitzki nickte.

## 12

Wolfhardt Paul spaltete den Holzklotz mit einem Schlag. Die Hälften splitterten auseinander und sausten quer durch den Stall. Er nahm das nächste Holzstück und holte zu einem mächtigen Hieb aus. Das war Kraftvergeudung. Er, der gewöhnt war, seine Kraft so maßvoll wie möglich einzusetzen, um die zwölf bis vierzehn Stunden durchzuhalten, die der Bauernhof ihm abverlangte, schmetterte die Axt mit solcher Kraft ins Holz, dass es jedes Mal in den Armgelenken dumpf schmerzte. Er brauchte ein Ventil für seine Wut. Immer wenn ihn etwas maßlos ärgerte, tobte er sich bei schwerer körperlicher Arbeit aus. Er quälte seinen Körper über die Schmerzgrenze hinweg, schuftete bis zur völligen Erschöpfung und legte sich dann in die heiße Badewanne.

Jetzt trieb er die Axt durch eine morsche Latte. Splitter sprangen ab und verletzten ihn an der Stirn. Er spürte, wie Blut austrat und warm vom Haaransatz heruntertropfte, zu den Augenbrauen. Es tat ihm gut. Es war eine Erleichterung. Er wuchtete die Baumwurzel auf den Hauklotz. Mooreiche. Stabil wie eine Panzerplatte. Genau das Richtige für seinen Zorn. Er holte aus.

Er dachte an Helga, seine Tochter. Wenn sich an der damals jemand vergriffen hätte … Die Vorstellung machte ihn rasend. Er war sogar eifersüchtig auf ihre gleichaltrigen Freunde gewesen. Besonders auf Udo Tiedemann. Er hasste es, wenn sie sich mit Jungen herumtrieb. Seine Tochter sollte ein asexuelles Wesen sein. Er selbst war unter der Herrschaft von Leuten aufgewachsen, die jeden Geschlechtstrieb für abnorm hielten. Er hielt sich für schlecht, weil er seine Träume nicht unter Kontrolle bekam. Niemals hätte er eine Frau heiraten können, die denen aus seinen Träumen glich. So sehr er sich nach einer schlanken, wohlgeformten Frau sehnte – heiraten konnte er so eine nicht. Jeder hätte doch gleich gewusst, dass er sie nur nahm, um nachts Schweinereien mit ihr zu machen. Die Leute sollten so etwas von ihm nicht denken. Nicht von dem kleinen Wolfi. Dem folgsamen Jungen, dem fleißigen Messdiener. Er nahm sich eine unförmige Frau. Eine, die sich selbst zum Krüppel gemästet hatte. Seine Uschi.

Sie wunderte sich, dass sich überhaupt ein Mann für sie interessierte und willigte sofort ein. Sie spürte instinktiv, dass er nicht von ihr verlangen würde abzunehmen. Für ihn brauchte sie nicht schön sein, nicht sexy hexy, ihr Gang musste nicht vor Erotik knistern, sie brauchte sich nicht mit Lippenstift und Schminke zu versuchen, er war keiner von den geilen Böcken, die ihren Frauen ständig nachstellten. Ab und zu würde er sein Recht verlangen, aber sie konnte sicher sein, es würde im erträglichen Rahmen bleiben.

Als seiner Tochter Brüste wuchsen und sie ständig mit dieser Jungenclique herumlief, brachte ihn das fast um. Dieser Udo Tiedemann war frühreif. Das wusste er. Er hatte ihn mehrfach beobachtet, wie er abends durchs Dorf strolchte und sich an den Rollläden der Schlafzimmerfenster zu schaffen machte. Er versuchte hineinzulugen. Dieser Bengel ging trotz aller Verbote mit seiner Tochter. Zum Glück hatte Helga auf ihn gehört und sich nicht an Tiedemann gebunden. Das wäre eine Katastrophe geworden …

Tiedemann hatte sich genau als das Schwein erwiesen, für das er ihn gehalten hatte. Ihm war es zu verdanken, dass in Ichtenhagen ein Puff eröffnet werden konnte.

Das Beil steckte im Wurzelholz fest. Wolfhardt Paul stemmte seinen Fuß gegen die Wurzel und versuchte, das Beil herauszuziehen. Quietschend gab das Holz nach.

Wenn sich damals einer an ihr vergriffen hätte … Ich wäre zum Mörder geworden, dachte Wolfhardt Paul. Jawohl. Ich hätte ihn erschlagen. Dass Männer so etwas tun konnten … Er wusste es aus Filmen, aus Andeutungen in Zeitungsberichten, aber er konnte es sich nicht wirklich vorstellen. Er hielt es für Übertreibung. Als so ein Gerücht über Hans Wirbitzki am Stammtisch in der *Linde* auftauchte, hatte er ihn vehement verteidigt. Unvorstellbar, dass jemand, den er kannte, der mit ihm in einem Dorf wohnte, so etwas tat.

Zögernd betrat Hans Wirbitzki den Stall.

„Wolfi, du wirst doch nicht …"

„Lass mich in Ruhe."

„Ich will mit dir reden …" – „Hau ab."

„Ich habe dafür gebüßt. Verstehst du? Ich habe dafür gesessen. Drei Jahre. Irgendwann muss mal Schluss sein."

Wolfhardt Paul schwang die Axt hoch über seinem Kopf und traf die Wurzel. Aber der Schlag saß nicht. Das scharfe Metall glitt an der Wurzel ab. Es federte zurück, und fast wäre ihm das Beil aus der Hand geflogen. Um so erbitterter hämmerte er jetzt auf die Wurzel ein wie auf einen gefährlichen Gegner. Schweiß und Blut tropften von seiner Stirn auf das karierte Hemd.

„Du blutest."

„Hau ab. Lass mich in Ruhe."

„Wirst du es erzählen?"

Wolfhardt Paul senkte die Axt, stützte sich einen Moment darauf und versuchte, sich vorzustellen, was in Hans Wirbitzkis Kopf vorging.

Immerhin war er sein Skatbruder. Ein dufter Kerl. Großzügig. Humorvoll. Er stand unterm Pantoffel seiner Frau, war lungenkrank, aber sonst … Bis vor wenigen Minuten hätte er ihn als Freund bezeichnet.

„Du wirst den anderen nichts erzählen? Bitte – Wolfi! Und du musst den Katalog für mich abfangen. Ich kann so eine Hexenjagd nicht noch einmal ertragen."

„Wenn ich mir vorstell, dass du diese kleinen Mädchen … Wie viele waren es überhaupt?"

„Eins. Es ist nur einmal passiert. Glaub mir."

Wolfhardt Paul schulterte seine Axt und hielt den Griff mit beiden Fäusten umklammert.

„Drei. Drei waren es. Aber mehr wirklich nicht."

„Du Schwein."

„Bitte, du musst mir helfen. Wenn du es nicht für mich tust, dann tu es für Hanne. Bitte, tu es für Hanne! Sie hat all die Jahre zu mir gehalten. Sie hat den ganzen Spießrutenlauf mitgemacht. Vielleicht Schlimmeres als ich. Du kannst dir ja nicht vorstellen, wie so was ist … Die Nachbarn haben uns geschnitten. Ach was sag ich, geschnitten, weil ich saß, konnten sie es an mir nicht auslassen. Hanne ist im Supermarkt angespuckt worden. Der Bäcker hat sich geweigert, ihr Brötchen zu verkaufen. – Sie werden hier nicht bedient, Frau Wirbitzki! – Kannst du dir das vorstellen? Ihre Stelle als Verkäuferin war sie natürlich los, und aus der Wohnung mussten wir auch raus – wir wären sowieso ausgezogen, weil es nicht auszuhalten war … Sie ist zu ihrer Mutter gegangen, zu dieser elenden Schreckschraube. Aber sie hat zu mir gehalten. Ich wollte mich aufhängen im Knast, ich dachte, es wäre das Beste, einfach Schluss machen …

„Warum hast du es nicht getan?", unterbrach Wolfhardt Paul ihn barsch und schämte sich im gleichen Moment für seine Worte. So etwas sagte man nicht. Der eigene Fehler dämpfte seine Wut. Haus Wirbitzki schnappte nach Luft. Das Pfeifen seiner Lunge hörte sich jetzt an wie Signale einer langsam näher kommenden Dampflok.

„Ich hätte es getan, glaub mir, und manchmal denke ich noch heute, es wäre das Beste gewesen. Ich hab's nicht gemacht wegen Hanne. Sie ist so eine gute Frau."

„Ja. Und du lässt sie für dich malochen."

„Deine Uschi arbeitet auch."

„Das ist etwas ganz anderes."

Mit beschwörenden Blicken und rasselnder Lunge flehte

Hans Wirbitzki erneut: „Bitte Wolfhardt, mach mich nicht unglücklich!"

Wolfhardt hob die Axt und schmetterte sie in die Wurzel. Dumpf fiel sie vom Hauklotz auf den Strohboden.

## 13

Martin Schöller hielt die Gelegenheit für günstig. Seine Mutter machte oben die Betten. Er hörte, wie sie die Daunendecken ausschüttelte. Jetzt gestaltete sich das Gespräch schwieriger, als Martin erwartet hatte. Es zögerte sich zu lange hinaus. Es bestand schon die Gefahr, dass die Mutter herunterkam.

„Stumm soll sie sein, soso. Wie alt ist der Kunde denn?"

„Sie ist nicht für mich, das sagte ich schon. Er ist so um die sechzig. Eher älter als jünger."

Ein fröhliches Lachen ertönte. „Oje, dann sollte sie vielleicht besser blind sein als stumm, hihihihi, kleiner Scherz, Sie verstehen. Aber ich glaube bestimmt, dass ich da etwas für Sie habe. Wir haben einige hübsche Videospots von den aktuellen Damen aus unserem Angebot. Sie können sich die Filme gerne hier anschauen. Gegen eine kleine Schutzgebühr stelle ich Ihnen auch eine Kassette zur Verfügung. Wir haben VHS und BETA."

Plötzlich hielt Martin Schöller es nicht länger aus. Er konnte sich selbst nicht erklären, warum, ihm fiel kein Satz ein, mit dem er das Gespräch hätte fortführen können. Er legte einfach auf. Er hoffte, sein Gesprächspartner würde denken, dass sie einfach getrennt worden seien.

Martin lauschte nach oben. Noch waren Mutters schwere Tritte nicht auf der knarrenden Holztreppe zu hören. Martin wählte die nächste Nummer. Einer musste die Sache schließlich in Gang bringen, und die anderen hatten nicht genug Schneid.

Es klingelte zweimal, dann hauchte eine Frauenstimme: „Asia Institut, was kann ich für Sie tun?"

Er schluckte und schaffte es nicht, einen Satz herauszubringen. Er hielt die Hand über die Muschel und lauschte wieder nach oben. Fast hoffte er, Mutter möge endlich die Treppe herunterkommen. Dann hätte er einen Grund gehabt, aufzulegen.

Sie kam noch lange nicht. Sie wischte heute auch in den Ecken unter seinem Bett Staub. Einmal in der Woche machte sie sein Zimmer gründlich sauber.

## 14

Das Treffen in Günther Ichtenhagens Wohnzimmer fand unter geradezu konspirativen Bedingungen statt. Wie eine Verschwörerbande ließen sie alle Rollläden herunter und schlossen auch die Doppelglas-Kippfenster sorgfältig.

Martin Schöller trumpfte auf wie ein Popstar, der seine neue Platte vorstellt. Er spielte den Harmoniebolzen und verbreitete gute Laune.

Günther Ichtenhagen saß in seinem Sessel und sah dem Treiben kritisch zu. Sie bewegten sich in seiner Wohnung bereits, als seien sie dort zu Hause. Er brauchte niemanden zu bedienen. Das war ein Vorteil. Sie nahmen sich selbstverständlich Gläser und Flaschen, fanden Aschenbecher, rückten Stühle zurecht und halfen Martin Schöller beim Aufbau des geliehenen Video-Recorders.

Wolfhardt Paul hatte schon lange sämtliche Videobesitzer in Verdacht, sich die Dinger nur angeschafft zu haben, um in den eigenen vier Wänden Pornos und anderen Schweinkram sehen zu können. Hier sollte zwar kein Pornofilm laufen, dafür aber eine Parade junger, schöner Frauen. Eine aus dem Reigen würden sie aussuchen. Was für ein Gefühl!

Günther Ichtenhagen kippte den zweiten Aalborg. Er spürte, dass der Schnaps im Magen ankam, aber die erhoffte entkrampfende Lösung trat nicht ein. Es geht hier um dich, sagte er sich immer wieder tonlos. Du sollst sie heiraten. Du!

Trotzdem fühlte er sich mehr als Beobachter denn als Handelnder. Die Sache wurde ihm aus der Hand genommen. Solche Situationen kannte er nur aus seiner Kindheit. Und aus dem Krieg. Etwas wurde mit ihm gemacht. Man setzte sein Einverständnis voraus. Alle wollten nur sein Bestes, und er wurde nicht mehr gefragt. Es hatte eine Ehre für ihn zu sein und eine Freude. Außerdem wussten die anderen sowieso alles besser.

Nie zuvor war Hans Wirbitzkis Zigarrengequalme Günther Ichtenhagen so sehr auf die Nerven gegangen. Nervös wie ein eingesperrter Tiger im Käfig lief Wirbitzki im Wohnzimmer auf und ab. Er beteiligte sich nicht an den Aufbauarbeiten. Er stachelte auch die euphorische Vorfreude nicht mit Zoten an wie alle anderen. Er setzte sich, stand wieder auf, ging auf und ab, wurde schließlich von Martin Schöller unwirsch angefahren, er solle sich verdammt noch mal hinsetzen, aber es hielt ihn nicht auf dem Stuhl fest. Während die anderen aufgeregt über die Vorzüge der Frauen diskutierten, entschuldigte sich Hans Wirbitzki. Er lief hinaus in den Garten und ging am Teich auf und ab. Damit brachte er alle gegen sich auf: Wolfhardt Paul, der befürchtete, durch die offene Tür könne jemand etwas hören, Martin Schöller, weil er sich um den Lohn seiner Vorarbeit geprellt fühlte, Hermann Segler, weil er sich durch solchen Quatsch nicht stören lassen wollte und einer Entscheidung entgegenfieberte, und Günther Ichtenhagen, der befürchtete, Hans Wirbitzki könne seinen glimmenden Zigarrenstummel in den Teich werfen. Er wusste, wie viel Liter Frischwasser nötig waren, um das vergiftete Wasser wieder für die Fische erträglich zu machen. Auch wenn er seinen Teich im Moment verkommen ließ, weil ihm die innere Ruhe fehlte, sich ihm zu widmen, so wollte er doch nicht, dass jemand seine Zigarrenstummel darin löschte.

Je öfter sie die Videobänder zurückspulten, um sich die Frauen noch einmal anzuschauen, umso verwechselbarer wurden sie. Hermann Segler musste sich eingestehen, die Frauen überhaupt nicht auseinanderhalten zu können. Für ihn waren sie alle gleich. Mit ihren knabenhaften, zierlichen Körpern, den Röcken, die eine Handbreit überm Knie endeten, und den asiatischen Gesichtern. Sie hatten alle Mandelaugen und grellrote Lippen. Ihm wäre jede recht gewesen. Um sich überhaupt in die Diskussion über Vor- und Nachteile der einzelnen heiratswilligen Frauen einmischen zu können, wählte er Bezeichnungen wie „die mit dem roten Pullover", „die mit dem weißen Rock", „die mit dem V Ausschnitt".

Martin Schöller ließ sich auf diese Sprachregelung sofort ein. Es war ihm unangenehm, die Namen der Frauen nicht richtig aussprechen zu können. Da er zum ersten Mal in einer Sache als Fachmann angesehen wurde, an den man sich wendet, wenn man Fragen hat, war es ihm peinlich, wenn Günther Ichtenhagen immer wieder nachhakte: „Wie heißt die, Martin?"

Inzwischen konnte auch Hans Wirbitzki seine Neugier nicht länger zügeln. Mit einer Flasche Bier in der Hand und einer neuen Sechziger Fehlfarben saß er neben Günther Ichtenhagen, paffte, trank und staunte bei jeder neuen Frau, die auf dem Bildschirm vorgestellt wurde: „Das ist 'n Ding!" Dabei stieß er Günther Ichtenhagen jedes Mal mit dem Ellbogen in die Seite. Ichtenhagen befürchtete, an der Stelle einen blauen Fleck zu bekommen, und rückte von Hans Wirbitzki ab.

Martin Schöller holte das letzte Band aus dem Recorder.

„Was ist?", fragte Hans Wirbitzki, „warum rückst du von mir weg? Stinke ich?"

Ichtenhagen war erstaunt über Wirbitzkis Reaktion.

Der rechnet schon den ganzen Abend damit, von uns abgelehnt, ja, ausgestoßen zu werden. Fürchtet er sich vor dem, was wir tun? Vor sich selbst? Oder was macht ihn so nervös?

Martin Schöller goss allen noch einmal ein. Er fühlte sich großartig. Er stand im Mittelpunkt. Er wurde endlich für voll genommen.

Er fasste noch einmal zusammen, was sie gesehen hatten: „Ein Mädchen ist schnuckeliger als das nächste. Meinetwegen könnten wir alle nehmen!"

„Was ist, Günther? Warum guckst du so?"

„Alle Frauen sind buddhistisch. Alle strenggläubig", sagte Günther Ichtenhagen.

Martin Schöller zuckte mit den Schultern. „Na und?"

Mit hochrotem Kopf beugte sich Hermann Segler vor. Er musste es loswerden. Wann, wenn nicht jetzt? „Also, wir haben ja einiges über die Frauen erfahren. Über ihre körperlichen Vorzüge, meine ich. Gewicht, Größe, Alter, Haarfarbe, Augenfarbe – aber mir wäre es lieber gewesen …"

„Ja was denn, Hermann, rück raus mit der Sprache!"

„Na ja, mir wäre es lieber gewesen, wenn wir sie im Badeanzug gesehen hätten."

Martin Schöller lachte laut auf. Es klang gemein, fand Hermann Segler. Warum lachte der Bengel über ihn?

„Also, ich dachte auch, dass man mehr zu sehen bekommt", kam Hans Wirbitzki ihm zu Hilfe.

„Wenn ihr einen Striptease sehen wollt, müssen wir uns erst für eine von ihnen entscheiden und sie kommen lassen, haha", tönte Martin Schöller.

Zornig knallte Günther Ichtenhagen sein Glas auf den Tisch. „Wie du wieder redest! Entsetzlich!"

Beschwichtigend hob Martin Schöller die Hand. „Entschuldigung, Günther, entschuldige bitte. Schließlich reden wir ja von deiner Zukünftigen! Hahaha! Ein bisschen Respekt also, meine Herren!"

Hermann Segler fühlte, dass seine Chancen gut waren, jetzt noch einmal nachzuhaken. „Also, ich meine, ich hätte gerne so eine Vollbusige. Steht darüber nichts in den Papieren? BH-Größen oder so?"

Damit hatte Martin Schöller nicht gerechnet. In der Tat fand auch er, so etwas sollte dabei stehen. Trotzdem. Er hatte das alles hier besorgt und arrangiert und fühlte sich nun gezwungen, die Präsentation zu verteidigen.

„Das mit den BH-Größen geht nicht. In Thailand haben sie ganz andere Größen und Nummern. Das wäre ohnehin nicht gegangen. Und außerdem, hahaha, haben die Mädchen einen BH überhaupt nicht nötig! Sie sind jung, knackig, unverbraucht! Ihr werdet es ja bald sehen."

„Martin!"

„Ist ja schon gut, Günther."

Hermann Segler bat, das in Thailand am Strand mit einer Videokamera aufgenommene Band noch einmal sehen zu dürfen. Es war das einzige, das seinen geilen Augen Fleisch bot.

Am Ende entschieden sie sich aber doch für Mary. Ihren Namen konnten wenigstens alle aussprechen. Von ihr gab es keinen Videofilm. Nur ein Polaroidfoto. Aber auf dem hektografierten Zettel stand ein für den Skatclub entscheidender Punkt: seit ihrer Geburt stumm.

## 15

Das Geld vom Lottogewinn ließ noch auf sich warten. Martin Schöller lieh sich von Günther Ichtenhagen hundert Mark für die Fahrt nach Frankfurt. Er sollte dort alles klarmachen.

Täglich wurde Wolfhardt Paul von Hans Wirbitzki genervt. Von der Kücheneckbank konnte Hans Wirbitzki den Postbus allmorgendlich kommen sehen. Zweimal lief er hin und baute sich vor Uschi auf, während sie die Post in Empfang nahm.

Schnell fächerte sie die Sendungen einmal durch und sagte: „Für dich ist nichts dabei, Hans. Erwartest du etwas?"

Beim zweiten Mal kam er sich schon reichlich dämlich vor, außerdem befürchtete er, so alles nur noch auffälliger zu machen. Uschi durfte die Post nicht selbst in Empfang nehmen. Er musste dafür sorgen, dass Wolfhardt das tat. Aber wie?

Wirbitzki fühlte sich schwach. Schmerzen in den Muskeln, Arme, Beine und Kopf bleischwer. Es machte ihm Mühe, auch nur geradeaus zu gehen. Am liebsten lag er auf der Couch und starrte an die Decke. Dann plötzlich dieser Schüttelfrost.

„Grippe!", prophezeite seine Frau und bestand darauf, dass

er lieber Tee mit Zitrone trank. Gegen seine Gliederschmerzen war das etwa so wirkungsvoll wie ein Mehlpfannkuchen oder ein Fußbad. Als Hanne Antibiotika aus der Kreisstadt mitbrachte, weigerte er sich, sie einzunehmen. Für seine Krankheit war kein Virus verantwortlich. Sie kam aus dem Schrecken seiner Erinnerungen und pflanzte sich als Angst vor der Zukunft fort. Die Nächte waren grausam. Er wälzte sich herum, atmete schwer und schwitzte.

Wenn der Postbus durch war, ging es Wirbitzki für ein paar Stunden besser. Seine Galgenfrist war um vierundzwanzig Stunden verlängert worden, je später es wurde, um so mehr wuchs die Angst vor dem nächsten Morgen.

Wolfhardt stauchte ihn zusammen: „Mach dir nicht in die Hose! Wenn jeder, der vom Sexversand einen Katalog bekommt, gleich ein Kinderschänder wäre, dann könnte man sie nicht mehr in Gefängnisse stecken, dann bräuchte man dafür Fußballstadien!"

Hans Wirbitzki war keinem Argument zugänglich. Ihn beherrschte eine Angst, die sich längst selbstständig gemacht hatte.

„Und wenn die Sache mit Mary herauskommt?"

„Na und! Das ist doch völlig legal. Günther kann heiraten, wen er will. Der ist alt genug. Und Mary tut es freiwillig."

„Trotzdem. Alle werden wieder mit Fingern auf mich zeigen und sagen: das Sexmonster. Ich kann das nicht noch einmal aushalten."

„Wenn du aussteigen willst, sag es."

Wolfhardt Paul zog es vor, Martin Schöller zu unterrichten. Wirbitzkis Nervosität konnte eine Gefährdung für alle werden.

Die *Linde* war für ein solches Gespräch nicht der richtige Ort. Wolfhardt zog es vor, Martin anzurufen. Er tat es, während seine Frau die Post austrug. Er ahnte nicht, dass Martin Schöller um diese Zeit noch im Bett lag. Die Mutter brachte ihm den Apparat ins Zimmer. Sie wunderte sich zwar über den frühen Anruf von Wolfhardt, aber es war ein guter Anlass, den verschlafenen Sohnemann zu wecken. Sie hasste es, wenn er so lange im Bett lag.

„Kannst du sprechen?"

„Hm."

„Ich glaube, Hans dreht durch. Er will aussteigen. Vielleicht solltest du mal mit ihm reden."

„Er kann jederzeit aussteigen. Hauptsache, er hält den Mund."

„Und sein Geld?"

„Du meinst, er will ausbezahlt werden?"

„Kann sein."

„Das kann er sich abschminken. Die Sache ist knapp kalkuliert. Wir haben das gemeinsam beschlossen. Wenn er jetzt aussteigt, lässt er seinen Anteil drin."

„Rede du mit ihm, Martin."

„Darauf kannst du dich verlassen."

## 16

Konnte sich eine junge Frau in dieser Wohnung wohlfühlen?

War es nicht viel zu sehr die Wohnung eines älteren Herrn, der seine Gewohnheiten hatte und seine Eigenheiten? Günther Ichtenhagens Gefühle schwankten. Die Einsamkeit wäre vorbei. Sicherlich würde sie alles schön sauber und ordentlich halten. Aber er war es längst gewöhnt, allein zu sein mit sich und seinem Teich. Mit seinen Büchern und Erinnerungen. Er musste sich einen Raum erhalten, in den er sich zurückziehen konnte, wenn er Ruhe brauchte. Er wusste, auch Menschen, die sich gut verstehen, gehen sich auf die Nerven, wenn sie zu nah aufeinanderhocken.

Er begann, zunächst allein, später mit der Hilfe von Hermann Segler, die oberen Räume auszuräumen. Katis Kinderzimmer ... Sie brauchte es nicht mehr, aber es stand noch unverändert. Als Gästezimmer.

Plötzlich fühlte er sich voller Tatendrang. Dieses Zimmer

würde er für Mary herrichten. Er ließ sich den Spaß gern etwas kosten. Sie sollte sich hier wohlfühlen. Sich zurückziehen können. Dieses ehemalige Kinderzimmer sollte ihr Reich werden.

Direkt neben dem Zimmer waren die Tür zum Balkon, eine Toilette und ein winziges Handwaschbecken. Vom Balkon aus führte eine Treppe direkt in den Garten. Kati nannte das früher ihren Geheimgang. Hier konnte sie die elterliche Wohnung ungesehen verlassen oder Besucher empfangen. Günther Ichtenhagen hatte diese Treppe seit Jahren nicht mehr benutzt. Nun bekam sie wieder eine Funktion. Sie wurde zum separaten Eingang für Marys kleines Schloss, wie er das Zimmer bei sich nannte. Er entwickelte Energien wie beim Teichbau. Mühelos arbeitete er sechs bis sieben Stunden hintereinander.

Ein krankes Herz? – Unsinn. Ein Mann mit einer Aufgabe und einem Ziel ist gesund.

Sorgfältig rissen Hermann und er die Tapeten ab und suchten neue aus. Nie hätte er sein eigenes Zimmer damit tapeziert. Pinkfarbene Wände! Die Idee war von Hermann Segler. Er hatte behauptet, Pink sei die Traumfarbe aller jungen Frauen. Hochmodern. Der letzte Schrei sozusagen. Ichtenhagen wollte nicht kleinlich sein und gab nach. Wenn Mary sich darin wohlfühlte, warum nicht?

Die Möbel suchten sie aus dem Ikea-Katalog aus. Als Martin Schöller davon erfuhr, unterstrich er aufgeregt, dass er keineswegs bereit sei, sich an den Kosten zu beteiligen. Als er das Zimmer sah, bekam er einen Lachkrampf.

„Soll das ein Kinderzimmer sein oder was? Die ist doch keine zwölf Jahre! Ich dachte, wir machen uns das Zimmer mehr so, na ja, wie soll ich sagen, mehr so nach unseren Bedürfnissen."

„Was meinst du denn damit?"

„Diese Ausziehcouch da zum Beispiel – was soll das? Da gehört ein Wasserbett hin. Und diese Lampen. Indirekte Beleuchtung fände ich erotischer."

„Und dann müssen Poster an die Wände!"

Günther Ichtenhagen nickte. Dass er das vergessen konnte

… Kati hatte damals ständig neue Poster. Meist von Popstars, Rockbands, aber auch Sängerinnen. Martin Schöller versprach, so etwas zu besorgen.

„Und einen Kühlschrank, damit man ein paar Flaschen kaltstellen kann und nicht jedes Mal nach unten muss."

## 17

War es wirklich so schwierig, den Eingang zum Institut zu finden, oder hielten die ihre Kunden für dämlich? Jedenfalls lag dem Brief nicht nur eine Schwarz-Weiß-Fotokopie des Stadtplans bei – mit rotem Filzstift der Weg von der Autobahnausfahrt zum Institut eingezeichnet –, sondern auch noch Fotokopien von vier Fotos, die jeweils die Kreuzungen zeigten, an denen der Autofahrer abbiegen musste. Damit überhaupt keine Missverständnisse auftauchen konnten, stand an jeder Kreuzungsecke ein langhaariges Thaimädchen und wies mit ausgestreckten Armen den Weg. Sie lächelte so breit und unerschütterlich, dass Martin Schöller eine Melodie einfiel: „Land des Lächelns".

Er prägte sich das Gesicht ein. Er erwartete, diese Frau im Vorzimmer des Instituts zu finden. Zwischen Schreibmaschine und Telefon als fleißige Sekretärin. Nicht aber im Goldrahmen auf dem Schreibtisch des Chefs.

„Meine Frau", erklärte der Chef nicht ohne Stolz und reichte das Foto an Martin Schöller. „Ich war zwölf Jahre mit einer deutschen Frau verheiratet. Da lernt man den Unterschied schätzen. Wir sind jetzt schon sieben Jahre zusammen. Nie wieder eine Europäerin, das sag ich Ihnen, nie wieder."

Behutsam stellte Martin Schöller den Fotorahmen wieder auf den Schreibtisch.

Geräuschlos trat eine Frau ein, so schön und zart, dass sie für einen Moment Martin Schöllers ganze Aufmerksamkeit auf sich zog. Sie servierte wortlos lächelnd dampfend heißen Tee in dünnen, zerbrechlichen Tassen. Als sie die Tasse vor Martin hinstellte, machte sie eine Demutsbewegung und schlug die Augen nieder. Es war völlig still im Raum und Martin Schöller meinte, die Nylons zwischen ihren Schenkeln knistern zu hören.

Der Chef räusperte sich. Martin versuchte, sich zu fangen. Seine Reaktion auf das Mädchen war dem Chef nicht entgangen. Er weidete sich daran.

Das Mädchen machte zwei tippelnde Schrittchen rückwärts. Jetzt hielt sie den Blick nicht mehr gesenkt, sondern blickte Martin Schöller aufmerksam an.

„Hübsches Mäuschen, was? Sie ist noch zu haben – falls ich sie hergebe." Er klatschte die Handflächen gegeneinander und rieb sich dann geschäftsmäßig die Hände, was die Atmosphäre völlig zerstörte und Martin Schöller wieder in die Wirklichkeit zurückholte. Er bemühte sich, wieder daran zu denken, weshalb er eigentlich gekommen war. Ohne sie anzusehen, klatschte der Chef der Frau mit der Hand auf den Hintern, dass es nur so knallte, und fuhr dann mit der Hand spielerisch unter dem Rock an ihrem Oberschenkel herauf. Sie blieb stumm stehen, lächelte weiter, doch da sie beide ihren Blick nur auf Martin gerichtet hielten, wusste dieser plötzlich mit rauschhafter Klarheit: Diese kleine Szene inszenierten die beiden für jeden Kunden. So sollte, ohne viele Worte, auch dem letzten Versager klar gemacht werden, dass er sich bald schon als Herrscher fühlen könnte.

Martin bemühte sich, geschäftsmäßig zu werden.

„Also, ich habe das Geld in bar mitgebracht. Außerdem die Geburtsurkunde meines Freundes und … eine Vollmacht und seinen Personalausweis."

Alles war viel unkomplizierter, als Martin Schöller erwartet hatte. Der Chef hinter seinem Mahagonischreibtisch befürchtete nicht die geringsten Komplikationen. Er stellte keine dummen Fragen und fand es auch nicht merkwürdig, dass der künftige Ehemann nicht selbst erschien. Im Gegenteil. Nachdem Martin Schöller ihm viertausendachthundertfünfundneunzig Mark auf den Schreibtisch gezählt hatte, gab er ihm die Hand und stellte sich noch einmal, als sei das nicht schon längst geschehen, als Lothar Sommer vor. Er goss einen Cognac ein, gab sich plötzlich sehr aufgeräumt, lockerte seinen Schlips und machte Martin ein Angebot.

„Wenn Sie noch mehr Kunden für mich haben ... Wir könnten da sehr gut ins Geschäft kommen."

„Wie meinen Sie?"

„Machen wir uns nichts vor. Die Zeiten sind hart. Bei mir können Sie am Anfang leicht vier- bis fünftausend im Monat machen. Netto, versteht sich. Wenn Sie fleißig sind, kontaktfreudig und nicht arbeitsscheu, können Sie es zum Gebietsleiter bringen, mit Untervertretern und monatlichen Einkünften zwischen zehn- und zwölftausend Mark. Der Handel blüht. Unsere Ware ist gefragt. Ich brauche nur Leute, die diskret vor Ort alles abwickeln. Ich kann mich nicht um alles selbst kümmern."

„Ich soll so eine Art Vertreter von Ihnen werden, oder was?"

„Nennen Sie es, wie Sie wollen. Ich habe bisher zwölf Mitarbeiter im Außendienst. Ich könnte gut zwanzig gebrauchen."

## 18

Die Aufregung kostete Hans Wirbitzki zu viel Kraft. Er hatte sich nach Ichtenhagen zurückgezogen, in der Hoffnung, hier einen ruhigen Lebensabend verbringen zu können. Keine Vorwürfe mehr, keine Beschuldigungen – ein Verschwinden in der kleinen Welt des Dorfes, der Versuch, zu vergessen und unerkannt zu bleiben. Sie hatten ihr Auskommen, und er beklagte sich nicht. Hanne hielt zu ihm, trotz allem, was geschehen war. Sie liebte es, gebraucht zu werden, sich unersetzlich zu machen. Aber sie ließ sich von ihm nicht mehr anfassen. Sie schlief nicht mehr mit ihm. Einer, der sich so schuldig gemacht hatte wie er, besaß ihrer Ansicht nach kein Recht mehr, einen Geschlechtstrieb zu haben. Einmal, als er zu ihr unter die Bettdecke kriechen wollte, sah sie ihn ernst an und sagte: „Unterdrück es, bis es abstirbt. Du weißt, welches Unheil daraus erwachsen ist."

Sie selbst lebte enthaltsam und verlangte es auch von ihm. Sie war die Nonne, er der Pflegefall. Manchmal, in seinen Träumen, verging er sich wieder an einem jungen Mädchen. Erlebte die Szenen, die ihn vor Gericht gebracht hatten, noch einmal. In seine Gedanken waren sie eingeprägt. Unauslöschbar, wie sein Name und sein Geburtsdatum. Gewehrt hatte sich keine. Wie sollten sie auch? Wer hatte ihnen beigebracht, Erwachsenen gegenüber Nein zu sagen? Wann durften sie je über ihren eigenen Körper bestimmen? Erwachsene entschieden, was gut für sie war. Wann sie genug gegessen hatten und wann es Zeit war, schlafen zu gehen. Ob ein Film für sie geeignet war oder nicht, ob eine Speise gesund war oder nicht, ein Pullover warm genug und eine Krankheit schlimm genug, um die Schule zu schwänzen. Sie waren so sehr gewöhnt, Anweisungen Erwachsener zu erdulden und zu befolgen, dass es ihm ein Leichtes war, sich an ihnen zu befriedigen. Zwischen all den Befehlen:

„Lass das!"
„Pass auf!"
„Kämm dich!"
„Iss das!"
„Bleib sitzen!"
„Halt den Mund!"
„Komm her!"
„Schlaf jetzt!"
fielen seine „Zieh dich aus!"
„Streichel mich hier!"
kaum auf. Woher sollte der Protest der Mädchen kommen? Die dummen Fragen des Richters: „Warum hast du dich nicht gewehrt? Warum bist du wieder zu dem Mann gegangen? Warum hast du deinen Eltern nichts davon erzählt?" brachten doch nur Tränen der Mädchen hervor, die sich jetzt selbst fragten, ja warum habe ich eigentlich nicht …

In seinem tiefsten Innern war er immer noch nicht davon überzeugt, Unrecht getan zu haben. Man hatte ihn bestraft, und er würde es nicht wieder tun. Das wurde nicht akzeptiert.

Die Leute hätten ihn am liebsten gelyncht. Aber trotzdem: Er war davon überzeugt, den Mädchen nicht wehgetan, ihnen kein Unheil angetan zu haben. Sie waren gern zu ihm gekommen. Nach einer Weile hatte es ihnen sogar Spaß gemacht, glaubte er – und sie beklagten sich bei ihm über ihre Eltern, über ihre Lehrer und waren froh, jemanden zu haben, bei dem sie sich aussprechen konnten. Er sagte nicht: „Schokolade ist schädlich für die Zähne."

„Zieh dir was an, du wirst dich erkälten."

„So was sagt man nicht."

„Dafür bist du noch zu klein."

Er zeigte ihnen stattdessen Vergnügungen, die die Erwachsenen ihnen vorenthielten. Das waren seine wirklichen Gedanken, wenn er nachts alleine im Bett lag und für seine sexuellen Fantasien eine Rechtfertigung brauchte.

Man konnte seine Rippen eh schon einzeln zählen. Keiner im Dorf war so dürr wie er. In den letzten Tagen hatte er noch anderthalb Kilo abgenommen. Er wusste nicht, was ihn mehr schaffte: die Angst vor der Post aus dem Erotikversand oder die fiebrige Aufregung, mit der er Marys Ankunft erwartete. Sie war für ihn eine Kindfrau. Die Erfüllung seiner Träume. Unwissend, unschuldig, abhängig, knabenhaft und unbehaart. Das war wichtig für ihn. Schamhaare nahmen ihm jede Lust. Er hatte gehört, diese Asiatinnen seien unten herum kahl. Und falls nicht, würde er sie bitten, sich zu rasieren. Oder noch besser – er würde es selbst tun. Mit diesem Gedanken und einer knüppeldicken Erektion wachte er auf, weil die Klappe am Briefkasten schepperte. Dieses unverwechselbare Geräusch machte ihn sofort hellwach. Unten wartete das Frühstück auf ihn. Das Ei unterm Hütchen war noch warm. Seine Frau packte gerade im Laden ein Paar lederne Wanderschuhe für hundertsechsundneunzig Mark achtzig ein.

Weil er den Briefkastenschlüssel nicht so rasch fand, zog er den einzigen Brief mit der Grillzange heraus. Dann saß er, noch im Schlafanzug, am Frühstückstisch und blätterte das kleine, farbig gedruckte Heftchen durch. Die Erektion war sofort wieder da. Er begann, an sich herumzuspielen, und begriff plötzlich nicht mehr, wie er die letzten Jahre ohne all das hatte durchstehen können. Vor dem, was jetzt kam, fürchtete er sich, aber er wusste, er würde es tun. Keine Strafe konnte ihn davon abhalten. Er war eine Küchenschabe und hatte die letzten Jahre in einer dunklen Ritze zwischen Wand und Tapete verbracht. Jetzt stürzte er sich auf die üppigen Abfälle, um sich vollzufressen. Vielleicht würde gleich ein Kammerjäger kommen und den Laden ausräuchern. Das störte ihn jetzt nicht. Der köstliche Duft der Abfälle brachte ihn fast um den Verstand. Die Vorfreude auf das große Fressen verdrängte das Wissen um die Übelkeit danach.

Er rieb sein Geschlecht heftiger.

Diesmal, dachte er, diesmal hatte er vielleicht in diesem Dorf die gültigen Moralvorstellungen gegen sich. Und natürlich seine Frau Hanne. Aber das Gesetz stand auf seiner Seite. Niemand würde ihn einsperren oder auch nur vor Gericht stellen können.

Plötzlich glaubte er, auf die Meinung im Dorf scheißen zu können. Außerdem machten die angesehensten Männer mit. Sogar Günther Ichtenhagen. Und Hanne, die hatte schon Schlimmeres ertragen. Die würde auch damit fertig werden.

Die würde dich nie verlassen. Nie. Die würde still leiden, alles ertragen und sich höchstens fragen, mit welcher Erbsünde sie belastet war, dass sie auf Erden so viel Leid ertragen musste.

Ja, er war die Rache Gottes für Hannes übergroße Schuld. Er hatte keine Ahnung, worin diese Schuld bestand. Aber es musste sie geben. Warum sonst ertrug sie ein Leben neben ihm? Sie hatte etwas wiedergutzumachen, und er würde ihr ein zweites Mal Gelegenheit geben, großmütig zu sein und alles zu verzeihen.

## 19

Günther Ichtenhagens Lust an der Renovierung des Zimmers ließ nach. Zunächst war er bereit gewesen, Martin Schöllers Ideen zu folgen. Schließlich wusste der junge Kerl besser als er, was so einem gleichaltrigen Mädchen gefallen könnte. Aber das hier entsprach nicht mehr Günther Ichtenhagens Vorstellungen. So, vermutete er, waren die Zimmer im Club. Martin Schöller hatte eine merkwürdige Puffatmosphäre geschaffen, die nicht mehr dadurch zu zerstören war, dass Details umgestaltet wurden. Und wozu sollte hier oben ein Kühlschrank stehen? Selbstverständlich konnte und sollte Mary die Küche unten im Haus benutzen. Jeder hatte in diesem Kühlschrank bereits seine Lieblingssorte gelagert. Günther Ichtenhagen konnte den Flaschen ansehen, wer sie hineingestellt hatte. Er versuchte es, zu verdrängen, doch die Gewissheit in ihm wurde mit jedem Mal, da er diesen Raum betrat, größer: Die richteten dieses Zimmer gar nicht für Mary ein, sondern ein jeder für sich selbst. Seine Gefühle wurden zwiespältig. Mal wollte er aus der Sache raus, ohne die leiseste Ahnung zu haben, wie das noch möglich war, dann wieder freute er sich auf Mary, fühlte sich als Wohltäter, ja als Retter in der Not.

## 20

Hermann Segler stand barfuß in der Küche und trank sein siebtes Bier. Obwohl er nur ein Unterhemd trug, schwitzte er, als würde er im Pelzmantel an der Heizung Aerobic machen. Das Fernsehprogramm war schon lange beendet. Seine Frau schlief inzwischen. Viermal hatte sie ihn ermahnt: „Hermann, sauf nicht so viel. Du musst morgen pünktlich zur Arbeit." Dreimal hatte er nicht geantwortet. Beim vierten Mal brüllte er: „Ich weiß selbst, wann ich zur Arbeit muss, verdammt noch mal! Mecker nicht immer an mir herum! Guck mal in den Spiegel!“ Plötzlich hatte er mit der Faust so heftig auf den Tisch geschlagen, dass er selbst vor dem Geräusch erschrak und hörte sich brüllen: „Du lässt dich gehen! Wenn du nur halb so viel auf dich achten würdest wie auf diesen Scheiß-Lebensmittelladen! Brauchst dich nicht zu wundern, wenn ich eines Tages fremdgehe! Du beachtest mich doch nur noch, um mich zurechtzuweisen! Um an mir herumzunörgeln!“

„Aber Hermann!“

„Hau endlich ab, Mensch!“

Das Bier machte seine Laune nicht besser. Er hatte sich eine Schnapsflasche aus dem Laden hochgeholt und sie zur Hälfte geleert. Es war eine Art Wacholder. Er schmeckte ihm nicht. Viel zu warm und zu scharf. Plötzlich war er wild entschlossen, etwas in seinem Leben zu verändern. Warum brauchte er eine Asiatin? War er nicht Kerl genug, seine eigene Frau gefügig zu machen? Musste er sich eine unterwürfige Liebesdienerin kaufen? War er nicht mehr imstande, seiner eigenen Ehefrau zu zeigen, wo es langging? Was war im Laufe der Jahre passiert, dass so ein Waschlappen aus ihm geworden war? Millimeter um Millimeter hatte sie ihn zurechtgestutzt zu dem armseligen, verkrüppelten, nach einem bisschen Zärtlichkeit gierenden Jammerbild, das er jetzt abgab.

Die letzte Bierflasche noch in der Hand stürmte er die Treppe hoch. Jetzt oder nie! Er stürzte durch die Schlafzimmertür und schlug nach dem Lichtschalter. Er traf. Die Sechzig-Watt-Birne erhellte das Schleiflack-Schlafzimmer nicht genug, um ihn zu ernüchtern. Er riss seiner schlafenden Frau die Bettdecke weg, stand schwitzend, breitbeinig da, um einzufordern, was er für sein Recht hielt.

Sie rollte sich zusammen wie ein Fragezeichen, war noch zu verschlafen, um zu kapieren, was in ihrem Mann vorging, und wollte die Bettdecke wieder über sich ziehen. Er hielt einen Zipfel der Bettdecke in der Hand und schleuderte sie in die andere Ecke des Zimmers.

Jetzt setzte sie sich gerade auf und blinzelte ihn an.

„Zieh dich aus!“, wollte er brüllen. „Hier steht dein Herr und Gebieter! Himmel mich an! Fall auf die Knie vor mir! Frag mich nach meinen Wünschen und sei mir zu Willen!“

Doch das alles schaffte er nicht. Unter ihrem Blick brach er innerlich zusammen. Stammelte nur etwas von ‚Entschuldigung, ich hab wohl zu viel getrunken‘, holte stumm die Bettdecke zurück, reichte sie ihr und war dankbar dafür, dass sie ihn nicht zur Rede stellte.

In der Küche öffnete er sein achtes Bier. Er trank es stehend aus. Er ekelte sich inzwischen vor seinem eigenen Schweiß. Er beschloss, sich abzuduschen. Aber dann ließ er es doch sein, weil er wusste, wie laut man die Dusche im Schlafzimmer hörte, und er wollte seine Frau in dieser Nacht nicht mehr stören. Er hätte es nicht ertragen, sie jetzt anzusehen. Er kam sich klein vor, dumm und verklemmt. Wie sollte sie Respekt haben vor einem Waschlappen wie ihm? Er hatte ja nicht einmal Respekt vor sich selber. Bei der nächsten Frau, dachte er, bei der nächsten mach ich alles ganz anders.

Unter Marys Blicken würde er nicht zusammenbrechen wie ein Haus aus Bierdeckeln.

Er fühlte unter einer dünnen Haut aus Erziehung, Vernunft und Gewohnheit etwas in sich, das ihm Angst machte. Aber nie war die Haut gestraffter gewesen.

## 21

Ein Kinoheld, dachte Martin Schöller, könnte aus ihm nie werden. Sein Verhältnis zum Wetter war gestört. Kinohelden konnten mittellos sein, hässlich, gemein, einsam oder dumm. Das Wetter hielt zu ihnen. Wenn sie fröhlich waren, lachte die Sonne, wenn sie von ihrer Geliebten verlassen wurden, weinte der Himmel. Mit ihrer Gemütslage verfinsterte er sich. Bei harten Gefühlsausbrüchen, Angst oder Wahnsinn kam es sogar zu Gewittern. Sein Innenleben hingegen wurde vom Wetter völlig ignoriert. Ließ ihn eine Frau sitzen, so überflutete die Sonne die Landschaft und lockte die Menschen ins Schwimmbad. War er gut gelaunt wie ein Lottokönig, regnete es garantiert wie aus Eimern. Und ein Gewitter kam in seinem Leben nur vor, wenn ein Fußballspiel übertragen wurde und er es im Fernsehen sehen wollte. Seine ängstliche Mutter drehte dann den Kasten ab, weil sie einen Blitzeinschlag befürchtete.

Nach dem Gespräch mit Lothar Sommer hatte er sich großartig gefühlt. Durchtrieben, hart und abgebrüht. Den Ruhm für seine Taten würde nie wieder ein anderer einheimsen. Unvorstellbar, dass man einmal Schwabbel zu ihm gesagt hatte und er zu schüchtern war, um sich an Helga Paul heranzumachen. Seine erste große Liebe. Im Grunde würde er sie noch heute gerne nehmen. Auch wenn sie etwas von ihrer Anziehungskraft verloren hatte, als sie Udo Tiedemann vorzog. Aber Tiedemann war weg. Hatte das Haus seiner Eltern an einen Privatclub vermietet und niemand wusste, was er nun trieb.

Wenn sie heute ins Dorf käme, um Wolfhardt, ihren Vati, zu besuchen, diesmal hätte er, Martin, eine Chance. Das wusste er. Sie kam nicht.

Aber er sah in der Discothek San Francisco das Mädchen aus dem Body Building Center wieder.

Die Musik war zu laut für ein Gespräch, aber Blicke reichten aus. Später lagen sie nebeneinander und tranken an gegen das Urteil des anderen und redeten sich doch gegenseitig ein, frei zu sein, unabhängig und locker. Klar hatten alle früheren Liebschaften sie nur vorbereitet auf ihn, und sie dachte das Gleiche von ihm. Die ganze Herumvögelei hatte nur dem einen Zweck gedient: dieser ersten Nacht.

Er sprach abfällig über alle Frauen vorher und betonte, dass es mit ihr ganz anders war. Er wusste, dass sie das erwartete und sie gab es ihm mit gleicher Münze zurück. Er war der Größte und hatte den Längsten und keiner hatte es ihr vor ihm so gemacht. Sie redeten sich gegenseitig besoffen und machten zwischendurch recht ungeschickt miteinander Gymnastik.

Beim Frühstück erinnerte keiner den anderen an den Unsinn, den sie sich in dieser Nacht erzählt hatten und sie waren einander dafür dankbar. Sie versprachen, einander wiederzusehen und wussten, dass sie beide nicht besonders scharf darauf waren. Er hatte ohnehin nicht vorgehabt, die Partnerin fürs Leben zu finden, er brauchte nur ein bisschen Selbstbestätigung, und ihr ging es nicht wesentlich anders. Trotzdem beneidete sie ihn ein bisschen, als er ging. Er schien sich wohlzufühlen. Bestens gelaunt und zu neuen Taten aufgelegt. Sie hingegen spürte eine Traurigkeit, die sich breitmachte wie eine Virusinfektion.

Martin sprach laut zu sich selbst. Sie konnte es vom Fenster aus sehen. Aber sie hörte seine Worte nicht.

„Das Leben ist ein Spiel, Martin. Es beginnt mit der Geburt und es endet mit dem Tod. Dazwischen ist alles drin. Nimm dir, was du kriegen kannst, Junge. Nimm's dir. Du hast lange genug gewartet."

# 22

Martin Schöller verbreitete gute Laune. Als er den Sektkorken gegen die Decke schießen ließ, schlugen die vier nachgemachten Schlüssel, die er um den Flaschenhals gebunden hatte, klingelnd gegen das dicke Glas. Jeder sollte einen eigenen Schlüssel zu Marys Zimmer bekommen. Instinktiv spürte Martin Schöller, dass er bei Günther Ichtenhagen auf Widerstand stoßen könnte. Deshalb hatte er ihn nicht informiert, bevor er die Schlüssel nachmachen ließ. Und er händigte sie auch jetzt nicht einfach aus, sondern machte die Sache zu einem feierlichen Akt. Wer protestierte schon mit einem Gläschen Sekt in der Hand gegen den Anlass? So viel hatte er inzwischen von Lothar Sommer gelernt. Man musste eine Sache nur in den richtigen gesellschaftlichen Rahmen einbetten und schon hebelte man die meisten Bedenken aus, bevor sie formuliert wurden.

Mit einer Heiratsurkunde legte man sich legal eine Sklavin zu, ohne gegen die Regeln zu verstoßen. Man konnte sich gut dabei fühlen. Die Dinge bekamen harmlose Namen und einen netten Anstrich.

Indem Günther Ichtenhagen jetzt mit ihnen auf den Ankauf der Sklavin und die feierliche Einweihung von Marys Wohnung anstieß, indem er zusah, wie jeder seinen Schlüssel entgegennahm, erklärte er sich einverstanden mit der Enteignung seines Hauses. Mindestens die Wohnung mit dem separaten Eingang würde von nun an nicht mehr ihm allein gehören. Und Mary schon gar nicht. Sie alle hatten Schlüsselgewalt und sie würden davon ausgiebig Gebrauch machen.

Ichtenhagen wusste es, und etwas in ihm bat, er solle nicht mitspielen. Die Sache abbrechen, bevor sie ihm über den Kopf wachsen würde, aber er war nicht stark genug, gegen die gute Laune der anderen anzugehen. Er fühlte sich ein bisschen wie bei der Beerdigung seines Kollegen, Oberstudienrat Dr. Stahlschmidt. Er hätte Stahlschmidts Erben ohrfeigen können aus Zorn über deren Pietätlosigkeit. Noch auf dem Friedhof, bevor der Sarg unter der Erde lag, wurden sie sich einig, wie das Erbe verteilt werden würde. Das Haus sollte unter den Hammer kommen, die Witwe ins Altersheim und dann wollten sie sich auszahlen lassen. Sie waren bester Laune, sprühten geradezu vor Witz, und gleich nachdem der Sarg in das lehmige Loch abgesenkt worden war und ihre Schwiegermutter kraftlos weinend in den Armen der Töchter lag, nutzten die Schwiegersöhne die Chance, sie zu bearbeiten. Es klang alles so fürsorglich. Sie verpackten ihre Lügen geschickt. Frau Stahlschmidt war ihren Schwiegersöhnen direkt dankbar für so viel Fürsorge und Anteilnahme.

Das große Haus mache ihr sowieso zu viel Arbeit. Außerdem dürfe sie jetzt nicht allein sein, jetzt sei sie mal dran, sich pflegen zu lassen nach der schweren Zeit, während Vaters Krankheit. Sie liebten sie und kämen sie abwechselnd besuchen, und die ärztliche Versorgung in dem Heim sei viel besser als irgendwo sonst – dort könne es nicht geschehen, dass sie nach einem Sturz ein paar Tage hilflos in der Wohnung liegen bliebe, bis jemand etwas merkte – von so einem Fall hatten sie angeblich in der Zeitung gelesen, und sie malten ihrer Schwiegermutter nun mit grellen Farben aus, welche Gefahren das Haus für eine allein stehende alte Frau barg.

Er ging nebenher, während die Schwiegersöhne ihr alles abhandelten: ihr Haus, ihr Geld, ihre Selbstständigkeit, alles. Er war unfähig einzugreifen. Er ertappte sich sogar dabei, beifällig genickt zu haben, als einer der Schwiegersöhne ihn fragte: „Gell, Herr Ichtenhagen, es ist doch das Beste für Mutter?"

Ein bisschen fühlte er sich jetzt wieder so.

Während er sein Glas leerte, tröstete er sich damit, dass er Frau Stahlschmidt im Altersheim besucht hatte. Damals wollte er sein Gewissen beruhigen. Wollte zu gern, dass die Lügen der Schwiegersöhne Wirklichkeit würden. Er hoffte, eine glückliche Frau in einem bestens geführten Heim zu treffen. Er fürchtete sich davor, eine zerstörte, entmündigte Persönlichkeit in einem Mehrbettzimmer zu finden.

Geradezu leichtfüßig hatte er damals das Altersheim verlassen. Frau Stahlschmidt hatte ihm immer wieder versichert, wie gut sie es angetroffen habe, dass sie bereits neue Freunde besaß und froh war, das große Haus los zu sein, weil die Arbeit ihr eigentlich schon lang über den Kopf gewachsen war.

Er wollte nur zu gern glauben, was sie ihm sagte, und lobte selbst die Einrichtung des Hauses als vorbildlich. Aber insgeheim glaubte er, dass die alte Frau nicht die Wahrheit sagte. Sie sehnte sich zurück in ihr Haus, wollte raus aus der Obhut der Pfleger, wollte selbst für sich etwas brutzeln und nicht auf die gut gemeinte, magenschonende Küche angewiesen sein. Aber sie stand unter dem Druck, hier glücklich sein zu müssen, sonst hätte sie ihren Töchtern und Schwiegersöhnen ein schlechtes Gewissen bereitet. Und die sollten glücklich sein. Wozu setzt man Kinder in die Welt, wenn man nicht will, dass sie glücklich werden? Dafür nahm sie gern ein paar Unannehmlichkeiten in Kauf. Ihre Kinder sollten sich keine Sorgen um sie machen. Niemand sollte denken, dass ihre Kinder sie nur abgeschoben hatten. Ja, das Altersheim sei geradezu ihr Lebensziel gewesen. Er selbst nahm ihre Lügen erleichtert auf, schwor sich aber damals, ihm werde so etwas nicht geschehen. Nach dem Tod seiner Frau lehnte er es kategorisch ab, über solche Alternativen auch nur nachzudenken. Dies war sein Haus und darin würde er bis zu seinem Tode wohnen.

Kati hatte ein paarmal gewagt, ein Altersheim ins Gespräch zu bringen. Sie verstand aber sehr schnell, dass mit ihm darüber nicht zu reden war. Sein Schwiegersohn war eh zu dämlich, solch einen Vorstoß verbal auch nur zu wagen. Er spürte, wie sehr er seinem Schwiegervater unterlegen war, und mied deshalb dessen Nähe.

Günther Ichtenhagen hatte Mühe, zu den Gesprächen zurückzufinden und sich auf seine Skatbrüder zu konzentrieren. Aber ein Satz von Martin Schöller und die Reaktion der anderen darauf rüttelten ihn wach: „Also, die Sache wird leider etwas teurer."

Hermann Segler schüttelte den Kopf. „Nee, nee. Von wegen etwas teurer. Wir haben sie zum Pauschalpreis gekauft. Das steht hier. Hast du doch vorgelesen."

„Ja schon. Lothars Ansprüche und Kosten haben wir ja auch abgedeckt. Es ist schon so, wir bekommen sie für den Preis. Die Sache hat nur einen Haken."

Martin Schöller goss die Gläser noch einmal voll. Für Hans Wirbitzki und Günther Ichtenhagen reichte es nicht mehr. Hermann Segler hatte ein Sixpack Bier aus dem Laden seiner Frau mitgebracht, jetzt riss er eine Dose auf. Ihm schmeckte Sekt ohnehin nicht.

Gestenreich erklärte Martin Schöller die Situation. Angeblich hatte Marys Mutter sich an den Nieren operieren lassen müssen und da Marys Vater kein eigenes Land besaß, musste er die vierhundert Mark dafür bei einem Kredithai leihen. Jetzt kam jährlich, pünktlich zur Reisernte, der Geldverleiher und holte sich die Hälfte der Ernte als Zins. Der Rest reichte für die Familie nicht zum Leben. Deswegen musste Mary mitverdienen. Da die Hälfte der Ernte aber nur für die Zinsen reichte und nicht für den Abtrag der eigentlichen Schuld, schufteten die Mitglieder von Marys Familie praktisch als Leibeigene für den Kredithai aus der Großstadt.

Für Günther Ichtenhagen war die Situation sofort klar. Dieses schreiende Unrecht musste beendet werden.

„Schicken wir ihr die vierhundert Mark!", rief er aus, und seine Stimme hatte einen heldenhaften Unterton.

Wolfhardt Paul nickte. „Ja, genau. Solche Verbrecher würden sie bei uns einsperren. Das ist doch Wucher, ist das doch. Das kann man doch mit Menschen nicht machen."

„Dieser Kredithai gehört in den Knast. Der nutzt ja die ganze Familie nur aus."

Martin Schöller nutzte die Empörung der anderen aus, um zu zeigen, wie schnell sie in der Lage waren, dieses Problem zu lösen: „Das sind für jeden nur hundert Mark. Und die Familie ist den Kredithai los."

Alle nickten. Nur Hans Wirbitzki, der sich nicht vorstellen konnte, wie er hundert Mark abzwacken sollte, ohne dass Hanne davon Wind bekam, maulte: „Wieso hundert? Wir sind fünf Leute. Was ist mit deinem Anteil, Martin?“

Sichtlich säuerlich wischte Martin den Einwand vom Tisch. „Das ist noch nicht alles. Für die rasche Ausstellung der Papiere muss Bakschisch bezahlt werden.“

„Bakschisch? Was ist das denn?“

„In diesen Ländern ist das so üblich. Da verdienen die Regierungsangestellten nur wenig. Sie sind es gewöhnt, geschmiert zu werden. Das nennt man Bakschisch. Ohne Bakschisch läuft da gar nichts.“

„Ist das denn erlaubt?“

„Natürlich nicht. Aber wenn wir kein Bakschisch zahlen, kann das noch ewig dauern.“

„Wie viel ist das denn?“

„Ich schätze, so zweitausend müssen wir noch rüberwachsen lassen.“

„Zweitausend?“

„Ja, das wären zweitausendvierhundert Mark zusätzlich. Damit hatten wir aber nicht gerechnet. Das sind noch mal fünfzig Prozent auf den Kaufpreis.“

Martin hatte es nicht leicht, die aufgebrachten Männer zu beschwichtigen. Sie fühlten sich nicht direkt betrogen, aber sie spürten, dass da noch mehr auf sie zukam. Und sofort setzte Martin nach: „Mary arbeitet in einem Schnellrestaurant. Da ist sie noch die Miete schuldig. Und außerdem das Geld für die Verpflegung. Der Restaurantbesitzer lässt sie nicht gehen, bevor das beglichen ist.“

Hans Wirbitzki sah eine utopische Summe auf sich zukommen und schimpfte: „Ich denke, sie hat dort gearbeitet. Wieso kriegt der dann Geld von ihr und nicht umgekehrt?“

Martin Schöller nickte, sein Blick wurde traurig, er schluckte, sah vor sich auf die Tischdecke. Seine Finger spielten mit dem dünnen Sektglas. Fast schien er sich für seine Worte zu genieren: „Ja, Hans, du hast Recht, aber sie fand es selbstverständlich, alles Geld ihrem Vater zu schicken."

„Gutes Mädchen", rutschte es Günther Ichtenhagen raus.

Martin Schöller nickte. „Ja, solche Menschen sind heutzutage selten."

„Wir sollten ihr helfen", schlug Günther Ichtenhagen vor.

Hermann Segler stimmte ihm zu, aber Hans Wirbitzki rückte seinen Stuhl zurecht, räusperte sich und spuckte die Sätze aus, wie aus dem Magen hochgequetschte Galle: „Glaub ich nicht. Der will uns linken. Nicht mit mir!"

Martin Schöller sah ihn nicht an und ging auch nicht auf seine Worte ein. Er konzentrierte sich ganz auf Günther Ichtenhagen. Bei ihm vermutete er ohnehin die größte finanzielle Unabhängigkeit.

„Also, wenn wir dreitausend Mark nachschießen, ist sie in zehn bis vierzehn Tagen bei uns. Wenn nicht, müssen wir uns auf eine unbestimmte Wartezeit einlassen."

Wolfhardt Paul konnte es nicht mehr erwarten. Er wollte endlich den viel gepriesenen weiblichen Körper berühren, und obwohl er nicht wusste, woher er seinen Anteil unauffällig nehmen sollte, fegte er all seine Bedenken hinweg und stieß es hervor wie einen Hilfeschrei: „Ich kann's kaum noch erwarten!"

„Unseren Lottogewinn haben wir schon für die Frau verbraten. Das mit dem Bakschisch wusste der Vermittler doch vorher. Der hat uns reingelegt. Also, ich finde, wir sollten ..."

Martin Schöller ließ Hans Wirbitzki nicht weitersprechen. Hart fuhr er ihm in die Parade: „Was sollen wir? Uns an die Polizei wenden? An die Verbraucherschutzzentrale? Oder einfach hier sitzen und abwarten, bis sie endlich den Fängen des Geldhais und des Imbissbesitzers entkommen ist? Du musst auch mal an das Mädchen denken, Hans. Die sitzt da fest, vergeht vor Sehnsucht nach uns, will raus aus der ganzen Scheiße, und wir könnten ihr mit ein paar Mark weiterhelfen."

„Ein paar Mark – du bist gut ..."

„Sei nicht so geizig. Herrgott, gib deinem Herzen einen

Ruck. Man muss auch mal was Gutes tun. – Sie wird es uns später tausendfach zurückzahlen, glaub mir. Das vergisst die uns nicht so leicht. Diese Frauen sind dankbar."

„Und sie ist ein guter Mensch."

„Ja, Günther, das glaube ich auch. Da hast du völlig recht. Welches Mädchen würde sich heutzutage noch so für Eltern und Geschwister einsetzen? Die denken alle nur noch an sich selbst. Also ich finde, wir können Mary jetzt nicht hängen lassen. Und außerdem, irgendwie gehört sie uns schon. Wir müssen sie nur loseisen."

Martin Schöller wunderte sich selbst, wie schnell und konzentriert er sprach. Er war von sich begeistert. Vielleicht hatte er wirklich als Mädchenvermittler eine große Karriere vor sich … Lothar Sommer hatte sein Genie auf Anhieb erkannt.

Er spürte, er hatte längst gewonnen, es ging nur noch um die Modalitäten. Sie würden zahlen. Alle.

Dicke Adern pulsten das Blut so schnell in Hans Wirbitzkis Kopf, dass er ohnmächtig zu werden drohte. Günther Ichtenhagen schlug ihm vor, sich ein paar Minuten auf das Sofa zu legen. Wirbitzki schnappte nach Luft und das Pfeifen seiner Lunge klang wie das Jaulen eines Hundes. Wolfhardt Paul riss die Türen zum Garten auf, und Hermann Segler drückte ein wenig ärgerlich Hans Wirbitzkis Zigarre im Aschenbecher aus. Dicker, beißender, weißer Qualm stieg dabei auf.

„Damit bringt er sich noch mal um", konstatierte Wolfhardt.

Um alle aktuellen Bedenken wegzuwischen und die Männer zu einer Entscheidung zu bringen, bot Günther Ichtenhagen an, die dreitausend Mark vorzuschießen. Die anderen konnten es dann in Raten an ihn zurückzahlen. Aber darüber machte er sich jetzt noch keine Gedanken. Erstens wollte er nicht, dass Mary auch nur eine Stunde länger in ihrer schlimmen Situation festsaß, nur weil die Männer hier nicht wussten, wie sie eine Bankabhebung vor ihren Frauen verheimlichen sollten. Außerdem spürte er eine Chance für sich. Bis jetzt hatten sie alle den gleichen Anteil an Mary. Aber mit den dreitausend

Mark würde ihm ein größerer Teil von ihr gehören. Damit hätte er mehr Rechte als alle anderen. Er wollte sich ihnen gegenüber einen kleinen Vorteil verschaffen, und sei es nur ein theoretischer, rein rechnerischer. Sie sollte ihm mehr gehören als allen anderen. Immerhin wohnte sie in seinem Haus und wurde seine Frau.

## 23

Langsam, schleichend, kaum merklich ging eine Veränderung im Dorf vor sich. Nicht so sichtbar wie die Erschließung eines neuen Baugebietes, doch viel tiefgreifender und grundsätzlicher. Auch Frau Segler spürte das. Es war wie mit der Musik in einem spannenden Krimi. Das drohende Unheil kündigt sich musikalisch an, noch bevor man etwas sieht oder die Handlung etwas erahnen lässt.

Eines Morgens erschien Martin Schöller in Seglers Laden – was selten genug vorkam – und kaufte eine der drei Flaschen Sekt, die ganz oben im Regal seit Jahren vor sich hinstaubten. Niemand wollte diesen Sekt – ein hoffnungsloser Ladenhüter. In der Kreisstadt gab es diese Sorte schon für vier Mark fünfundneunzig. Warum sollte bei Seglers jemand neun Mark achtzig dafür bezahlen? Für vier fünfundneunzig konnte Frau Segler sie nicht verkaufen. Aus Prinzip nicht. Ihr Einkaufspreis lag drei Pfennig darüber. Aber sie hatte die Flaschen auf sieben Mark achtzig heruntergesetzt. Trotzdem interessierte sich niemand dafür. Sekt kaufte man nicht bei den Seglers. Punkt. Aus.

Ursprünglich waren es sechs Verkaufsflaschen gewesen. Eine trank sie selbst, als sie einsah, dass sich diese Dinger nicht verkaufen würden. Es schmeckte ihr nicht. Eine Flasche verschenkte sie an Frau Sendlmayr zum Sechzigsten. Eine an Wolfhardt Paul und Uschi zur silbernen Hochzeit. Martin Schöller erschien ihr merkwürdig aufgeräumt, er zwinkerte ihr sogar zu und bat, anschreiben lassen zu dürfen.

Irritiert durch den Sektverkauf stimmte sie diesem Wunsch zu. Hinterher ärgerte sie sich darüber, weil sie nicht damit rechnete, jemals das Geld von Martin zu bekommen. Wahrscheinlich musste sie erst seine Mutter beim nächsten Einkauf darauf ansprechen, und das war ihr unangenehm. Martin war für sie immer noch ein Kind. Und an Kinder verkaufte sie nichts auf Kredit. Wie sah das aus, wenn die Eltern in den Laden kamen, um ihre Lebensmittel einzukaufen, und dann die Bonbons und Limonadenflaschen ihrer Kinder bezahlen mussten, für die diese keine Genehmigung hatten? Wenn sie wollten, dass die Kinder sich mit Süßigkeiten eindeckten, gaben sie ihnen auch Geld. Vor Jahren hatte es deswegen einmal Knatsch gegeben. Seitdem war sie rigoros.

Nun redete sie sich ein, Martin sei mit sechsundzwanzig Jahren schließlich schon erwachsen. Zu ihrer Erleichterung erschien er am anderen Morgen und zahlte mit einem Hunderter, den er von einem dicken blauen Bündel pellte. Am gleichen Morgen turnte, ein bisschen nervös, der Pächter von Udo Tiedemanns Haus in den Laden. Vom Club hatte sich noch nie jemand bei Seglers sehen lassen. Sie starrte ihn an wie ein Wesen aus einer anderen Welt und behandelte ihn mit einer Mischung aus Angst, Respekt und Wohlwollen. Er kaufte ihr die Käse- und Brottheke leer. Zum Abschluss nahm er noch eine armdicke ungarische Luftgetrocknete. Nein, nicht ein Viertel, die ganze Wurst. Er maulte Sätze wie „Besuch gehabt, der über Nacht blieb“, „echte Sause“, „hat sich tierisch gelohnt“. Schon im Gehen blieb er stehen, drehte sich noch einmal um, zeigte auf die zwei Sektflaschen und grinste: „Zwar nicht meine Hausmarke, aber besser als Sprudel zum Frühstück. Die haben gestern tatsächlich abgeräumt. Und so ein Tröpfchen pusht doch ganz schön.“

Sie holte eine Flasche aus dem Regal, wischte sie ab und wollte sie in Papier einrollen. Er schüttelte den Kopf. „Nicht nötig.“

Betont freundlich, geradezu übereifrig, zählte sie das Wechselgeld auf die Theke und wünschte einen guten Heimweg. Sie verließ sogar ihre Stellung hinter der Theke, um ihm die Tür zu öffnen. Wann ließ bei ihr schon mal einer fast hundert Mark?

Zwei Sektflaschen an einem Morgen! Ein denkwürdiger Tag.

Sie summte die Titelmelodie vom Tatort. Sie beschloss, Augen und Ohren offen zu halten und alles genau zu registrieren. Es ging etwas vor im Dorf. Und ihr Hermann hatte damit zu tun. Sie spürte es genau. Ständig gluckten die Männer zusammen. Sie soffen nicht mehr einfach so wie früher. Es ging nicht mehr nur ums Skatspielen. Es war unterschwellig etwas hinzugekommen, das ihr Angst machte, obwohl sie es nicht beim Namen nennen konnte. Sie musste aufpassen auf ihren Hermann. Er hatte einen Hang zu Gewalttätigkeiten. Neulich nachts hätte er sie am liebsten verprügelt und vergewaltigt. Vermutlich hatte er es in Gedanken sogar getan. Noch hatte er sich in der Gewalt. Noch gelang es ihm, den Schein des braven Ehemanns zu wahren. Aber seit sie vor fünf Jahren die schweinischen Magazine bei ihm gefunden hatte, traute sie ihm alles zu.

Er ahnte nicht, dass sie davon wusste. Er bewahrte diese Heftchen bei den Schlachtermessern auf. Bei seinem privaten Werkzeug. Er wusste, dass sie nie da dranging. Sie hatte eigene Küchenmesser. Er benutzte seine Schlachterutensilien höchstens mal, wenn er im Dorf bei einer Schlachtung half und sich so ein Zubrot verdiente. Auf einigen der Heftchen waren sogar Blutflecken. Wahrscheinlich sah er sich diese Bilder in der Metzgerei zwischen zwei Schlachtungen an. Seit ihrer Entdeckung beobachtete sie ihn genauer. Damals fiel ihr auf, dass er sich aus ihrem Illustriertenständer im Laden stets die Neuerscheinungen holte und sie manchmal sogar stehend durchblätterte. Er sah sich nur bestimmte Bilder an. Die nackten Mädchen. Die Reklame für Unterwäsche. Die Bildberichte über die Sitten der Naturvölker – garniert mit vielen nackten schwarzen Mädchen – verschlang er.

Mit dem Argument, die Illustrierten ließen sich ohnehin nicht verkaufen, bestellte sie damals das ganze Sortiment ab. Lediglich zwei Modezeitschriften behielt sie im Angebot.

## 24

Hans Wirbitzki versuchte, Uschi Paul zu treffen. Er wollte ihr in einer unverfänglichen Situation begegnen, ihr klar in die Augen sehen, um rauszukriegen, ob sie etwas ahnte. Hatte sie den Brief vom Erotikshop erkannt? Er hoffte, alles würde undramatisch verlaufen. Wie er reagieren sollte, wenn sie ihn angrinsen würde und eine bissige Bemerkung auf den Lippen hätte, wusste er nicht. Er wollte nicht warten, bis sie das nächste Mal Post austrug. Er musste sie vorher treffen. Seine Unruhe wurde übermächtig. Er beschloss, einen Brief zu schreiben oder eine Postkarte und damit zur Post zugehen. Zwar hatte sie offiziell nicht mehr geöffnet, doch die Schalterstunden galten im Dorf überhaupt nichts. Niemand richtete sich danach. Uschi Paul war für alle die Personifizierung der Post. Da sie auch außerhalb der Schalterstunden in ihrem Haus saß und mit ihrer Fressgier kämpfte, konnte man ihr die Post bringen, wann man wollte. Meist gab es sogar ein Pläuschchen und ein Täschen Kaffee.

Hans Wirbitzki wusste niemanden, dem er hätte schreiben können. Seine alten Freunde aus dem Ruhrgebiet, die Kumpels aus alten Tagen, wollten nichts mehr von ihm wissen. Für die meisten war er einfach gestorben; sie versuchten, ihn zu vergessen, und einige hassten ihn jetzt geradezu. Nicht einmal im Knast hatte er Kumpels gewonnen. Einer wie er war auch dort der letzte Dreck. Ein Kinderschänder. Ja, wenn er erwachsene Frauen vergewaltigt hätte – das galt dort als Kavaliersdelikt. Aber kleine Mädchen zu verführen – dafür hatten die Knackis nichts übrig. Zumindest nicht die in seinem Trakt.

Er musste bitter grinsen bei dem Gedanken, dass seine einzigen Freunde in Ichtenhagen wohnten. Aber er konnte schlecht eine Postkarte an Hermann Segler oder Günther Ichtenhagen schreiben. Um die Post zu bemühen, musste man wenigstens einen Bekannten in der Kreisstadt haben.

So sehr er auch nachdachte, ihm fiel niemand ein. Ichtenhagen war für ihn zum Schneckenhaus geworden. Nie zuvor war ihm das so klar geworden.

Lustlos blätterte er in einer alten Illustrierten. Er suchte die Annoncen ab. Es musste irgendwo jemanden geben, dem er schreiben konnte!

Da. Das war es:

*Nervös? Angstzustände? Leistungsdruck?*
*Schlafstörungen? Prüfungsangst?*
*ELAN Naturheilmittel*
*Nicht apothekenpflichtig*
*Fünfzig Kapseln* DM 39,80

Er schnitt die Annonce aus, legte sie in einen Briefumschlag, adressierte ihn an die Firma und trug den Brief aufgeregt zur Post.

Jeder Schritt schmerzte in seiner Brust. Was, wenn sie alles wusste?

Vielleicht, dachte er, kann ich die Pillen wirklich gut gebrauchen. Jetzt zum Beispiel, jetzt könnte ich glatt ein paar von diesen Kapseln einwerfen.

Er schaffte es zu klingeln. Es war eine Heldentat.

Er hörte Uschis schweren Schritt. Sie öffnete schnaufend. Wie immer, wenn sie allein im Haus war, trug sie nur einen Kittel. Die schweren Mieder, den Drück-mir-den-Speck-weg-Panzer, ertrug sie nur während der offiziellen Schalterstunden oder bei den wenigen Anlässen, zu denen sie sich in der Öffentlichkeit sehen ließ. Einladungen, Geburtstagsfeiern und so weiter.

Hans Wirbitzki hatte sie bisher nur geschnürt gesehen. So quallig und unförmig kannte er sie nicht. Einen größeren Kittel gab es bestimmt nicht zu kaufen. Trotzdem spannte er vor ihrem Bauch. In der Mitte stand ein Knopf offen. Dort lagen schweißnasse Bauchfalten lappig übereinander, schutzlos Hans Wirbitzkis Blick ausgeliefert.

Im gleichen Moment wusste er: Sie hatte nichts bemerkt. Es

war ihr entgangen. Sie brauchte viel zu viel Aufmerksamkeit, um mit sich selbst fertig zu werden, mit ihrem Fressproblem und ihrem Hass auf den eigenen Körper.

Sie versuchte, ihn so schnell wie möglich loszuwerden. Er gab ihr den Brief und die achtzig Pfennig, sie errötete, versuchte, unauffällig den Knopf zu schließen, merkte, dass er dorthin starrte und errötete immer mehr. Als er wieder auf der Straße war, hüpfte er wie ein fröhlicher Schuljunge. Er glaubte, dass sie noch viel schlimmer dran war als er. Und plötzlich dachte er: Selbst wenn sie etwas gemerkt hätte, was wäre schon dabei gewesen? Eigentlich kann es mir egal sein. Mein Leben ist eh verpfuscht und versaut. Ich kann nur noch versuchen, ein bisschen für mich herauszuholen. Ein bisschen mehr, als mir dieses Ichtenhagen bisher zu bieten hatte.

Er freute sich darauf, den Katalog vom Erotikshop noch einmal durchzublättern. Bis Hanne von der Arbeit kam, blieben ihm noch gut zwei Stunden.

## 25

Die täglich heftiger gestellte Frage: Wann kommt sie nun?, wurde von ihrem ersten Brief kurzfristig verdrängt.

Dieser Brief, versehen mit einem Polaroidfoto, brachte einen Lichtblick in das zermürbende Warten. Die aufflackernde Freude von Günther Ichtenhagen konnte die Wut darüber, dass der Brief seiner zukünftigen Frau an ihn bereits von Martin Schöller aufgerissen und gelesen worden war, nicht verdecken. Martin empfand dabei nicht das geringste Unrechtsgefühl oder gar Scham. Im Gegenteil. Es war Zufall, dass er den Brief nicht zuerst Wolfhardt Paul oder Hermann Segler gezeigt hatte. Er kam an Günther Ichtenhagens Garten vorbei, als dieser versuchte, seinen langsam sumpfig werdenden Teich zu retten. Martin zog den aufgerissenen Briefumschlag aus der Jackentasche und winkte damit.

Wortreich erklärte er, der Brief sei ihm bei seinem erneuten Besuch in Lothar Sommers Agentur ausgehändigt worden. Die langen, sonst üblichen Postwege blieben ihnen erspart, weil ein Gewährsmann von Lothar Sommer den Brief zusammen mit anderen Unterlagen aus Bangkok von Mary direkt mitgebracht hatte. Deswegen auch keine gestempelten Briefmarken.

In dem Briefumschlag befand sich ein weißes betipptes Blatt Schreibmaschinenpapier mit Lothar Sommers Briefkopf und ein kleinerer Briefumschlag, nicht mit dem Daumen geöffnet wie der große, sondern fein säuberlich mit einem Messer aufgeschnitten. Darin Marys handschriftlicher Brief, auf Lothar Sommers Papier die Übersetzung.

„Warum guckst du so? Das ist doch nett von Herrn Sommer. Alle Post geht über ihn. Er lässt die Briefe direkt übersetzen und leitet sie weiter. Du kannst Mary auch gerne antworten, wenn du willst. Der Brief geht ebenfalls über ihn. Die Übersetzung ist übrigens kostenlos. Eine reine Serviceleistung."

„Jaja, ich weiß."

„Warum guckst du dann so sauer?"

„Sie schreibt, sie schuldet dem Kredithai für die Operation der Mutter nicht vierhundert Mark, sondern viertausend. Wir müssten ihr also noch mal dreitausendsechshundert Mark schicken, um sie endlich ..."

Martin Schöller spürte den Widerstand in Günther Ichtenhagen und wollte das Gespräch nicht über den Gartenzaun hinweg fortsetzen.

„Kann ich reinkommen?"

Günther Ichtenhagen nickte ihm zu und ging wortlos vor. Martin öffnete das Gartentor nicht. Er hechtete sportlich elegant über den Zaun und kaute, hinter Günther Ichtenhagen her trottend, auf der Unterlippe herum. Er durfte das Ding hier nicht verpatzen. Immerhin hatte sein Arbeitsverhältnis mit Lothar Sommer gerade erst begonnen. Es durfte nicht sofort durch einen Flop belastet werden.

Im Haus bot Günther Ichtenhagen ihm nichts an. Nicht

einmal einen Stuhl. Martin ignorierte das und setzte sich trotzdem. Günther Ichtenhagen ging mit dem Kuvert in der Hand auf und ab. Er sah Martin nicht an. Seine nervösen Augen tasteten die Wände ab, als könne dort durch Geisterschrift eine Antwort auf seine Fragen erscheinen. Dann ging er ins Badezimmer, nahm einen Schluck klares Wasser, kehrte zu Martin Schöller zurück und beschwerte sich: „Von den anderen habe ich noch nichts zurück. Die ganzen dreitausend stehen noch aus. Und jetzt wieder dreisechs. Ich bin keine Kuh, die man ständig melken kann …"

„Aber Günther, ich bitte dich. Im Grunde war das Ganze unsere Dummheit. Die Geschichte war uns ausführlich geschildert worden. Der Kredithai verlangte die halbe Ernte von ihren Eltern. Nur als Zins und Zinseszins. Da konnte es sich nicht um vierhundert Mark handeln. Sondern nur um viertausend. Das hätten wir uns denken können. Es handelte sich um einen reinen Übermittlungsfehler, aber mit ein wenig logischem Nachdenken hätten wir darauf stoßen müssen. Jetzt wollen wir nicht kleinlich sein, oder?"

„Von Wir kann wohl gar keine Rede sein. Es geht um mich, meine Frau und mein Geld."

„Kannst du die dreisechs vorstrecken?"

„Natürlich kann ich das. Aber ich lass mich nicht gern übers Ohr hauen."

„Glaubst du, dass sie dich anlügt? Oder denkst du etwa, dass ich …"

Abwehrend hob Günther Ichtenhagen die Hände. „Ich glaube gar nichts. Ich habe nur ein ungutes Gefühl. Warum schicken wir ihr das Geld nicht direkt? Warum geht es immer über Lothar Sommer?"

Martin schuppte sich den Rücken unauffällig an der Lehne. Auf das letzte Solarsonnenbad hatte seine Haut allergisch reagiert. Große rote Inseln auf seinem Rücken juckten wie Mückenstiche.

„Wie willst du es denn schicken? Sie hat nicht mal ein Konto."

„Warum nicht?"

„Mensch, die ist eine stumme Kellnerin in einem Imbiss in Bangkok, nicht in einem Münchner Spezialitätenrestaurant, kapierst du das nicht? Das ist der andere Teil der Welt. Da hat nicht einfach jeder ein Bankkonto. Und eine Frau schon gar nicht. Wir können froh sein, dass Lothar Sommer das alles für uns und für sie regelt. Der weiß genau, wie man so etwas macht. Oder fällt dir was Besseres ein?"

Günther Ichtenhagen nickte. „Ja. Ich könnte hinfliegen und die Sache für Mary und mich vor Ort selbst klären."

Martin Schöller schluckte. Er versuchte, aus Günther Ichtenhagens Gesicht abzulesen, ob er das ernst meinte oder nicht.

„Wenn du darauf bestehst, flieg ich hin und hol sie ab. Die finanzielle Seite müssten wir natürlich klären ...", fing Martin Schöller verwirrt an.

Günther Ichtenhagen schüttelte den Kopf. Er wirkte plötzlich jugendlich, energiegeladen. „Oh nein. Wenn überhaupt einer hinfliegt, dann ich."

„Du?"

„Natürlich. Ich bin ihr Mann. Nicht du."

„Noch nicht, Günther. Wir bekommen sie zunächst vierzehn Tage zur Ansicht. Mit Geld-zurück-Garantie. Ob wir sie nehmen oder nicht, entscheiden wir später."

Ungehalten schimpfte Günter Ichtenhagen los: „Und wer soll das nach welchen Kriterien entscheiden? Immerhin soll sie meine Frau werden. Ich denke, wir haben uns gemeinsam auf Mary festgelegt. Noch weiter komme ich euch nicht entgegen. Wenn sie jetzt einem nicht passt, werde ich sie deswegen nicht zurückschicken."

Martin Schöller war nicht länger auf dem Stuhl zu halten. Er stand auf und versicherte: „Keine Angst. Sie wird schon spuren. Sie weiß, dass es sonst wieder in Richtung Heimat geht."

„Deine Sprache widert mich an!", brüllte Günther Ichtenhagen. Martin Schöller zuckte zusammen. Für Bruchteile von Sekunden saß er wieder auf der Schulbank, und vor ihm stand der übermächtige Lehrer, der ihn durchschaute, seinen Schummelversuch entdeckt hatte und gleich die Strafe aussprechen würde. Hundertmal in Schönschrift: Ich darf meinen Lehrer nicht belügen.

Eine Gänsehaut zog sich von seinen Oberarmen bis über den Rücken. Der Juckreiz wurde so groß, dass er sich am liebsten augenblicklich unter Günther Ichtenhagens Dusche gestellt hätte.

Seine Körperhaltung signalisierte Harmlosigkeit, ja, Unterwerfung. Günther Ichtenhagen kannte diese Position zu gut. So standen Schüler vor ihm, die wussten, dass er wusste, dass sie abgeschrieben hatten. So baten sie nonverbal um Nachsicht.

„Ob sie die deutsche Küche beherrscht, weiß ich immer noch nicht."

Es war zwar ein Vorwurf gegen Martin Schöller, aber gleichzeitig auch ein Angebot, das Thema zu wechseln und die Schärfe herauszunehmen.

Martin Schöller wog seine Sätze genau ab, bevor er sie aussprach. Zunächst wollte er vorschlagen, eine Art Probekochen zu veranstalten. Er sah sich gern in der Rolle des Schiedsrichters über Marys Arbeit. Gern würde er großzügig, wohlwollend beurteilen, was sie anzubieten hatte. Aber er fürchtete, so ein Vorschlag könnte Günther Ichtenhagen nur noch wütender machen. Deshalb sagte er so sachlich wie möglich: „Falls dir dieses Thaizeug zu scharf ist, wird sie bestimmt bereit sein, die deutsche Küche zu erlernen. Ich könnte versuchen, ein deutsches Kochbuch in Thai zu besorgen, damit sie es auch lesen kann. Lothar Sommer vermittelt auch Frauen gegen einen kleinen Aufpreis, die bereits einen Kochkurs für deutsche Küche mitgemacht haben. Ich glaube, die deutsche Botschaft organisiert das für Lothar Sommer. Oder irgendein deutsch-thailändisches Kulturinstitut. Falls wir noch lange auf sie warten müssen, könnte sie die Zeit nutzen, um zu lernen, wie man einen ordentlichen Sauerbraten …"

Günther Ichtenhagen hörte nicht mehr zu. Gedankenverloren saß er in seinem Fernsehsessel und starrte auf das kalte, abgeschaltete Gerät, als ob dort die erste Mondlandung übertragen werden würde.

Martin beschloss, ihn allein zu lassen. Er kämpfte mit sich. Zu gern wollte er ihm noch die Bestätigung abringen, dass er bereit sei, die dreitausendsechshundert Mark ebenfalls vorzustrecken. Aber Günther Ichtenhagen war nicht mehr ansprechbar.

Er verbrachte eine schlaflose Nacht, gepeinigt von der Ahnung, betrogen zu werden. Aber die Vorstellung, dass Mary bald bei ihm einziehen würde, beseitigte immer wieder alle Bedenken. Es reichte aus, sie in Gedanken durch seine Wohnung tippeln zu lassen, und alle unangenehmen Begleiterscheinungen wie der Kauf, das Teilen mit den anderen, erschienen ihm wie der bittere Beigeschmack einer lebenswichtigen Medizin.

Immer wieder kreisten seine Gedanken um das obere Zimmer. Warum sollte sie dort wohnen und nicht unten bei ihm? Die Ehebetten standen noch im Schlafzimmer. Er würde sie heiraten. Warum sollte sie nicht neben ihm liegen? Konnte er die anderen noch aus der Sache hinausdrängen? Einerseits erschien ihm nichts erstrebenswerter, andererseits wusste er, allein war er nicht in der Lage, die Sache zu Ende zu bringen. Weder wäre er auf die Idee gekommen, noch hätte er sich selbst so weit vorgewagt. Er brauchte Martin Schöller, weil jemand die geschäftliche Seite für ihn abwickeln musste. Er hasste ihn dafür, aber er wusste, dass er auf ihn angewiesen war. Er selbst wäre niemals zu diesem Menschen namens Lothar Sommer gefahren, um die Modalitäten auszuhandeln. Er hätte sich nicht mal für eine der vielen schönen Frauen entscheiden können. Er war zwar die Hauptfigur in diesem Spiel, denn er würde Mary heiraten, und er zahlte den Löwenanteil, aber trotzdem fühlte er sich wie ein Trittbrettfahrer. Er fand, alle anderen waren engagierter als er. Er brauchte diesen Gedanken, um ihnen die Schuld an all den negativen Begleiterscheinungen dieser Ehe geben zu können. Die schweinischen Gedanken hatten die anderen. Und sie erledigten die gaunerhafte geschäftliche Seite der Geschichte. Er jedoch würde ihr ein Heim bieten, einen liebevollen Ehemann und nach seinem Tod eine gute Rente.

Immer wieder stellte er sich die Frage: Warum tue ich das? Stundenlang kreisten seine Gedanken spiralförmig immer wieder diese Frage ein. Warum? Warum?

Sexuelle Geilheit war es kaum. Ihn plagten sogar Versagensängste. Er fürchtete, sich vor der jungen Frau lächerlich zu machen. Er hoffte, sie würde ihm liebevoll über die ersten Schwierigkeiten hinweghelfen. Zweimal war er nahe dran, eine Erektionshilfe zu bestellen, ließ es dann aber sein, weil er die Anlieferung durch Uschi befürchtete. Er wollte sich nicht zum Gespött des Dorfes machen lassen.

Nein, die sexuellen Wunschträume waren es nicht. Ihn trieb etwas anderes. Eine Art Todesangst, die eine Gier nach Leben, nach Jugend, auslöste.

Ich kaufe mir eigentlich keine Frau, dachte er, denn dann wär alles ganz anders. Zum Beispiel wäre ich eifersüchtig und würde meinen neuen Besitz auf keinen Fall mit meinen Skatbrüdern teilen. Was ich mir kaufe, ist etwas ganz anderes: eine Art Lebenselixier, eine Rückversicherung gegen den Tod. Ich brauche ihre Jugend. Mir fehlt sonst die Gewissheit, mit meinem Alter leben zu können.

Er gewöhnte sich an, mit ihr zu reden. Ihre Gegenwart war dazu nicht nötig. Vielleicht hätte sie sich sogar störend ausgewirkt. Seine Frau Elfriede war durch ihren Tod für lange Zeit seine liebste Gesprächspartnerin geworden. Widerspruchslos. Ein ideales Gegenüber für eine harmonische Unterhaltung.

Am nächsten Morgen fuhr er in die Kreisstadt, um von seinem Sparbuch dreitausendsechshundert Mark abzuheben. Er ertappte sich dabei, wie er den Schulmädchen im Bus auf die Beine starrte.

## 26

Martin Schöller klatschte ratlos die Handflächen gegeneinander und sah sich beschwörend in der Runde um: „Also, ich hab es ihm jetzt fünfmal erklärt. Jetzt seid ihr dran."

Ungehalten brüllte Wolfhardt Paul: „Du kannst sie nicht am helllichten Tag ins Dorf bringen! Kapier das endlich!"

Günther Ichtenhagen schüttelte störrisch den Kopf. Eine Qualmwolke aus Hans Wirbitzkis Zigarre tauchte ihn für eine Sekunde in Nebel. Er zerwedelte ihn mit beiden Händen und versuchte noch einmal, die Situation in den Griff zu bekommen.

„Bitte, ich soll sie heiraten. Wie ihr wisst, hat sie mir einen Brief geschrieben, ich habe den Löwenanteil bezahlt, warum soll ich sie nicht vom Flughafen abholen und dann zu mir bringen?"

Seufzend setzte Martin Schöller noch einmal an: „Niemand soll sie sehen, Günther."

„Reicht es nicht, dass sie stumm ist? Soll sie auch noch unsichtbar werden?", fauchte Günther Ichtenhagen.

„Günther, bitte!"

„Ich habe dir meinen vollen Anteil bereits erstattet", sagte Hermann Segler und forderte damit deutlich mehr Mitspracherecht als die anderen.

Günther Ichtenhagen hatte seine Skatbrüder nie so aufgeregt, ja verzweifelt gesehen. Sie wirkten auf ihn wie eine aufgebrachte Bürgerwehr, die den letzten Versuch macht, brandschatzende Rowdys von ihren Häusern und Frauen fernzuhalten. Eine nie gekannte Entschlossenheit lag in den Gesichtern der Männer. Wie eine Keule hielt Wolfhardt Paul seine Bierflasche in der Hand, fuchtelte unbeholfen damit in der Luft herum und donnerte: „Also, wenn das so ist, steig ich aus. Dann will ich mit der ganzen Sache nichts mehr zu tun haben. Ich will mein Geld zurück und aus."

Hans Wirbirzki wusste nicht, was die Männer mehr aufbrachte: Wolfhardts Forderung, ausbezahlt zu werden, oder seine Drohung, überhaupt auszusteigen. Was jetzt in den Männern ablief, kannte er. Es war die Angst vor der Entdeckung, die Angst vor dem Prozess, die Angst vor der Öffentlichkeit, die Angst vor den Blicken der Verwandten. Nichts war so schlimm wie diese Angst. Er kannte das. Vor dem Verbrechen war die Angst immer noch größer als danach. Hatte man es erst einmal getan und war nicht entdeckt worden, fehlten einem plötzlich die Argumente, warum die Tat nicht wiederholt werden sollte. Die Bestrafung würde nicht härter ausfallen, ob man es ein-, zwei- oder dreimal tat. Die meisten Menschen scheuten aus Angst vor Entdeckung davor zurück, so extrem aus der Reihe zu tanzen. wie sie es planten, und wie er es lange vor ihnen schon einmal getan hatte. Sie träumten höchstens davon und suchten solche Geschichten in Büchern und Filmen. Wenn sie es einmal getan hatten, wenn sie einmal über diese Angstschwelle gestiegen waren, würden sie sich freier fühlen. In gewisser Weise grenzenlos. Anderen Leuten überlegen. In euphorischen Momenten sogar allmächtig. Einige, dachte er, werden später versuchen, alles ungeschehen zu machen und hinter ihre Grenze zurückzugehen. Wolfhardt Paul zum Beispiel, und vermutlich auch Günther Ichtenhagen. Martin dagegen und vielleicht auch Hermann Segler klettern nicht über diese Grenze, nein, sie reißen sie ein.

Ihre wahren Charaktere würden erst sichtbar werden, wenn sie nichts mehr zu verlieren hätten. Hans Wirbitzki spürte, dass schon in den nächsten Stunden und Tagen das Innere seiner Skatbrüder nach außen gestülpt werden würde. Er war mehr als ein Mittäter. Er war ein genau registrierender Beobachter. Ihre wachsende Schuld sprach ihn mehr und mehr frei. Wer würde es in wenigen Tagen noch wagen, ihm vorzuwerfen, dass er kleine Mädchen verführt hatte? Das Wort „geschändet" würden sie nicht mehr benutzen, denn: Jeder von ihnen wird vor sich selbst schuldig werden. Schon bald werden sich ihre Wertmaßstäbe umgekehrt haben. Keiner von ihnen wird mehr verwerflich finden, was ich getan habe, dachte er.

Der Flaschenöffner lag auf dem Tisch, doch Martin Schöller klemmte die Zacken des Kronkorkens zwischen seine Backenzähne und hebelte die Flasche mit lautem Knirschen auf.

Sofort hatte er die Aufmerksamkeit aller. Unanständig laut ließ er den Gerstensaft in seinen Hals gluckern und stieß danach einen lang gedehnten Rülpser aus. Niemand sprach mehr. Das Durcheinandergeschnattere hatte ein Ende. Wie sehr man mit kleinen, gezielten Regelverstößen Aufmerksamkeit auf sich ziehen konnte, fand Martin Schöller faszinierend.

„Also, Günther, da wir keine Einigkeit erzielen, schlage ich vor: Wir stimmen jetzt einfach ab."

Heftiges Nicken bei den anderen, nur Günther Ichtenhagens Körperhaltung drückte vehementen Protest aus.

In seinem Kopf reihten sich Sätze zu einer Argumentation zusammen, die er schlüssig und überzeugend fand, doch sein Mund formulierte nur den mühsam ausgestoßenen Protest: „Über so was kann man nicht abstimmen."

„Man kann über alles abstimmen", sagte Martin Schöller, und die Mehrheit gab ihm Recht. Er machte seinem alten Lehrer gegenüber damit ein paar Punkte wett. Ein ähnliches Wortgefecht hatte es schon einmal zwischen ihnen gegeben. Als Günther Ichtenhagen die Widersprüche und Tücken innerhalb einer Demokratie erklären wollte, und warum auch in der schönsten Demokratie Autoritäten existieren mussten, die nicht angetastet werden durften. Martin Schöller hatte das alles damals bestritten. Alle sollten gleich sein, jede Entscheidung durch Volksabstimmung fallen, fand der vierzehnjährige Hauptschüler. Damals hatte Günther Ichtenhagen ihn der Lächerlichkeit preisgegeben.

„Und wenn jetzt alle abstimmen, dass zwei mal zwei fünf sind, dann glaubst du das auch? Zwei mal zwei wird immer vier bleiben. In jeder Staatsform! In jeder Gesellschaftsform und völlig egal, was die Leute darüber denken. Ebenso ist es mit den Farben Grün, Blau, Schwarz und Rot. Man kann nicht abstimmen, dass Schwarz ab jetzt Grün ist."

Damals war Martin Schöller von seinen Klassenkameraden brüllend ausgelacht worden. Er wusste, dass Günther Ichtenhagen es nicht gut fand. Es war immer leicht, auf Kosten des Schwächeren und aufseiten des Stärkeren zu lachen. Günther Ichtenhagen sagte es sogar, um seinen Schüler vor der Gemeinheit der anderen zu retten, aber es ging in ihrem Gelächter unter.

Damals kreuzten sich ihre Blicke wie Schwerthiebe. Als Martin Schöller jetzt fragte: „Also, wer ist dafür, dass ich sie abhole und abends hierherbringe?", hoben alle eine Hand. Nur Günther Ichtenhagen nicht.

Zwischen den beiden, dachte Hans Wirbitzki, da geht viel mehr ab, als wir alle ahnen. Die haben gemeinsame Leichen im Keller. Mit jedem kleinen Punktsieg verschiebt sich zwischen den beiden etwas. Es gibt zwischen Martin Schöller und Günther Ichtenhagen eine große, offene Rechnung. Solche unbeglichenen Rechnungen konnten das Leben eines Menschen beherrschen. Vielleicht stand nur ein Name auf der Rechnung. Vielleicht ein Datum. Eine Tat oder ein Wort. Rechnungen wie: Du hast meine Frau umgebracht – deshalb wirst du sterben, gab es nach Hans Wirbitzkis Erfahrung nur in Filmen. Sie motivierten Leute, die größten Entbehrungen auf sich zu nehmen, um jemanden zur Rede zu stellen, ihn zum Duell zu fordern und schließlich zu besiegen. In der ersten Szene wurde das Motiv geschaffen. Er fand solche Filme langweilig, weil er das Ende schon wusste, bevor die erste Szene ausgespielt worden war.

Im wirklichen Leben bestanden solche Rechnungen aus einer Anhäufung kleiner Verletzungen. Die meisten Menschen wurden nicht von großen, dramatischen Ereignissen umgeworfen, sondern unter einem klebrigen Wust kleiner Niederlagen begraben.

„Also Günther, das Ergebnis ist eindeutig, wie du siehst. Ich hole sie ab. Ich schlage vor, wir treffen uns dann um zweiundzwanzig Uhr hier bei dir und schauen sie uns alle mal an."

„Früher auf keinen Fall", wandte Wolfhardt Paul ein.

„Wie willst du sie überhaupt bringen? Mit Bus und Bahn

und ihr dann im Dorf einen Kartoffelsack über den Kopf stülpen, damit man sie nicht sieht, oder was?“

Nicht ohne Besitzerstolz, aber mit einem verdächtigen Zittern in der Stimme, sagte Martin Schöller: „Ich hab mir ein Auto gekauft. Günstiges Angebot. Ich muss sowieso nach Frankfurt, um es abzuholen. Dann fahre ich gleich am Flughafen vorbei und bring sie her.“ Hermann Segler nickte anerkennend. Es würde also doch noch etwas aus Martin werden.

„Was für ein Auto? Hast du dich auch nicht betrügen lassen?“

„Bei Gebrauchtwagen wird man meistens betrogen. Wie viel hast du bezahlt?“

„So teuer wie Mary war die Kiste jedenfalls nicht.“

Als hätte er sich selbst eine Erklärung gegeben, die er nun verstand, nickte Günther Ichtenhagen, stand auf, goss sich einen Aalborg Aquavit ein. Bevor er das Glas zum Mund führte, fragte er emotionslos: „Wann landet ihre Maschine?“

Das überlegene Lächeln um Martin Schöllers Lippen signalisierte, dass alle Günther Ichtenhagens Versuch, ihre Abstimmung zu ignorieren, durchschaut hatten.

Freundlich, aber herablassend wie ein Oberarzt zur Praktikantin, sagte Martin Schöller: „Mach dir darum mal keine Sorgen. Ich bring sie abends pünktlich zu dir. Zweiundzwanzig Uhr und keine Minute früher.“

## 27

So einen Tag wollte Günther Ichtenhagen nie wieder erleben. In der Nacht konnte er nicht schlafen, und am Tag nickte er ständig ein. In der dazwischen verbleibenden Zeit zog er sich dreimal komplett um. Wählte ein neues Hemd, einen anderen Binder, dann neue Manschettenknöpfe, die nicht zum Schlips passten, schließlich ein ganz anderes Hemd. Er erschrak, weil das rechte Hosenbein zwei Bügelfalten aufwies und das weite blaue Hemd seinen Bauchansatz zu sehr betonte, während das auf Taille geschnittene ihm zu jugendlich geckig vorkam.

Als er sich endlich entschieden hatte, schwitzte er das Hemd binnen einer knappen Stunde durch und brauchte ein neues. Plötzlich begann er, die Möbel umzustellen, entdeckte, dass im Badezimmer Putz von der Decke bröckelte, in der Küche Fettflecken auf den Fliesen dick wie Kerzenwachs klebten; längst hätte er eine neue Federkernmatratze gebraucht – überhaupt ein ganz neues Bett. Es quietschte schon, wenn man sich nur darauf setzte. Seine Bücher mussten abgestaubt werden. Die Decke im Wohnzimmer war fast grau, und im Flur musste ebenfalls tapeziert werden. Der Schuhschrank war altmodisch, und wie viele Bilder seiner Frau herumstanden, war ihm nie vorher aufgefallen. Er zog einen Sessel von der Wand in die Mitte des Wohnzimmers, zwang sich hinein und sah sich um. Er versuchte, sich vorzustellen, Mary wäre hier.

Gleich sprang er wieder auf. Natürlich, er musste Platz für ihre Sachen schaffen. Der Gedanke, dass sie ihre Wäsche in seinen Schrank legte, gefiel ihm. Aber nicht, dass sie direkt neben seiner weißen, baumwollenen Unterwäsche aufgestapelt wurde. Er räumte ein Regal für sie aus und eine Reihe im Schuhschrank. Während er abwog, was er von seinen eigenen Sachen wegschmeißen konnte und was er noch gebrauchen würde, fiel ihm wieder ein, dass sie ihr Zimmer oben hatte, da war Platz genug für alle Sachen. Außerdem käme sie vermutlich nicht mit viel Gepäck. Sie war arm. Er musste ihr erst neue Kleider kaufen. Sein Sparbuch war noch nicht komplett geplündert. Zu gern würde er ihr bei einem Einkaufsbummel beratend zur Seite stehen, Tüten tragen und die Rechnungen bezahlen. Er stellte sich vor, dass sie bescheiden vor zwei hübschen Kleidern stand und sich nicht entscheiden konnte. Mit großzügiger Geste würde er sagen: „Hast du schon einmal daran gedacht, beide zu nehmen?" Vielleicht würde sie die Worte nicht verstehen, aber ihren Klang und seine Handbewegungen. Dann würde er beides zur Kasse tragen und wortlos sein Portemonnaie zücken. Mit dankbaren großen Augen würde sie ihn anhimmeln und schüchtern in Zeichensprache andeuten, dass dies nicht nötig sei. Aber er war in der Lage, ihr das zu bieten, jawohl. Und danach war noch ein schönes Essen für beide drin. Wenn sie wollte, beim Chinesen. Warum nicht? Bestimmt gab es irgendwo auch ein thailändisches Restaurant.

So wie sich die anderen anstellten, würde er mit ihr nicht in Brens oder Weierstadt einkaufen gehen können. Aber warum auch? Dort gab es ohnehin nichts Vorzeigbares. Und schließlich musste er ihr etwas bieten. Eine richtige, intakte Großstadt zum Beispiel. Köln, Düsseldorf, München, Frankfurt.

Jetzt überfiel ihn ein Glücksgefühl. Sein Leben würde sich grundlegend verändern. Bedeutungsvoller werden als bisher. Nicht mehr in Erinnerungen stattfinden, sondern heute und in einer erlebbaren Zukunft.

Er ging zum Schrank, um einen Schnaps zu trinken, entschied sich dann aber anders. Er wollte ihr nicht mit einer Alkoholfahne entgegentreten. Außerdem hatte er den ganzen Tag noch nichts gegessen. Um neunzehn Uhr haderte er mit sich. Sollte er schnell in die *Linde* gehen und ein Wiener Schnitzel essen oder lieber hier sitzen bleiben und warten?

Verpassen würde er sie nicht. Vor zweiundzwanzig Uhr käme Martin Schöller garantiert nicht. Von der *Linde* aus konnte er die Auffahrt zu seinem Haus sehen. Wenn dort ein Fahrzeug hielt, würde es ihm nicht entgehen. Aber er wusste nicht, ob er es aushalten könnte, jetzt zwischen den alten, bekannten Gesichtern zu sitzen, ihre Langeweile zu sehen und zu wissen, dass er ihnen nichts erzählen durfte. Schlimmer noch fand er die Möglichkeit, dort auf Wolfhardt Paul oder Hermann Segler zu treffen. Mit Hans Wirbitzki rechnete er nicht. Wie würden die den Tag verbringen? Liefen auch sie rastlos in ihrer Wohnung herum, betranken sie sich, oder nahmen sie Beruhigungstabletten? Hermann und Wolfi saßen garantiert in der *Linde* am Stammtisch.

Er beschloss, zu Hause zu bleiben und sich selbst etwas zu brutzeln. Spiegeleier. Was sonst?

Während er die Eier am Pfannenrand aufschlug und den Inhalt in das heiße Fett klatschte, dachte er: Das ist das letzte Mal, Günther. Das allerletzte Mal. In Zukunft wird wieder richtig für dich gekocht. Oder wir gehen auswärts essen.

Gedankenverloren begann er, mit der Gabel die Spiegeleier zu zerstochern. Schon zog das Eigelb Schlieren, schließlich lag ein kleines Häufchen Rührei ohne Salz, Zwiebeln oder Milch fad vor ihm in der Pfanne. Er löffelte es im Stehen. Dann wusch er die Pfanne sorgfältig unter fließendem Wasser ab und stellte sie noch tropfnass zu den Kochtöpfen.

Nie wieder, Günther, dachte er, nie wieder.

## 28

Der Sekt dümpelte im Kübel. Bereits dreimal hatte er am Flughafen angerufen und immer die gleiche Auskunft erhalten. Die letzte Maschine aus Bangkok war die neunzehn Uhr dreißig. Es war schon fast dreiundzwanzig Uhr und von Martin Schöller keine Nachricht. Im Flur standen zwölf rote Tulpen, im Wohnzimmer Moosröschen und im Schlafzimmer ein bunter Frühlingsstrauß aus dem eigenen Garten. In seiner Unruhe ging Günther Ichtenhagen nach oben und vergewisserte sich, dass die Blumen die Köpfe noch nicht hängen ließen.

Ein Strauß muss in ihr Zimmer, dachte er und fand es plötzlich ungehörig, dass er den Frühlingsstrauß für sie im Schlafzimmer auf das Nachttischschränkchen seiner verstorbenen Frau gestellt hatte. Er nahm den Strauß, um ihn in Marys Zimmer zu bringen, als es an der Tür klingelte. Mit der Blumenvase in der Hand stürzte er zur Tür. Für den Bruchteil einer Sekunde befürchtete er, von Wolfhardt Paul, Hermann Segler und Hans Wirbitzki ausgelacht zu werden. Er kam sich dümmlich vor mit den Blumen in der Hand. Aber die drei sprachen nur mit verhaltener Stimme, flüsterten wie Komplizen vor dem Einbruch in ein Mehrparteienmietshaus und erkundigten sich, ob sie schon da sei und wie sie denn aussehe.

Sie hätten die ganze Zeit in der *Linde* gesessen, aber immer noch keinen Wagen vor dem Haus halten sehen. Vielleicht sei sie ja doch schon eher gekommen … Sie wollten jetzt endlich wissen, was los war.

Als sie begriffen, dass auch Günther Ichtenhagen wartete, sprachen sie lauter, drängten an ihm vorbei ins Wohnzimmer, setzten sich aber nicht wie sonst üblich in die bequemsten Sessel, sondern jeder suchte einen Platz, von wo aus er alles überblicken konnte. Die Tür, den Eingang, den ganzen Raum. Keiner wollte sich etwas entgehen lassen. Nicht einen Schritt von ihr, nicht eine Handbewegung, nicht einen Gesichtsausdruck. Hans Wirbitzki kaschierte seine Neugier am allerwenigsten. Er setzte sich neben die Terrassentür auf die Fensterbank, zwischen zwei langarmige Kakteen. Günther Ichtenhagen bot ihm einen anderen Platz an, aber Hans schüttelte stumm den Kopf.

## 29

Günther Ichtenhagen sah ihr in die Augen und hatte das Gefühl, in einem dunklen Theater zu sitzen und erwartungsvoll auf die Bühne zu starren. Der Vorhang knarrte zwar, bewegte sich sogar ein bisschen wie vom Wind angehaucht, aber er öffnete sich nicht. Das Spiel auf der Bühne fand statt, aber der Vorhang schloss jeden Zuschauer aus. Auch ihn. Was ihn von allen anderen unterschied, war die Tatsache, dass er ahnte, welches Drama hinter dem Vorhang tobte, während die anderen dahinter nur gähnende Leere vermuteten.

Seit Mary den Raum betreten hatte, waren die Männer kleinlaut geworden. Sie führten sich nicht so auf, wie Günther Ichtenhagen befürchtet hatte. Ihre Sprache war nicht die der Sklavenhalter. Keine zotigen Sprüche, keine anzüglichen Bemerkungen. Niemand verlangte, sie solle einen Striptease hinlegen, was sie sich gegenseitig in den letzten Wochen oft lauthals versprochen hatten: „Wenn das Fernsehprogramm nichts hergibt, schauen wir uns eben einen Bauchtanz an!“

All diese Wünsche, Reden und Aufschneidereien schien es nie gegeben zuhaben. Die Männer buhlten geradezu um Marys Gunst, gaben sich Mühe, vor ihr gut dazustehen, und freuten sich kindisch, wenn Mary durch Gesten oder Nicken zu erkennen gab, dass sie etwas verstanden hatte. Sie sprachen in kurzen Schulbuchsätzen zu ihr, langsam und überdeutlich betont.

„Das ist dein Zimmer.“

„Schön, nicht wahr?“

„Seht ihr, sie hat genickt! Sie hat genickt! Es gefällt ihr!“

„Dies ist dein Bett. Schön? Ist doch schön, oder?“

Hermann Segler setzte sich auf ihr Bett, klopfte mit der Hand auf die Matratze, um zu demonstrieren, wie gut gepolstert das Bett war, und sie einzuladen, sich neben ihn zu setzen, aber sie blieb stehen und tat, als hätte sie die Einladung nicht verstanden.

„Mensch, du Blödmann, was soll die denken? Die versteht dich nicht richtig! Die glaubt jetzt, dass du ihr an die Wäsche willst.“

Hermann Segler errötete. Er sprang auf, fühlte sich erwischt, ertappt und rechnete mit einer Bestrafung, als Wolfhardt Paul sich bei Martin Schöller erkundigte: „Du meinst, sie hat wirklich keinen Hunger?“

„Wir haben ihr was angeboten. Du siehst, sie will nichts.“

„Vielleicht schmeckt es ihr nicht.“

„Macht euch keine Sorgen. Direkt nach ihrer Ankunft war ich mit ihr bei McDonald’s. Sie hat zwei Cheeseburger verdrückt. Zahl ich aus eigener Tasche. Hab ich ihr ausgegeben, hahaha.“

Jetzt versuchte Martin Schöller, die anderen davon zu überzeugen, dass sie Mary allein lassen sollten.

Er führte ihre lange Flugreise ins Feld, den Zeitunterschied, wies auf ihre Übermüdung hin, und dass man sie schließlich in Zukunft täglich besuchen könne. Man sollte sie am ersten Abend nicht überfordern. Dabei zwinkerte er Günther Ichtenhagen komplizenhaft zu. Günther Ichtenhagen fand diese Geste überaus ungebührlich, aber er war trotzdem erleichtert, dass Martin es ihm abnahm, die anderen hinaus zu komplimentieren. Ihm selbst wäre es ungleich schwerer gefallen. Er befand sich in einer denkbar schlechten Position. Zwar war er der Hausherr, doch wenn er nun die anderen nach Hause schickte, stand er da als einer, der nur mit ihr allein sein wollte; und wenn er vor sich selbst ehrlich war, stimmte das auch.

Hermann Segler und Wolfhardt Paul wirkten erleichtert.

Vermutlich, dachte Hans Wirbitzki, ist die Situation für die beiden genauso stressig wie für Mary. Sie können sich in ihrer neuen Rolle noch nicht bewegen. Sie verhalten sich ähnlich buhlend wie damals, als sie ihre öden Frauen kennenlernten. In den nächsten Tagen würden sie ihre Scham und ihre Scheu ablegen. Da war er ganz sicher. Hier würden bald andere Töne angeschlagen werden. Aber er selbst wollte noch nicht gehen. Außerdem passte es ihm nicht, wie sehr Martin Schöller alle Fäden in der Hand hielt. Von diesem dummen, jungen Bengel wollte er sich nicht herumkommandieren lassen …

Noch hatte keiner von ihnen sie berührt. Und schon sollten sie alle nach Hause gehen, um eine Nacht voller unerfüllter Träume neben ihren Ehefrauen zu verbringen. Damit war er ganz und gar nicht einverstanden. Der Gedanke, dass sich dieser knieumspielende Rocksaum gleich für ihn lüften würde, machte ihm fiebrige Wangen.

Hermann Segler und Wolfhardt Paul verabschiedeten sich mit einem Händedruck von ihr, und Wolfi machte sogar einen Diener. Grinsend knuffte Martin Schöller Hans Wirbitzki in die Seite. Hans Wirbitzki protestierte. Er wollte noch ein bisschen bleiben. Aber breit und sperrig stellten Martin Schöller und Günther Ichtenhagen ihm ihr Nein entgegen.

„Sie braucht jetzt Ruhe."

„Wieso? Ist sie hier im Sanatorium, oder …"

„Oder was?“, unterbrach Günther Ichtenhagen scharf.

Hans Wirbitzki rechnete nicht damit, dass Martin Schöller es wagen würde, ihn einfach hinauszuschieben. Aber als er den gestählten Körper von Martin Schöller berührte, fühlte er sich plötzlich so unterlegen, dass er nachgab. Hier zählte keine Freundschaft mehr. Um vor dem Mädchen gut dazustehen, wäre jeder bereit, ihn niederzuschlagen. Noch.

Dankbar nickend schloss Günther Ichtenhagen die Tür hinter ihnen zu. Dann lehnte er sich gegen die Tür und atmete tief durch.

Hans Wirbitzki und Martin Schöller blieben noch am Zaun stehen, jeder belauerte den anderen.

„Du wirst deinen Schlüssel doch nicht schon heute Abend benutzen wollen, oder, Hans?“

„Was geht's dich an? Gehört sie dir? Bestimmst du jetzt über sie oder was?“

„Ich finde, die erste Nacht sollte Günther gehören. Immerhin muss er sie heiraten. Du weißt, wie sensibel er ist.“

„Red bloß nicht so rücksichtsvoll daher! Du warst mit ihr nicht nur bei McDonald's essen. Während wir hier auf euch warteten, hast du sie schon eingeritten, stimmt's?“

Martin Schöller grinste. Ihm gefiel die Vorstellung, dass Hans Wirbitzki dachte, er hätte sie schon gehabt. Sie gab ihm eine gewisse Überlegenheit. Betont freundschaftlich klopfte er seinem Skatbruder auf die Schulter und wählte einen Satz, der ihn nicht festlegte, wohl aber den Verdacht verstärkte: „Hast dich wohl auf eine Jungfrau gefreut, was?“

Martin Schöller erschrak über den nackten Zorn, der ihm aus Hans Wirbitzkis Augen entgegenschlug. Das war keine Wut. Das war Hass. Blanker, tödlicher Hass.

Ohne ein Wort verstand Martin Schöller, dass es Dinge gab, über die man mit Hans Wirbitzki besser keine Scherze machte. Er hatte es nicht mit einem lungenkranken Rentner aus dem Ruhrgebiet zu tun, sondern mit einem Mann, der gefährlich werden konnte. Mit einem, der hassen konnte. Mit einem, der lieber bereit war, unterzugehen, als sich beleidigen zu lassen. Mit einem beschwichtigenden „Lass mal gut sein!“ versuchte Martin Schöller, die Situation zu entkrampfen. Aber er wagte es nicht, Hans Wirbitzki noch einmal auf die Schulter zu klopfen. Die leiseste Berührung hätte ihn zur Explosion bringen können. Und der körperlich weit überlegene Martin Schöller empfand plötzlich eine unbestimmte Furcht vor seinem Skatbruder Hans Wirbitzki.

## 30

Zum ersten Mal im Leben lag er komplett angezogen im Ehebett. Der Duft des Frühlingsstraußes durchwob zart die staubige Luft. Er starrte zur Decke. Zwanghaft folgten seine Augen ihren schleppenden, schlurfenden Tritten. Wie hellhörig dieses Haus war! Jedes Geräusch dröhnte wie durch einen Verstärker zu ihm ins Schlafzimmer. Er hatte jedes Zeitgefühl verloren. Vermutlich ging sie schon seit Stunden auf und ab. Seine Blicke zogen die Linien ihrer Schritte nach. Sie ging von der Tür zum Bett, vom Bett zum Schrank, wieder zur Tür und zurück zum Bett. Ein gleichschenkliges Dreieck. Sie änderte den Rhythmus nicht. Sie verharrte nicht eine Sekunde zögernd. Trat nicht ein einziges Mal heftiger auf. Ihr Schlurfen war wie eine wimmernde, eintönige Musik. Sie konnte unmöglich die hochhackigen Stöckelschuhe tragen, mit denen sie angekommen war. Vermutlich ging sie barfuß. Warum setzte sie sich nicht? Warum legte sie sich nicht aufs Bett? War sie nicht müde? Brauchte sie keinen Schlaf? Bekam sie keinen Durst? Musste sie nicht mal zur Toilette? Gab es nichts, das ihren Marsch durchs Zimmer unterbrechen konnte?

Günther Ichtenhagen schlief leicht ein, und als er eine Stunde später erwachte, bewegte sie sich gerade vom Bett auf den Schrank zu.

Im Schlafzimmerlampenschirm brummte eine Schmeißfliege

immer wieder gegen die Sechzig-Watt-Birne. Sie wird sterben bei ihrer Suche nach Wärme und Licht, ohne ins Innere der Glühbirne gelangt zu sein, ohne bekommen zu haben, wonach sie strebte. Er fand das Schwirren ihrer Flügel und die sinnlosen Stöße ihres Körpers gegen die Glühbirne noch nervtötender als Marys schleppende Schritte über ihm.

Sein Wunsch, die Situation zu verändern, wurde übermächtig. Nachdem seine Skatbrüder die Wohnung endlich verlassen hatten, war er zu Mary hochgegangen. Er wusste selbst nicht genau, worauf er hoffte. Jedenfalls waren ihm die anderen jetzt nicht mehr im Weg. Er suchte eine Möglichkeit, mit ihr Kontakt aufzunehmen. Sie würde ihn nicht verstehen, und sie konnte ihm nichts sagen. Aber Wege für eine Kommunikation gab es immer. Vielleicht über eine Bildschrift. Er kannte durch einen taubstummen Schüler ein paar Zeichen der Stummensprache. Er glaubte plötzlich, sich daran erinnern zu können, diese Sprache sei nicht von Land zu Land verschieden, sondern international. Noch während er die Treppe hochging, verwarf er den Gedanken als unsinnig. Sie hatte ihre Tür verschlossen. Er besaß einen Schlüssel, wollte ihn aber nicht benutzen. Auf keinen Fall sollte sie das Gefühl haben, dass er gegen ihren Willen in diese ihre Privatsphäre eindringen würde. Vermutlich hatte sie Probleme und Ängste genug. Vor ihm sollte sie keine Angst haben. Nicht vor ihm. Dann stand er vor der Tür, redete mit ruhiger Stimme von sich, von seiner Frau, seiner Tochter Kati, seinem Enkelkind, bat sie, ihn reinzulassen, äußerte sogleich Verständnis dafür, falls sie müde sei und schlafen gehen wolle, versprach, sie nicht anzufassen, pries dann seinen Garten und den Teich in höchsten Tönen, beklagte sich über die Schädlinge. Als seine Füße müde wurden, setzte er sich auf den Treppenabsatz und redete weiter. Sie verstand ihn ohnehin nicht und hielt die Tür verschlossen. So wurde aus dem Gespräch ein Selbstgespräch; über das Für und Wider chemischer Insektenbekämpfung, übers Altwerden, über Winterteiche und die Auswirkungen des Herzinfarkts auf den Alltag.

Sie gab ihrerseits kein Zeichen, dass sie ihn auch nur zur Kenntnis nahm.

Er kniete vor dem Schlüsselloch und versuchte, einen Blick auf sie zu erhaschen. Sie hatte nur die Stöckelschuhe ausgezogen, ansonsten war sie vollständig bekleidet. Sie trug sogar den dünnen Sommermantel. Ihre Schultern waren nach vorn gebeugt, der Kopf gesenkt, die Arme vor der Brust verschränkt. Mit den Handflächen rieb sie sich die Schultern und die Oberarme.

Sie friert, dachte Günther Ichtenhagen. Sie friert! Na klar, sie ist andere Temperaturen gewöhnt als wir. Für uns ist das ein lauer Sommerabend. Für sie vermutlich ein Kälteeinbruch. Vielleicht war es bei ihr zu Hause fünfzehn Grad wärmer als hier.

Er ging in den Heizungskeller und stellte die Ölheizung von Sommer- auf Winterbetrieb um. Da sie nicht vollständig entlüftet war, begann sie zu bullern und zu pfeifen. Schon befürchtete er, die merkwürdigen Geräusche könnten Mary ängstigen, und wollte die Heizung wieder abstellen. Dann entschied er sich dagegen. Sie sollte es warm haben. Er stellte die Einschusstemperatur des Wassers auf siebzig Grad ein. Außerdem hatte er jetzt einen Grund, zu ihr ins Zimmer zu kommen. Der Heizkörper musste entlüftet werden. Es war nur ein kleiner Handgriff, ein Drehen an der Flügelschraube. Er würde es ihr beibringen. So lernte sie gleich, mit ihrer neuen Umgebung zurechtzukommen. Konnte Stück für Stück Besitz von ihr ergreifen.

Während er wieder hinaufging, fragte er sich: Wer sagt mir überhaupt, dass sie sich mit Ölheizungen nicht auskennt? Vielleicht lag das Schnellrestaurant, in dem sie gearbeitet hat, in einem modernen Hochhaus? Im Grunde weiß ich nichts über sie. Vielleicht wird sie froh sein, eine moderne Waschmaschine mit Trockner im Haus zu finden, vielleicht hält sie das Ganze für Magie – für einen schlechten, bösen Zauber.

„Nun mach mir bitte auf, Mary. Ich will nur deine Heizung entlüften. Es wird gleich schön warm werden. Du musst nicht länger frieren."

Die einzige Antwort war das Schlurfgeräusch.

Jetzt reichte es ihm. Er wollte nicht länger auf der Treppe sitzen. Sein Rücken meldete sich, und die Knie schmerzten bereits. Wenn sie herumlaufen wollte, bitte, irgendwann würde sie schon damit aufhören.

Eine Weile lief er selbst aufgeregt im Wohnzimmer hin und her, leerte die Aschenbecher, räumte die Bierflaschen weg, und am liebsten hätte er noch den Staubsauger angeworfen, aber dann – es war schon gegen drei Uhr morgens – überkam ihn lähmende Müdigkeit. Die Knochen wurden schwerer, seine Bewegungen langsamer, seine Gedanken schwerfälliger.

Er zog sich nicht aus. Vielleicht stand sie gleich unten und wollte etwas von ihm. Der Gedanke, ihr im gestreiften Schlafanzug gegenüberzutreten, hatte etwas Lächerliches an sich.

Er rechnete fest mit ihrem Erscheinen. Lange konnte sie es oben nicht mehr aushalten. Er legte sich angezogen aufs Bett und zeichnete mit seinem Blick das magische gleichschenklige Dreieck nach.

Erschöpft schlief er schließlich ein und wurde frierend von Wolfhardt Pauls knatterndem Traktor geweckt. Der Geruch von über die Felder verspritzter Jauche störte Günther Ichtenhagen schon lange nicht mehr. Aber an diesem Morgen hätte er davon kotzen können. Er würgte, trank im Badezimmer stehend ein Glas Wasser, fror nun selbst, obwohl die Heizkörper Wärme abstrahlten und draußen die Sonne den Schülern Hitzefrei versprach.

Das schlurfende Geräusch hatte aufgehört. Als er sich vors Schlüsselloch kniete, um hindurchzuschauen, wurde er von dem bangen Gefühl getrieben, dass sie sich etwas angetan hatte. Sie saß in ihrem Sessel, zusammengekauert, im Mantel, vergraben unter einer Decke. Sie hatte ihr Bett nicht benutzt. Schlagartig wurde Günther Ichtenhagen klar, warum sie sich nicht ins Bett gelegt hatte: Sie befürchtete, die Männer könnten zurückkommen. Sie wollte nicht wehrlos im Bett liegen und auf sie warten. Sie wollte sie zumindest stehend oder sitzend empfangen, angezogen. Sie hatte Angst, im Schlaf überrascht zu werden.

Er schämte sich. Wortlos ging er, das Frühstück vorzubereiten.

## 31

Er empfand einen Anflug von Zorn, weil sie auch jetzt nicht erschien. Er hatte sich wirklich Mühe gegeben. Warum belohnte sie seine Anstrengungen nicht? Tee und Kaffee standen duftend auf dem Tisch, vier frische Brötchen, gerade von Seglers geholt, drei Sorten Aufschnitt, Honig, Erdbeermarmelade und zwei Äpfel. Sogar gartenfrisch geschnittene Röschen kümmerten im Wasserglas vor sich hin.

Er rief „Frühstück!", dann „Breakfast is ready!", schließlich versuchte er es auf Französisch: „Petit-déjeuner!"

Aus Marys Zimmer keine Reaktion.

Vielleicht, dachte er, beobachtet sie dich jetzt aus ihrem Zimmer durchs Schlüsselloch. Er hatte nie ausprobiert, ob man von dort oben ins Wohnzimmer gucken konnte. Aber es erschien ihm nicht unwahrscheinlich. Der Winkel war günstig.

Er setzte sich an den Tisch und begann, mit gespielter Fröhlichkeit, lautstark größten Genuss heuchelnd, zu frühstücken. Er war so eine üppige Morgenmahlzeit nicht gewöhnt, stand aber unter dem Zwang, alles anzubeißen und zu probieren, als müsse er beweisen, dass nichts vergiftet war. Nach der ersten Brötchenhälfte mit Käse setzte das Völlegefühl ein. Nach der zweiten wusste er schon nicht mehr, was ihm größere Übelkeit bereitete: Wolfhardt Pauls Jauche oder die Brötchen von Seglers.

Dann schaltete er das Radio ein, versuchte sie mit Musik zu locken. Auch ein Fehlschlag. Beleidigt packte er die Reste für sie auf ein Tablett zusammen, stellte das Röschen dazu und trug es zu ihr hinauf.

„Ich hab dir dein Frühstück hochgebracht. Ich stell's dir vor die Tür. Wenn du Hunger hast, kannst du es dir holen."

Auf halbem Wege blieb er noch einmal stehen, drehte sich um und sagte: „Du brauchst keine Angst vor mir zu haben. Ich bin ein Lehrer. Ein alter Lehrer."

Er starrte noch eine Weile die geschlossene Tür an und ging dann hinaus in den Garten.

Wenn ich über die Außentreppe ginge, vielleicht würde sie mir dann öffnen. Ihr Zimmer hat zwei Eingänge. Er hatte für jede Tür einen Schlüssel, aber die Niederlage, einen davon gegen Marys Willen benutzen zu müssen, empfand er als unerträglich. Er warf Futterflocken für die Fische in den Gartenteich, was ihm wie eine Ersatzhandlung vorkam.

Drei Mäuler pflückten die Brocken gierig von der Wasseroberfläche. Wo waren die anderen Fische? Verweigerten auch sie die Essensaufnahme? War es nicht mal seinen Fischen gut genug, sich von ihm füttern zu lassen? Da sah er zwei tote Goldfische bauchoben zwischen den Schilfstauden.

Er musste sie herausholen. So ein kleiner Tümpel vergiftete sehr schnell. Er ging ins Haus, um Eimer und Kescher zu holen.

Oben auf der Treppe huschte ein Schatten vorbei. Mit sanftem Plopp schloss sich die Tür. Das Tablett stand nicht mehr an seinem Platz. Sie hatte etwas zu essen von ihm genommen. Er konnte die Freude kaum fassen. Es war eine stumme, hilflose Geste, aber doch eine Anerkennung ihrerseits, dass er es gut mit ihr meinte. Er wollte sie jetzt mit dem Frühstück und dem Haus alleine lassen. Sollte sie nach und nach, langsam Besitz vom ganzen Haus ergreifen.

„Ich gehe jetzt. Ich mache einen Spaziergang. Du brauchst keine Angst zu haben. Ich komm wieder. Fühl dich ganz wie zu Hause. Schau dir alles in Ruhe an. Du kannst alles benutzen. Tschüss, bis heute Mittag."

Der Spaziergang an der Ichte war erlösend. Die Stimmung mit Mary im Haus hatte etwas Erdrückendes an sich. Er musste schnell ein Vertrauensverhältnis zu ihr aufbauen. So hielt er es nicht lange aus.

## 32

Seit seine Frau mit dem Bus in die Kreisstadt gefahren war, hatte Hans Wirbitzki Günther Ichtenhagens Haus beobachtet.

Ganz gegen Günther Ichtenhagens sonstige Sitten musste er bis kurz vor zehn geschlafen haben. Die Rollladen nach vorn blieben unten. Dann ging er zu Seglers und kaufte ein. Schon allein dafür hätte Hans Wirbitzki ihn ohrfeigen können. Mit seiner Riesentüte musste er auffallen! Frau Segler war nicht blöd. Sie wusste, dass er so viel nicht allein frühstücken konnte. Außerdem kaufte er sonst nie etwas zum Frühstück ein, jetzt weiß sie schon mal, dass du über Nacht Besuch gehabt hast, dachte Hans Wirbitzki. Wenn du so weitermachst, kannst du gleich mit Mary Arm in Arm im Dorf spazieren gehen.

Um viertel nach elf war Günther Ichtenhagen in den Garten gegangen, um seine Fische zu füttern. Wenige Minuten später lief er ins Haus zurück, und jetzt schlug er den Weg zur Ichte ein. Der kleine Rundgang würde gut anderthalb Stunden dauern. Der große zwei. Darauf hatte Hans Wirbitzki gewartet.

Er nahm seinen Schlüssel und schlenderte, als sei er zu einem kleinen Spaziergang aufgelegt, an Günther Ichtenhagens Haus vorbei. Dort, wo die Sträucher fast mannshoch standen, kletterte er über den Zaun und war mit fünf Schritten am Hintereingang. Falls er beobachtet worden war, würde niemand Verdacht schöpfen. Er war plötzlich zwischen den Sträuchern verschwunden. Er konnte genauso gut ins Wäldchen abgebogen sein.

Sie wusste sofort, was er von ihr wollte. Ihre erschrockenen Augen und ihr starrer Körper stachelten ihn an. Sie wehrte sich nicht. Sie ließ alles geschehen. Ihr Widerstand war passiv. Sie half nicht mit. Sah nicht hin. Schloss die Augen. So sehr er sich auch abmühte, er entlockte ihr keinen Laut. Keinen der Lust und keinen der Klage.

Dass sie so unbeteiligt war, machte es schön für ihn. Sie erinnerte ihn an die kleinen Mädchen, die nicht auf die Idee kamen zu sagen: „Nimm die Finger weg, lass das sein!“ Die nicht wussten, was mit ihnen geschah, und in ihrem Schock taten, als seien sie völlig abwesend. Als würde nichts geschehen.

Er hatte nicht mal seine Hose ausgezogen. Mary hingegen war völlig nackt. Plötzlich hatte er es sehr eilig zu gehen.

Er brachte sein Zeug in Ordnung und erst jetzt fiel ihm auf, dass er nicht ein einziges Wort zu ihr gesprochen hatte.

Okay, sie war stumm. Aber er nicht! Er musste noch etwas sagen. Er konnte nicht einfach so gehen.

Wer nicht „Guten Tag“ sagt, braucht auch nicht „Auf Wiedersehen“ zu sagen, dachte er. Für einen Moment wollte er sich bedanken, mit einem Wort, einer Geste, verwarf dies aber sofort wieder und schnauzte sie an: „Zieh dich an, und setz dich ordentlich hin. Siehst aus wie die letzte Schlampe! Bring deine Haare in Ordnung!“

## 33

„Und ich bestehe darauf, dass sie hier einen AIDS-Test macht!“, polterte Wolfhardt Paul und klopfte, um seine Worte zu unterstreichen, auf die Illustrierte, die aufgeblättert auf Günther Ichtenhagens Tisch lag.

Wolf hat sie also noch nicht gehabt, folgerte Martin Schöller. Dabei grinste er still in sich hinein. Er spürte, dass Wolfhardt Pauls Angst vor dem AIDS-Virus nur ein Vorwand war. Er benutzte diesen Virus als Argument, um ein wenig Zeit für sich herauszuschinden. In Wirklichkeit hatte er nie an das Gelingen des Unternehmens geglaubt. Er hatte aus Aussicht auf Erfolg mitgespielt wie beim Lotto. Und jetzt hockten die fünf Richtigen oben in dem neu eingerichteten Zimmer.

Seine Skatbrüder erwarteten von ihm, dass er sich wie sie verhielt.

Vermutlich würde er bald kampflos gehen und seinen Anteil an Mary verschenken. In wenigen Tagen wäre der froh, das ganze Problem einfach los zu sein, orakelte Martin Schöller. Er hatte sich die Sache bereits zurechtgelegt. Ohne Gesichtsverlust konnte Wolfhardt Paul nicht aus der Sache raus. Aber er konnte auch nicht über den Schatten seiner Erziehung springen. Dass er Geld brauchte, wusste jeder, und so würde jeder verstehen, wenn er seinen Anteil verkaufte. Martin Schöller aber würde ihm nichts dafür geben. Nichts außer der Möglichkeit, vor allen anderen behaupten zu können, er habe verkauft und nicht kampflos aufgegeben.

„Sie hat dieses ärztliche Gesundheitszeugnis aus Thailand mitgebracht. Wir haben dafür achtzig Mark bezahlt."

Martin Schöller kramte in seiner Brieftasche danach. Er fand den Zettel. Er konnte natürlich nicht lesen, was darauf stand. Im gleichen Moment wurde ihm klar, wie dumm es war, diesen Zettel auszuspielen. Er hätte ihn in der Tasche lassen müssen. Günther Ichtenhagen nahm das Papier, warf einen Blick darauf und ließ es dann achtlos auf den Tisch fallen.

„Das kann genauso gut eine Rechnung aus einem Modehaus in Bangkok sein", maulte Wolfhardt Paul.

„Selbst wenn das da wirklich ein Arzt geschrieben hat und da steht, dass sie gesund ist, so möchte ich nicht irgendeinem Thai-Doktor vertrauen", warf Hermann Segler ein.

Durch Wolfhardt Pauls Nicken bestätigt, fuhr er fort: „Vielleicht hat der sie auf Syphilis untersucht und ein paar andere gängige Geschlechtskrankheiten. Aber wer weiß, ob der einen AIDS-Test mit ihr gemacht hat?"

„Eben."

Günther Ichtenhagen trat ein paar Schritte zurück. Er betrachtete die Männer, die um seinen Tisch saßen und heftig diskutierten, mit einer Mischung aus Zorn und Mitleid. Waren das wirklich seine Skatbrüder? Die Männer, die er seit Jahren kannte? Redeten die so über Mary? Sollte das Ganze nur ein schlechter Witz sein? Die Nähe dieser Männer wurde ihm immer unerträglicher. Ihre Stimmen waren zu laut, ihre Ausdrucksweise widerte ihn an, ihr Menschenbild konnte er nicht übernehmen, kurz: Er empfand sie als störend. Auch sah er überhaupt nicht mehr ein, warum er sie ständig mit Bier, Schnaps und Knabbereien versorgen sollte. Sein Wohnzimmer wurde langsam zu ihrer Stammkneipe.

Zwischen Wolfhardt Paul und Martin Schöller lief ein heftiger Disput, aber Günther Ichtenhagen registrierte nur noch Gesten und angespannte Gesichter. Alle Töne wurden aufgesogen von einem lauter werdenden Motorengeräusch direkt neben seinen Ohren. Ihm wurde schwindelig. Er taumelte zwei Schritte zurück und ließ sich aufs Sofa sinken. Er schloss die Augen und sah bunte Pünktchen auf sich zutanzen.

Eine halbe Minute später war das Motorengeräusch verklungen, und der nächste Satz drang wieder in sein Bewusstsein durch. Noch wabernd und von Ferne, aber deutlich von Martin Schöller gesprochen, hörte er durch eine Nebelwand: „Durch die moderne Medizin sind Geschlechtskrankheiten heute nicht mehr gefährlicher als Schnupfen. Ob du nun Syphilis nimmst oder irgendeine andere Geißel der Lust. Mit ein paar Penicillintabletten ist die Geschichte ausgestanden."

„Vielleicht sollten wir sie eine Penicillinkur machen lassen, bevor ..."

All das ließ Wolfhardt Paul nicht gelten. Noch lauter als vorher deklamierte er seinen Anspruch: „Sie muss einen AIDS-Test machen!"

Günther Ichtenhagen bekam seine Atmung wieder unter Kontrolle. Die bunten Pünktchen wehten davon wie Luftballons bei scharfem Westwind. Aber noch hatte er nicht genug Kraft, um zu sprechen. Er nahm auf, was geschah, konnte aber nicht reagieren. Mit jedem Wort, das er hörte, wuchs seine Empörung.

„Und wo soll sie die Untersuchung machen? Etwa in der Kreisstadt beim Gesundheitsamt? Da kann ich nur lachen!"

„Solche Tests sind anonym."

„Na und! Einer von uns müsste mit ihr hingehen. Oder glaubst du, im Gesundheitsamt haben sie einen, der die Zeichensprache der Thai versteht? Da könnten wir sofort eine Annonce in die Zeitung setzen. Wenn schon, dann müsste man sie in die nächste Großstadt fahren."

„Dann mach du das, Martin. Am besten gleich morgen."

„Und wer soll das bezahlen?"

„Wir könnten uns dein Spritgeld teilen. Außerdem – sei nicht immer so knausrig!", ereiferte sich Wolfhardt Paul.

„Von meinen Kosten rede ich nicht. Aber so ein Test ist auch nicht umsonst."

Naiv fragte Hermann Segler: „Zahlt das nicht die Krankenkasse?"

Martin Schöller lehnte sich zurück. Jedes Nichtwissen seiner Skatbrüder war ein Pluspunkt für ihn. Fast genüsslich hielt er ihnen nun die Frage entgegen: „Und wo ist sie krankenversichert?"

Die Männer blickten sich fragend an, nur Hans Wirbitzki saß noch immer mit verschränkten Armen dabei, als ob ihn das nichts anginge.

Es war mehr eine Hoffnung als eine Vermutung, aber Wolfhardt Paul sprach es trotzdem aus: „Na, ist sie nicht bei Günther mitversichert?"

Martin Schöller nickte lachend. „Jaja, sobald Günther sie geheiratet hat, ist sie als seine Ehefrau bei ihm versichert. Aber er hat sie noch nicht geheiratet. Wir können sie jederzeit zurückgeben. Sie ist nirgendwo versichert. Wir müssen dafür geradestehen, wenn ihr was passiert."

Jetzt mischte Wolfhardt Paul sich ein. „Das gefällt mir nicht. Das gefällt mir ganz und gar nicht. Wenn die hier krank wird, wenn die zum Beispiel unter ein Auto kommt oder irgend so ein Blödsinn, dann … dann zahlen wir uns dumm und dämlich …"

„Wie soll die unters Auto kommen?", spottete Martin Schöller. „Durch ihr Zimmer verläuft ja keine Schnellstraße!"

Hans Wirbitzki reckte sein Kinn vor. „Sie wird nicht ewig da oben bleiben."

„Oh doch", versicherte Martin Schöller, „oh doch. Das war so abgemacht."

Günther Ichtenhagen hörte sich brüllen: „Dies ist mein Haus und kein Gefängnis!"

Der Satz kam wie ein Axthieb, doch Martin Schöller reagierte mit dem Florett. „Natürlich nicht, Günther. Es ist für die Kleine ein Paradies. Der Himmel auf Erden. Besser hat sie es nie gehabt. Sie kann uns ewig dafür dankbar sein. Sie empfindet es nicht als Gefängnis. Die thailändischen Frauen sind es gewöhnt, vierundzwanzig Stunden in ihren Wohnklos zu verbringen. Sie warten auf ihre Männer und richten alles für die. Ihr Leben ist nur dazu da, ihren Mann glücklich zu machen. Die rennen nicht auf der Straße herum, gehen einkaufen oder so, von wegen! Die hüten das Haus, wie es sich gehört. Und Marys Haus ist geradezu traumhaft. Ich wette, dass ihre ganze Familie auf weniger Quadratmetern hausen muss, als sie jetzt ganz für sich alleine zur Verfügung hat. Ihr dürft nicht in europäischen Maßstäben denken. Ja, eine deutsche Frau würde ausflippen. Aber Mary fühlt sich wohl. Bestimmt."

„Trotzdem muss der AIDS-Test sein!", beharrte Wolfhardt. Dann, als hätte er plötzlich eine Erkenntnis, sah er sich im Kreis um, suchte in den Gesichtern seiner Skatbrüder die Antwort und fragte: „Habt ihr eigentlich keine Angst vor AIDS? Oder ist es sowieso schon zu spät? Habt ihr sie etwa alle schon …"

Er bekam das Wort nicht über die Lippen, denn Günther Ichtenhagen brüllte: „Raus mit euch, bevor ich mich vergesse! Raus mit euch!"

Martin Schöller wirbelte herum. Seine Faust ballte sich schlagbereit, und er ging auf Günther Ichtenhagen los. Kurz vor dem Sofa bekam er seine Wut unter Kontrolle, stoppte seinen Angriff und bemühte sich nun seinerseits, die anderen zu beschwichtigen. Zum zweiten Mal komplimentierte er alle aus dem Haus, und Günther Ichtenhagen empfand fast so etwas wie Dankbarkeit. Trotzdem wusste er, dass die eigentliche Auseinandersetzung zwischen Martin und ihm stattfinden würde.

Obwohl er wenig Hoffnung hatte, dass Mary bereit war, ihm die Zimmertür zu öffnen, wollte er trotzdem zu ihr.

Seit dem Frühstück hatte sie nichts zu sich genommen. Sie musste hungrig sein. Und er suchte eine Möglichkeit, sich ihr zu erklären.

Auf den ersten Stufen traf es ihn wie ein Schwerthieb von hinten in die Brust. Er rang fiepsend nach Luft, seine Arme sackten bleischwer herunter und er brach zusammen.

Meine Tabletten, dachte er, meine Tabletten, warum habe ich nicht auf diesen verdammten Doktor gehört? Ich muss diese Tabletten nehmen, sonst komme ich um. Die machen mich zum Bluter, aber sie schenken mir das Leben. Er versuchte, langsam aufzustehen, um zum Alibert-Schrank im Badezimmer zu kommen. Er schaffte es nicht. Von einem Schwächeanfall geschüttelt, klappte er erneut zusammen. Die Herzschmerzen ließen ihn für einen Moment glauben, dies sei sein Ende. Die Haarwurzeln unter der Kopfhaut schienen zu wachsen und ein innerer Druck presste seine Augapfel unnatürlich nach außen.

Er rief nicht um Hilfe, er stöhnte nur laut vor Angst und Schmerz.

Diesmal verlor er nur kurz das Bewusstsein. Als er zu sich kam, lag ein nasser Lappen auf seiner Stirn, und Mary wickelte kalte Handtücher um seine Füße.

Ich muss die Tabletten nehmen.

Sie hatte nicht genug Kraft gehabt, ihn auf die Couch zu tragen, sie hatte ihn nur von der Treppe bis auf den Teppich gezerrt. Jetzt eilte sie ins Badezimmer, riss auch gleich den Alibert auf und nahm alles heraus, was nach Medikamenten aussah. Rasierwasser, Rasiercreme, Nasenspray, Kopfschmerztabletten, Magentabletten, Aspirin, aber sie brachte auch seine lebensrettenden Blutverdünner mit. Und das Nitrospray. Er schob sich sofort das Plastikstück in den Mund und drückte auf den Zerstäuber. Er hoffte, dass das Nitroglyzerin die Blutgefäße schnell genug erweitern würde.

Die Nitrotröpfchen im Rachenraum gaben ihm eine kurze Beruhigung. Er drückte viermal mehr, als vorgeschrieben, schüttelte dann das Fläschchen und nahm noch eine Ladung. Dann fühlte er sich stark genug. Er stützte sich mit einem Arm auf und sprach klar und deutlich: „Wasser! Bring mir ein Glas Wasser!"

Mary verstand. Mit seinem Zahnputzbecher voll kaltem Wasser kehrte sie zurück. Er zeigte nur auf die Packung, und sie fingerte die Tabletten heraus, streute sie sich in die offene rechte Hand, hielt sie ihm entgegen. Er wählte zwei aus und schluckte sie.

Ich werde mich operieren lassen, dachte er, ich werde diese scheiß Operation machen müssen, oder ich gehe drauf.

Mary hielt eine Hand stützend unter seinen Kopf und half ihm mit der anderen, das Wasserglas erneut zu den Lippen zu führen. Jetzt spürte er die Berührung ihrer Fingerkuppen bewusst und ein nie gekannter Lebenswille bäumte sich in ihm auf.

Als er das Glas geleert hatte, legte sie seinen Kopf sanft auf den Teppich zurück, lief ins Badezimmer und füllte das Glas noch einmal. Begierig trank er, ohne sich dabei zu verschlucken. Dann sank er zurück und schlief erschöpft ein. Sie wachte neben ihm, kühlte seine Waden, seine Füße und seine Stirn und begann dann eine Druckmassage an seinen Fußsohlen. Diesmal empfand er ihre Berührung nicht als angenehmes Kitzeln, sondern als stechenden Schmerz unter dem rechten Fuß, als Schmerz, der ihn weckte und zornig machte. Warum tat sie ihm absichtlich so weh! Aber sie nickte auf sein Stöhnen hin nur wohlgefällig und er verstand, dass diese Fußmassage irgendein asiatischer Zauber war, der sicherlich nicht gegen einen Herzinfarkt half, aber er war trotzdem dankbar für ihre Bemühungen und ließ sie gewähren. Mutig ertrug er den Schmerz und lächelte sogar dankbar. Mit ihrer Hilfe gelangte er ins Schlafzimmer.

Sie schlug die Bettdecke für ihn zurück, half ihm, sich bequem hinzulegen, nahm die Kissen vom Nebenbett und schob sie ihm unter die Kniekehlen; dann stapelte sie sorgfältig alle Medikamente, auch das Rasierwasser und den Rasierschaum, neben ihm auf das Nachtschränkchen. Sie hob ein drittes Glas Wasser an seine Lippen, nickte ihm freundlich zu, stellte das Glas ab und trat einen Schritt zurück. Er wusste nicht, ob sie Dank von ihm erwartete oder sich nur für eine weitere Hilfe bereithalten wollte.

Ein kalter Fisch schwamm von seinem Herzen aus quer durch den Brustkorb hin zu den Beinen, verschwand dort, um im anderen Fuß aufzutauchen und sich erneut bis zum Herzen durchzuarbeiten. Gleichzeitig wurde es Günther Ichtenhagen wohlig warm. Ein Kribbeln zog sich vom Rücken bis zum Nacken.

Er wusste, dass er einen Arzt rufen musste. Es war Wahnsinn, hier so zu liegen. Er gehörte in ein Krankenhaus. Marys Nähe gab ihm eine gewisse Sicherheit, lähmte ihn aber auch gleichzeitig. Natürlich hätte sie ihm sofort das Telefon gebracht. Aber konnte er sie hier allein lassen? Allein mit seinen besten Freunden? Oh nein, nicht nach dem heutigen Abend. Er konnte das Haus nicht ohne sie verlassen. Sie waren jetzt aneinandergekettet. Sie brauchte ihn. Er konnte nicht einfach für ein paar Wochen ins Krankenhaus gehen und sich der Operation unterziehen. Er musste hierbleiben und diese Frau beschützen.

Er fühlte sich bei dem Gedanken überhaupt nicht elend, sondern heldenhaft. So lagen Märtyrer darnieder. Eine unangebrachte Heiterkeit hellte sein Gesicht auf. Mary nahm das kalte Handtuch von seiner Stirn, weil ein Schüttelfrost ihn erzittern ließ. Sie kniete sich ans Fußende des Bettes und begann erneut, seine Fußsohlen zu massieren. Mit einem fast schelmischen Grinsen schlief er ein.

## 34

Hermann Segler verließ die Metzgerei in der Kreisstadt heute zwei Stunden früher als üblich. Sein Chef verlangte nicht einmal eine Rechtfertigung, er nickte nur zustimmend, als Hermann brummte: „Hab noch was zu tun, muss jetzt gehen."

Hermann Segler galt als maulfaul. Sein Chef fürchtete, Hermann könne die Meisterprüfung ablegen und ihm dann Konkurrenz machen. Diese Angst war völlig unbegründet. Hermann Segler fürchtete die Selbstständigkeit. Der Lebensmittelladen seiner Frau war ihm ein abschreckendes Beispiel. Jeder regelmäßige Monatslohn, und sei er noch so gering, war ihm lieber.

Er fuhr nicht nach Ichtenhagen hinein, sondern parkte den Wagen zwei Kilometer vom Dorf entfernt, am oberen Lauf der Ichte bei den Forellenteichen des Anglervereins. Er ging zu Fuß an der Ichte entlang, um am Waldweg direkt neben Günther Ichtenhagens Haus herauszukommen. Die Gefahr, gesehen zu werden, bestand im Dorf immer. Dieser Weg war relativ sicher. Wenn er Pech hatte, kam Günther Ichtenhagen ihm entgegen, der hier oftmals seinen Spaziergang machte, und wenn das Blattwerk nicht dicht genug war, konnte Uschi Paul von ihrem Essplatz am Fenster auf den Weg sehen.

Hermann wusste von Wolfi, dass sie oft stundenlang dort saß, Chips und Nüsse verschlang und mit dem Fernglas vergeblich nach Abwechslung Ausschau hielt. Wolfi lachte darüber: „Vielleicht beobachtet sie die Kühe oder das Graureiherpärchen!"

Böse Stimmen behaupteten, dass sie mit ihrem Fernglas auch die Wohnstuben der Leute im Unterdorf inspizieren konnte.

Diesen Weg war Hermann Segler zuletzt vor vielen Jahren gegangen. Allerdings genau in die andere Richtung. Es war im frühen Morgengrauen gewesen, sie fröstelten und schleppten außer ihrem Angelzeug auch noch einen Kasten Bier durch den Wald. Damals hatten sie sich über ihre eigene Dummheit amüsiert. Es wäre ein Kinderspiel gewesen, die Bierflaschen vorher mit dem Wagen zu den Teichen zu bringen. Aber nein, sie schleppten den Kasten durch den Wald. Sie wussten von vornherein, dass sie mehr Flaschen leeren als Fische fangen würden, und seit ein Enkelkind von Bürgermeister Sendlmayr von einem betrunkenen Weierstädter angefahren worden war, galt es im Dorf als unschicklich, betrunken hinter dem Lenkrad zu sitzen, selbst wenn es sich nur um die kurze Strecke von den Angelteichen bis nach Ichtenhagen handelte.

Hermann Segler war solche Fußmärsche nicht mehr gewöhnt. Mit jedem Schritt kam der Weg ihm länger vor. Schon nach wenigen Minuten war sein Hemd durchgeschwitzt, eine tanzende Traube blutrünstiger Stechmücken verfolgte ihn und sein rasendes Herz erinnerte ihn daran, dass der Bierkonsum seinen einst athletischen Körper immer mehr zu einem aufgeschwemmten, massigen Fleischkloß hatte werden lassen.

Er hielt an, tupfte sich mit einem Taschentuch die Schweißtropfen aus dem Gesicht und dachte grimmig: Was bin ich nur für ein Schlappschwanz geworden. Das hat sie aus mir gemacht! Mit ihren Nörgeleien, mit ihren Sticheleien, seit Jahren gibt sie mir ständig das Gefühl zu versagen. Und ich schaffe es nicht, mich gegen sie aufzulehnen. Ich schaffe es nicht. Ich lasse mich von ihr behandeln wie ein kleiner Junge. Gehe für sie und ihren Scheißlebensmittelladen arbeiten, hör mir ihren Tratsch an, lausche andächtig den neuesten Horrorgeschichten, die sie über den Supermarkt in der Kreisstadt zu berichten weiß, lobe ihr Engagement für Ichtenhagen und werde immer kleiner dabei. Sie hat mich dazu gebracht zu saufen. Was war ich früher für ein Kerl! Jetzt schaffe ich nicht mal die paar Meter vom Teich bis zum Dorf. Mit dieser Weiberherrschaft ist es jetzt endlich vorbei. Ich werd ihr zeigen, wo's langgeht!

Er wusste, dass ein einziger Blick von ihr seinen aufkeimenden Mut zusammenfallen lassen konnte wie kalte Asche. Er biss sich auf die Unterlippe wie er es als Kind getan hatte, wenn er feststellen musste, dass seine Mutter eben doch den Vater mehr liebte als ihn, obwohl er sich ohne Unterlass um sie bemüht hatte. Den ganzen Tag über war er ihr Männlein, versuchte, so zu sein, wie sie sich ihn wünschte, ging bereitwillig mit ihr in die Kirche, glaubte alles, was sie sagte, tat, was er tat, um ihr zu gefallen und musste doch erleben, dass sie am Ende eines Tages wieder mit dem Vater ins Bett stieg. Und sie ließ all die Dinge mit sich tun, von deren Existenz er nur ahnte, von denen er aber wusste, dass sie Sünde waren. Sie hatte eine dunkle Seite. Es war die von ihm abgewandte Seite. In diese sündige, schlüpfrig dunkle Welt konnte er nicht eintreten. Er fürchtete sich davor und er sehnte sich gleichzeitig danach.

Er pellte sich das durchgeschwitzte Hemd vom Oberkörper, benutzte es als Handtuch, um sich den Rücken trocken zu reiben, und merkte dabei, dass er längst nicht mehr gelenkig genug war, um alle Hautflächen zu erreichen.

Diese Erkenntnis heizte die sinnlose Wut in ihm an. Er bemühte sich, fester aufzutreten, um sich selbst Mut zu machen, stapfte vorwärts, ignorierte tapfer die Stechmücken und schwor sich, diesmal keine Nebenrolle anzunehmen. Einmal im Leben wollte er die Hauptrolle für einen anderen Menschen spielen, einmal sich nicht verdrängen lassen, nicht vom Vater und nicht von einem Lebensmittelladen. Für Mary wollte er zum Mittelpunkt des Lebens werden. Gleichzeitig wusste er, dass es nicht funktionieren würde. Zu sehr hielten Günther Ichtenhagen und Martin Schöller die Fäden in der Hand. Noch bevor die Geschichte richtig begann, war er für Mary schon zur Nebensache geworden. Hatte sie ihn überhaupt wahrgenommen? Bei dem Gedanken, dass sie vielleicht nicht mal seinen Namen wusste, verspürte er solche Wut, dass er den helllila blühenden Fingerhut am Wegrand mit der Handkante absäbelte wie mit einem Fleischermesser. Er würde auch diesmal nicht der Erste sein und erst recht nicht der Wichtigste.

Erneut schlug er in die Sträucher. Die Dornen der Brombeerästchen rissen die Haut an seinem Unterarm auf. Seine Wut begann, sich gegen ihn selbst zu richten, und er genoss den Schmerz.

„Diesmal lasse ich nicht zu, dass man mich zur Seite schiebt!", brüllte er und erschrak über den Hall seiner Worte.

Plötzlich fühlte er sich klein, schuldig, ertappt.

Was bin ich für ein Idiot, dachte er, ich schleich mich ins Dorf und dann schrei ich im Wald rum, wüte zwischen den Brombeersträuchern, als wollte ich unbedingt Aufmerksamkeit auf mich ziehen.

Das zerknüllte, schweißnasse Hemd zog er wieder an. Er hatte die Hälfte des Weges hinter sich gebracht.

Dort oben, hinter den drei Eichen, lag Günther Ichtenhagens Haus. Er konnte es von hier aus noch nicht sehen, wusste aber seine Lage genau zu bestimmen. Dort oben in dem neu eingerichteten Zimmer saß sie vor der pinkfarbenen Tapete und wartete auf ihn.

Sieh nur, schrie etwas in ihm, sieh nur, welche Mühe ich für dich auf mich nehme! Sieh meinen Schweiß! Musste sie nicht dankbar sein, wenn jemand so viel für sie erlitt?

Plötzlich trug er das nasse Hemd mit Stolz. Wenn er es ihr schon nicht sagen konnte, so sollte sie wenigstens sehen, was er für sie auf sich nahm.

Die Schnitte vom Brombeerstrauch am Unterarm begannen zu brennen. Er kratzte die Wunden noch weiter auf.

Und wenn sie es nicht zu schätzen wusste? Und wenn sie ihn genauso ignorierte wie seine Mutter und seine Ehefrau, wenn es auch für sie Wichtigeres gab als ihn? Was dann?

Er sah sich wieder im Schlafzimmer stehen und seiner Frau die Bettdecke herunterreißen. Zum Fragezeichen gekrümmt lag sie da und machte ihn mit einem Augenblinzeln mutlos.

Diesmal würde er nicht kneifen. Schweißperlen sammelten sich oberhalb seiner Nasenwurzel und kullerten dann zu einem dicken Tropfen vereint zur Nasenspitze und baumelten von dort als zäher, durchsichtiger Faden herunter. Mit dem Handrücken wischte er sich die Nase ab und schwor sich, Mary jeden Schweißtropfen einzeln von seinem Körper ablecken zu lassen. So würde er sie lehren, ihn ernst zu nehmen.

Unbeobachtet erreichte er Günther Ichtenhagens Garten. Schnaufend blickte er die Treppe hoch. Er griff in die Hosentasche und wog den Schlüssel schwer in der Hand. Schöner wäre es, wenn sie erwartungsvoll hinter der offenen Türe stünde, um ihn zu umarmen ...

Er merkte, dass etwas in ihm versöhnlich wurde. Er begann schon wieder, sich mit den Frauen und der Welt zu arrangieren. Am liebsten hätte er jetzt ein paar Blümchen im Garten gepflückt. Er unterdrückte diesen Wunsch. Er wollte nicht gleich wieder der Unterlegene, der Bittende sein. Diesmal nicht! Er stampfte die Treppen hoch.

## 35

Günther Ichtenhagen erwachte mit einem dumpfen Gefühl, so als laste ein großer Sack, voll mit nassen Steinen, auf seiner Brust. Das Gewicht drückte ihn tief in die Matratze, nahm ihm fast die Möglichkeit zu atmen.

Seine Hände krallten sich in den Sack. Bei dem Versuch, ihn vom Körper zu schieben, verkrampften sich Günther Ichtenhagens Armmuskeln. Er wollte schreien. Er brauchte Hilfe. Allein konnte er es unmöglich schaffen.

Todesangst schüttelte ihn.

Es lag nur eine lockere Daunendecke auf ihm, und seine Hände krampften sich nicht etwa in einen schweren Steinsack, sondern ruhten friedlich gefaltet auf seinem Bauch.

Trocken klebte seine Zunge am Gaumen. Seine Füße waren eiskalt, lagen in dem Bett, als würden sie nicht zu seinem Körper gehören. Sein Gehirn sendete Befehle, doch sie kamen nicht in den Gliedmaßen an. Er wollte nach dem Glas Wasser auf dem Nachttisch greifen, aber die Hände blieben stumm gefaltet auf dem Bauch liegen.

„Mary!“

Seine Lippen formten einen Schrei. Einen lauten Hilferuf.

Doch aus seinem Mund drang ein kaum hörbares Krächzen. Er erschrak, weil ihm seine Stimme fremd vorkam. Die eines unheilbar Kranken in seinen letzten Stunden.

Der Versuch, sich zu bewegen, schlug fehl. Trotzdem raschelte das Kopfkissen ungewöhnlich laut an seinem Ohr.

Wenigstens funktioniert mein Gehör noch, beruhigte er sich. Er konnte den Kopf von links nach rechts rollen und wieder zurück. Mehr war im Moment nicht drin. Und selbst diese Bewegung erforderte eine große Kraftanstrengung. Er ließ es sein. Bewusst blieb er ganz ruhig liegen, um nicht noch mehr Kräfte zu vergeuden. Bestimmt würde Mary gleich nach ihm schauen. Er würde ihr dann mit Blicken zu verstehen geben, was er brauchte: zunächst Wasser. Dann eine Wärmflasche für die Füße, seine Tabletten und einen Arzt.

Ich darf jetzt nicht einschlafen, sagte er sich, nur nicht einschlafen und starrte gegen die Decke.

Sie war oben. Er hörte, wie ein Stuhl gerückt wurde, dann Schritte.

Aber das waren nicht Marys. Sie stampfte nicht so schwerfällig plump herum. Selbst ihr tonloses Schlurfen war ein leichtfüßiger Tanz gegen dieses Getrampel.

Unmöglich, dass sie so weit ausschritt. Unmöglich, dass sie so hart auftrat. Dort oben ging ein schwerfälliger Mann.

Reg dich nicht auf, dachte Günther Ichtenhagen, nur nicht aufregen. Es kann nur Hermann sein oder Wolfi. Martin hat einen sportlich federnden Gang. Und der asthmakranke Hans Wirbitzki schreitet nicht so weit aus, sondern zieht den rechten Fuß langsam zu sich heran, bevor er den linken wieder vorwärts hebt. Der Gang von Hans war schleppend. Krank. Außerdem konnte das Fliegengewicht Hans Wirbitzki nicht so fest aufstampfen.

Aber wo war Mary? Befand sie sich überhaupt oben im Raum? Wenn ja, dann bewegte sie sich nicht. Stand irgendwo regungslos. Stimmen waren nicht zu hören. Und jetzt auch keine Bewegung mehr.

Wer immer oben war, er befand sich jetzt in der Nähe des Bettes. Günther Ichtenhagen wartete darauf, dass er sich endlich setzte. Lag Mary auf dem Bett?

Günther Ichtenhagen tastete mit der trockenen Zunge über die Lippen. Versuchte sie zu befeuchten. Er wollte noch einmal nach Mary rufen. Er hatte Angst, gleich das Knarren der Bettfedern über sich zu hören.

Ich könnte das jetzt nicht ertragen, dachte er. Es würde mir den Todesstoß versetzen. Mein Herz zum letzten Mal zerreißen.

Das Ganze war eine Schnapsidee und musste so schnell wie möglich beendet werden. Sie war seine Frau! Nur seine. Er würde sie heiraten und mit ihr von hier weggehen. Unter diesen Umständen konnte er ohnehin nicht länger in Ichtenhagen bleiben. Er musste nur die nächsten Stunden überleben, dann würde alles gut werden. Er würde sich operieren lassen. Tausende hatten es vor ihm überstanden. In seiner Jugend war er eine Sportskanone gewesen. Er hatte gute Venen an den Beinen. Die konnte man ins Herz einsetzen, um ihn für viele Jahre zu einem aktiven Menschen zu machen. Aber im Moment war sein Blut zu dick, floss zu schwerfällig durch seine Adern. Er brauchte sein Glyzerin und Flüssigkeit. Außerdem die blutverdünnenden Tabletten. Wieder versuchte er es: „Mary! M… M…"

Geht es jetzt mit mir zu Ende? Verdammt noch mal, soll das alles gewesen sein? Ausgerechnet jetzt? Warum konnte es mich nicht vor ein paar Tagen erwischen? Warum jetzt, wo ich so sehr leben will?

Günther Ichtenhagen schloss die Augen und versuchte, sich auf ein stilles Gebet einzustimmen. Über ihm ächzte der Lattenrost von Marys Bett, als Hermann Segler seinen massigen Körper darauf fallen ließ.

Günther Ichtenhagen biss die Zähne aufeinander, ballte die Fäuste unter der Bettdecke und versuchte, ruhig zu bleiben. Mit einer großen, aber sinnlosen Kraftanstrengung streckte er seinen Körper und wollte schreien. Aber nicht einmal ein Seufzer kam über seine Lippen. Sekunden später packte ihn ein so heftiger Schüttelfrost, dass er die Zähne aufeinanderschlagen hörte. Und dann hörte er nichts mehr. Nicht einmal das Klopfen des eigenen Herzens, nicht das Rauschen seines Blutes, nicht das Knistern des Kopfkissens. Gar nichts. Er versuchte, sich ganz auf seine Ohren zu konzentrieren, in der Hoffnung, so das Geschehen über ihm nachvollziehen zu können, aber es schien völlige Stille zu herrschen.

Bin ich vielleicht schon tot?, dachte er. Ist es das? Bin ich gerade gestorben? Liegt jetzt hier mein lebloser Körper? Und der Geist weigert sich nur, ihn schon zu verlassen?

## 36

Die kleinen Einschnitte an seinem Oberarm waren inzwischen zu einer blutigen, eitrigen Wunde geworden. Hermann Segler knibbelte daran. Schälte sich die Haut vom Körper. Seine Gedanken drehten sich im Kreis. Immer die gleichen Sätze hämmerten durch sein Gehirn die immer gleichen Schlussfolgerungen: Sie ist stumm. Aber sie wird es allen erzählen.

Sie werden dich auslachen.

Erst hinter vorgehaltener Hand – dann in aller Öffentlichkeit.

Er war endgültig besiegt. Lebendig begraben. Sie war vor seinen Augen zu einer leblosen Puppe geworden. Ihr Körper signalisierte ihm: Mach mit mir, was du willst, ich werde keinen Widerstand leisten, ich werde es nicht einmal zur Kenntnis nehmen.

Wenn sie Zuneigung gezeigt hätte, oder wenigstens Angst … Aber so … Sie hatte sein schlaffes, runzliges Glied nicht einmal angesehen.

## 37

Doktor Jostich zog eine zweite Spritze auf, musterte Günther Ichtenhagen mit seinen lebhaften Augen kritisch durch die halbhohe Lesebrille und nahm keinen der Einwände ernst: „Im Alter wirst du noch kindisch. Kaum bist du dem Tod von der Schippe gehüpft, schon spielst du den starken Mann. Dreh dich um, ich muss dich noch einmal stechen."

Während er eine Stelle an Günther Ichtenhagens Gesäß mit einem alkoholisierten Wattebausch auf die Nadelspitze vorbereitete, redete er ruhig, aber bestimmt weiter. „Sei froh, dass du noch in der Lage warst, mich anzurufen. In deinem Alter sollte man überhaupt nicht mehr allein wohnen. Du hättest genauso gut auf der Treppe zusammenbrechen können und was dann? Vielleicht hätten wir dich erst in zwei Wochen gefunden. Jetzt sei vernünftig. Der Krankenwagen wird in einer Viertelstunde hier sein. Bleib liegen, ich pack dir die nötigen Sachen zusammen."

Günther Ichtenhagen zuckte unter dem Einstich der Nadel zusammen und musste sich von seinem alten Hausarzt Dr. Jostich sagen lassen: „Stell dich nicht so an!"

Wie sollte er ihm nur erklären, warum er das Haus nicht verlassen durfte? Konnte er ihn einweihen? Würde Jostich ihn vielleicht gar auslachen?

„Glaub mir, Jostich, heute geht es nicht. Ich fühl mich schon viel besser. In zwei, drei Tagen gehe ich ins Krankenhaus. Ganz bestimmt. Aber ich muss erst noch ein paar Sachen erledigen ..."

„Ach was", unterbrach Dr. Jostich, „du musst überhaupt nichts erledigen. Ich kann Kati für dich anrufen. Sie bringt dann mit, was dir noch fehlt. Ein bisschen Glück und du bist in vierzehn Tagen schon wieder draußen. Heutzutage geht so etwas schnell."

Günther Ichtenhagen wollte aufstehen. Er setzte sich auf die Bettkante, stützte sich mit beiden Armen ab und versuchte, tief Luft holend, hochzukommen. Dr. Jostichs Hilfe lehnte er kopfschüttelnd ab. Er wollte seinem alten Freund zeigen, wie gut es ihm bereits wieder ging. Noch war er entschlossen, sich nicht einweisen zu lassen, doch sein Widerstand bröckelte, als er von der Bettkante nicht hochkam.

Zerknirscht ließ Günther Ichtenhagen sich von Dr. Jostich beim Ankleiden helfen.

Günther Ichtenhagen wusste, dass er die Treppe, hoch in Marys Zimmer, ohne Dr. Jostich nicht schaffen würde. Aber selbst wenn es ihm gelänge: Was wäre gewonnen? Wie sollte er sich Mary verständlich machen?

Wie sollte er ihr erklären, dass sie nun für ein paar Tage auf sich allein angewiesen war?

Er musste sie der Obhut der anderen überlassen. Die hilflose Wut darüber setzte so viel Magensäure frei, dass er Dr. Jostich um ein Magenmittel bat.

Nicht mal einen Zettel kann ich ihr hinterlassen. Wir sprechen keine gemeinsame Sprache.

Nie wurde ihm schreiender bewusst, wie ungeheuerlich es von ihm gewesen war, Mary hierher zu bringen.

Er fand es übertrieben, dass man ihn in einen Rollstuhl setzte, um ihn in den Krankenwagen zu fahren.

Warum ließ Mary sich nicht blicken? Hörte sie den Lärm nicht? Deutete sie ihn falsch? Oder saß sie oben hinterm Schlüsselloch und beobachtete die Situation? Draußen vor seinem Haus saß Günther Ichtenhagen noch wenige Minuten im Rollstuhl und hörte zu, wie Dr. Jostich den Krankenpflegern Anweisungen gab. Die Pfleger machten einen recht gelangweilten Eindruck. Für sie war das hier Alltag. Öde Routine. Zuerst empörten ihre teilnahmslosen Gesichter Günther Ichtenhagen, dann beruhigten sie ihn.

Natürlich sorgte der Krankenwagen im Dorf für Aufregung. Uschi Paul hockte nervös mit ihrem Fernglas hinterm Fenster, Hans Wirbitzki eilte herbei und Bürgermeister Sendlmayr höchstpersönlich. Besorgnis, Aufregung und Anteilnahme spiegelten sich in ihren Gesichtern.

Martin Schöller brauste wie ein Idiot mit seinem neuen Wagen herbei und fuhr fast in die Traube der Wartenden. Sofort schlugen ihm Wut und Empörung entgegen. Bürgermeister Sendlmayr wollte ihn mit scharfen Worten zurechtweisen, und der Krankenwagenfahrer hätte ihm am liebsten eine Ohrfeige gegeben, aber so aufgelöst, wie Martin Schöller jetzt aus dem Fahrzeug sprang, wussten alle sofort, dass er eine Entschuldigung hatte. Etwas Schreckliches war geschehen. Etwas, das schlimmer war als Günther Ichtenhagens Herzversagen. Martins Haare standen wie elektrisiert ab. Seine Hände zitterten. Sein Gesicht verzerrte sich.

„Hermann … Hermann … Hermann hat sich aufgehängt!"

Als müsse er seine Worte erst erläutern, machte er eine Geste, wie man sich eine Schlinge um den Hals legt.

Der Bürgermeister packte Martin und schüttelte ihn: „Was erzählst du da? Was?"

„Ich habe ihn gerade gefunden. Am Anglerteich. Er hängt noch. Ich wollte ihn abschneiden, aber ich hab's nicht geschafft.

Sendlmayr stieß Martin zur Seite, warf sich in Martins Auto und startete durch.

„Warte! Nimm mich mit!", rief Dr. Jostich hinter Sendlmayr her, doch der hörte ihn schon nicht mehr.

Günther Ichtenhagen sah zu Marys Zimmer hoch. Am Fensterrand konnte er ihren Schatten erkennen. Günther Ichtenhagen schloss die Augen.

Mein Gott, was haben wir getan.

## 38

Nach der zweiten Infusion ging es ihm schon wesentlich besser. Er sah den kristallklaren Tropfen zu, wie sie aus der Plastikflasche über seinem Bett in gleichmäßigem Rhythmus mit dem Ticken der Uhr in den Schlauch fielen, der durch eine Kanüle mit seinem Körper verbunden war und ihn am Leben erhielt.

Man hatte etwas hineingemischt, das ihn beruhigen und gleichgültig machen sollte. Doch das funktionierte nicht. Er wurde nur müde davon.

Er fand eine Möglichkeit, gegen seine Schuldgefühle anzukämpfen. Er redete sich ein, sie sei schließlich aus freien Stücken gekommen und freiwillig in seinem Haus. Immerhin hatte er ein Rückflugticket für sie bezahlt. Wenn es ihr bei ihm nicht mehr gefiel, konnte sie jederzeit davon Gebrauch machen.

Mach dir keine Vorwürfe, sagte er sich. Du bist nicht für die anderen verantwortlich. Du hast dich ihr gegenüber korrekt verhalten. Sie hat sich entschieden, in die Bundesrepublik zu kommen, nun soll sie sehen, ob sie hier klarkommt oder nicht. Auf jeden Fall bleibt ihr das Rückflugticket.

## 39

„Und ich sage euch", brüllte Hans Wirbitzki, „seine Frau hat etwas gemerkt!" Er pochte dabei mit der Spitze des Zeigefingers auf den Tisch, griff mit der anderen Hand in die Tasche, zog ein angeschmuddeltes Stofftaschentuch heraus und spuckte hinein. Er rauchte schon die dritte Zigarre, und diesmal war die Glut durch seine hektischen Züge so groß und heiß geworden, dass jeder Genuss verloren ging. Bitterer, heißer Tabaksaft biss in seine Zunge.

Martin Schöller versuchte, alle zu beruhigen und zu einem sachlichen Ton zurückzukommen: „Wie soll sie es bemerkt haben? Und selbst wenn – deswegen bringt sich keiner um!"

„Der schon!", ereiferte sich Hans Wirbitzki weiter. „Der stand so sehr unter der Fuchtel seiner Frau, dass ihm gar nichts anderes übrig blieb, als sich aufzuknüpfen. Ich habe selbst gesehen, wie Günther im Lädchen eine Riesentüte zum Frühstück eingekauft hat. Glaubt ihr, die Alte ist blöd? Die wusste sofort Bescheid!"

Martin Schöller winkte ab.

„Ich sag euch, die Kleine muss weg, bevor hier alles auffliegt. Wir haben doch eine Geld-zurück-Garantie. Martin kann sie nach Einbruch der Dunkelheit zu diesem Lothar Sommer zurückbringen. Soll er sie doch an einen anderen verkaufen. Die wird er jederzeit los. Die sieht doch gut aus! Und das Geld kann er meinetwegen sogar behalten! Hauptsache, wir schaffen uns dieses Problem vom Hals. Günther liegt im Krankenhaus und Hermann in der Leichenhalle. Das reicht ja wohl!"

Wolfhardt Paul wunderte sich über Hans Wirbitzkis scharfe Worte. Er schwankte zwischen Ablehnung und Zustimmung. Konnte man alles ungeschehen machen? Dass sie das Dorf verlassen sollte, bevor er auch nur ein einziges Mal mit ihr zusammen gewesen war, erschien ihm als gerechte Strafe für sein sündiges Begehren. Nach einer längeren Pause antwortete Martin Schöller knapp: „Das kommt überhaupt nicht infrage."

„Ach, bist du jetzt hier der Boss? Bestimmst du? Grünschnabel!"

Martin Schöller ließ sich nicht von Hans Wirbitzki provozieren. Er nickte entschlossen. Es klang wie eine Feststellung, als er sagte: „So lange Günther im Krankenhaus liegt, werde ich mich um sie kümmern. Ihr könnt aussteigen, wenn ihr wollt, und ansonsten – bitte schön, sie ist da oben zu eurer freien Verfügung."

Martin Schöller suchte Blickkontakt mit Wolfhardt Paul.

„Na los, Wolfi, genug geredet. Geh hoch. Du warst doch noch nicht bei ihr, oder? Worauf wartest du noch? Du kannst hochgehen und die Tür hinter dir schließen." Grinsend fügte Martin Schöller hinzu: „Wir können uns ja die Ohren zuhalten."

Hans Wirbitzki fuchtelte mit seiner schwelenden Zigarre vor ihren Gesichtern herum und suchte nach Worten. Als ihm kein Ausdruck einfiel, der seiner Empörung angemessen war, ließ er sich resignierend in Günther Ichtenhagens Fernsehsessel fallen.

Wolfhardt Paul räusperte sich. Sofort zog er die Blicke seiner Skatbrüder an. Bisher hatte er sich noch nicht konkret geäußert.

„Also, ich glaube nicht, dass Hermann sich aufgehängt hat, weil seine Frau Lunte riecht.“

„Warum denn?“

„Ich glaube, dass er … nun, er hatte ein Problem …“

„Probleme haben wir alle!“, zischte Hans Wirbitzki, „aber die sind nicht so groß, dass man deswegen Schluss macht. Was soll's denn gewesen sein, bitte schön?“

Wolfhardt Paul schluckte. „Nun, er war impotent.“

Hans Wirbitzki brauste auf: „Woher willst du das wissen, verdammt noch mal? Und selbst wenn …“

„Uschi hat es mir erzählt.“

„Deine Frau hat dir erzählt, dass Hermann …“

„Ja, sie hat es von deiner Frau, Hans.“

„Von Hanne?“

Hans Wirbitzki hatte nie sonderlich gesund ausgesehen. Jetzt war er gelblich wie ein einbalsamierter Leichnam.

„Ja, deine Frau kennt sich aus im Intimleben unseres Dorfes.“

„Ja aber – wieso …“

„Sie hat als Kosmetikberaterin alle besucht! Was glaubst du, worüber die geredet haben? Über Schminke? Deine Hanne ist so eine Art Seelenklempner für alle Frauen des Dorfes geworden. Und ihr gegenüber hat Hermanns Schlampe so eine Bemerkung gemacht.“

Wolfhardt Paul genoss die Aufregung und das Erstaunen seiner Skatbrüder. Er hatte ihnen etwas voraus. Er spielte diese Karte genüsslich weiter aus.

„Es muss schon mehr als eine Andeutung gewesen sein. Jedenfalls lief seit Jahren nichts mehr zwischen ihr und Hermann.“

Hans Wirbitzki atmete schwer aus. „Und das hat meine Frau dann deiner Frau erzählt?“

Wolfhardt Paul nickte. „Für meine Uschi ist das das Lieblingsthema: Wer es mit wem warum nicht mehr treibt.“

Martin Schöller ertrug die Spannung nicht länger. Er musste aufstehen und etwas tun. Seine Finger brauchten eine Beschäftigung. Fast beneidete er Hans Wirbitzki um die stinkende, nasse

Zigarre. Martin ging zum Kühlschrank und sah nach, ob Günther Ichtenhagen noch Schnaps kalt stehen hatte. Er fand im Eisfach eine halbe Flasche Aalborg. Bei der Suche nach Gläsern fiel ihm eins runter. Hans Wirbirzki warf ihm einen wütenden Blick zu, der ihm zeigen sollte, dass er alles andere war als der Boss.

Langsam hob Wolfhardt Paul den Zeigefinger und richtete ihn, etwas unschlüssig, auf Hans Wirbitzki. Mit der Zungenspitze tupfte er sich die Speichelbläschen von der Oberlippe und sagte dann: „Über dich, Hans, weiß ich auch alles."

Hans Wirbitzki griff sich ans Herz. Für Sekunden sah er sich schon neben Günther Ichtenhagen am Tropf liegen.

Nervös blickte Wolfhardt Paul auf seine Schuhspitzen und fuhr fort: „Uschi hat mir erzählt, dass deine Hanne schon ewig nicht mehr mit dir schläft. An solchen Themen kann Uschi sich stundenlang hochziehen. Es sind die besten Ausreden für sie selbst. Wenn alle anderen es nicht mehr machen, warum soll es dann in unserer Ehe anders sein?"

Martin verschüttete ein paar Tropfen Aalborg auf die Tischplatte und fluchte: „Ja ist denn in allen Ehen tote Hose? Es kann doch nicht sein, dass in unserem Dorf keiner mehr mit seiner Frau …"

Hans Wirbitzki starrte geradeaus. „In Ichtenhagen schläft man vor dem Fernsehprogramm ein, Martin. Gebumst wird hier schon lange nicht mehr." Grinsend setzte er hinzu: „Höchstens in Udo Tiedemanns Club."

„Und wie geht's jetzt weiter?", fragte Wolfhardt Paul und sah in die ratlosen Gesichter seiner Skatbrüder. Sie richteten ihre Blicke auf die Tür zu Marys Zimmer.

Hoffentlich hält er dicht, sagte sich Hans Wirbitzki. Was hat Hanne seiner Uschi sonst noch erzählt! Hoffentlich keine Einzelheiten aus der Urteilsbegründung. Wie konnten wir Männer nur jahrelang davon ausgehen, dass nur wir miteinander sprechen? Haben wir alle Frauen im Dorf für stumm gehalten?

## 40

Martin Schöller saß im Bodyfit-Center an der Lat-Maschine und pumpte Sauerstoff in seine Rückenmuskulatur. Er musste sich verausgaben, um den Frust loszuwerden und auf neue Gedanken zu kommen. Er brauchte eine Idee. Bei den größten Kraftanstrengungen im Bodyfit-Center hatte er schon oft gute Einfälle gehabt.

Am liebsten wäre er in Günther Ichtenhagens Haus eingezogen, während dieser im Krankenhaus lag. So hätte er ständig Zugriff auf Mary gehabt und alle Dinge unter Kontrolle. Aber wie sollte er das den Nachbarn und seinen Eltern erklären? Es war schon komisch genug, dass sie sich direkt nach Hermann Seglers Selbstmord mehrfach dort trafen. Schließlich konnten sie nicht dreimal am Tag die Blumen gießen.

Okay, Mary war genügsam. Sie machte keinen Fluchtversuch, und Martin Schöller redete sich ein, dass sie die spärlichen Mahlzeiten, die er ihr hinstellte, als großzügig empfand. Er bildete sich ein, sie hätte bisher von einer Handvoll Reis gelebt.

Was ihn ärgerte, war, dass sie das Haus nicht so in Schuss hielt, wie er es erwartete. Er gefiel sich dabei, mit den Fingern in die Ritzen zwischen Möbel und Tapete zu langen, um dort Staubwolken aufzuspüren. Vorwurfsvoll hielt er sie ihr vors Gesicht.

„So weit kommt es noch!“, hatte er sie angebrüllt, „dass wir für dich aufräumen!“

Von der Lat-Maschine ging er an die Schrägbank und packte sechzig Kilo auf die Langhantel. Nach vier Sätzen bestellte er sich an der Theke einen Mineraldrink und zwei Eiweißriegel. Einen mit Nussgeschmack und einen mit Vanille.

Der Zeitungsjunge erschien und legte vier Exemplare NOTIZEN auf den Tisch. Dieses örtliche Reklameblatt wurde kostenlos verteilt und hatte im Kreisgebiet eine weitaus größere Auflage als die Tageszeitung. Neugierig schlug Martin Schöller das Blatt auf. Da stand sie: seine Annonce!

> **Bildhübsche asiatische Frauen**
> vermittelt kostengünstig *Lothar Sommer*

Noch konnte er keine eigene Adresse angeben. Aber Herr Sommer hatte ihm zugesichert, alle Anfragen aus dem Kreisgebiet an ihn weiterzuleiten. Bald schon würde er auch so ein Büro besitzen wie Lothar Sommer. Seine Mitarbeiterinnen würden ihm die Wünsche von den Augen ablesen, und er brauchte nur mit dem Finger zu schnippen und schon lief alles von alleine. Aber der Anfang war schwer. Verdammt schwer.

Jetzt bin ich noch Karl Arsch für euch, ich weiß, dachte er, aber mit dreißig habe ich meine erste Million gemacht und dann könnt ihr mich kreuzweise.

Um zu testen, wie seine Annonce ankam, schob er die NOTIZEN seinem Trainingspartner Michael hin. Er tippte auf die Anzeige und fragte, so harmlos wie möglich, mit einem leichten Scherz auf den Lippen: „Na, Michael, was hältst du denn davon? Schon mal daran gedacht, dir eine hübsche asiatische Maus zu kaufen?"

Michael warf nur einen flüchtigen Blick auf die Annonce, grinste und konterte: „Warum soll ich für ein paar Schlitzaugen löhnen, wenn ich in jeder Disco umsonst krieg, was ich brauche?"

„Das ist was ganz anderes. Du kannst so eine thailändische Schönheit gar nicht mit deinem Discomäuschen vergleichen."

„Warum nicht? Hat die den Schlitz quer?"

„Du musst mal eine ausprobieren, dann merkst du den Unterschied und vergisst es nie im Leben", prahlte Martin Schöller und biss kräftig in seinen Eiweiß-Vanille-Riegel.

Das ist es, dachte Martin, genau das ist es. Während Günther im Krankenhaus liegt, kann ich meinen zukünftigen Kunden die Gelegenheit geben, mal kostenlos eine Thaifrau auszuprobieren. Mary kann es schließlich egal sein, wer über sie steigt. Sie wird zu allen gleich nett sein. Sie weiß nichts von den Abmachungen, die wir untereinander haben.

Martin Schöller deutete einen Boxhieb gegen Michaels Schulter an und verkündete: „Komm mit, Kumpel. Ich glaub, ich hab da was für dich. Das wird dich überzeugen."

„Du meinst, jetzt sofort?"

„Na los, komm. Du wirst nicht enttäuscht sein."

„Eigentlich wollte ich noch mit Heinz Brust und Bauch trainieren. Wir sind noch längst nicht fertig. Heinz wird jeden Moment wieder da sein."

Heinz kam von der Toilette, stellte sich dazu und probierte, ohne zu fragen, den Eiweiß-Riegel.

„Willst du mich jetzt im Stich lassen oder was, Michael?"

„Ach Heinz, komm am besten auch mit."

Mit ahnungslosem Gesicht fragte Heinz: „Ja was denn, worum geht's denn?"

Martin Schöller zwinkerte ihm geheimnisvoll grinsend zu. „Vertrau mir. Wir trainieren heute mal einen anderen Muskel."

## 41

Dieter Segler saß im Intercity München–Frankfurt und starrte aus dem Fenster. Eine direkte Zugverbindung München–Brens gab es nicht. Er musste in Frankfurt umsteigen und von dort mit dem Bummelzug weiterfahren, der Brens spiralenförmig einkreiste. Er überlegte, ob er sich von Brens mit dem Taxi nach Ichtenhagen bringen lassen sollte, oder doch besser den Bus nahm.

Ein Taxi, so meinte er, weckte zu große Erwartungen. Er trank schon den zweiten Schnaps gegen das Magendrücken. Er würde alles in die Hand nehmen müssen. Die Beerdigungsfeierlichkeiten zu organisieren, war noch das geringste Problem für ihn. Aber nach der letzten Tasse Kaffee würde es erst richtig losgehen: Was sollte aus Mutter werden, sollte sie alleine in dem viel zu großen Haus wohnen? Konnte sie für sich selbst sorgen? Was sollte aus dem Lebensmittelladen werden?

Beim letzten Telefongespräch hatte er zwischen all ihrem Schluchzen und Jammern deutlich die Frage herausgehört: Soll ich zu dir nach München ziehen, oder kommst du zurück zu mir nach Ichtenhagen?

Nichts von beidem kam für ihn in Betracht. Doch zunächst drängten andere Probleme. Der katholische Gemeindepfarrer weigerte sich, die Beerdigung zu übernehmen. Früher habe man Selbstmördern den Zugang zum christlichen Friedhof verweigert und sie lediglich hinter der Friedhofsmauer verscharrt, heute standen dieser Praxis Gesetze im Weg. Auf öffentlichen Friedhöfen musste Platz für jeden sein, aber ein christliches Begräbnis gab es deswegen noch lange nicht.

Dieser Schock war für seine Mutter mindestens so groß wie die Nachricht vom Selbstmord ihres Mannes. Hermann sollte einfach so verscharrt werden?

Noch aus München hatte Dieter Segler Pastor Möller angerufen. Pastor Möller erinnerte sich gut an Dieter Segler, schließlich hatte er ihm Kommunionsunterricht erteilt. Trotzdem blieb Möller hart. Selbstmord war eine so tiefe, unverzeihliche Sünde, dass Pastor Möller am Grab seinen Segen nicht sprechen wollte. Es käme einer Sanktionierung der Selbsttötung gleich. Auch Dieter Seglers energischer Hinweis darauf, dass sein Vater schließlich ein ganzes Leben lang Kirchensteuer bezahlt habe und nun ein bisschen Service verlangen könne, half nicht weiter. Den Seelenfrieden, so musste Dieter Segler erfahren, kann man nicht erkaufen.

Dieter Segler hatte sich dazu hinreißen lassen, loszubrüllen: „Früher war die Kirche da ganz anderer Meinung! Wurden nicht damals sogar Sündenerlassaktien verkauft? Wie nannten sie diese Freifahrtsscheine?"

Auf dieses Niveau wollte sich Pastor Möller nicht herablassen. Er äußerte Verständnis für Dieters Erregung, war auch bereit, ihm alle bösen Worte zu verzeihen, in der eigentlichen Streitfrage aber blieb er unerbittlich.

Es gab angeblich für solche Fälle einen kleinen Verein von „Freidenkern", die Pastor Möller ein Häuflein antiklerikaler, zum Teil marxistischer Wirrköpfe nannte, und die für ein paar Mark bereit waren, am Grab eines jeden Toten eine unchristliche Rede zu halten, falls die Kirche sich weigerte, die Beerdigung zu übernehmen oder aber, was gar nicht so selten war, wenn die Angehörigen des Toten keine christliche Beerdigungsfeier wünschten.

Verbittert fragte Dieter Segler nach der Anschrift des Freidenkerverbandes, aber so weit wollte Pastor Möller mit seiner Werbung für diese antikirchliche Gruppe nicht gehen.

Dieter Segler versuchte es über die Telefonauskunft. Fehlanzeige. Irgendwer musste etwas sagen. Man konnte ihn nicht einfach so verscharren.

Mutters Vorschlag, Dieter selbst solle eine kurze Rede für seinen Vater halten, lehnte er vehement ab. Er gehörte nicht zu der Sorte Menschen, die sich unbekümmert vor andere hinstellen und belangloses Zeug schwatzen, nur weil es einer tun muss.

Im Frankfurter Hauptbahnhof kaufte er sich eine Portion Gyros im Fladenbrot und eine doppelte Portion Zaziki. Ganz im Gegensatz zu seiner Mutter liebte er Knoblauch und befürchtete, in den nächsten Tagen nur noch knoblauchfreie Gerichte essen zu können. In Ichtenhagen roch man nicht nach Knoblauch. Dieter Segler hoffte, schon allein durch seinen Geruch eine Distanz zwischen sich und die Dorfbewohner zu bringen. Er gehörte dort nicht mehr hin. Er war längst zum Großstädter geworden.

Als er nach dem zweiten Biss empört feststellte, dass man ihm ein knoblauchfreies Gyros mit Zaziki angedreht hatte, lief er zum griechischen Stand zurück und schimpfte: „Das ist kein

Zaziki und das ist auch kein Gyros. Das ist höchstens geschnetzeltes Schweinefleisch in Joghurtsauce! Nicht ein Hauch von Knoblauch ist da dran!"

Wenigstens der Grieche mit dem elektrischen Messer in der Hand war echt. Er hob die Schultern, ließ sie resignierend wieder fallen, grinste breit: „Der Chef sagt, Deutsche lieben Knoblauch nicht. Sie wollen griechisch essen, aber deutsch riechen."

Demonstrativ warf Dieter Segler das von Fleisch überquellende Fladenbrot in den nah bei der Theke stehenden Papierkorb.

Der griechische Verkäufer ärgerte sich nicht darüber. Im Gegenteil. Er schien Sympathie für Dieter Segler zu empfinden und zwinkerte ihm zu. Dieter hingegen empfand diese Geste als äußerst unverschämt.

## 42

Bürgermeister Sendlmayr erklärte sich bereit, bei der Trauerfeier zu reden. Das erste Problem war also gelöst. Den Rest übernahm das Bestattungsinstitut aus der Kreisstadt. Nach der Beerdigung sollte in der *Linde* der allgemeine Leichenschmaus stattfinden. Mutter Segler fand das Wort „Leichenschmaus" geschmacklos und unpassend. Aber sie protestierte nicht. Sie war froh, dass ihr Sohn alles in die Hand nahm.

„Acht Mark pro Nase, das ist nicht schlecht. In der Kreisstadt würden wir bestimmt zehn bezahlen. Dafür gibt es Kaffee und Kuchen. Die Schnäpse werden natürlich extra berechnet. Die soll jeder selbst zahlen. Oder übernehmen wir das auch?"

Frau Segler schüttelte den Kopf. „Nein, ich will nicht, dass bei der Beerdigung getrunken wird."

„Die saufen sowieso", warf Dieter Segler ein. Ihm war das egal, und auf ein paar Mark kam es ihm nicht an. Er wollte nicht als knausrig dastehen, sich aber auch nicht schröpfen lassen.

„Wie viele Personen werden kommen?"

Wie oft hatte seine Mutter nun schon an den Fingern abgezählt, wer garantiert, wer möglicherweise und wer keinesfalls kommen würde? Vorsichtshalber ließ Dieter Segler für vierzig Personen decken.

„Wenn der Bürgermeister eine Rede hält und es etwas umsonst gibt, sind die Ichtenhagener gut zu Fuß", spottete er und sah, wie sehr er seine Mutter damit verletzte.

„Man macht keine Scherze im Angesicht des Todes."

Er fand, dass er seine Arbeit bisher gut erledigt hatte. Von der Zugfahrt, vom Sitzen in der Wohnküche, von dem steifen Getue und der verkrampften Art zu reden, schmerzte nun sein Rücken.

Nie hatte seine Mutter so alt und gebrechlich auf ihn gewirkt wie jetzt. Das Gespräch mit ihr war mühselig, ein einziger Versuch zu verhindern, dass sie weinte. Sie hielt das Geschäft auch jetzt nicht geschlossen, und das Gebimmel der Ladenglocke erlöste Dieter immer wieder für Minuten von ihrer Anwesenheit. Seit Hermann Seglers Tod kamen mehr Kunden als sonst. Viel mehr. Eigentlich wollte niemand wirklich etwas kaufen. Neugier trieb die Ichtenhagener in Seglers Laden. Wie sah die Frau von einem aus, der Selbstmord begangen hatte? Welche Schwierigkeiten hatte Hermann Segler gehabt? Wusste sie von nichts? Wie weit musste einer getrieben werden, bis er sich umbrachte?

Man kaufte ein Tütchen Schlagsahne, ein Päckchen Kamillentee, ein paar Scheiben verpackten Käse und nahm die Gelegenheit wahr, Frau Segler auszuhorchen und zu taxieren. Nicht jedes Mitleid war geheuchelt. Doch die Aufregung über den merkwürdigen Todesfall in Ichtenhagen schimmerte durch alle Beileidsbekundungen. Sensationsgier und natürlich die Frage: „Wer ist schuld daran?"

Dieter Segler begann die lauernden Verhöre als Unverschämtheit zu empfinden.

Als Uschi Paul zum dritten Mal im Laden erschien, diesmal, um für neunundneunzig Pfennig ein Tütensüppchen zu kaufen, woraus ein Dreißig-Minuten-Gespräch wurde, reagierte Dieter ungehalten. Er war gut genug erzogen, um nicht in das Gespräch hineinzuplatzen. Er hatte gelernt, dass die Kundschaft immer Vorrang hat! Nur ein einziges Mal hatte er diese eiserne Regel als Kind durchbrochen. Damals war er hingefallen und stand mit blutenden Knien hinter der Theke. Es war nach einem Kampf gegen die Weierstädter gewesen. Sie hatten ihn, Udo Tiedemann, Helga Paul und Martin Schöller bis nach Ichtenhagen hinein verfolgt. Wimmernd vor Schmerz und zitternd vor Angst suchte Dieter Schutz im Laden seiner Mutter. Sie warf ihm nur einen wütenden Blick zu und scheuchte ihn in die Wohnküche.

„Im Geschäft haben Kinder nichts verloren."

Das nur wenige Minuten dauernde Verkaufsgespräch wurde für ihn zu einer Ewigkeit. Er erinnerte sich noch heute an alles. Das Knistern des Einpackpapiers, das Auszahlen von Wechselgeld, und als er endlich glaubte, jetzt sei seine Mutter mit der Kundin fertig und könne sich ihm widmen, da zählte die Kundin jede einzelne Münze noch einmal auf die Ladentheke und rechnete ihren Warenkorb nach. Es stimmte alles auf den Pfennig genau, aber es nahm ihm noch einmal Zeit. Zeit, in der er seine Mutter gebraucht hätte. Als sie endlich kam, um ihm ein Pflaster zu bringen und ihn zu trösten, spürte er den Schmerz in den Knien schon nicht mehr. Ein anderer, tiefer Schmerz verletzte ihn: Das Gefühl, jeder, der nur genügend Geld dafür zahlen konnte, hätte mehr Anrecht auf die Zuwendung seiner Mutter als er. Am liebsten hätte er den Laden in die Luft gesprengt. Er glaubte, dass er kein Recht darauf hatte, sie zu lieben und von ihr zurückgeliebt zu werden – nicht wenn Kundschaft da war – und so begann er, das Monster Kundschaft zu hassen. So musste er wenigstens nicht seine Mutter hassen, sondern nur die Menschen, die sie von ihm fernhielten.

Diese Gefühle schossen plötzlich in ihn zurück, machten ihn wieder klein und verletzlich. Das wollte er nicht. Er sträubte sich dagegen, doch wie nach einer lähmenden Spritze pulste das Gift der Erinnerung durch seine Adern, veränderte seine Körperhaltung, ließ ihn zwischen freundlicher Unterwürfigkeit und äußerster Aggression schwanken. Zur Bestätigung seiner Männlichkeit stolzierte er in den Laden, nahm eine Flasche Schnaps aus dem Regal, schraubte sie auf, goss ein paar Schluck in ein Wasserglas und leerte es trotzig mit einem Seitenblick auf die Mutter.

Als Uschi Paul endlich gegangen war, schrie er seine Mutter an: „Ist das hier so 'ne Art Peepshow oder was? Darf man dich für neunundneunzig Pfennig begaffen, solange man will? Hast du überhaupt keine Ehre? Hast du überhaupt keinen Stolz? Was verkaufst du hier? Lebensmittel oder dich selbst?“

Sie versuchte eine sachliche Antwort. Eine von denen, die ihn schon vor vielen Jahren zur Raserei gebracht hatten: „Man muss froh sein über jeden Kunden. In Weierstadt könnten die Leute billiger einkaufen.“

Dieter starrte sie an. Sie hielt dem Blick nicht länger stand, senkte die Augen, suchte die leere Tischplatte ab und fuhr dann mit brüchiger Stimme fort: „Besonders jetzt, da dein Vater tot ist, bin ich auf den Laden angewiesen.“

Zynischer als beabsichtigt zischte Dieter zurück: „Und jetzt wo Vater tot ist, läuft der Laden ja endlich. Sie rennen dir die Bude ein. Du hast gar keine Zeit, deinen Mann zu beerdigen. Was ist, wenn während der Beerdigung einer ein Päckchen Kaugummi kaufen möchte? Oder ein halbes Pfund Butter? Soll ich dich im Laden vertreten, während Bürgermeister Sendlmayr die Beerdigungsrede hält? – Überhaupt, wenn unsere Familie noch ein paar Skandale liefert, kommen sie vielleicht bald aus der Kreisstadt, nur um bei dir einzukaufen. Wie wäre es, wenn ich mich auch umbringen würde? Du könntest auf Tagesumsätze von tausend Mark kommen, glaubst du nicht? Vielleicht könntest du sogar eine Aushilfskraft einstellen.“

Bisher hatte sie zwischen den Kundenbesuchen geweint, weil sie weinen wollte. Weil sie gelernt hatte, dass man Tote betrauert, dass Witwen weinen, und nun weinte sie gegen ihren

Willen, aus Zorn über ihren Sohn, der sie angriff, statt ihr eine Hilfe zu sein. Sie brüllte zurück: „Du wirfst mir vor, dass Vater sich umgebracht hat? Ausgerechnet du?“

„Was heißt hier: ausgerechnet du?“

„Warum bist du weggegangen aus Ichtenhagen ?“

Dieter sprang auf, griff erneut zur Schnapsflasche und goss sich ein. Sie brachte die Flasche mit einer schnellen Bewegung an sich und stellte sie unter den Tisch, als sei sie dadurch nicht mehr vorhanden.

„Glaubst du, Vater hätte sich nicht umgebracht, wenn ich hiergeblieben wäre? Was hätte ich denn hier tun sollen?“

„Eine Familie gehört zusammen.“

„Ich bin von hier abgehauen, weil ich es nicht mehr ausgehalten habe! Weil sonst ich dort am Angelteich gehangen hätte und nicht er! Mir geht es gut! Ich habe Freunde! Ich bin ein glücklicher Mensch! Und ich werde nicht nach Ichtenhagen zurückkehren! Nicht mal, um hier Urlaub zu machen! Ich bin hier geboren, aber ich gehöre nicht hierher!“

Ihr Körper wurde von einem Weinkrampf geschüttelt. Sie griff nicht mehr an. Sie verteidigte sich nicht mehr. Sie gab auf. Ihr Kopf lief blutrot an. Eine Art Schüttelfrost erfasste sie und Dieter bereute seine groben Worte. Er wollte sie ungeschehen machen, wollte wieder ein braver Sohn werden und streckte die Hand nach seiner Mutter aus. Seine Fingerspitzen berührten sie am Oberarm. Sie sprang von ihm weg, als hätte sie ein glühendes Eisen berührt.

„Fass mich nicht an! Lass mich!“

„Aber Mutter, ich … Mutter entschuldige bitte, ich …“

Sie sah ihn zwar immer noch nicht an, aber wehrte sich nicht länger gegen den Körperkontakt. Sie ließ zu, dass er sie an sich drückte. Dann schlang auch sie ihre Arme um ihn und schluchzte: „Mein Sohn! Mein Sohn …“

Er fuhr ihr mit der Hand über die Haare und wusste: Sie hatte wieder gewonnen.

## 43

In der *Linde* die letzten Vorbereitungen für die Beerdigungsfeier treffen zu müssen, war eine gute Ausrede. Endlich konnte er das Haus verlassen. Frau Segler saß vor den letzten Postkarten, die sie an entfernte Verwandte schicken wollte. Niemand von denen würde erscheinen. Sie konnten es gar nicht. Die Postkarten kämen viel zu spät an. Aber sie brauchte jetzt eine Aufgabe, musste sich mit etwas beschäftigen, und das Schreiben von Trauerkarten erschien ihr angemessen. Sie hatte einen großen Vorrat im Laden und nahm zunächst die, die seit Jahren im Ständer gammelten. Trauerkarten mit angegilbten Rändern. Die dazugehörigen Briefumschläge klebten schon nicht mehr, aber als offene Drucksache war es ohnehin billiger.

Wie sooft in letzter Zeit fiel der Skatstammtisch auch heute aus. Alles war durcheinandergeraten. Das Interesse der Skatbrüder an ihrem Spiel war schon lange nur noch Pose. Nun gab der Tod von Hermann Segler allen die Möglichkeit auszusteigen. Martin Schöller stand an der Theke und trank sein drittes Bier. Neben seinem Glas, so platziert, dass es alle sehen mussten, ein Piccolo. Neuerdings veredelte Martin Schöller sein Pils mit einem Schuss Sekt. Er schmeckte ihn nicht wirklich heraus, fand aber, dass ihm ein bisschen Snobismus jetzt zustand. Es ging finanziell bergauf mit ihm. Es reichte noch nicht für eine eigene Wohnung und die völlige Trennung vom Elternhaus, aber um so dringender war sein Bedürfnis, den neu erworbenen Reichtum zur Schau zu stellen. Er trug nicht irgendwelche Schuhe, sondern Clarks, und am liebsten hätte er das Preisschild drangelassen. Er lief wie auf Watte. Die Ichtenhagener aber waren zu dumm, die besondere Qualität dieser Schuhe zu erkennen. Dazu musste einer ein weltgewandter Mann sein und englische von italienischen Marken unterscheiden können. Sein Piccolo hingegen fiel jedem auf. Das einzige Problem war: Er konnte nicht sagen, woher er das Geld hatte. Zumindest nicht hier in Ichtenhagen in der unmittelbaren Nähe seiner Eltern. Trotzdem: Alle sollten mitkriegen, dass es mit ihm bergauf ging. Aus Schwabbel war ein Muskelpaket geworden. Und bald schon wäre er Chef einer eigenen Agentur. Mit Angestellten, denen er Weisungen erteilen konnte! Er.

Udo Tiedemann war in der Kreisstadt gesehen worden. Noch nicht in Ichtenhagen, aber immerhin in der Kreisstadt. Bestimmt würde er bald in der *Linde* eintrudeln. Einer, der aus dem Dorf kam und es draußen in der Welt zu etwas gebracht hatte, kehrte immer mal wieder zurück, um allen zu zeigen, was für ein toller Hecht aus ihm geworden war. Helga Pauls 2CV stand bereits vor dem Haus ihrer Eltern. Kamen sie alle zu Hermann Seglers Beerdigung? War es Zufall? Sie würden sich wundern, einen selbstbewussten Martin Schöller vorzufinden, der Geld in der Tasche hatte. Egal, was man treibt im Leben, dachte Martin Schöller, eigentlich laufen einem immer diese alten Geschichten nach: Wer in der Schule wen und warum überflügelt hat.

Heute, dachte er, heute, lieber Udo, würde sich Helga für mich entscheiden. Denn ich habe den Stein damals geworfen. Nicht du. Du schmückst dich mit fremden Federn. Immer noch. Heute würde ich stehen zu meiner Tat. Und sie mir nicht stehlen lassen. Von niemandem!

Dieter Segler gesellte sich sofort zu seinem alten Freund Martin Schöller.

„Mensch, hast du dich verändert. Ich hätte dich kaum erkannt. Deine Haare – ist das eine Dauerwelle?"

„Na denkst du, ich hab eine Naturkrause, hahaha?"

„Mensch, überhaupt, wie du aussiehst! Mister Universum, was?"

Für Sekunden vergaßen sie, dass Dieter nach Ichtenhagen gekommen war, weil sein Vater Selbstmord begangen hatte. Am liebsten hätten sie sich gegenseitig auf die Schultern geklopft und wären losgezogen wie junge Dachse, um die Kneipen in Weierstadt niederzusaufen. Leicht großspurig gab Martin Schöller das erste Bier für seinen alten Freund aus und drängte ihn, auch einen Schuss Sekt hinzuzugeben. Dieter lehnte ab, mochte so etwas angeblich nicht, doch Martin blieb hart und gewann.

Plötzlich fühlten sie sich beobachtet. Die Gespräche im Raum wurden leiser, erstarben sogar vereinzelt. Mit einem einzigen Blick verständigten sie sich. Im Grunde war alles wie früher. Sogar Helga und Udo waren in der Nähe. Sie hatten gemeinsame Geheimnisse. Dinge, die keinen etwas angingen. Alte Zeiten wurden beschworen. Die glorreiche Steinschlacht …

Sie wollten das Lokal verlassen und noch ein wenig zusammen spazieren gehen. Nicht alles, was sie sich zu erzählen hatten, brauchten die anderen zu wissen. Die sollten ihre eigenen Abenteuer erleben …

Gegen Martin kam sich Dieter auf eine miese Art seriös vor. Zum Schämen bürgerlich. Er konnte es nicht genau benennen, doch vor Martin fühlte er sich furchtbar ordentlich, langweilig, vernünftig und auf spießige Art mutlos. Martin dagegen stand unter Strom, fieberte einem Ereignis entgegen, wie ein Bergsteiger, der den Gipfel schon in Sichtweite hat und weiß: Ich schaffe es!

Martin trug ein Geheimnis in sich und brannte darauf, es Dieter zu erzählen. Aber nicht hier. Das zweite Bier wollte Dieter bezahlen, aber Martin ließ es nicht zu.

Wie Komplizen trollten sich die beiden.

Kaum vor der Tür, fragte Dieter: „Wo gehen wir denn jetzt hin?“

Martin Schöller zeigte auf den Club, als hätte Dieter ihn bisher nicht bemerkt, und grinste: „Ich würde dich gerne dorthin einladen, aber die Leute … die Leute, du weißt ja.“

Dieter nickte höflich grinsend.

„Lass uns ein paar Schritte gehen.“

Erst jetzt, draußen an der Abendluft, wurde Dieter Segler bewusst, wie verraucht es in der *Linde* gewesen war.

„Also Martin, du wirkst gar nicht wie einer, der immer noch hier in Ichtenhagen herumhängt. Was hält dich? Hast du noch nichts Besseres gefunden?“

Martin legte den Arm um seinen alten Freund: „Geschäfte.“

„Geschäfte? Kann man in Ichtenhagen Geschäfte machen?“

„Oh ja.“

Langsam schlenderten sie am Lebensmittelladen vorbei auf Günther Ichtenhagens Haus zu. Während er sprach, beobachtete Martin Schöller das Gesicht von Dieter genau. Er wollte auch nicht eine Gefühlsregung verpassen. Er wollte Dieters Erstaunen genießen, hoffte beinahe, der alte Freund würde zutiefst erschrecken: „Dein Vater hat dir noch eine kleine Erbschaft hinterlassen, über die wir beide reden müssen.“

„Willst du mich auf den Arm nehmen?“

„Keineswegs. Dein Vater, Hans Wirbitzki, Wolfhardt Paul, Günther Ichtenhagen und ich, wir haben uns gemeinsam etwas gekauft.“

„Was denn?“

„Nun, ein Spielzeug, wenn du so willst ...“

Es ärgerte Martin Schöller, dass Dieter Segler die Sache nicht ernst genug nahm, nicht bohrender fragte, keine genauere Auskunft verlangte. Er dirigierte ihn in Günther Ichtenhagens Garten und machte eine einladende Geste die Treppe hoch.

„Ja wie? Hast du den Schlüssel zur Wohnung?“

Endlich etwas, das ihn verwirrte. Genießerisch lächelte Martin Schöller. „Hm. Und nicht nur den.“ Er klimperte mit dem Schlüssel. „Willst du vorangehen oder soll ich? Schließlich will ich dich nicht um deine Erbschaft bringen.“

Plötzlich rannten sie die Stufen hoch. Dieter Segler vermutete, dass Martin sich einen geschmacklosen Scherz mit ihm erlauben würde, aber etwas in Martins Stimme sprach dagegen. Er wirkte auf eine schwer zu ertragende Weise überlegen. Überheblich.

Martin Schöller schloss auf und schob Dieter Segler in den Raum. Es war dunkel. Trotzdem fiel von der Straßenbeleuchtung genügend Licht ins Zimmer, sodass Dieter sich über die Einrichtung wundern konnte.

„Hat Günther solche Plakate an den Wänden, oder sind die etwa noch von Kati?"

Martin knipste das Licht an, und im Schimmer der roten Barbeleuchtung wurde eine Frau sichtbar, die offensichtlich im Sessel eingenickt war und nun die Augen erschrocken aufriss. Im ersten Moment hielt Dieter Segler sie für eine Chinesin.

Martin Schöller klatschte mehrfach laut in die Hände und sagte scharf: „Mary!"

Sie sprang aus dem Sessel hoch und ordnete ihre Kleider. Ungläubig beäugte Dieter Segler die Frau. Wie kam sie hierher? Was hatte sie in Ichtenhagen verloren? Seine Mutter hatte ihm kein Wort davon erzählt. Wer war diese Frau?

„Das ist deine Erbschaft. Sie gehört dir natürlich nicht ganz. Nur zwanzig Prozent. Aber immerhin."

„Du spinnst doch!"

Als könnte er es nicht glauben, umkreiste Dieter Segler die Frau, gab ihr nicht die Hand, sah ihr nicht in die Augen, tastete sie nur mit Blicken ab. Wie um herauszubekommen, ob sie real war oder nur eine Erscheinung.

„Steh nicht da wie Pik Sieben!", befahl Martin und schubste sie leicht an.

Sie machte ein paar Schritte durchs Zimmer und drehte sich einmal um. Da sie sich inzwischen daran gewöhnt hatte, dass Martin Männer mitbrachte, und genau wusste, was diese Männer von ihr wollten, begann sie, sich stumm zu entkleiden.

In diesem Augenblick wurde Dieter Segler das ungeheuerliche Ausmaß seiner Erbschaft bewusst, es überforderte sein Gehirn für Sekunden, ließ seine Unterlippe heruntersinken und ihn aussehen wie einen Deppen. Kraftlos setzte er sich aufs Bett und beobachtete Mary. Martin Schöller genoss das ungläubige Entsetzen in Dieter Seglers Gesicht.

Dieter Segler hörte Martin Schöller lachen: „Du kannst die Erbschaft natürlich ablehnen, wenn du möchtest. Es ist schwierig für dich, wenn du in München wohnst, aber vielleicht willst du wenigstens mal antesten, was dir da so entgeht. Sie hilft dir bestimmt über die Trauer hinweg, in ihren Armen vergisst du alles, sag ich dir."

Dieter Segler machte eine Handbewegung, wie man ein Fernsehgerät ausschaltet, als könne er die Frau aus der Realität ausknipsen, einfach abschalten. Fast verzweifelt wandte er sich an Martin und keifte mit sich überschlagender Stimme: „Sie soll damit aufhören! Sag ihr, dass sie sich wieder anziehen soll! Ich will das nicht! Bist du völlig übergeschnappt? Ich sagte, sie soll sich wieder anziehen."

Mit einem ersten Schock hatte Martin durchaus gerechnet. Er genoss das Gefühl der Überlegenheit. Es war schön, abgebrühter zu sein als Dieter, härter, nicht so ein Softie.

„Sag du es ihr! Sie hört auf dich. Immerhin gehören dir zwanzig Prozent. Du musst dich natürlich auch an den Lebenshaltungskosten beteiligen. So eine Puppe will ernährt werden. Dann die Klamotten. Was meinst du, was so ein Fummel kostet? Wir wollen sie schließlich nicht in Kartoffelsäcken herumlaufen lassen, hahaha. Alles exquisite Sachen aus dem Sex-Shop."

„Ich flipp gleich aus!"

Mary stand unschlüssig vor Dieter Segler.

Er sah zu ihr hoch, suchte ihre Augen und fragte: „Warum tust du das? Warum tust du das?"

Sie gab keine Antwort. Martin Schöller kommentierte: „Sie ist stumm. Sie kann nicht mit dir reden."

Plötzlich spürte Dieter Segler wieder Kraft in sich. Er sprang auf, ignorierte die Frau und packte seinen alten Kumpel Martin Schöller am Ärmel. „Willst du mir etwa sagen, ihr habt euch eine stumme Asiatin gekauft?"

Martin Schauer nickte. „Ja. Es war die Idee deines Vaters. Er wollte unbedingt eine Stumme haben. Wahrscheinlich ist ihm das ewige Gequatsche und Herumgenörgele deiner Mutter auf den Keks gegangen."

## 44

Als Günther Ichtenhagen zum ersten Mal aufstand, um sich zu rasieren, auf wackligen Beinen am Waschbecken stand und in den Spiegel sah, wusste er, dass nichts jemals wieder so sein würde wie früher. Auch er selbst nicht. Er war nicht einfach umgefallen. Nicht in ein paar Tagen wieder herstellbar. Im Spiegel sah er das Gesicht eines zerrütteten, schwer kranken Mannes.

In seinen Gedanken blitzte wie ein Blinklicht, das man nur ab und zu aus den Augenwinkeln wahrnimmt, ein Wort auf: Mary. Er sah sich an und wusste, dass er der Sache nicht gewachsen war. Mit so etwas, dachte er, da könnte vielleicht einer fertig werden, der aus massivem Holz geschnitzt ist. Aber nicht so eine Pressspanpersönlichkeit wie ich.

Ohne sich rasiert zu haben, ging er vorsichtig zum Bett zurück und legte sich wieder hin. Nur allzu gern sah er das Versagen seines Herzens als Rettungsanker. Als letztes Rückzugsgefecht. Die Störung seines Herzens war eine Antwort auf sein inkonsequentes Leben. Er war nicht mehr in der Lage, die Zustände in seinem Haus zu ertragen.

„Es gibt eine Grenze, dann zerreißt die innere Spannung den Menschen“, sagte er vor sich hin und strich die Bettdecke glatt. Was war mit ihm geschehen? In den letzten Wochen hatte ihn etwas mit solcher Intensität gepackt, dass sein Bewusstsein zumindest vorübergehend eingeschränkt oder getrübt worden war. Seine Gefühle waren auf ein einziges Objekt gerichtet: Mary. Es war wie ein Rausch, jetzt folgte der Kater. Er musste den Rausch ausschlafen und in Zukunft dieses Gift meiden.

Sie sollte zurückfliegen in das Land, aus dem sie gekommen war. Er könnte ihr monatlich Geld schicken, um alles wieder gutzumachen, um ihr ein Leben zu Hause, dort, wo sie hingehörte, zu ermöglichen. Dreihundert, vierhundert, ja fünfhundert Mark konnte er monatlich erübrigen. Das musste ihr für die Gründung einer Existenz ausreichen. Der Gedanke, die Frau auf diese Weise loszuwerden, das ganze Problem vom Hals zu haben und sich nicht vor sich selbst genieren zu müssen, gefiel ihm. Schon wollte er nach der Krankenschwester klingeln, um sich Papier bringen zu lassen. Er musste das Ganze nur mit Martin Schöller regeln. Die anderen würden zu allem Ja und Amen sagen. Alles lief zwischen Martin und ihm. Er war auch bereit, Martin Geld zu geben, sein Einverständnis zu erkaufen. Der ganze Wahnsinn musste endlich beendet werden.

Doch bevor er auf die Klingel drücken konnte, betraten Kati und Stefanie das Krankenzimmer. Stefanie hatte ein Bild für ihren Opi gemalt und bestand darauf, es gleich aufzuhängen. Sie war von erfrischender Heiterkeit, küsste, ganz gegen Katis Willen, ihren Opi immer wieder und plapperte drauflos, wollte unbedingt eine Geschichte, die sie im Fernsehen gesehen hatte, zum Besten geben. Sie saß auf seiner Bettkante und beschmutzte mit ihren Schuhsohlen das Kopfkissen. Aber das störte Günther Ichtenhagen nicht. Viel unangenehmer war ihm Katis vorwurfsvolles Gesicht. So als hätte nicht er unter dem Herzinfarkt zu leiden, sondern sie.

Sie sprach mit ihm, als sei er ein Kind, dem man schonend etwas beibringen musste, das über seinen Verstand ging. Innerlich bebte sie, aber ihre zur Schau gestellte Ruhe wirkte nicht überzeugend. Dafür kannte Günther Ichtenhagen seine Tochter zu gut. Sie versuchte, etwas von ihm zu erschleichen, von dem sie wusste, dass er nicht bereit war, es kampflos zu geben.

„Ich werde das Haus in Ordnung bringen."

Sie war also noch nicht im Haus, dachte er, von Mary weiß sie nichts. Aber ich muss unbedingt ein Steckschloss anbringen lassen, damit sie nicht reinplatzt und plötzlich vor Mary steht. Am besten lasse ich das ganze Schloss auswechseln. Auch das zu Marys Zimmer. Dann können die anderen nicht mehr rein. Es ist ganz einfach. Ich nehme ihnen die Schlüsselgewalt.

„Du hast dich lange nicht sehen lassen, Kati. In der Zeit ist viel passiert …"

„Haben die Fische Junge bekommen?", mischte Stefanie sich ein.

„Ach, die Fische. Ich weiß es nicht, Stefanie. Hoffentlich leben sie überhaupt noch. Ich hatte wenig Zeit, mich um sie zu kümmern."

Kati räusperte sich und schickte Stefanie nach unten. Sie durfte sich in der Cafeteria ein Eis kaufen. Stefanie willigte fröhlich ein und versprach, für Opi ein Eis mitzubringen. Günther Ichtenhagen lobte sie, weil sie so ein großes Mädchen war und den Weg zurück bestimmt allein finden würde. Dann schloss sich die Tür, und Kati räusperte sich ein zweites Mal: „Also Vati, ganz ehrlich, ich glaube, so geht das nicht weiter. Machen wir uns nichts vor. Du kommst allein nicht mehr klar. Der Garten verlottert. Du siehst, was aus dir geworden ist. Schon die Idee, den Teich anzulegen, war Unsinn. Damit hast du deine Gesundheit ruiniert."

„Aber nein, Kati, das habe ich nicht, ganz und gar nicht. Der Teichbau hat mir gutgetan ..."

„Vati, du hast dich restlos übernommen. Mein Mann und ich, wir haben uns überlegt, dass ..."

„Ach, dein Mann hat auch überlegt? Das war aber bestimmt sehr anstrengend für ihn."

„Bitte Vati. Es ist für alle das Beste, wenn du das Haus verkaufst und in ein Altersheim gehst. Es gibt tolle Heime. Wir haben uns schon einige angesehen."

„Ach, habt ihr?", fragte er bitter zurück.

„Denk nicht, wir wollten etwas von dem Hausverkauf. Keineswegs. Das Geld gehört dir. Wir wollen davon nichts sehen.

„Und dein Mann, ist der auch der Ansicht?"

„Reg dich jetzt nicht auf, Vati. Du hattest einen Herzinfarkt."

„Es war schon der zweite, Kati. Und wenn du deinen Mann meinen Schwiegersohn – mit hierher bringst, könnte ich den dritten bekommen. Ich werde das Haus nicht verkaufen! Ich werde auch in kein Altersheim gehen! Das ist mein Leben und ich werde den kleinen Rest davon so leben, wie es mir gefällt, und nicht, wie es dir und deinem Mann am besten passt."

„Vater, bitte reg dich nicht auf, wir wollen nur dein Bestes."

„Lass mich jetzt bitte allein. Grüß Stefanie schön von mir. Vielleicht kann sie mich beim nächsten Mal allein besuchen kommen."

„Vater, ich … "

Er drehte seinen Kopf weg. „Lass mich in Ruhe."

Kati stand auf, ging langsam, um ihrem Vater noch eine Chance zu geben, zur Tür, hoffte, dass er etwas sagen würde, drückte geräuschvoll die Türklinke herunter, und dann hörte sie seine erlösende Stimme: „Kati!"

„Ja, Vater?"

Aber er sprach kein versöhnliches Wort, bat sie nicht mit einem Kopfnicken an sein Bett zurück, sondern sagte nur kalt: „Gib mir den Hausschlüssel zurück."

„Aber Vater, einer muss doch nach dem Rechten sehen."

„Genau das will ich verhindern. Leg den Schlüssel hierher auf meinen Nachttisch. Ich möchte nicht, dass mein holder Schwiegersohn die Möbel verkauft, während ich hier liege."

„Vater, das ist gemein von dir."

„Leg bitte den Schlüssel hierhin. Er gehört dir nicht."

Wütend öffnete Kati ihre Handtasche, kramte darin, nahm den Schlüssel heraus und knallte ihn so geräuschvoll wie möglich auf die Plastikplatte des Nachtschränkchens. Sie sah ihren Vater an, und ihr Blick sagte ihm, dass sein Verhalten nur ihre Ansicht bestätigte. Ihrer Meinung nach war er nicht nur ein Fall fürs Altersheim, sondern war im Grunde schon lange nicht mehr zurechnungsfähig.

Endlich wieder allein, atmete er tief durch, nahm eine von den blutverdünnenden Tabletten, obwohl es längst noch nicht an der Zeit war, leerte gierig das Glas Wasser, wie ein erstes Bier nach einem scharfen Essen, und beschloss trotzig, Mary nicht nach Hause zurückzuschicken.

Er befand sich in einer Zwangslage. Sein Leben wurde für beendet erklärt. Von den Ärzten, von seiner Tochter und vom Schwiegersohn. Er hatte nur noch auf die Erlösung durch den Herrn zu warten. Alles in ihm bäumte sich dagegen auf. Er würde Mary bei sich behalten. Sie sollte für ihn sorgen, ihn pflegen und einen Teil der offenen Rechnung begleichen, die das Leben ihm gegenüber hatte. Jetzt war er einmal dran.

Kaum hatte er diesen Entschluss gefasst, verspürte er neue Kräfte. Er schloss die Augen, um den Energieschub zu genießen. Doch er hielt die Augen einen Moment zu lange geschlossen. Wieder hörte er die Schritte über sich. Das Insekt kreiste im Lampenschirm und flog verzweifelt gegen die heiße Birne.

Schweiß trat auf seine Stirn. Kalter Schweiß.

Während ich hier liege, dachte er, gehen die bei mir ein und aus. Begaffen sie, befummeln sie, wer weiß, was sie mit ihr tun. Vielleicht geben sie ihr nichts zu essen. Sicherlich hat sie Angst. Sie ist meine Frau, und wenn noch einer von ihnen sie anfasst, bring ich ihn um. Ich werde sofort zurückkehren, sie heiraten und die Dinge ordnen. Er drückte auf den Klingelknopf. Während er auf die Schwester wartete, strich seine Hand unablässig das Betttuch glatt. Er hatte kalte Füße und sein Rücken juckte. Die Hitzewellen, die durch seinen Körper jagten, erreichten die Füße nicht. Sie verebbten in der Kniegegend.

Er sprach, als sei Mary bei ihm: „Ich werde dich Lesen und Schreiben lehren. Ich werde dir meine Sprache beibringen, auch wenn du nicht sprechen kannst. Endlich kann ich wieder Lehrer sein."

Seit seiner Einlieferung versuchte er, nicht daran zu denken, dass Hermann Segler sich umgebracht hatte. Sein Gehirn weigerte sich, die Nachricht in vollem Umfang aufzunehmen und zu verarbeiten. Er hatte Hans Wirbitzki oft für suizidgefährdet gehalten. Hermann Segler hingegen war in seiner Vorstellung als Selbstmordkandidat ausgeschieden. Er war eine bodenständige Persönlichkeit. Eher ein Raubein als ein Sensibelchen …

Die Schwester blickte ins Zimmer. Sie war ständig auf dem Sprung. Hatte nie Zeit zum Verweilen, machte aber ein freundliches Gesicht: „Sie haben geläutet, Herr Ichtenhagen?"

„Ja, bitte machen Sie meine Entlassungspapiere fertig."

Jetzt trat sie ganz ein. Baute sich vor ihm auf, stemmte die

Fäuste in die Hüften und lachte: „Sie machen sich einen Scherz mit mir, was?"

„Keineswegs. Ich werde diese gastliche Stätte noch heute verlassen."

„Das geht nicht, Herr Ichtenhagen. Sie sind ein schwer kranker Mann. Sie brauchen Pflege."

„Ich bin freiwillig hier, nicht aufgrund eines Urteils. Ich entscheide, wann ich gehe, und sonst niemand."

Erst jetzt begriff sie, dass es sich um ein ernsthaftes Anliegen handelte. Ihr Gesicht versteinerte zur Maske, sie ließ ihn ihre Ablehnung deutlich durch ihre Körperhaltung fühlen, sagte aber förmlich: „Das kann ich nicht entscheiden, da müssen Sie schon mit dem Arzt reden."

## 45

In der Nacht erwachte Wolfhardt Paul mit heftigem Nasenbluten. Er hatte das dringende Bedürfnis, zur Toilette zu laufen, fürchtete aber, unterwegs ohnmächtig zu werden. Das Zimmer trudelte, und weil seine nervös tastenden Finger das Taschentuch auf dem Nachtschränkchen nicht fanden, verschmierte er das hellrote Blut mit dem Handrücken in seinem Gesicht. Einen Moment lang dachte er daran, seine Frau zu rufen, ließ es dann aber sein. Sie sollte ihn so nicht sehen. Es wäre eine Niederlage für ihn gewesen. Er fühlte sich aufgebläht, so als würde etwas in ihm wachsen, etwas, das zu groß wurde für seinen Körper, das die Haut sprengen und die Gedärme nach außen drücken würde. Etwas, das von ihm Besitz ergriff und ihn von innen her auffraß. Der Blutstrom aus beiden Nasenlöchern floss ununterbrochen weiter. Sein Kopf schien mindestens doppelt so groß zu sein wie sonst, das Blut wurde heftig durch die Schläfen gepumpt und staute sich über der Nasenwurzel.

Du läufst aus, dachte er plötzlich sachlich. Du läufst aus

wie ein angestochenes Schwein. Und wenn du es jetzt nicht bis zum Klo schaffst, scheißt du noch ins Bett.

Es gelang ihm, sich aufzusetzen. Alles um ihn her schwankte. Er versuchte, in die Latschen zu schlüpfen, ohne dabei den Kopf zu senken. Nur nicht nach unten sehen, dachte er, nur nicht nach unten sehen. Kopf geradeaus. Konzentrier dich auf einen Punkt. Es wird schon gehen.

Er taumelte gegen den Schrank, stützte sich ab und lehnte sich im Flur an die Wand. Noch knapp vier Meter. Dieser Korridor, den er sonst mit langen Schritten gedankenlos durchmaß, dehnte sich plötzlich ins Endlose aus. Er hatte Angst, hilflos zusammenzubrechen und vielleicht gar die Treppe hinunterzufallen oder aber Uschi zu begegnen. Er gönnte ihr den Triumph nicht, obwohl eine Stimme in ihm sagte: „Es ist keine Niederlage, ohnmächtig zu werden. Krankheit ist keine Strafe für Unmoral, sondern eine Reaktion des Körpers …"

Er sackte zusammen, fiel auf die Knie und erreichte die Toilette auf allen vieren kriechend. Dabei hetzte ihn der Gedanke, dass Uschi längst am anderen Ende des Korridors stand und ihn beobachtete. Ihr sackförmiges, groß gemustertes Nachthemd baumelte, zum Brett gebügelt, von ihrem Hals herab. Kein Fetzen Stoff lag auf ihrer Haut und ließ ihre Formen erahnen. Der Stoff war, wie sie ihn liebte: hart, steif und undurchsichtig wie eine Mauer. Schildkrötenhaft wirkte sie darin. Aber sie stand nicht wirklich da. Sie schlief und träumte ihre eigenen Albträume.

Wolfhardt Paul erbrach sich in die Kloschüssel. Dann stand er auf und setzte sich auf die Toilette. Für Sekunden konnte er wieder tief durchatmen, hatte Platz gemacht für das Ding, das da in ihm wuchs, doch schon füllte es auch diesen Raum aus, presste die Gedärme von innen gegen die Haut, und ein neuer Blutschwall schoss aus der Nase.

Du musst aus dieser Sache aussteigen. Du hältst das nicht durch. So geht es nicht weiter. Du musst wieder zu deinem normalen Leben zurückfinden. Du hast Uschi geheiratet, weil du sie wolltest. Man kann nicht einfach so aus seiner Haut heraus; du bist, wie du bist. Ein Bauer aus Ichtenhagen. Kein Playboy aus Frankfurt ... Kein Kinderschänder aus dem Ruhrgebiet ... Du hast die Frau, die du verdienst.

Dann stand er vor dem Waschbecken und schaufelte sich kaltes Wasser ins Gesicht. Er wusch das verschmierte Blut ab und pfropfte sich Wattebäuschchen in die Nasenlöcher.

Alle erwarteten von ihm, dass er mit ihr schlief. Aber er wollte nicht. Er hatte Angst davor. Jahrelang, jahrzehntelang, hatte er sich in seinen Träumen nach so einem Frauenkörper gesehnt. Gerade weil er unerfüllbar war, quälte ihn dieser Wunsch umso intensiver. Er wollte nicht sterben, ohne so eine Frau berührt zu haben, eine mit richtigen Hüften, mit einem Körper, wie er ihn aus Illustrierten kannte und aus Filmen. Die Vereinigung mit diesem Körper sollte ihn größer machen. Schöner und ihn vor sich selbst aufwerten. Jetzt, da er vor der Erfüllung seiner Träume stand, spürte er nur noch eins: Angst.

Vielleicht, dachte er, ist es grausamer, seine Träume zu verwirklichen, als ein Leben lang einem Traum nachzurennen, den man nie zu packen kriegt. Früher konnte er wenigstens noch im Bett liegen und fantasieren. Abgestoßen von dem hässlichen Körper seiner Frau, entfloh er nachts zu seinen Traumfrauen. Unbeobachtet und unbeschwert ließ er sich von ihnen verwöhnen, vögelte sich mit ihnen in den Schlaf. Nicht einmal das funktionierte jetzt noch. Seine Träume waren nicht mehr unbeschwert. Plötzlich tauchten Polizisten darin auf. Er war Angeklagter vor einem Tribunal, Frauen spuckten ihn an, bewarfen ihn mit Schleim und Dreck und, was das Schlimmste war, er war in seinen Träumen nicht mehr unbeobachtet. Uschi, die Schildkröte, kroch hindurch. Sie lauerte überall, sah alles und richtete ihn am Ende für seine schändlichen Taten. Sie war in seine Träume eingebrochen und dort zum allwissenden, richtenden Gott geworden. Sie hatte mehr Macht über ihn als jemals zuvor.

Um seine alten Träume zurückzugewinnen, musste er aussteigen. Er wollte keinen Anteil an der Frau besitzen. Wollte nichts mehr mit der Sache zu tun haben. Wünschte sich stattdessen seine Ruhe am Tag und seine Träume in der Nacht zurück. Die Geschichte mit Mary würde sowieso auffliegen. Nur ein Idiot konnte glauben, in einem Dorf wie Ichtenhagen sei so etwas geheim zu halten.

Erneut begann das Zimmer zu trudeln. Er schloss die Augen.

„Sie werden dich zwingen, mit ihr zu schlafen", raunte eine wabernde Stimme in sein rechtes Ohr. Obwohl die Stimme sehr leise war, drohte sie, sein Trommelfell zu sprengen.

Sie werden dich zwingen, mit ihr zu schlafen. Sie werden dich zwingen, dich schuldig zu machen. Nur dann sind sie wirklich vor dir sicher. Du musst zum Mittäter werden, damit sie ruhig schlafen können. Einen reinen Mitwisser können sie nicht gebrauchen. Nur wenn du schuldig wirst, bist du ungefährlich für sie. Bevor du nicht mit ihr schläfst, werden sie dich nicht aus deinem Vertrag entlassen."

Er trank noch ein Glas Wasser, fühlte sich schon wesentlich stabiler und legte sich erschöpft wieder hin. Diesmal tauchte die Schildkröte in seinem Traum nicht auf. Er versuchte, es allen recht zu machen. Um Hans Wirbitzki und Martin Schöller zufriedenzustellen, stieg er zu Mary ins Bett. Er brachte ihr Eier, Milch und Pralinen mit. Er war zärtlich zu ihr und sie weinte vor Glück, weil noch nie ein Mann vorher so nett zu ihr gewesen war. Es machte ihr Spaß, mit ihm zu schlafen, doch das zeigte sie nicht, weil sie sich genierte. Aus Dankbarkeit gab er ihr die Freiheit. Er fand eine Tür im Haus, die es bis dato nicht gegeben hatte. Sie flohen durch ein langes Kellergewölbe, bewegliche Marmorstatuen bewachten die Eingangstüren, einige hatten Gesichter wie Hermann Segler und Günther Ichtenhagen. Alle aber muskulöse Körper wie Martin Schöller.

## 46

Niemand fehlte. Sie kamen alle, um von Hermann Segler Abschied zu nehmen und die trauernde Witwe am Grab zusammenbrechen zu sehen. Nur Günther Ichtenhagen wartete im Krankenhaus noch immer auf seine Entlassungspapiere.

Frau Segler kippte gleich zweimal um. Einmal, als Bürgermeister Sendlmayr in seiner ergreifenden Rede darauf zu sprechen kam, dass jeder sein Päckchen mit sich herumträgt. Hermann Segler habe sein Leid klaglos ertragen. Die Menschen seien, so Bürgermeister Sendlmayr, wie Eisberge: Man sieht nur ein Siebtel, der Rest bleibt unter Wasser. Also sei auch der größere Teil der menschlichen Seele und Existenz unsichtbar. In das erste allgemeine Nicken hinein brach Frau Segler schluchzend am Arm ihres Sohnes zusammen. Für alle unerwartet sprang Hanne Wirbitzki aus der vierten Reihe nach vorn und stand Frau Segler bei. Gestützt von ihrem Sohn und Frau Wirbitzki lauschte sie weinend dem Rest von Sendlmayrs Rede, die er (natürlich mit anderen Namen) schon dreimal gehalten hatte und folglich routiniert mit dramatischen Höhepunkten auszustatten wusste. Am Ende, als es um die Verdienste des Verstorbenen für die Allgemeinheit ging, kam der Bürgermeister ein bisschen durcheinander, lobte Hermann Seglers Einsatz für die Dorferneuerung, die dieser zeitlebens als blödsinnig abgelehnt hatte; aber das verzieh man dem Bürgermeister. Bei seinen vielen Verpflichtungen konnte so etwas schon einmal passieren, und das Ansehen des Toten hatte er damit nicht beschmutzt. Als dann der Sarg abgesenkt wurde, versagten Frau Seglers Knie zum zweiten Mal.

Unwillkürlich wanderten einige Männerblicke bang nach oben und suchten die Fenster nach einem verdächtigen Schatten ab, als sich der Trauerzug vom Friedhof zur *Linde* an Günther Ichtenhagens Haus vorbeiwälzte. Nur Martin Schöller grinste breit. Voller Besitzerstolz. Er würde sich noch heute den Anteil von Dieter Segler überschreiben lassen. Kostenlos natürlich. Dieter war froh, alles ohne Aufsehen regeln zu können. Hauptsache, seine Mutter erfuhr von nichts. Alles andere war ihm egal.

Aber die Überschreibung der Anteile musste schriftlich erfolgen. Darauf bestand Martin Schöller. Als Geschäftsmann, der er werden wollte, legte er auf solche Formalitäten Wert. Mündliche Absprachen, das war etwas für Pferdehändler und Kuhdiebe.

Amüsiert betrachtete Martin Schöller seinen alten Kumpel, wie er, die Mutter am Arm, mit gesenktem Kopf durchs Dorf schritt. Du Heuchler. Du bist genauso ein Spießer wie dein Vater. Und du wirst daran kaputtgehen wie er. Warum könnt ihr nie zu euch stehen? Warum nicht wirklich so egoistisch handeln, wie ihr denkt? Wenn du nach Ichtenhagen zu Besuch kommst, um deine arme alte Mutter nicht ganz allein zu lassen, darfst du Mary jederzeit bumsen, sooft du möchtest. Es geht mir nur um die Anteile. Vierzig Prozent ist schon eine ganze Menge. In Zukunft werde ich zwei Stimmen haben, wenn es um ihr Schicksal geht. Aber einundfünfzig Prozent wären besser. So viel braucht man mindestens, um eine Firma richtig zu beherrschen.

Hinter Martin Schöller drehten sich die Gespräche um den zweiten Todeskandidaten des Dorfes: Günther Ichtenhagen. Man munkelte, er würde auf eigenes Risiko vorzeitig aus dem Krankenhaus entlassen werden. Während Wolfhardt Paul vehement dafür stritt, dass Günter bald wieder topfit sein würde, kamen am Ende des Zuges bereits Diskussionen darüber auf, zu welchem Preis das Haus von Günther Ichtenhagen gekauft werden könnte.

„Man muss heutzutage schnell sein, wenn ein Haus im Dorf leer steht, sonst wird sofort ein Puff daraus."

Wolfhardt Paul erschrak tief in seinem Inneren, als er die Worte seines Nachbarn hörte. Geheimnistuerisch fuhr dieser fort: „Gestern Abend sind aus dem Club wohl ein paar Mädchen abgehauen. Sagt bloß, ihr habt das nicht mitgekriegt?

Die rannten wie aufgescheuchte Hühner durchs Dorf. Na ja, zumindest eine habe ich gesehen. So eine Hübsche, Kleine, Zierliche. Sah aus wie fünfzehn. Ich wollte schon die Polizei rufen. Der Typ suchte sie ganz aufgeregt. Sie hielt sich in Günther Ichtenhagens Garten versteckt. Gut, dass er noch im Krankenhaus liegt. Er hätte sonst bestimmt den dritten Herzinfarkt bekommen."

Seine Frau stupste ihn in die Rippen. Ihr waren die Sprüche ihres Mannes peinlich. Jeder wusste, dass es diesen Club gab. Aber man musste nicht dauernd darüber sprechen.

Ihr Mann fügte witzelnd hinzu: „Ganz so treue Dienerinnen scheinen diese Thai-Mädchen wohl doch nicht zu sein … meine Frau ist mir jedenfalls noch nie weggelaufen, nicht wahr, Hilde?"

„Sei jetzt endlich ruhig! Wir sind auf einer Beerdigung."

Ob die Clubfrauen wissen, dass Mary bei uns ist?, fragte sich Wolfhardt Paul. War das Zufall? Oder haben die versucht, sich heimlich zu treffen? – Quatsch. Die können nichts voneinander wissen. Mary ist stumm. Und hat das Haus bestimmt nie verlassen.

Der Kaffee in der *Linde* war ein wenig zu bitter, wurde aber trotzdem von allen gelobt. Es gab Schweineöhrchen, Puddingtörtchen, Berliner Ballen und mehrere Platten mit belegten Schnitten. Familie Paul saß zusammen. Der Vater in der Mitte, links und rechts die beiden Frauen. Direkt gegenüber Frau Segler und ihr Sohn. Dann Hanne Wirbitzki neben ihrem Mann. Martin Schöller setzte sich so, dass er Dieter Segler direkt in die Augen sehen konnte. Er wollte ihm heute so nah wie möglich sein, damit nicht noch ein anderer auf die Idee kam, sich Hermann Seglers Anteile überschreiben zu lassen. Ein Glück, dachte er, dass Günther noch im Krankenhaus liegt. Der wäre ein Konkurrent gewesen. Der möchte sie am liebsten ganz für sich allein haben.

Wolfhardt Paul und Hans Wirbitzki schien es schlecht zu gehen. Martin Schöller registrierte das mit Wohlgefallen. Wenn die beiden sich erst mal ausgevögelt haben, krieg ich deren Anteile auch, dachte er schmunzelnd. Und dann, mein lieber Günther, tanzt sie nach meiner Pfeife. Und wenn du alter Mann ihr hörig genug bist, tanzt du mit.

Die Vorstellung, nicht mehr bei den Eltern zu wohnen, ohne Ichtenhagen ganz zu verlassen, schien Martin Schöller immer vielversprechender. Er würde bei Günther Ichtenhagen einziehen. So war er der Kontrolle seiner Eltern entzogen, war aber nicht zu weit weg, um ihnen wehzutun. Er konnte die Freiheit genießen, mit Mary Geschäfte machen, und Günther würde den Geist eh bald aufgeben.

Sie wird ihn heiraten, dachte Martin Schöller. Er wird sie sogar auf Knien darum bitten. Er vögelt sich noch einmal die Seele aus dem Leib und sie pflegt ihn tot. Sie erbt das Haus und die Rente. Und sie gehört mir …

Er sah einer rosigen Zukunft als Untermieter entgegen. Niemand würde Verdacht schöpfen, wenn die einsame Witwe bald schon ein, zwei Freundinnen aus ihrer Heimat zu sich holen würde. Natürlich müsste die Ehe offiziell werden. Jeder im Dorf wüsste spätestens nach Günther Ichtenhagens Tod darüber Bescheid. So etwas ließ sich nicht geheim halten. Warum auch? Niemand musste die Vorgeschichte kennenlernen. Er würde sie für sich behalten, und dafür hätten Wolfhardt Paul und Hans Wirbitzki ihm ewig dankbar zu sein.

Er fühlte sich schon wie der Herrscher des Dorfes. Die Gespräche in der *Linde* kreisten immer wieder um den gegenüberliegenden Club. Unübersehbar frech stand er da, mit seiner Broadway Leuchtschrift. Die roten Lampen blinkten noch nicht, aber durch die gefärbten Fensterscheiben schimmerte Licht. Großreinemachtag im Puff nannten die männlichen Dorfbewohner das. Oder auch Spermawischtag. Die Frauen sprachen von Thailändischem Wisch, und es hörte sich an wie bakterieller Schmierschmutz.

Plötzlich, die erste Runde Bier wurde gerade angezapft und Wolfhardt Paul biss in ein Mettbrötchen mit halbierter Gurke, da lief Mary mit wehendem Haar vom Wiesenweg in die Friedhofstraße. Wolfhardt Paul hätte gar nicht erst versuchen müssen, Hans Wirbitzki anzustoßen. Sein ängstliches Zusammenzucken war Signal genug. Hans Wirbitzki sah sie auch. Sie lief auf den Club zu.

Martin Schöller warf noch ein Stückchen Würfelzucker in den Kaffee, um ihn genießbar zu machen, und rührte heftig um.

Hans Wirbitzki versuchte, ihm ein Zeichen zu geben, fühlte sich aber wie von einer Giftschlange gebissen. Seine Muskeln waren gelähmt. Er konnte nicht einmal aus Verlegenheit in ein Brötchen beißen. Die Frauen spürten die Erschütterung ihrer Männer, konnten sie sich aber nicht erklären. Jetzt entdeckte Dieter Segler Mary. Sie stand vor der Eingangstür des Clubs und klingelte.

Bürgermeister Sendelmayr wurde von seiner Frau darauf aufmerksam gemacht. Wolfhardt Paul nahm, unfähig, einen klaren Gedanken zu fassen, nur Satzfetzen auf.

„Bestimmt ist die denen wieder weggelaufen …"

„… jetzt kommt sie zurück …"

„Die wissen nicht wohin, die armen Mädchen …"

„… wenn mein Sohn mit so einer nach Hause käme …"

„… versteh die Männer nicht …"

„… vielleicht macht es ihr Spaß? "

„Tu was!", zischte Hans Wirbiztki zu Martin Schöller. „Sofort!"

Im allgemeinen Stimmengewirr verstand Frau Wirbitzki den Satz nicht ganz. Aber die Blicke zwischen Hans und Martin entgingen ihr nicht. Plötzlich saß sie steif wie eine Schaufensterpuppe auf ihrem Stuhl, rührte ihr Gebäck nicht mehr an und drückte die Fäuste fest auf die Tischplatte, um zu verhindern, dass alle ihr Zittern bemerkten.

Ich muss etwas tun, schoss es durch Martins Kopf, ich, sonst tut keiner etwas. Sie ist abgehauen. Scheiße. Bestimmt weiß sie, dass andere Mädchen im Club sind. Sie will Kontakt zu denen. Man muss diese Weiber viel härter rannehmen. Sie nutzt unsere Gutmütigkeit aus. In Zukunft werde ich die Tür abschließen. Am besten fesseln wir sie, bevor wir gehen. Wenn ich jetzt die Kastanien aus dem Feuer hole, gehört sie mir im Grunde schon ganz. Alle anderen sind unfähig, etwas zu tun. Ich muss handeln. Aber wie?

Am liebsten wäre er hinüber und hätte ihr vor aller Augen ein paar Schläge ins Gesicht verpasst. Sollten sie nur alle sehen, dass man mit ihm nicht machen konnte, was man wollte. Ihm lief eine Thaifrau nicht so einfach weg. Ihm nicht!

Seine unbeherrscht aufflackernde Wut wurde nur durch die Anwesenheit seiner Eltern unter Kontrolle gehalten. Für sie spielte er immer noch den lieben, braven Martin, der zwar ab und zu über die Stränge schlug, aber doch im Grunde ein guter Kerl war. Okay, dachte Martin, es gibt Dinge im Leben, da muss man sich entscheiden. Ich hätt's mir und euch gern noch eine Weile erspart, aber jetzt bleibt mir nichts anderes übrig.

Martin stand auf, sah sich im Raum um, versuchte einen Blick in die Gesichter seiner Skatbrüder, genoss, dass sie unbeteiligt auf die Tischdecke starrten und schritt zur Tat.

Inzwischen hämmerte Mary mit den Fäusten gegen die Tür. Verzweiflung lag in ihren Schlägen. Sie hatte die Aufmerksamkeit der gesamten Trauergesellschaft, und der Vorschlag wurde laut, sie hereinzubitten und ihr eine Tasse Kaffee anzubieten. Die ersten Gäste entdeckten ihre soziale Ader, und im Rudel waren die Ichtenhagener mutig. Wer hätte jetzt nicht gern vor seiner Frau und seinen Kindern den Helden gespielt? Offensichtlich nahm Martin Schöller allen diese Arbeit ab. Gemessenen Schrittes bewegte er sich auf Mary zu, die ihre Schläge jetzt noch heftiger gegen die Tür trommelte. Martin konnte die Blicke in seinem Rücken spüren. Ihr Brennen machte ihm Angst, aber es spendete ihm auch Glück, lud ihn auf wie eine Hochleistungsbatterie. Er war wer. Endlich.

Ich kann es sogar riskieren, sie mit in die *Linde* zu nehmen. Sie ist stumm. Die anderen wissen nichts von unserer Beziehung. Wir spendieren ihr eine Tasse Kaffee und danach, nun, dann sehen wir weiter. Irgendwie krieg ich sie schon wieder in

Günthers Haus zurück. Und dann, dann kannst du was erleben, Mädchen. Das schwör ich dir. Ich prügel dich windelweich. Das machst du nur ein einziges Mal mit mir. Einmal und nie wieder. Du sollst spüren, wer hier das Sagen hat. Das wirst du nie vergessen. Vor der Abreibung rettet dich keiner. Auch dein Günther nicht. Wenn er aus dem Krankenhaus wiederkommt, kann er dich gesund pflegen.

Er war keine zwei Meter mehr von Mary entfernt. Da öffnete sich die Bordelltür. Es war nur ein Spalt, aber Mary sprang hinein, wie ein eilig Reisender zwischen die sich schließenden Türen eines Zuges.

Päng.

Bevor Martin Schöller die Situation erfassen konnte, stand er vor der geschlossenen Tür.

Was jetzt?, dachte er, was jetzt?

## 47

„Nein!", schrie Günther Ichtenhagen. „Ich werde keine Nacht länger hierbleiben, nur weil Sie den Papierkram nicht auf die Reihe kriegen. Ich werde mich jetzt anziehen und gehen. Ich habe noch anderes zu tun."

Die patzige Antwort der Krankenschwester traf ihn wie eine Ohrfeige: „Benehmen Sie sich nicht wie ein kleines Kind. Der Chefarzt will Sie noch sprechen."

„Der Chefarzt kann mir den Buckel runterrutschen."

„Wenn ich nur solche Patienten hätte, würde ich meinen Beruf an den Nagel hängen", brummte die Krankenschwester und ließ Günther Ichtenhagen allein.

Er hatte sich immer noch nicht rasiert, hielt das auch für Kraftvergeudung. Er brauchte alle Reserven, um es bis zum Taxistand zu schaffen. Er wollte sich nach Hause fahren lassen, weil er es unerträglich fand, hier zu liegen und zu warten, ohne zu wissen, was mit Mary geschah.

Wenn ich wenigstens mit ihr telefonieren könnte, dachte er. Aber nicht mal das geht. Selbst ohne eine gemeinsame Sprache könnte man telefonisch ein paar Worte wechseln, freundlich Hallo sagen, ein Lebenssignal gehen. Durch Marys Stummsein wurde der Apparat auf seinem Nachttisch zu einer sinnlosen Attrappe.

Mühsam begann Günther Ichtenhagen, sich anzukleiden. Er ließ den Schlafanzug an und streifte die Hose darüber, das ging ganz gut. Als er den Gürtel zuschnürte, fiel ihm auf, dass er dünner geworden war. Er schob die Nadel durch das letzte Loch. In der kurzen Zeit seit Marys Ankunft hatte er mehr Fett verloren als während der Gartenarbeit am Teich.

Er zog das Hemd über die Schlafanzugjacke, und es interessierte ihn nicht, dass die breiten, blauen Streifen durchschimmerten. Damit kam der schwierigste Teil des Ankleidens: Er musste an die Schuhe kommen. Sie standen unten in dem schmalen Spind, die Socken zusammengerollt im rechten Schuh. Langsam bückte er sich. Mit der rechten Hand hielt er sich am Spind fest, mit der linken versuchte er, tief genug zu kommen, um den ersten Schuh greifen zu können. Zuerst dröhnte es in seinen Ohren, dann tanzten Punkte auf ihn zu, winzige Luftballons, die rasant größer wurden, durch die Augen in sein Gehirn flogen und dort platzten. Erst rote Ballons, dann blaue. Als der erste gelbe heranschoss, verlor Günther Ichtenhagen das Gleichgewicht. Mit dem Kopf zuerst stürzte er. An dem billigen, scharfkantigen Metallschloss des Spinds ratschte er sich das Ohr auf. Der Kopf knallte in den Schrank, wie weich gekochte Nudeln glitten die Beine unnatürlich auseinander. Er hörte das quietschende Wippen der Kleiderbügel über seinem Kopf, die mit jeder Bewegung gegen die metallenen Innenwände des Spinds schlugen. Seine Nase drückte sich auf dem Spindboden platt.

# 48

Hanne Wirbitzki sprang auf: „Ja! Der Martin, das ist wenigstens noch ein Mann! Ein richtiger Kavalier. Der hilft einer Frau in Not!“

„Ja! Zurück ins Bordell!“, rief jemand aus der hintersten Reihe und garnierte seinen Ausspruch mit hysterischem Gelächter. Alle waren froh, dass es vorbei war, dass man sich wieder der Beerdigungsfeier, dem Kaffeetrinken widmen konnte. Nur Hanne wollte nicht zur Tagesordnung übergehen: „Ihr wisst alle genau, was dort passiert. Warum tut denn keiner was? Mir kann kein Mensch erzählen, dass die Mädels freiwillig da sind! Wenn ihr richtige Männer wärt, würdet ihr reingehen und den Frauen helfen. Das funktioniert nur, weil wir alle tun, als ob wir von nichts wüssten!“

„Reg dich nicht auf, Hanne!“

„Ich will mich aber aufregen!“

Bürgermeister Sendlmayr sah sich um. Er musste etwas sagen. Seinen Wählern das Gefühl geben, bei ihm läge alles in guten Händen.

„Udo Tiedemann ist in der Kreisstadt. Ich habe im *Ochsen* eine Nachricht für ihn hinterlassen. Ich muss ihn sowieso treffen, um mit ihm über dieses Schandmal zu reden.“

Martin Schöller ließ sich von Helga Paul die Kaffeetasse vollgießen und trank die lauwarme Brühe in großen Zügen.

Gar nicht so schlecht, dachte er. Man hielt ihn für einen Helden. Niemand durchschaute, was wirklich los war. Die Tatsache, dass überhaupt einer gewagt hatte, vor aller Augen zu ihr zu gehen, war bereits eine Heldentat. Einer war aufgestanden, um einer offensichtlich verzweifelten Frau zur Seite zu stehen. Martin fühlte sich prächtig. Diese blöden Ichtenhagener würde er noch lange an der Nase herumführen.

Wolfhardt Paul wagte es nicht, aufzusehen. Hans Wirbitzki starrte mit geweiteten, angsterfüllten Augen zwischen Hanne und Martin hin und her.

Martin lehnte sich bequem zurück. Er hatte alles im Griff. Er zog einen goldenen Kugelschreiber aus dem Jackett. Er hatte ihn noch nie benutzt, fand aber, dass ein Geschäftsmann wie er ständig einen solchen Kugelschreiber mit sich führen sollte. Er spielte damit auf der Tischplatte, und Dieter Seglers Augen folgten dem goldenen Stift wie hypnotisiert. Für ihn war es ein Symbol. Ein letztes Zeichen: Überschreib mir deine Anteile. Du siehst, dass es Ärger geben wird. Ich werde dich raushalten aus der ganzen Sache. Dich und deinen toten Vater. Wenn du jetzt unterschreibst.

Was Dieter daran hinderte, solch ein formloses Papier aufzusetzen, war die Angst, sich damit in Martins Hand zu begeben. Dieter wusste nicht, ob überhaupt etwas Schriftliches vorlag. Er hatte keine Ahnung, wie man solche Geschäfte abwickelte. Vielleicht würde Martin ihn später mit genau diesem Dokument erpressen. Was, wenn Martin eines Tages damit drohte, diesen Zettel an Dieters Mutter zu schicken?

*Hiermit trete ich, Dieter Segler, die zwanzig Prozent an der Thailänderin Mary, die mein Vater erworben hat, unwiderruflich an Martin Schöller ab.*

Das war mehr als eine Verzichtserklärung. Das war ein Geständnis. Ein Schuldbekenntnis. Deshalb verlangte Martin Schöller es auch handschriftlich von ihm. Ein einfaches Wort unter Männern, unter Freunden gar, und ein Handschlag genügten ihm nicht. Er brauchte etwas Vorzeigbares. Handschriftlich.

Martin Schöller schob den goldenen Kugelschreiber wie unabsichtlich in Dieters Richtung.

Ist der wahnsinnig genug zu glauben, ich würde das Ding jetzt und hier schreiben, in Anwesenheit aller anderen? Am besten auf einen Bierdeckel?

„Setz dich, Hanne."

„Aus dir wird noch mal eine richtige Emanze, hahaha."

Hanne setzte sich. Aber noch einmal wallte die Wut in ihr auf. Wie zur eigenen Rechtfertigung rief sie laut zu Bürgermeister Sendlmayr hinüber: „Wem nutzt es schon, wenn der Laden da aus unserem Dorf verschwindet? Den Mädchen ist damit nicht geholfen. Die Typen machen ihre Geschäfte dann einfach woanders!"

Bürgermeister Sendlmayr konnte nicht auf sich sitzen lassen, dass eine Frau ihn vor versammelter Mannschaft so angriff. Er musste laut, für alle, aber zu Hanne Wirbitzki gewandt, antworten. „Alles andere ist Sache der Gesetzgebung, der Gerichte, der Staatsanwaltschaft, der Polizei. Da haben wir keinen Einfluss. Ich bin nur Bürgermeister dieses Dorfes, nicht der König von Deutschland!"

Einige fühlten sich in eine Wahlkampfveranstaltung hineinversetzt und klopften auf den Tischen Beifall. Die Kaffeetassen klirrten. Jetzt ging es Bürgermeister Sendlmayr besser. Er hatte gewonnen. Noch hielt er im Dorf das Zepter in der Hand und nicht eine zugereiste Kellnerin aus dem Ruhrgebiet.

Es wurde lauter.

„Sehr richtig."

„Jawohl."

„Jeder ist seines Glückes Schmied."

„Nimmt denn niemand Rücksicht auf Hermanns Witwe?"

Die schrille Frage kam von Martin Schöllers Mutter. Sie gab damit das Stichwort für Frau Seglers erneutes Weinen und Schluchzen.

„Wenn jetzt jemandem geholfen werden muss, dann doch wohl ihr", fügte Martin Schöllers Mutter hinzu.

Sie gönnt mir den Erfolg nicht, dachte Martin. Sie gönnt ihn mir einfach nicht.

Zu ihm gewandt, sagte sie: „Iss etwas von dem Schinken. Der ist wirklich gut. Und trink nicht so viel Kaffee auf nüchternen Magen."

Dieter Segler hörte es und grinste. Martin schien dadurch weniger gefährlich. Auf ein erträgliches Maß zurechtgestutzt.

Martin registrierte den spöttischen Blick von Dieter, und alles in ihm schrie nach Rache.

Plötzlich sprang Wolfhardt Paul auf: „Mir ist schlecht." Er lief zur Toilette. Hans Wirbitzki hinterher.

Damit ihnen niemand folgen konnte, hielt er die Tür von innen zu. Wolfhardt Paul lehnte sich kreidebleich an die Wand.

„Was jetzt? Was jetzt? Sie ist abgehauen, in den Puff. Jetzt kommt alles raus."

„Nichts wird herauskommen", versuchte Hans Wirbitzki sich selbst Mut zu machen, „sie ist stumm."

Viel zu sehr eingeschlossen in seine Angst, den Worten von Hans überhaupt nicht zugänglich, stammelte Wolfhardt Paul: „Sie wird denen da drin alles erzählen. Und dann? Was dann?"

„Sie ist Gott sei Dank – stumm", presste Hans Wirbitzki scharf hervor, „stumm. Kapier das."

„Es wird alles rauskommen. Alles."

„Mach dir nicht in die Hosen."

„Ich bin aber fast so weit."

„Reiß dich zusammen."

„Ich steh das nicht durch, Hans. Ich schaff's nicht."

„Komm wieder mit rein, die anderen dürfen nichts merken. Sag, das Mettbrötchen sei schlecht gewesen. Martin wird alles klären. Er hat die Sache doch gut im Griff."

Hans Wirbitzki zog seinen Skatbruder in die Gaststätte zurück.

„Frischer Kaffee ist fertig!", flötete die Wirtin. In dem Moment flog auf der anderen Straßenseite die Bordelltür auf. Mary wurde nach draußen geschubst. Sie versuchte, wieder hineinzukommen, und wurde zurückgestoßen. Der männliche Aufseher erschien. Gut drei Köpfe größer als Mary und mindestens doppelt so schwer. Er schubste sie vor sich her wie einen Plastikball. Sie machte einen Ausfall nach links, wollte seitlich an ihm vorbei, wieder in den Club kommen. Im Schatten der geöffneten Tür sah man eine andere weibliche Gestalt. Sie streckte die Hand nach Mary aus, aber da packte der Aufseher Mary und stieß sie so derb von sich, dass sie hinfiel. Rückwärts ging er zur Tür zurück. Erst jetzt schien ihm bewusst zu werden, dass ihn aus der *Linde* drei Dutzend Augenpaare angafften. Als sei nichts gewesen, winkte er fröhlich, so wie sich Nachbarn grüßen. Die andere Frau stieß er in den dunklen Innenraum zurück und verschwand dann ebenfalls. Die Tür knallte zu.

Wolfhardt Paul wollte sich auf der Tischplatte abstützen und kippte dabei die Kaffeetasse von Helga Segler um. Martin Schöller erkannte seine Chance. Er stand auf, rief quer durch den Saal: „Ich werde jetzt hinausgehen und dieser Frau Schutz anbieten!"

Erschrocken griff seine Mutter nach Martins Hand: „Junge!"

Martin entzog sich ihr.

„Bravo!", rief Hanne Wirbitzki und blickte triumphierend ihren Mann an. Sieh nur, sagten ihre Augen, das gibt es auch noch. Tapfere junge Männer. Die bereit sind, sich für eine Frau zu schlagen.

„Hol sie rein!", rief Hanne hinter Martin Schöller her und Bürgermeister Sendlmayr erhob sich zögernd, um Martin zu folgen. Er spürte, dass er sich hier nicht heraushalten durfte. Seine Wähler erwarteten, dass er stellvertretend für sie handelte. Er und nicht Martin Schöller. Er bewegte sich so langsam, dass Martin keine Mühe hatte, schneller zu sein. Alle würden das seinem Alter und Martins Jugend zuschreiben. Es war für jeden nachvollziehbar, dass dieser junge Spund zuerst bei der Frau ankam.

Als sie Martin sah, begann sie zu rennen. Bürgermeister Sendlmayr blieb stehen. Da hatte er sowieso keine Chance.

Sie flüchtete die Wiesenstraße hinunter. Mit einem Blick zur *Linde* rief Martin Schöller: „Warte! Du brauchst keine Angst vor mir zu haben. Ich will dir helfen!" Dann spurtete er hinter ihr her.

Gleich hab ich dich, dachte er, gleich hab ich dich, du kleine Schlampe.

Er hätte sie leicht schon vor der Häuserzeile erwischen können. Aber er wartete, bis sie dahinter verschwunden war. Was nun geschah, war nicht für die Augen der Trauergäste bestimmt.

Hinter dem Haus des Bürgermeisters griff er in ihre langen Haare und brachte sie mit einem Ruck zu Fall.

Ich muss auf ihre Fingernägel aufpassen, ihre Fingernägel! Damit könnte sie mir das Gesicht zerkratzen. Seine Hand in ihr Haar gekrallt, hielt er sie am ausgestreckten Arm weit genug von sich entfernt und zog sie langsam hoch. Nur ihre Zehenspitzen berührten noch den Boden.

Obwohl er wusste, dass alle Dorfbewohner in der *Linde* versammelt waren, warf er einen kurzen Blick auf die Fensterscheiben, bevor er ihr einen gezielten Schlag in die Magengrube verpasste. Wie ein Punchingball hing sie in seinem gnadenlosen Griff. Sie wehrte sich nicht, hob nicht einmal die Hände, um sich zu schützen, als der nächste Schlag ihr die kurze Rippe brach. Nur aus ihren weit aufgerissenen Augen starrte Martin das blanke Entsetzen an. Als er erneut ausholte, spürte er es deutlich: Sie rechnete mit ihrem Tod. Aber so weit wollte Martin Schöller nicht gehen. Er hatte noch viel zu viel mit ihr vor.

Er zerrte sie im Schutz der Häuser und Bäume zu Günther Ichtenhagens Haus. Dort angekommen, warf er sie aufs Bett, hielt ihr den Zeigefinger wie eine Pistole vor die Nase, klopfte ihr dann damit auf die Stirn und brüllte: „Tu das nie wieder! Rühr dich jetzt nicht vom Fleck! Du bleibst hier so liegen, bis ich wieder da bin!“

Er stürmte die Treppe hinunter ins Badezimmer, riss den Alibert-Schrank auf, durchwühlte ihn nach Pflaster und Verbandszeug. Er fand mehrere Rollen. Damit rannte er die Treppe wieder hoch. Sie hatte sich tatsächlich nicht bewegt. Starr, in Todesangst, lag sie da.

Hastig fesselte Martin Schöller sie mit Händen und Füßen ans Bettgestell. Er schwitzte schlimmer als beim intensiven Brusttraining mit der Langhantel.

Als er sich dabei erwischte, dass er zur *Linde* zurückrannte, verlangsamte er seine Schritte, lüftete seine durchgeschwitzte Kleidung ein wenig, lockerte den Hemdkragen und legte sich ein paar Sätze zurecht.

Es war, als ginge eine Sonne in ihm auf. Ein spitzbübisches Grinsen ließ sein Gesicht erstrahlen. Aus voller Kehle rief er: „Hallo! Hallo, wo bist du? Du brauchst keine Angst haben! Komm zu mir! Wir helfen dir!"

Noch niemand hatte die *Linde* verlassen. Bürgermeister Sendlmayr war direkt, als Mary zu rennen begonnen hatte, in die *Linde* zurückgekehrt. Alle warteten auf Martin. Er erschien durchgeschwitzt, verwegen, ein Mann, der von seinen Abenteuern zurückkehrt und etwas zu erzählen hat. Das ganze Dorf hing an seinen Lippen, als er zunächst einen Schluck Kaffee trank, bevor er die Worte aussprach: „Sie ist weggelaufen. Vermutlich hatte sie Angst vor mir. Ich hab sie nicht eingeholt."

Wolfhardt Paul erkannte den Bluff nicht. Aus seiner Nase lief schon wieder Blut. Er bemerkte es nicht einmal.

„Sollte man nicht die Polizei benachrichtigen?", fragte Uschi Paul ängstlich ihre Tochter. Mit einer geringschätzigen Handbewegung spottete Bürgermeister Sendlmayr: „Polizei? Was sollen wir der denn erzählen? Dass vor Martin alle Frauen weglaufen?"

Er hatte, wie erwartet, die Lacher auf seiner Seite.

Martin Schöller ging zur Theke, und plötzlich standen dort die Männer des Dorfes Schlange, um ihm einen Schnaps zu spendieren.

Herr Schöller erhob sich, zupfte an der Jacke seiner Frau und flüsterte: „Lass uns jetzt besser gehen."

Doch Frau Schöller konnte den Blick nicht von ihrem Sohn abwenden. So kannte sie ihn nicht. Unabhängig von ihr. Frei. Bewundert. Im Mittelpunkt. Seine Aufmerksamkeit wie Gunst verteilend.

Hier stimmt etwas nicht, dachte sie, hier ist etwas ganz und gar faul.

Am liebsten hätte sie Martin befohlen, mit ihr nach Hause zu gehen. Aber sie wollte ihm keine Gelegenheit geben, ihr zu widersprechen. Sie spürte, dass er es jetzt genießen würde, ihr laut und deutlich „Nein" zu antworten.

## 49

Kopfschüttelnd zog der Stationsarzt die Spritze auf. „Wie kann ein Mann in Ihrem Alter so unvernünftig sein?"

„Ich will … ich muss …", stammelte Günther Ichtenhagen und versuchte sich, im Bett aufzubäumen.

„Sie müssen gar nichts. Jetzt werden Sie erst mal schlafen. Alles andere hat Zeit. Nichts ist wichtiger als das Leben."

Der Einstich der Nadel schmerzte Günther Ichtenhagen wie die Verletzung durch ein Messer. Er wollte nicht schlafen. Er hasste den Schlaf. Er wollte jung sein. Stark. Aktiv. Handlungsfähig.

Jetzt wurden sogar seine Füße warm. Die Hitzewelle breitete eine süße Gleichgültigkeit in ihm aus. Er war plötzlich für nichts mehr zuständig. Es war gar nicht so schlecht, sich dem Willen der Ärzte unterzuordnen. Sie nahmen jede Verantwortung von ihm. Die für sich selbst und damit auch die für Mary. Egal, was mit ihr geschah: Er war nun frei von Schuld. Mit diesem Gedanken dämmerte er ein.

## 50

„Sie muss weg. Weg! Weg! Weg!"

Wie eine Schallplatte mit Sprung wiederholte Wolfhardt Paul immer wieder diesen Satz. „Sie muss weg. Weg! Weg! Weg!"

Für Wolfhardt Paul, dessen Lebenszentrum immer in Ichtenhagen gelegen hatte, waren fünfzig Kilometer schon sehr weit weg. Köln oder Frankfurt geradezu aus der Welt.

Er wollte an keinem anderen Ort leben als in Ichtenhagen, konnte sich nicht vorstellen, dass es woanders für ihn einen Platz gab. Er las, wenn überhaupt, nur den Weierstädter Boten und davon nur den Lokalteil. Was außerhalb der Kreisstadt geschah, betraf ihn nicht. Keine Hungersnot, kein Erdbeben, kein Krieg und auch keine Filmpremiere.

Er besaß weder Auto noch Fahrrad, wohl aber einen alten Trecker.

Plötzlich trat jemand gegen seinen inneren Plattenspieler. Die Nadel hüpfte krachend ein Stück weiter, ratschte dann in Richtung Schlussakkord quer über die schwarze Scheibe und aus: „Sie muss weg. Weg! Weg! Weg!" wurde: „Ich werde sie freilassen. Freilassen …"

Noch nie in seinem Leben hatte er etwas Wagemutiges getan. Er hatte alles vermieden, was von Sanktionen bedroht war, und versucht, keinen Gedanken nachzuhängen, die hätten gefährlich werden können. Er hatte sich bemüht, so zu sein wie die meisten Menschen seiner Umgebung, nicht aufzufallen und sich überall durchzuschummeln.

„Ich werde sie freilassen. Freilassen …"

Jetzt klang es schon wie Orchestermusik. Fanfaren kündigten Gesang an. Trommelwirbel bestätigten die Ernsthaftigkeit der Worte: „Ich werde sie freilassen!" Geigen unterstrichen den Entschluss: „Ich werde sie freilassen!" Klarinetten kündigten den guten Ausgang an: „Ich werde sie freilassen!"

Wolfhardt Paul fühlte sich von seiner lähmenden Angst befreit. Ja, er würde es tun. Er würde sie befreien und damit sich selbst. Statt schuldig zu werden, flüchtete er in die Heldenpose.

Wie würde er nach vollbrachter Tat vor den anderen dastehen? Vorerst durften sie es nicht merken. Aber danach könnte er zu seiner Tat stehen, könnte sagen: „Jawohl, ich habe sie freigelassen. Ich, Wolfhardt Paul, der Bauer aus Ichtenhagen. Ich habe eurem grausamen Spiel ein Ende gesetzt. Was könnt ihr schon tun? Wollt ihr mich in Zukunft schneiden? Mit Verachtung strafen? Pah! Oder wollt ihr zur Polizei laufen, weil ich euer Eigentum geraubt habe?"

Einen kurzen Moment verspürte er Unsicherheit. Was man kaufen kann, das kann man auch stehlen. Konnten sie ihn anzeigen? Ihn verklagen, wenn er die Frau freiließ? Er war kein juristisch gebildeter Mann. Bisher hatte ihm sein Gefühl für Richtig, Falsch, Recht und Unrecht ausgereicht. Ohne jemals einen einzigen Gesetzestext gelesen zu haben, konnte er mit hoher Treffsicherheit sagen, was legal, was Recht und was Unrecht war. Dieses Gefühl tat gut. Es gab ihm einen groben Rahmen, in dem er sich gefahrlos bewegen konnte. Erst jetzt wurde ihm klar, wie tief sein Gerechtigkeitsempfinden erschüttert war. Vielleicht würde er noch heute zum ersten Mal im Leben bewusst eine strafbare Handlung begehen.

Er schüttelte den Gedanken von sich ab. Egal. Er würde sie freilassen. Noch heute.

Er besaß für diesen Monat noch zweiundachtzig Mark sechzig Taschengeld. Damit zahlte er üblicherweise seine Zeche in der *Linde*, den Rest verlor er beim Skat und in der Tippgemeinschaft. Er entschloss sich, das Geld Mary zu geben. Für ihren Start in die Freiheit brauchte sie schließlich ein paar Pfennige. In der alten Bibel steckte zwischen den vergilbten Seiten noch ein Hundertmarkschein, den er sich für besondere Fälle auf die Seite gelegt hatte. Uschi wusste nichts davon. Den Schein steckte er ein.

Er hatte einen Schlüssel. Er konnte ziemlich sichergehen, dass Mary jetzt allein dort war. Aber wie sollte er sie aus dem Dorf bringen? Und wohin? Wenn sie erst weit genug weg ist, ist alles in Ordnung, dachte er und beschloss, sie nach Köln zu bringen. Von Weierstadt fuhr ein Zug nach Köln. Er kannte den Fahrplan nicht, wusste aber von diesem Zug, weil der Weierstädter Bote seit Jahren darüber berichtete, dass die Strecke stillgelegt werden sollte.

Er konnte sie schlecht mit dem Schulbus von Ichtenhagen nach Weierstadt bringen. Sie durften nicht zusammen gesehen werden. Es musste einen Weg geben, sie aus dem Dorf zu bringen, ohne dass jemand Verdacht schöpfte. Sollte er seine Tochter ins Vertrauen ziehen? Sie konnte Mary mit ihrer Ente nach Weierstadt fahren, ihr dort eine Fahrkarte kaufen und dann …

Nein. Er musste das selbst tun.

Du solltest sogar bis Köln mitfahren, sagte er sich.

Die Vorstellung fand er abenteuerlich. Ohne Uschis Wissen würde er nach Köln fahren. Ein Gefühl grenzenloser Freiheit überkam ihn. Warum hatte er so etwas noch nie getan? Warum kümmerte er sich ständig um diesen Scheißbauernhof und nicht einmal um sich selbst? Bei dem Wetter konnte er draußen sitzen, ein Bier trinken und die Leute beim Einkaufen beobachten. Warum hatte er noch nie den Dom besichtigt? Noch nie in seinem Leben ein Steakhouse von innen gesehen? Warum erlebte er nichts mehr? War er zum Maulwurf geworden? Was hielt ihn hier in Ichtenhagen fest? Köln rückte plötzlich näher an Ichtenhagen heran.

Er koppelte den Holzkarren an den Trecker und belud ihn mit zersägten Baumstämmen. Er schichtete die Klötze so übereinander, dass in der Mitte ein Freiraum blieb. Es entstand eine Art Baumsarg, in den Mary hineinpasste. Von innen stützte er das wacklige Gebilde mit längeren Ästen ab.

Wenn ich langsam fahre und nicht zu tiefe Löcher in der Straße sind, müsste es gut gehen, dachte er. Schlimmstenfalls kriegt sie so einen armdicken Ast auf den Kopf, aber wenn sie sich vorsieht, wird schon nichts passieren. Jedenfalls kann sie so nicht entdeckt werden. Niemand würde Verdacht schöpfen. Ein Bauer, der mit seinem Trecker und seinem Anhänger querfeldein fuhr, erregte keinerlei Aufsehen. Er konnte sogar die Hauptstraße nach Weierstadt benutzen. Nicht einmal Uschi würde ihn fragen, warum. Sie interessierte sich schon lange nicht mehr für seine tägliche Arbeit.

Als er mit seiner Konstruktion zufrieden war, ging er ins Haus zurück und stellte sich an das Fenster, aus dem Uschi normalerweise das Dorf beobachtete. Ihr Fernglas lag auf der Fensterbank. Daneben ein Kissen mit selbst gehäkeltem Bezug. Der Bezug war schäbig und abgenutzt. Die Kuhlen im Kissen zeigten deutlich, wo Uschi sich zuletzt mit den Ellbogen aufgestützt hatte. Sie konnte stundenlang so bewegungslos sitzen und dem Kissen eine neue Form geben. Wolfhardt Paul hob das Fernglas an seine Augen und betrachtete Günther Ichtenhagens Haus. Die Treppe zum Balkon lag im toten Winkel und Uschi konnte sie von hier aus nicht einsehen. Er konnte Mary also gefahrlos nach unten bringen. Trecker und Anhänger passten seitlich neben das Haus. Er durfte nur nicht zu weit nach vorn fahren, um nicht von Uschi entdeckt zu werden.

Er fühlte sich plötzlich ungeheuer clever. Allen anderen überlegen. Er plante seinen Coup wie ein Bankräuber. Studierte zunächst die genaue Lage, den Fluchtweg, die passende Uhrzeit und wählte dann die Waffen.

Er legte seine Axt neben sich auf den Trecker.

Er wusste selbst nicht genau, warum. Falls jemand versuchen sollte, ihn an Marys Befreiung zu hindern, würde er ihn sicherlich nicht mit der Axt erschlagen.

Wenn du jetzt reinkommst, und zum Beispiel Martin Schöller ist da, sagst du einfach: „Oh Entschuldigung“, und kommst später wieder.

Niemand ahnt, was du vorhast. Sei jetzt ganz ruhig. In ein paar Stunden ist alles erledigt. Dann ist sie frei, und du wirst dich großartig fühlen. Großartig. Dann kannst du endlich wieder träumen.

## 51

Mürrisch drückte Hans Wirbitzki die Zigarrenglut im Aschenbecher aus. Er stand seit einer halben Stunde am Fenster und stierte auf die Dorfstraße. Hanne hatte etwas bemerkt. Seit der Beerdigungsfeier ahnte sie, dass es eine Verbindung gab zwischen Mary und ihm. Aber Hanne ließ sich nichts anmerken. Sie behandelte ihn wie immer, nur manchmal glaubte er für Sekunden, einen frostigen Unterton in ihrer Stimme zu hören. Vermutlich, dachte Hans Wirbitzki, vermutlich hat sie jetzt mehr Angst als ich. Ich weiß ja genau, was wir getan haben. Sie hingegen riecht nur Lunte, ohne zu wissen, wie groß das Feuer ist. Sie hat Angst, dass wir wieder wegmüssen aus Ichtenhagen.

Dass der ganze alte Scheiß wieder von vorn losgeht. Aber diesmal bin ich's nicht allein. Diesmal bin ich nicht das einsame Schwein, bin nicht allein dem Spott ausgesetzt. Selbst wenn es morgen in der Zeitung steht, die Ichtenhagener werden so tun, als sei nichts geschehen.

Vielleicht sollten wir Hermann Seglers Anteil an den Bürgermeister verkaufen. Oder an den Vorsitzenden vom Sportverein. Dann hätten wir alle Honoratioren beisammen.

„Ihr könnt mich am Arsch lecken, ihr Ichtenhagener!", brüllte er gegen die Fensterscheibe. „Ihr seid nicht besser als ich! In eurem betulichen, kleinen Scheißkaff hausen genauso viele Hurentreiber, Kinderverführer und Frauenschänder wie im Rest der Welt!"

Er suchte nach einer neuen Zigarre, fand aber keine, die ihm im Moment lang genug war. Er rauchte, wie andere Leute Frühsport machten: mit dem Gefühl, es hinter sich bringen zu müssen, um für den kommenden Tag gewappnet zu sein.

Er sah Wolfhardt Paul mit dem Trecker losfahren. Auf dem Hänger einen Stapel Holzscheite.

Alles ist wie immer, sinnierte Hans Wirbitzki. Hanne verkauft ihre Schuhe, Wolfhardt wuselt auf seinem Acker herum, und Martin Schöller pennt garantiert noch.

Wenn ich schon den Stress habe, dann will ich auch mein Vergnügen.

Warte, du kleine Hure, ich komme jetzt. Du hast doch bestimmt noch nicht gefrühstückt. Ich bringe dir etwas.

Er klappte die Zigarrenkiste zu und beschmierte zwei alte Brotscheiben flüchtig mit Margarine. Dazwischen pappte er den Rest Fleischwurst und griff nach der Papierrolle. Leer. Ein Anflug von Zorn auf Hannes Schlampigkeit ließ ihn die Faust ballen. Trotzig steckte er dann das Brot so in die Tasche. Hanne würde die Fettflecken schon wieder herausbekommen. Er nahm das Messer vom Küchentisch und steckte es ein.

„Vielleicht werde ich dir ein bisschen Angst damit machen", raunte er, und die Vorfreude ließ sein Gesicht jugendlicher erscheinen. Es hatte ihm immer Spaß gemacht, wenn die Mädchen Angst dabei hatten. Angst vor Entdeckung durch die Eltern, Angst davor, schwanger zu werden, Angst vor dem Schmerz. Angst vor der Sache an sich oder auch einfach Angst vor ihm: Hans Wirbitzki.

Er stand schon vor der Tür, als er es sich noch einmal anders überlegte und in die Küche zurückstürmte. Er nahm eine Mettwurst aus dem Kühlschrank, steckte die angebrochene Tube Senf ein und kramte dann in Hannes Avon Proben. Wahllos steckte er ein paar Tütchen, Döschen und Tuben ein.

Wenn du ihr zu weh tust, kannst du dich später damit bei ihr entschuldigen, dachte er. Den Mädchen hatte er danach auch immer Bonbons gegeben, Schokolade, einigen sogar schwarze Zigaretten, von denen ihnen schlecht wurde. Aber sie hatten tapfer geraucht, um nicht als kleine Kinder dazustehen. Mit Schminkkästchen und Parfümfläschchen hatte er versucht, aus Opfern Komplizinnen zu machen. Oft mit Erfolg.

Er ging zu Günther Ichtenhagens Haus nicht wie ein asthmakranker Frühinvalide. Er schritt weit aus, tänzelte fast, federte in den Kniekehlen nach und summte sein Lieblingslied: Ave Maria.

## 52

Er hatte schon ein paarmal daran gedacht, sie ans Bett zu fesseln, aber als sie jetzt wie gekreuzigt vor ihm auf dem Bett lag, erschrak er.

Sie hatte sich erbrochen. Klümpchen von gelbgrünlicher Magensäure verklebten ihr langes Haar. Wie Wachstropfen trockneten die Magensäfte auf dem Bettlaken und in ihrem Gesicht. Sie hatte auch ein wenig Blut gespuckt. Ihr Kleid war verschwitzt. Ihre Augen fiebrig.

Er lehnte sich gegen die Tür und sah sie lange an. Unter seinen Blicken begann sie sich zu winden, soweit es die schmerzenden Gelenke zuließen. Hans Wirbitzki hatte den ersten Schrecken überstanden und begann sich mit der Situation anzufreunden.

„Martin hat dir Saures gegeben, weil du abgehauen bist, hm? So etwas tut ein braves Mädchen auch nicht. Du siehst ja, was du davon hast."

Er tastete über die Fesseln an ihrem rechten Bein und tätschelte den blau angelaufenen Fuß.

„Das tut mir wirklich leid, musst du wissen. Wir tun dir nicht gern weh. Es wäre viel schöner, wenn es auch ohne das ginge."

Er entschloss sich, sie noch nicht loszubinden, sondern ihre Lage noch eine Weile auszukosten. Er sprach mit süßer, beruhigender Stimme auf sie ein, zog die Mettwurst aus der Tasche und hielt sie ihr vors Gesicht.

„Sieh nur, ich hab dir etwas zu essen mitgebracht. Du hast doch bestimmt Hunger? Das ist eine Mettwurst, so was Gutes gibt's bei euch bestimmt nicht, hm?"

Sie reagierte nicht.

Er schmunzelte. „Ach, ihr habt irgend so 'ne Scheißreligion, in der Schweinefleisch verboten ist, oder? Keine Ahnung, ob das in Thailand so ist oder in Indien, jedenfalls ist es dummes Zeug. Schmeckt gut, hm, lecker." Er leckte sich mit der Zunge langsam über Ober- und Unterlippe. „Gut. Sehr gut", buchstabierte er fast. Dann träufelte er Senf aus der Tube auf das dickere Wurstende und sagte: „Nun mach schon das Maul auf, was anderes gibt es nicht. Los, der Onkel füttert dich! Sei ein braves Mädchen, oder soll ich dir die Nase zuhalten?"

Sie drehte den Kopf weg.

„Ja so seid ihr Frauen. Wenn man euch nur ein bisschen Bewegungsfreiheit lässt, schon nutzt ihr sie aus. Willst du mir deine Verachtung zeigen? Das hältst du nicht lange durch. Hier wird gegessen, was auf den Tisch kommt. Bevor du die Mettwurst nicht verputzt hast, gibt es nichts anderes. Also schau mich an und klapp die Kauwerkzeuge auseinander."

Sie versuchte, ihr Gesicht ins Bettlaken zu drücken.

In seiner Erregung hörte Hans Wirbitzki nicht, dass vor dem Haus ein Trecker hielt. Er durchwatete eine Traumwelt. Das hier hatte nichts mit der Realität zu tun. Hier gab es nur die Frau und ihn. Hier zählten keine Gesetze, hier gab es keine Sozialversicherungsnummern, keinen Notruf, keinen Beistand von moralischen Schönschwätzern.

Eine Außenwelt existierte nicht. Die Frau war seiner völligen Willkür unterworfen. Sie hatte es längst verstanden und weigerte sich trotzdem noch, es wirklich zu glauben. Es gab noch einen letzten Funken Stolz in ihr. Ein eigenes Ich. Einen Willen zur Selbstbehauptung, und genau diese letzten Reste von Widerstand reizten Hans Wirbitzki. Er wollte sie aufspüren und zerstören. Gleichzeitig brauchte er diesen Lebenswillen in ihr, denn erniedrigen, demütigen konnte er sie nur, solange es noch einen Funken Widerstand in ihr gab, noch eine Schwelle, über die zu gehen sie nicht bereit war.

Das Geräusch an der Tür ließ ihn herumfahren.

Fassungslos blieb Wolfhardt Paul im Türrahmen stehen. Für Sekunden weigerte sich sein Verstand, das Bild zu verarbeiten.

Hans Wirbitzki schloss aus Angst, dass jemand von draußen hereinsehen konnte, die Tür. Dabei kam er Wolfhardt Paul näher als beabsichtigt. Wolfhardts Hände klammerten sich in Hans Wirbitzkis Hemd. So viel Kraft hätte Hans Wirbitzki bei seinem Skatbruder nicht vermutet. Er wollte sich sofort rechtfertigen und ahnte, dass Wolfhardt ihm nicht ein Wort glauben würde.

„Ich war das nicht. Du kannst sie fragen. Das war Martin. Ich bin nur gekommen, um sie ..."

„Ein Sittenstrolch bist du. Ein Kinderschänder. Ein Sexualverbrecher. Dich hätten sie nie freilassen dürfen. Niemals."

Hans Wirbitzki wich zurück. Aber Wolfhardt zog ihn wieder zu sich heran.

„Mensch, Wolf, ich hab ihr nichts getan. Komm, wir können sie losmachen. Ich hab ihr was zu essen mitgebracht. Eine

Mettwurst und eine Stulle. Selbst geschmiert. Einer muss sie schließlich ernähren, sonst verhungert sie uns noch. Im Grunde ist es doch gut, dass Martin sie gefesselt hat. Sie wäre uns wieder abgehauen. Wir müssen uns irgendwie schützen, wir müssen ihr beibringen, dass sie …"

„Warum bringe ich dich nicht einfach um?"

„Aber Wolfi, Mensch. Ich bin gekommen, um sie zu vögeln, du bist gekommen, um sie zu vögeln. Ich bin lediglich früher gekommen als du. Sonst wärst du jetzt in meiner Situation."

Angewidert stieß Wolfhardt Paul Hans Wirbitzki von sich. Hans taumelte rückwärts, stolperte über den Sessel und schlug lang hin. „Das wird dir noch leidtun!", zischte Hans und griff nach dem Küchenmesser. Seine Hand hielt den Griff fest umklammert. Er rang nach Luft und versuchte, aufzustehen.

Wolfhardt Paul beachtete seinen Skatbruder nicht. Er wandte sich ganz Mary zu. In ihren Augen flackerte trübe Hoffnung auf. Wolfhardt versuchte zuerst, die Knoten an ihrem rechten Handgelenk zu lösen. Ihre Finger waren unnatürlich dick geworden. Wolfhardt war viel zu nervös, um die Knoten lösen zu können. Wütend riss er an der Fessel und hörte erst auf, als er merkte, dass sich die Schlingen um ihr Handgelenk noch fester zuzogen und er Mary dabei nur wehtat.

Über ihm stand Hans Wirbitzki mit dem Messer in der Hand.

Mary sah ihn zuerst. Sie schluckte trocken, ihr Atem stockte. Wolfhardt spürte, dass Hans hinter ihm stand und wandte sich um. Vielleicht war er zu aufgeregt, oder er stand der Welt immer noch arglos gegenüber. Jedenfalls erkannte er nicht, dass Hans mit dem Gedanken rang, ihm das Messer in den Hals zu rammen.

„Gib schon her!", sagte Wolfhardt ungehalten und nahm dem verwirrten Hans Wirbitzki das Messer einfach aus der Hand. Wolfhardt schnitt die Fesseln an Marys rechter Hand durch.

„Der ganze Unsinn hat jetzt ein Ende!", bestimmte er. Zu Hans gewandt erklärte er triumphierend: „Ich werde sie freilassen. Mach, was du willst, ich kann das nicht länger mit ansehen. Ich hab selbst eine Tochter. Frauen sind auch Menschen. Und das – das würde man keinem Tier antun. Hast du überhaupt keine Achtung vor der Schöpfung?"

„Red nicht so 'n Scheiß!", brüllte Hans Wirbitzki. „Du kannst sie nicht freilassen! Sie gehört dir nicht allein! Das hier ist kein Cowboyfilm! Was glaubst denn du, wo sie landet, wenn du sie laufen lässt, ha?" Spöttisch stemmte Hans Wirbitzki seine Hände in die Hüften und lachte hämisch: „Wohin ist sie denn gelaufen? Zur Kirche? Oder in den Puff? Wir haben es mit eigenen Augen ansehen müssen. Die sind so, diese Weiber. Sie sind schlecht, von Grund auf schlecht. Und wild auf Kerle. Jawohl! Mannstoll sind sie. Alle! Was glaubst du, warum diese Thaifrauen so beliebt sind? Sie denken den ganzen Tag nur an das eine! Wir haben es ihr nicht oft genug gemacht, deswegen ist sie in den Puff gelaufen. Ja, das geht in dein kleines Gehirn nicht rein, was? Du meinst, alle haben Spinnweben zwischen den Beinen wie deine prüde Uschi, was?"

Wolfhardt ließ das Messer fallen und schlug einfach geradeaus. Hans Wirbitzki riss die Hände hoch, konnte aber die Wucht des Schlages nicht mehr abfangen. Wolfhardts Faust traf ihn gegen die Brust und nahm ihm die Luft.

Hans Wirbitzki drehte sich um, schleppte sich in die entgegengesetzte Zimmerecke und lehnte sich hustend gegen die Wand. Wolfhardt Paul sprang hinter ihm her und feuerte mehrere unwirsche Schläge auf Hans' Kopf ab. Mary nahm das Messer und säbelte damit ihre linke Hand frei. Nur noch an den Fußen gefesselt, saß sie auf dem Bett. Die beiden Männer wälzten sich ringend auf dem Boden.

Da trat Martin Schöller ein.

„Was ist hier los?", brüllte er. „Auseinander, ihr Idioten!"

Seine Worte waren für beide eine Erlösung, denn sie hielten sich gegenseitig im Würgegriff, und es stand noch längst nicht fest, wer das länger durchhalten würde. Sie rollten auseinander und gifteten sich mit stechenden Blicken an, während Martin Schöller sich der bewaffneten Mary zuwandte.

Mit beiden Händen hielt Mary das Messer umklammert und fixierte Martin Schöller. Von ihm ging die größte Gefahr aus. Nicht von Wolfhardt Paul oder Hans Wirbitzki.

Martin streckte die geöffnete Hand aus. Sie hätte ihm jetzt leicht die Finger zerschneiden können, aber sie blieb regungslos sitzen.

„Gib mir das Messer. Mit den beiden hier kannst du vielleicht so einen Tanz abziehen. Mit mir nicht. Gib mir das Messer, oder ich prügel dich windelweich. Sei ein liebes Mädchen. Es ist deine letzte Chance."

Sie drehte das Messer um, sodass der Griff nach vorn stand und sie nur noch die Klinge lose in den Händen hielt, und legte es in Martins Hand.

Martin wandte sich von ihr ab und sah seine Skatbrüder mit inquisitorischem Blick an. Hans Wirbitzki zeigte auf Wolfhardt Paul wie ein Schüler, der petzt: „Er wollte sie freilassen. Er hat es zugegeben. Verstehst du? Freilassen!"

Wieder gebrauchte er seinen Zeigefinger wie eine Pistole, richtete sie auf Wolfhardt Paul und keifte: „Wenn du das noch einmal versuchst, wenn du diesen Quatsch noch einmal machst. Dann …"

Mit fester Stimme fragte Wolfhardt Paul: „Was dann?"

Wolfhardt wirkte noch ziemlich stabil. Er wusste aber, dass er nicht mehr lange durchhalten würde. In ihm bebte alles. Er fürchtete, gleich in Tränen auszubrechen. Sein Hals schmerzte. Beim Ringen musste er sich das Knie verletzt haben. Seine Nase begann wieder zu bluten. Er wurde mit rasanter Geschwindigkeit vom Helden zum Pflegefall.

Gegen die beiden hatte er keine Chance. Er wollte nur noch verhindern, dass sie seinen Zusammenbruch mit erlebten. Sie sollten ihn als Kämpfer in Erinnerung behalten. Als einen, der aufrecht im Ring stand.

Für einen Moment war er sich nicht sicher, ob sie ihn gehen lassen würden.

Er konnte Mary nicht ansehen. Er musste sie jetzt im Stich

lassen. Er hatte alles versucht. Mehr war nicht drin. Er war eben Wolfhardt Paul und nicht Superman.

Wie einen Rettungsanker hielt er den Türgriff umklammert. Niemand stellte sich ihm in den Weg.

„Ich warne dich, Wolfhardt. Ich warne dich", drohte Martin Schöller.

„Ich werde sie freilassen", beharrte Wolfhardt Paul, öffnete die Tür und verließ fluchtartig den Raum. Wie ein Schlafwandler kehrte er nach Hause zurück.

Um Uschi nicht zu begegnen, ließ er sich in der Scheune auf den Holzklotz fallen und schloss die Augen. Er hatte den Trecker mit den Baumstümpfen neben Günther Ichtenhagens Haus stehen lassen. Es war ihm egal, was die anderen darüber dachten. Uschi würde ihn sowieso nicht fragen. Er konnte seinen Trecker in Ichtenhagen stehen lassen, wo immer er wollte. Vielleicht erledigte er ja für seinen Freund Günther Ichtenhagen ein paar Gartenarbeiten und brauchte dafür die Baumstämme? Vielleicht baute er eine Bank für seinen Skatbruder? Er wäre nach der Auseinandersetzung in Katis ehemaligem Kinderzimmer nicht in der Lage gewesen, den Trecker zu steuern. Aber was viel wichtiger war: Dadurch, dass das Fahrzeug vor der Tür stand, blieb die Möglichkeit erhalten, Mary zu befreien. Er musste seinen Trecker sowieso dort abholen.

Wenn mich dann mein Mut nicht verlässt, lade ich sie zwischen die Holzklötze und gebe Gas.

Fast vier Stunden später fand Uschi Paul ihren Mann hilflos, wie ein verirrtes kleines Kind, weinend im Holzschuppen. Mit Helgas Hilfe brachte sie ihn ins Haus, ließ die Badewanne einlaufen, und nachdem sie ihn gründlich geschrubbt hatte, rief sie Doktor Jostich. Wolfhardt Paul sprach kein einziges Wort. Auch nicht zu seinem Hausarzt. Rührte weder Tee noch Zwieback an und schlief trotz Tabletten nicht ein, sondern lag mit offenen Augen und starrte zur Decke.

## 53

An diesem Morgen lud der wolkenlose Himmel zu Ausflügen ein, verlockte Schüler, den Unterricht zu schwänzen und weckte bei den Weierstädter Eisverkäufern kühne Hoffnungen. Der Ichtenhagener Anglerteich schimmerte olivgrün, und die letzten Dunstschleier aus der Ichte verflüchtigten sich.

Das Taxi brachte Günther Ichtenhagen, ein bisschen müde und mit moralischem Sodbrennen, nach Hause zurück. Er hatte dem Fahrer zehn Mark Trinkgeld gegeben, mit der Bitte, ihm beim Ein- und Aussteigen behilflich zu sein.

Der Fahrer schloss sogar die Haustür auf und begleitete Günther Ichtenhagen in die Wohnung. Dankbar nickte Günther, winkte dem Fahrer noch einmal zu und ließ sich, erschöpft wie nach schwerer Arbeit, in seinen Lieblingssessel fallen.

Es war still im Haus. Nur die Vögel im Garten feierten den neuen Tag mit einem ungewöhnlich fröhlichen Konzert. Günther Ichtenhagen trommelte mit den Fingern einen Rhythmus auf die Tischplatte. Seine Freude auf Mary paarte sich mit unüberwindlichem Widerwillen gegen seine ehemaligen Skatbrüder. In Zukunft würden sie in der *Linde* auf ihn verzichten müssen. Er wollte nichts mehr mit ihnen zu tun haben. Er spürte junges Rebellenblut in seinen alten Adern fließen. Er wollte aus dem Käfig des Gewohnten ausbrechen. Die wohlanständige, bürgerliche Fassade bedeutete ihm nichts mehr.

Was machte es, wenn das Haus unter den Hammer kam? Was, wenn alle in Ichtenhagen mit dem Finger auf ihn zeigten? Eine Gier auf neue, unglaubliche Erfahrungen trieb ihn an.

Allein war er ein melancholischer, im Weltschmerz versunkener alter Mann. Mit Mary aber konnte alles anders werden.

„Mary! Mary! Wo bist du? Komm her, ich bin wieder zurück, es geht mir gut."

Er wartete. Es tat sich nichts. Das Haus schien leer zu sein. War es möglich, dass sie um diese Zeit im Bett lag und schlief? Lockte die Sonne sie nicht? Lag sie vielleicht im Liegestuhl auf dem Balkon und bräunte sich? Ich muss ihr unbedingt einen Bikini kaufen, dachte Günther Ichtenhagen. Bei dem Wetter braucht ein junges Mädchen einen vernünftigen Badeanzug.

Wenn sie nicht runterkommt, gehe ich eben zu ihr.

Schon auf der zweiten Stufe entschied er sich dagegen. Sein Herz schlug regelmäßig, hüpfte nicht mehr so ungestüm wie am Vortag, aber er fürchtete sich vor der Treppe. Neben Mary, auf ihren Arm gestützt, hätte er die Treppe in Angriff genommen, aber so …

„Mary? Mary, schläfst du noch? Ich bin's. Günther!"

Zunächst suchte er die untere Etage ab. Die Spuren fremder Menschen störten ihn. Volle Aschenbecher, ungespülte Gläser. Nicht einmal das Telefon stand an seinem üblichen Platz. Aber was viel schlimmer war, mit jedem Zimmer, in das er sah, wurde die Gewissheit größer: Mary befand sich nicht im Haus.

Er brauchte nicht länger zu suchen. Sie hätte diese Unordnung sicherlich beseitigt, die Blumen gegossen und die Aschenbecher geleert. Es musste gelüftet werden. Erst jetzt fiel ihm auf, wie stickig sein Haus geworden war.

Mit jeder Minute wurde er gebrechlicher. War er umsonst aus dem Krankenhaus gekommen? Warum wartete sie hier nicht auf ihn? Hatten die anderen sie irgendwohin mitgenommen?

Ohne Rücksicht auf sein Herz, angespornt von trotzigem Zorn, nahm er nun die Treppe wie einen feindlichen Berg. Das Artilleriefeuer seines Herzens in den Ohren, stürmte er die gegnerische Stellung. Oben angekommen, fühlte er sich besser als erwartet. Nicht mehr ganz so alt und gebrechlich, aber immer noch leicht verwundbar. Schutzlos.

Das Zimmer war leer. Der säuerliche Geruch störte ihn noch mehr als die kalte Asche im Wohnzimmer. Vielleicht hatte der Aufenthalt im sterilen Krankenhauszimmer seinen Geruchssinn geschärft? Er wollte die Tür öffnen, um frische Luft hereinzulassen, aber etwas klemmte. Er bekam die Tür nicht auf.

Während er an der Tür rüttelte – es war, als sei außen ein Riegel angebracht –, fiel das Bettgestell in seinen Blickwinkel. Da baumelte etwas, das da nicht hingehörte. Zerschnittene Reste von Mullbinden. Verbandszeug. An allen vier Enden des Bettes hingen die zerschnittenen Fesseln. Niemand hatte sich die Mühe gemacht, die festgezurrten Knoten zu lösen.

In einer Wut, wie er sie nie zuvor verspürt hatte, stolperte Günther Ichtenhagen die Treppe hinunter. Er wollte raus aus seinem Haus, um Martin Schöller zur Rede zustellen. Wie einen dummen Jungen würde er ihn ohrfeigen, anschnauzen und schulmeistern. Was bildete der sich ein?

Günther Ichtenhagen verschwendete keinen Gedanken darauf, dass ein anderer Mary ans Bett gefesselt haben könnte. Das traute er nur Martin zu – und eigentlich bis zu diesem Moment nicht einmal dem. Schon war er unten. Als er die schwere Haustür öffnen wollte, hörte er ein Geräusch. Es kam von ganz unten. Aus dem Keller. Er blickte zur Kellertür. Sie stand einen Spalt offen. Im Kellerflur brannte Licht.

Neben dem Garderobenständer am Eingang hing Günther Ichtenhagens Spazierstock mit dem versilberten Griff. Er nahm ihn wie eine Waffe und preschte in den Keller vor. Atemlos blieb er einen Moment im Kellerflur stehen. Er lauschte in die Stille und wusste plötzlich ganz genau, wo Mary war. Im Heizungskeller. Im einzigen ausbruchsicheren Raum des Hauses. Wegen der Brandgefahr mit einer Stahltür versehen, nur von außen abschließbar. Günther Ichtenhagen drehte den Schlüssel um und riss die Tür auf.

Da stand sie. Zwischen den tausendfünfhundert Liter Öltanks wirkte sie noch kleiner und zierlicher als zuvor. Sie stand unnatürlich vorgebeugt, hielt sich mit einer Hand die Seite, als sei sie dort verletzt.

Als sie Günther sah, erhellte sich ihr Gesicht. Sie machten Schritte aufeinander zu und begrüßten sich wie Freunde, die sich nach langer Trennung wiedertreffen. Vor Wut und Scham begann Günther Ichtenhagen zu weinen.

„Was hat dieser Verbrecher dir angetan? Was erlaubt der sich? Was glaubt er, wer er ist?"

## 54

Martins Besuch kam Uschi Paul ungelegen. Nicht nur, weil sie ihre Korsettpanzerung noch nicht drunter anhatte, sondern auch, weil niemand ihren Wolfhardt in so hilflosem Zustand sehen sollte. Er kam ihr wahnsinnig vor. Wie jemand, der keinen Bezug zur Realität mehr will, sich ganz in die eigene Innenwelt zurückgezogen hat und unansprechbar dasitzt.

Aber Martin Schöller ließ sich nicht abwimmeln.

„Ich will ihm nur mal Guten Tag sagen. Ich muss meinem alten Skatbruder gute Besserung wünschen."

„Der Arzt hat gesagt, dass er keine Aufregung haben darf."

„Ich reg ihn nicht auf. Bitte lassen Sie mich, Frau Paul."

„Aber nur ganz kurz, Martin."

„Jaja, ganz kurz."

Martin erreichte es, mit Wolfhardt allein gelassen zu werden. Er hatte damit gerechnet, dass Wolfhardt ängstlich auf ihn reagieren würde. Aber Wolfhardt lag nur da und sah ins Leere.

Martin stellte sich an sein Bett, griff in die Jackentasche und zog einen vorbereiteten Zettel heraus.

„Du bist aus dem Rennen, Wolfhardt. Nach allem, was du dir geleistet hast, wollen wir dich nicht mehr dabeihaben. Unterschreib das hier."

Wolfhardt sah gar nicht hin.

„Deiner Frau kannst du Theater vorspielen. Mir nicht. Unterschreib das hier und du bist mich los."

„Was ist das?"

„Damit erklärst du, dass du auf deine zwanzig Prozent an Mary verzichtest und sie mir überschreibst."

„Und warum sollte ich das machen?"

„Weil ich deiner Frau sonst alles erzähle."

„Nur zu. Dann fliegen alle anderen mit auf! Oder glaubst du, Uschi hält den Mund? Sie wird es deiner Mutter erzählen, Bübchen. Deine Mami wird gar nicht glücklich darüber sein, dass ihr Martin solche Sachen macht."

Martin kniete sich vor das Bett, um nicht so laut reden zu müssen. „Ich beschwöre dich, Wolfhardt, du brauchst nur zu unterschreiben, und du bist aus der ganzen Sache heraus."

Wolfhardt schüttelte den Kopf. „Ich werde sie befreien, Martin. Verlass dich drauf."

Wütend knüllte Martin den Zettel zusammen, steckte ihn in die Tasche, sprang auf und trat gegen das Bettgestell. Am liebsten hätte er die Teetasse von der Nachtkonsole genommen und durch das geschlossene Fenster gepfeffert. Aber er beherrschte sich. Um nicht aufzufallen, rief er laut: „Also dann, gute Besserung, Alter. Lass es dir gut gehen!"

„Ich werde sie befreien, Martin, und wenn es das Letzte ist, was ich tue in meinem verpfuschten Leben."

## 55

Martin Schöller pumpte mit Kurzhantelcurls die Wut aus sich heraus. Er blähte nicht nur seinen Bizeps auf, sondern glättete damit auch die Falten auf seiner Seele. Er hatte ein Gefühl für das Eisen entwickelt. Er liebte es, wenn sich die kalte 25-Kilo-Hantel langsam seiner Brust näherte und schließlich von seiner Kraft getrieben gegen die Schweißschicht auf seinem Oberkörper kippte. Und dann langsam, langsam wieder hinunter.

„Achtundvierzig … neunundvierzig … fünfzig …"

Es schmerzte im Ellbogengelenk. Seine Muskeln wuchsen, und er wurde immer stärker. Sein Knochengerüst und seine Gelenke kamen nicht mit. Seine Bewegungen sahen geschmeidig aus, energiegeladen und noch steigerungsfähig. Doch in seinen Gelenken knirschte es.

„… Vierundfünfzig … fünfundfünfzig … sechsundfünfzig. Und wenn die Bänder reißen und die Gelenke krachen, wachst Muskeln! Wachst!

„… Einundsiebzig … zweiundsiebzig … dreiundsiebzig …"

Du schaffst es, los, du schaffst es! Die Hundert musst du schaffen! Rauf mit den Gewichten, rauf!

Seine Muskeln übersäuerten bereits. Morgen würde er die Arme kaum hochkriegen. Aber was zählte das? Ein bisschen Schmerz musste man ertragen können, wenn man sich abheben wollte von der Allgemeinheit.

Eine Stimme hinter ihm lästerte: „Hau rein, Martin, hau rein!"

Er versuchte, sich weiterhin auf seine Kurzhanteln zu konzentrieren und nicht aus dem Rhythmus zu kommen. Ein Blick in den Spiegel reichte aus. Er brauchte sich nicht umzudrehen. Hinter ihm stand Marys erster Kunde.

Ohne Rücksicht auf Martins Training zu nehmen, redete er weiter. Sein Anliegen duldete keinen Aufschub. Er hatte sich dazu durchgerungen, Martin zu fragen. Jetzt war er mutig genug. In ein paar Stunden könnte das schon wieder anders sein.

Mit leicht belegter Stimme fuhr er leiser als zu Beginn fort: „Also, deine kleine Exotin war ja wirklich nicht schlecht. Wir waren zufrieden. Sehr sogar. Sie war ein bisschen passiv, aber sonst … Man muss ihr halt einiges beibringen."

„Einundachtzig … zweiundachtzig… dreiundachtzig …"

„Also, weshalb ich eigentlich gekommen bin … Ein Kumpel von mir hat so 'nen kleinen Kutter. Einmal im Jahr fahren wir zum Fischen raus. Knapp eine Woche. Mehr ist urlaubsmäßig im Sommer nicht drin. Die Familienväter werden in solchen Fragen vorrangig behandelt. Wir sind dann zu dritt. Solltest du übrigens mal mitmachen. Tolle Sache. Nur Fischen und Saufen. Sonst nichts."

„… Siebenundachtzig … achtundachtzig … "

„Ja, beim letzten Mal hat der Manni seine Frau mitgenommen. Einer muss ja auch kochen an Bord und so … Aber das war keine gute Idee. 'Ne Ehefrau auf dem Boot, das ist so wie ein Rock am Pokertisch. Bringt kein Glück, macht keinen Spaß. Aber man hat ja trotzdem so seine Bedürfnisse, wenn man draußen ist und das Meer das Boot so schön schaukelt … Man will ja nicht nur den Pilker hinter sich herziehen. Ja und da dachten wir … Also wir würden gerne deine kleine Maus mitnehmen.

Natürlich nur, wenn es nicht zu teuer ist – also ein bisschen was könnten wir schon hinblättern, wir können sie uns ja teilen. Zu dritt. Wie teuer wäre sie denn für eine Woche?"

„… Einundneunzig … zweiundneunzig … dreiundneunzig."

Martin Schöller gab auf. Hart knallten die Eisen auf den Boden. Vielleicht war das die Idee überhaupt. Er war sie erst mal für eine Woche los, konnte in der Zeit alles klären, und vom Boot würde sie wohl kaum abhauen.

Martin Schöller drehte sich um, blickte seinem Sportsfreund geradlinig ins Gesicht und sagte: „Ihr habt dann aber die volle Verantwortung für sie. Wehe, ihr bringt sie nicht wieder zurück."

„Keine Sorge, wir wollen sie uns nur leihen. Wir wollen sie ja nicht behalten."

„Müsst ihr über eine Ländergrenze?"

„Warum?"

„Es gibt noch ein paar Probleme mit ihren Papieren. Sie hat so was wie ein Heiratsvisum. Wenn sie nicht heiratet, darf sie nicht länger hierbleiben, verstehst du? Es könnte an der Grenze Probleme geben."

„Wir laufen keinen fremden Hafen an. Wir treiben uns nur ein bisschen auf der Nordsee herum."

Martin Schöller nickte. „Das macht dann für eine Woche tausend."

Sein Gegenüber hatte mit mehr gerechnet. „Fische ausnehmen und filetieren kann sie doch wohl, oder?"

„Klar, darin ist sie perfekt."

„Und wir wollen nicht nur diesen thailändischen Fraß."

„Keine Sorge. Ihr müsst ihr nur zeigen, wo's langgeht. Sie braucht manchmal eine strenge Hand. Das sind die Frauen dort, wo sie herkommt, so gewöhnt."

„Also tausend sind okay, denke ich."

„Pro Nase", ergänzte Martin Schöller grinsend.

„Das wären ja dreitausend für die Woche."

„Genau."

„Ist das nicht ein bisschen viel?"

„Dann frag doch Manni, ob er nicht wieder seine Frau mitnimmt. Vielleicht wird das schöner für euch."

„Sagen wir achthundert pro Nase. Wären immer noch zweivier für dich."

„Okay, dann aber vorher cash auf die Kralle."

„Abgemacht."

„Fünfhundert, Anzahlung sofort."

„Du bist hinterm Moos her wie der Teufel hinter der Seele. Nimmst du einen Scheck?"

„Nee. Bargeld lacht."

„So viel hab ich nicht mit. Dann muss ich rüber zur Bank gehen."

„Okay, ich warte hier. Du hast mich sowieso gestört. Ich war mit meinen Curls noch nicht fertig."

„Ich konnte ja nicht ahnen, dass du neuerdings Bürostunden hast."

## 56

„Das ist eine Gabel. Eine Gabel. Dies ist ein Messer. Messer. Nein, Messer schreibt sich mit zwei s."

Günther Ichtenhagen führte die Kreide mit Marys Hand über Stefanies Kindertafel.

Wenn sie auch nicht sprechen konnte, so sollte sie trotzdem die Namen der Dinge kennenlernen. Zumindest Schreiben wollte er ihr beibringen. Er hatte wieder eine Aufgabe. Er war endlich wieder Lehrer. Seine Schülerin stand immer noch schräg an der Tafel. Beim Atmen hatte sie manchmal Probleme. Günther Ichtenhagen ahnte, dass eine ihrer Rippen gebrochen war. Er wagte es aber nicht, sie anzufassen und abzutasten. Er wusste nicht, wie er ihr beibringen sollte, dass er nur mal nachsehen wollte. Er fürchtete, nach ihren Erfahrungen in Ichtenhagen könnte sie so eine Geste nur missverstehen. Er war fest entschlossen, beim nächsten Besuch von Doktor Jostich auch Mary untersuchen zu lassen. Vielleicht brauchte sie einen Druckverband oder Schmerzmittel.

Sie tranken schon die dritte Kanne Tee zusammen. Ihm wurde fast übel von dem Zeug, und er fühlte sich merkwürdig aufgeputscht, aber er wollte den Tee, den sie zubereitete, nicht ablehnen.

Hoffentlich belastet der Tee mein Herz nicht zu sehr, dachte Günther Ichtenhagen, dann wendete er sich wieder der Tafel zu, weil seine Schülerin ihn gestenreich aufforderte, fortzufahren.

„Wir werden heiraten", sagte er immer wieder zwischen den einzelnen Lektionen. Offensichtlich verstand sie ihn, denn sie nickte. Außer wenn er ihre Hand über die Tafel führte, berührten sie sich nicht. Trotzdem empfand Günther Ichtenhagen das Zusammensein mit ihr als sehr privat, fast intim, so als webten sie gemeinsam an einem sehr dünnen Faden.

Er hoffte, dass dieser Faden nicht so bald die Zerreißprobe bestehen müsste.

Rechnen konnte sie wesentlich schneller als er. Einmal verbesserte sie ihn sogar, als er sich beim Dreisatz geirrt hatte. Lachend korrigierte sie seinen Fehler. Auch Günther Ichtenhagen lachte. Dann, plötzlich, zog sie sich zurück, beobachtete ihn nur noch aus den Augenwinkeln.

Vielleicht, dachte er, weiß sie nicht, ob ich über mich oder über sie lache. Vielleicht empfindet sie mein Lachen als Spott über ihre Kühnheit, mich darauf hinzuweisen. Ich muss vorsichtig sein.

Ich weiß fast nichts über sie.

Die Unterrichtsstunden mit ihr wirkten besser auf seinen Gesundheitszustand als alle Spritzen und Pillen der letzten Jahre.

Zum ersten Mal seit langer Zeit verspürte er wieder richtigen Appetit. Er wollte essen und nicht einfach irgendetwas, sondern etwas Besonderes. Ohne Rücksicht auf seinen Magen wollte er etwas Feuriges, Scharfes schmecken und mit einigen Bieren herunterspülen. Er stellte sich dazu das Gesicht des Oberarztes im Krankenhaus vor und musste erneut lachen.

Für einen Augenblick wusste er nicht, warum er nicht mit Mary in die *Linde* essen gehen sollte. Aber dann sprach plötzlich alles dagegen. Er wollte die schöne Stimmung, die zwischen ihnen entstanden war, nicht von außen zerstören lassen. In der *Linde* war diese Gefahr groß. In Weierstadt hingegen … Das Chinarestaurant in Weierstadt … Warum nicht?

Günther Ichtenhagen bestellte ein Taxi. Früher wäre es ihm furchtbar teuer vorgekommen. Fünfundzwanzig Mark, um nach Weierstadt zu kommen! Plötzlich erschien es ihm sehr preiswert.

„Wir gehen essen. Chinesisch. Das wird dir bestimmt gefallen. Dann kannst du mir auch etwas beibringen: mit Stäbchen zu essen. Kannst du so was? In Weierstadt kann man Stäbchen bestellen. Wirklich! Ich glaube kaum, dass das jemals einer von den Einheimischen dort gemacht hat. Aber ich werde es ausprobieren. Und du zeigst es mir. Dann führst du meine Hände! Willst du dich erst umziehen? Du bist so wunderschön, du kannst gern so bleiben, wie du bist."

Ihm wurde bewusst, dass er viel zu viel redete. Sie verstand, wenn überhaupt, nur einzelne Worte. So einen Redeschwall durfte er nicht oft auf sie niederprasseln lassen. Damit verunsicherte er sie nur.

Schon wenige Minuten später war das Taxi da. Als er mit Mary vor die Haustür trat, blickte er stolz geradeaus. Mary hingegen blieb nervös im Schutz des Türrahmens stehen. Er legte seinen Arm um sie und zog sie sanft mit sich. Er spürte eine Gänsehaut über ihren Körper huschen. Sie hüstelte und zitterte leicht. An den Temperaturen konnte es nicht liegen. Es war ein schwüler Sommertag.

Der Taxifahrer trug ein verschwitztes, weißes T-Shirt. Zwischen Mittel- und Zeigefinger beider Hände hatte das Nikotin seine Haut tiefbraun gefärbt. Er gaffte Mary ungeniert an.

Obwohl im Taxi am Armaturenbrett ein rotes Schild mit weißer Aufschrift: „Nichtraucher!“ angebracht war, zündete er sich sofort eine Filterzigarette an. Günther Ichtenhagen und Mary stiegen hinten ein. Bevor er losfuhr, richtete der Fahrer den Spiegel neu aus.

Günther Ichtenhagen bemerkte, dass der Rückspiegel nicht auf den rückwärtigen Straßenverkehr, sondern ganz auf Mary gerichtet war.

Mary sah den Fahrer nicht an, blickte nur vor sich hin, hielt die Knie mit beiden Händen umschlossen und reagierte auch nicht, als Günther Ichtenhagen seine linke Hand auf ihre Handgelenke legte, um die Einschnitte und Abschürfungen vor dem Fahrer zu verbergen.

„Zum Chinarestaurant nach Weierstadt bitte, und sehen Sie nach vorn. Hier hinten ist alles in Ordnung.“

Günther Ichtenhagen war stolz darauf, den Fahrer zurechtgewiesen zu haben. Schade, dachte er, dass Mary das nicht verstanden hat. Bestimmt hätte es sie gefreut.

## 57

Hanne Wirbitzki schaltete den Fernsehapparat ungefragt aus. Hans fuhr hoch. „Hey, ich will das sehen …"

Hanne baute sich vor dem Gerät auf und keifte: „Was hast du mit dem Mädchen zu tun? Lüg mir nichts vor! Ich kenn dich! Du bist wieder genauso wie damals. Damals habe ich nichts gemerkt. Aber jetzt. Jetzt merke ich es und ich werde nicht zulassen, dass du unser Leben ruinierst."

Hans Wirbitzki setzte sich bequemer hin. Nur nicht aus der Ruhe bringen lassen, dachte er, nur nicht aus der Ruhe bringen lassen.

„Soll das ein Verhör werden?"

„Wo sind meine Avon-Proben?"

„Was für Proben? Glaubst du, ich parfümier mich mit deinem Zeug?"

„Du hast sie der Kleinen geschenkt! Gib's zu!"

Tränen liefen über ihre Wangen und benetzten die schmalen Lippen. Sie wollte nicht weinen. Er sollte weinen. Sie war gern bereit, ihm zu vergeben, aber er musste es wenigstens bereuen. Trotzig saß er da wie ein Klotz und wartete darauf, dass sie endlich den Fernseher wieder einschaltete.

„Dass du jetzt schon eine aus dem Bordell brauchst, hätte ich nicht gedacht!"

Sie drehte sich um, damit er ihre Tränen nicht sah. „Überhaupt, ist sie nicht schon viel zu alt für dich? Sie ist mindestens schon siebzehn."

Jetzt fuhr er hoch und schnauzte sie an: „Halt endlich die Fresse! Ich hab ihr deine Scheißcremedöschen nicht geschenkt. Sie wollte sie nicht", setzte er hämisch hinzu.

## 58

Es war leer im Chinarestaurant, und die Blicke der wenigen Weierstädter ertrug Günther Ichtenhagen mit einer Mischung aus Stolz und Gelassenheit. Mary zeigte sich keineswegs sicher in der Auswahl der Speisen, sie beriet ihn auch nicht. Er musste auf gut Glück für sie beide auswählen. Er bestellte eine Ente Peking-Art, Sieben himmlische Köstlichkeiten, zwei Wan-Tang-Vorsuppen und zum Nachtisch zwei große Eis. Mit den Stäbchen ging es Günther Ichtenhagen viel zu langsam. Mindestens die Hälfte verlor er auf dem Weg von der Schüssel zu den Lippen. Schon spürte er einen Krampf in den Fingern, aber er machte weiter, ließ es sich wieder und wieder von Mary zeigen. Obwohl er es ungehörig fand, die Schale fast bis an die Lippen zu führen und dann den Reis auf beiden Stäbchen einfach in den Mund zu schaufeln, machte er es mit. Die Decke rund um seinen Teller hatte er voll gekleckert wie ein Fünfjähriger, und er entschloss sich, dies mit einem angemessenen Trinkgeld wieder gutzumachen. Er trank zwei Pils, dann spürte er ein Schwindelgefühl. Sofort ging er zu Mineralwasser über, aber die Kohlensäure setzte ihm ebenfalls sehr zu.

Mary trank nur ein kleines Fläschchen Mineralwasser, aß aber mit großem Appetit. Nur einmal zeigte sich Besorgnis auf ihrem Gesicht. Offenbar schmerzte ihre gebrochene Rippe. Sie hatte sich zu weit über den Tisch gebeugt, um die Stäbchen in Günther Ichtenhagens Hand günstiger anzuordnen.

„Morgen wird der Doktor dich untersuchen. Doktor. Arzt. Er ist mein Freund. Doktor Jostich. Hilft dir. Verstehst du? Arzt?“

Wieder in der Wohnung zurück verabschiedete Günther Ichtenhagen sich schon im Korridor von Mary, während das Taxi von der Auffahrt auf die Straße rollte. Am liebsten hätte er ihr einen Kuss auf die Wange gegeben, um sich für den schönen Tag zu bedanken. Aber er fand das ungehörig. Es stand ihm noch nicht zu. Und seine Angst, sie könne auch diese Geste falsch verstehen, hinderte ihn daran.

Er umschrieb mit der Hand einen Kreis quer durch die Wohnung und sagte: „Beweg dich frei. Mein Haus ist auch dein Haus."

Sie senkte den Kopf und sagte: „Danke."

Dann hatte sie es plötzlich ungeheuer eilig, huschte die Treppe hoch und verschwand in ihrem Zimmer.

„Du … du … du kannst … reden …", hauchte er in das Knallen der Tür hinein. Er fasste sich an den Kopf. Massierte seine Schläfen. Sein Mund trocknete in Sekundenschnelle aus. Jede Speichelentwicklung war unterbrochen. Die Zunge pappte am klebrigen Gaumen fest.

Sie ist überhaupt nicht stumm. Sie ist nicht stumm! Sie hat die ganze Zeit nur so getan. Aber warum? Was ist los?

Wie zum Hohn auf alle Ärzte goss er sich zunächst einen Aalborg ein, kippte ihn hinunter und ging dann zu Marys Tür. Er klopfte an.

„Mary! Du kannst reden! Du hast gerade Danke gesagt. Das ist ganz wunderbar! Du kannst sprechen, ich dachte, du seist stumm. Ich hätte dich auch als Stumme genommen, aber wenn du reden kannst, dann …"

Sie antwortete nicht.

„Bitte lass mich herein. Lass uns darüber reden."

Ihre Zimmertür blieb geschlossen. Er hörte keinen Laut. Eine endlose Zeit blieb er selbst stumm vor der Tür stehen, dann wurde ihm wieder bewusst, dass er alt war. Herzkrank und noch rekonvaleszent.

Langsam, sich am Treppengeländer festhaltend, bewegte er sich, immer nur eine Stufe nehmend, nach unten. Als er sich aufs Bett warf, hämmerte durch sein Gehirn ein Gedanke, der alle anderen verdrängte: Die anderen dürfen es nicht erfahren. Sie dürfen es nie, niemals erfahren. Für sie muss Mary immer stumm bleiben.

Er dämmerte einmal kurz ein, sah im Traum wieder die zerschnittenen Fesseln an Marys Bettgestell hängen und fuhr hoch. Wer hatte an ihrer Tür außen ein Schloss angebracht?

Warum stand Wolfhardt Pauls Trecker vor dem Haus? Warum hatten sie sie in den Keller gesperrt? Wer so etwas tat, war noch zu ganz anderen Dingen fähig. Sie hatten sie geschlagen, ihr mindestens eine Rippe gebrochen und sie völlig verängstigt. Er hielt die Hände über der Bettdecke wie zum Gebet gefaltet.

Sie dürfen nie, niemals merken, dass du reden kannst, Mary. Sie würden dich sonst töten.

Die sind dazu imstande.

## 59

Die Nacht ist günstig, dachte Wolfhardt Paul, heute werde ich dich befreien. Es gibt einen Nachtzug von Weierstadt nach Köln. Den werden wir nehmen. Niemand wird uns beobachten. Der Weierstädter Bahnhof ist um diese Zeit tot. Verlassen wie eine Ruine.

Er schlich an Uschis Zimmer vorbei und hörte darin auch das gleichmäßige Atmen seiner Tochter. Sie war noch geblieben: wegen Papi … Er lächelte. Sie glaubten, dass er ihre Hilfe brauchte. Sie konnten sich nicht vorstellen, dass er selbst Hilfe spendete. Er war ein Held.

Die *Linde* hatte schon geschlossen, und auf dem Weg zu Günther Ichtenhagens Haus begegnete ihm niemand mehr. Lautlos stieg er über den Zaun in Günther Ichtenhagens Garten ein, ging auf leisen Sohlen die Treppen hinauf, denn er hielt es für möglich, dass Martin Schöller unten Wache schob. Er zog den Riegel von der Tür, schloss auf, und als Mary aus dem Schlaf aufschreckte und ihn entdeckte, hielt er ihr sanft den Mund zu.

„Komm mit mir. Du bist frei. Ich bringe dich in die Freiheit. Du brauchst keine Angst mehr zu haben. Aber sei ganz leise."

Er hatte sich vorgenommen, ihre Sachen in eine Plastiktüte einzupacken. Einen Moment lang wollte er sogar Uschis Koffer dafür opfern und mitnehmen, aber nun hatte er in der Aufregung alles vergessen. Sie zog sich ihr Sommerkleid über, nahm die Stöckelschuhe in die Hand und zeigte immer wieder nach unten.

„Nein, nicht da raus. Wir müssen hier raus. Keiner darf etwas merken. Sei ganz ruhig. Mensch, Mädchen, man muss dich regelrecht zu deinem Glück zwingen. Nun komm endlich! Bist du denn so blöd? Warum zögerst du noch?"

Sie wollte nicht.

Sie wehrte sich nicht wirklich, aber sie tat auch nichts. Sie ließ sich herumschubsen, ging einen Schritt nur dann, wenn sie dazu gezwungen wurde.

„Ich versteh schon, dass du Angst hast. Aber ich will nichts Böses von dir. Ich bringe dich in die Freiheit. In die Freiheit, verstehst du? Du kannst gleich machen, was du willst. Nun komm endlich."

Er hatte geglaubt, sie würde auf ein einziges Wort hin hinter ihm herlaufen, sich zwischen den Holzscheiten verstecken und ihm am Bahnhof aus Dankbarkeit um den Hals fallen. In wenigen Minuten wollte er Ichtenhagen mit ihr verlassen haben, jetzt dauerte das Ganze schon fast eine halbe Stunde.

Verstand sie nicht, warum sie zwischen die Holzscheite kriechen sollte? Selbst als er es ihr vormachte, tat sie es ihm nicht nach. Sie starrte nur immer wieder zum Haus und stand unbeteiligt herum.

Dann verlor Wolfhardt Paul die Geduld. Er koppelte den Anhänger vom Trecker ab und schob Mary auf den Beifahrersitz über dem rechten Hinterrad.

Dort hatte Helga früher oft gesessen. Es gab eine Zeit, da liebte sie es, mit ihrem Vater auf dem Trecker hinauszufahren. Das war lange her. Das würde nie, nie wiederkommen.

Wolfhardt Paul tuckerte los.

Kurz vor Weierstadt begann ein Autofahrer hinter ihnen wütend zu hupen. Sofort griff Wolfhardt zum Beil. Aber es war nicht Martin Schöller, der ihn überholte, sondern nur ein Betrunkener, der sich über den langsamen Trecker ärgerte.

Der Weierstädter Bahnhof lag genauso verlassen vor ihnen, wie Wolfhardt Paul es sich vorgestellt hatte. Auch der Fahrkartenschalter war geschlossen. Wolfhardt Paul wollte zwei Karten bis Köln am Automaten ziehen, hatte aber nur Kleingeld für eine. Einen Geldwechselautomaten gab es in Weierstadt nicht.

Der Zug fuhr mit sechs Minuten Verspätung ein. Wolfhardt Paul bugsierte Mary ins letzte Abteil. Niemand außer ihnen und dem Schaffner schien sich im Zug zu befinden.

Ein bisschen mehr Dankbarkeit hatte Wolfhardt Paul schon erwartet. Die Aufregung, nachts seinen Ort zu verlassen und nach Köln aufzubrechen, machte ihn genauso nervös wie die Tatsache, dass Uschi nicht wusste, wo er war, dass er nur eine Fahrkarte für zwei Personen besaß und mit einem Mädchen, dessen Nachnamen er nicht einmal buchstabieren konnte, in eine Stadt fuhr, in der weder sie noch er irgendjemanden kannten.

Der Schaffner kam erst nach knapp zwanzig Minuten. Wolfhardt Pauls Ausreden, er habe nicht genug Kleingeld gehabt, beeindruckten ihn nicht. Nein, für so eine kurze Strecke konnte man die Karte auch nicht einfach im Zug lösen. Er musste ihm leider eine Strafgebühr von vierzig Mark abnehmen.

Am liebsten hätte Wolfhardt Paul ihm ins Gesicht geschrien: „Ich befreie hier gerade ein Mädchen. Ich bin kein Schwarzfahrer, sondern ein Held! Stellen Sie sich nicht so kleinlich an, Sie Idiot! Geben Sie uns lieber noch ein paar Mark, damit sie wirklich entkommen kann! Im Grunde nehmen Sie nicht mir das Geld weg, sondern ihr."

Aber er schluckte all das hinunter und zahlte sauertöpfisch.

Wenn Mary ihn wenigstens ein einziges Mal angelächelt hätte, wäre alles okay gewesen, aber so …

In Köln am Bahnhof wurde er sie nicht los. Egal, wie oft er sagte: „Du bist frei, bitte schön, lauf, wohin du willst!"

Sie blieb neben ihm stehen, trottete neben ihm her, egal wohin er ging. Er hatte ihr den Hunderter gegeben, als Start ins neue Leben. Sie steckte ihn sich nicht in den BH, wie er erwartet hatte, sondern hielt ihn die ganze Zeit mit der rechten Hand umklammert.

Vielleicht, überlegte er, sollte ich ihr zum Abschied ein Würstchen ausgeben und eine Dose Bier. Der Stand vor dem Kölner Hauptbahnhof hatte noch geöffnet, und die Krakauer und Thüringer Würstchen rochen verlockend. Aber dann erinnerte er sich an Hans Wirbitzki und das Mettwürstchen und fand die Idee, ihr eine Bratwurst zu spendieren, doch nicht mehr so gut. Zum Glück gab es auch Reibepfannkuchen mit Apfelmus. Er nahm drei davon auf einem Pappteller. Mary rührte sie nicht an.

„Bist wohl pappsatt, was? Ich aber nicht."

Jetzt aß er die Reibekuchen und ärgerte sich, keine Krakauer bestellt zu haben. Reibepfannkuchen gab es bei Uschi oft genug.

Plötzlich fiel es ihm siedend heiß ein: Er hatte zwar ihre Flucht geplant, nicht aber seine eigene Rückkehr. In der Nacht fuhr kein Zug nach Weierstadt. Erst wieder am Morgen zwischen fünf und sechs Uhr. Ein Hotelzimmer in Köln konnte er sich nicht leisten. Er musste noch gut vier bis fünf Stunden hier verbringen. Ihm wurde mulmig zumute. Das bedeutete, er würde vor Helga und Uschi nicht verheimlichen können, dass er die Nacht über von zu Hause weggewesen war. Unschlüssig ging er ein wenig abseits vom Bratwurststand auf und ab.

Mary lehnte sich an eine Schaufensterscheibe und ließ ihn nicht aus den Augen.

Ein Betrunkener ging auf sie zu und lallte sie mit seiner Bierfahne an. Wolfhardt Paul war zu sehr in Gedanken versunken, um es zu bemerken.

Mary zeigte auf Wolfhardt. Der Betrunkene nickte und quatschte Wolfhardt an: „Äh, wie viel?"

„Was wollen Sie?"

„Wie viel für Fick mit Frau, du verstehen?"

„Hau ab! Hau ab, bevor ich mich vergesse!"

Ich muss noch heute Nacht nach Weierstadt zurück, ich

muss, aber wie?, dachte er, aber wie? Und sie hängt an mir wie eine Klette.

Der Betrunkene stierte Wolfhardt Paul ungläubig an. Erst als Wolfhardt drohend die Faust erhob, trollte er sich. Wolfhardt ging in den Bahnhof zurück. Er wollte in der Stehkneipe noch ein Bier trinken. Er fand diesen Gedanken verwegen. Noch nie hatte er nachts in Köln am Bahnhof ein Bier getrunken. Mary folgte ihm.

Er drehte sich um: „Lass mich in Ruhe! Hau ab! Ich hab getan, was ich tun konnte; jetzt muss jeder sehen, wie er klarkommt. Ich habe dir hundert Mark gegeben. Jetzt geh! Mehr kannst du nicht verlangen. Mehr habe ich nicht. Ich weiß selbst nicht genau, wie ich nach Hause kommen soll und was jetzt wird. Zieh Leine!“

Sie ging weiter hinter ihm her. Er beschleunigte seine Schritte. Sie ebenfalls. Er begann, quer durch die Bahnhofshalle zu rennen. Wie Schüsse hallten seine Schritte. Aber sie hielt mit. Als er sich umsah, war sie keine zwei Meter von ihm entfernt. Er schlug vor dem leeren Informationsschalter einen Haken und rannte wieder in die Richtung, aus der er gekommen war. Sie zog ihre Stöckelschuhe aus und folgt ihm barfuß.

Wieder vor dem Bahnhof hechtete er die Treppen zur Domplatte hoch. Jemand pfiff hinter ihm oder Mary her und lachte, doch seine Verfolgerin heftete sich gnadenlos an seine Fersen.

Die Kirche, dachte er, ich flüchte in den Dom. Vielleicht werde ich sie dort los … Schon am Eingangsportal ging ihm die Puste aus. Er blieb stehen und rang nach Luft.

Mary stand vor ihm und sah ihn fragend an.

„Bitte“, japste er, „bitte lass mich in Ruhe. Hau endlich ab. Du kannst mich nicht ewig verfolgen. Ich will wieder frei sein. Verstehst du? Frei! Ich kann dich nicht gebrauchen in meinem Leben. Ich kann dich nicht beschützen vor Hans und Martin. Heute, ja, für ein paar Stunden, in dieser Nacht. Aber nun mach's mir nicht so schwer. Verschwinde endlich. Such dir einen anderen Beschützer. Einen von den tollen jungen Kerlen, die glauben, dass sie mir ihren Fäusten Nägel in die Wand schlagen können. Oder geh endlich zurück nach Hause, dahin, wo du hergekommen bist."

Ungerührt blieb sie stehen. Wolfhardt Paul rannte los in Richtung Einkaufsstraße. Er wusste, dass es sinnlos war, aber er versuchte noch einmal, sie loszuwerden. Plötzlich knallten hinter ihm nicht mehr ein Paar Beine über das Pflaster, sondern zwei. Jemand packte ihn am Nacken. Ein angriffslustiger junger Mann mit strohblonden Haaren, schwarzer Lederjacke und zerschlissenen Jeans. Mir einer Hand hielt er Wolfhardt Paul im Nacken fest wie ein zum Schlachten aus dem Käfig geholtes Kaninchen, die andere Hand hielt er drohend zur Faust geballt vor Wolfhardts Gesicht. Er war jederzeit bereit, zuzuschlagen. Er konnte es kaum abwarten.

Mit einem Blick auf Mary fragte er: „Hat er Ihnen was geklaut?"

Ungerührt stand Mary da.

Der Junge deutete ihr Schweigen als Zustimmung. „Gib's ihr zurück, Alter, oder ich polier dir die Fresse."

„Ich habe ihr nichts abgenommen, wirklich nicht. Sie verstehen das falsch, junger Mann."

„Was dann? Hast du sie gebumst und nicht bezahlt?"

„Nein, ich … überhaupt nicht … im Gegenteil."

„Im Gegenteil? Was meinst du damit, Alter? Willst du mich verarschen?"

Wolfhardt Paul weinte fast. Er hatte schon genug Probleme. Er hatte sich schon einmal ihretwegen geprügelt. Aber das war etwas anderes gewesen. Gegen Hans Wirbitzki hatte er eine Chance. Gegen den hier nicht. Nackte Wut sprang Wolfhardt Paul an. Er wusste, die Prügel würden ihm nicht erspart bleiben. Mary konnte ihm nicht helfen.

„Fragen Sie sie, fragen Sie sie", bettelte Wolfhardt Paul. „Ich hab ihr nichts getan. Ich weiß selbst nicht, warum sie hinter mir herläuft. Ich kenne sie gar nicht. Fragen Sie sie um Himmels willen."

Der junge Mann liebte es, sich als Richter aufzuspielen und vor Mary großzutun.

„Stimmt's, was der Alte sagt?"

Sie reagierte nicht.

„Stimmt's?"

Keine Reaktion.

Er ließ Wolfhardt Paul los und wandte sich Mary zu.

„Äh, Alte, was ist? Geht's dir nicht gut? Bist du zugedrückt oder was? Warum rennst du hinter diesem Opa her?"

Wolfhardt Paul nutzte die Chance und floh in Richtung Bahnhof. Bitte, bitte, lasst mich in Ruhe, lasst mich endlich alle in Ruhe.

Weit hinter ihm brüllte der junge Mann: „Dann haut doch ab, alle beide! Ihr könnt mich mal!"

Wolfhardt Paul fuhr herum. Nur Mary verfolgte ihn. Zunächst war er erleichtert. Dann spürte er, dass es ihm lieber gewesen wäre, von dem Jungen verfolgt und von Mary in Ruhe gelassen zu werden. Eine Tracht Prügel verheilte, aber wie diese Geschichte hier ausgehen sollte, war ihm völlig schleierhaft.

„Willst du mich zu Tode hetzen?", brüllte er.

## 60

Für Geld arbeiten zu müssen, empfand Martin Schöller inzwischen als Zumutung. An seinem Job für Lothar Sommer nervte ihn besonders die Arbeitszeit. Fast alles passierte abends, nach der Tagesschau und an Wochenenden.

Seine Kunden traf er in Weierstadt und Brens. Beim ersten Mal suchte er in der Kneipe noch ein verstecktes Eckchen, um seine Fotokollektion vorzuführen. Seitdem er bemerkt hatte, dass offenes Auftreten Seriosität suggerierte und sogar während des Verkaufsgesprächs neue Kunden brachte, genierte er sich nicht mehr und suchte gut einsehbare Plätze aus. Am liebsten direkt an der Theke.

Manchen Kunden war das unangenehm. Das nutzte er für sich aus. Je unsicherer sie waren, desto einfacher konnte er mit ihnen spielen. Weil er im Grunde seines Herzens Lothar Sommer nicht über den Weg traute und auf lange Zeit gesehen auch nicht vorhatte, immer als Untermädchenhändler zu arbeiten, sondern eines Tages auch Obermädchenhändler werden wollte, der auf eigene Rechnung an- und verkaufte, ließ er sich von jedem Kunden eine Baranzahlung geben. Ein paar hundert Mark, je nachdem wie viel sie bei sich hatten. Besonders von den Unentschlossenen forderte er dieses Geld ein, manchmal sogar bevor er ihnen die Fotos zeigte.

Er hatte inzwischen gelernt, dass längst nicht alle Verkaufsgespräche zum Abschluss des Geschäfts führten. Viele Kunden baten um ein Foto, wollten es sich noch einmal überlegen und sich später wieder melden. Keiner von ihnen forderte seine Anzahlung zurück. So verdiente Martin Schöller ein gutes Zubrot, von dem Lothar Sommer nichts wusste.

Zur Bank brachte Martin Schöller sein Geld nicht. Das schien ihm unangemessen. Er wusste, über kurz oder lang musste er sich ein Konto zulegen, doch jetzt genoss er es noch, ein Bündel Hundertmarkscheine, zusammengerollt, mit einem Gummi verschnürt, in der Hosentasche zu tragen. Er zählte die Scheine morgens durch und steckte sie dann wie ein Tempotaschentuch lässig in die Hosentasche. Abends zählte er noch einmal. Wenn das Bündel mindestens fünf Scheine dicker geworden war, fühlte er sich gut. Dann war er mit sich zufrieden und konnte prächtig schlafen.

Heute hatte er in Weierstadt ein neues Geschäft perfekt gemacht. Der zweiundfünfzig Jahre alte Witwer Josef Bäumer, ungelernter Arbeiter in der Weierstädter Möbelfabrik Tunika, hatte sich für eine zwanzigjährige Filipina entschieden. Das heißt, er entschied sich für fünf.

„Eine davon, welche frei ist. Hauptsache, es geht schnell und ohne große Schwierigkeiten."

Josef Bäumers Vorstellungen waren sehr konkret: Eine Filipina musste es sein von höchstens zwanzig Jahren. Katholisch. Schön sollte sie sein und gut kochen können.

Martin Schöller konnte ihm Fotos von sechs Damen zeigen, auf die diese Beschreibung zutraf.

„Die Frauen sind nicht nur in meiner Kartei, sondern werden jetzt in der ganzen Bundesrepublik angeboten. Einige davon auch in der Schweiz. Daher wäre es schon gut, wenn Sie sich alternativ für verschiedene entscheiden könnten, damit, wenn die eine schon weg ist, wir Ihnen eine andere ..."

Der Kunde verstand sofort. Nur eine schied aus, weil hinten auf dem Foto ein Beruf angegeben war: Lehrerin.

Eine, die alles besser weiß, wollte sich Josef Bäumer auf keinen Fall ins Haus holen.

Der zweite Kunde verlangte schon mehr Ausdauer, und das Verkaufsgespräch zog sich endlos in die Länge, bis er endlich zum Kern seiner Wünsche kam: Er wollte, wie er mit verschämtem Blick auf seinen Bierdeckel leise aussprach, eine Taubstumme. Martin Schöller konnte dem Mann die Hemmungen nehmen. Das, so versicherte Martin, sei ja nichts Besonderes. Deswegen bräuchte ein Mann sich doch heutzutage nicht mehr zu schämen. Viele würden eine Stumme bevorzugen. Er persönlich zum Beispiel auch.

Dankbar über so viel Verständnis stellte sich der neue Kunde erst jetzt mit richtigem Namen vor: Er hieß Helmut Schmidthausen, war vierundzwanzig Jahre alt und bezeichnete sich als Computerfachmann. Er spendierte eine Runde und Martin die nächste. Zwischen zwei Bieren fragte Martin: „Genügt es nicht, wenn sie stumm ist? Warum soll sie auch noch taub sein?"

Sofort rückte Helmut Schmidthausen von seinen Wünschen ab. Er errötete, trank aus Verlegenheit sein Bierglas leer, orderte eine neue Runde und gab sich dann mit einer Stummen zufrieden.

Aber Martin Schöller spürte, dass sich mehr dahinter verbarg als nur ein Versehen.

Helmut Schmidthausen wurde wesentlich schneller betrunken als Martin Schöller. Er vertrug wenig, rutschte nervös auf seinem Stuhl herum und wurde redselig. Ganz von allein kam er auf das Thema zurück: „Ich habe in einem Reiseführer für Südostasien gelesen, dass die taubstummen Mädchen besonders begehrt sind, weil sie gelernt haben, den Männern die Wünsche von den Lippen abzulesen."

Martin Schöller gab ihm sofort recht.

Das ist die Marktlücke, dachte Martin Schöller, darauf ist Lothar Sommer noch gar nicht gekommen. Wenn ich mich auf Taubstumme spezialisiere, könnte das der Knaller werden. Ich könnte auch mehr Geld dafür nehmen. Solche Extravaganzen kriegt man schließlich nicht umsonst.

Helmut Schmidthausen sprach weiter, doch Martin Schöller hörte nicht mehr zu. Völlig in Gedanken versunken spielte er seine Möglichkeiten durch. Taubstumme Mädchen gibt's ja nicht wie Sand am Meer, grübelte er. Wie komme ich an sie ran? Eine Annonce in einer Tageszeitung in Bangkok?

Die Wirtin brachte unaufgefordert zwei frische Bier und strich sie auf Martins Deckel an. In dem Moment hatte er die Grundlage für seine neue Geschäftsidee gefunden.

Martins breites Grinsen löste sich in schulbubenhaftes Gekichere auf. Bald schüttelte dann das Lachen seinen ganzen Körper. Die gute Laune machte ihn schneller besoffen als das Bier. Er leerte sein Glas mit einem Zug. Griff in die Hosentasche und vergewisserte sich, dass sein dickes Geldbündel noch immer zusammengerollt dort ruhte.

Damit werde ich nach Bangkok fliegen, dachte er. Dort gibt es garantiert Heime für taubstumme Mädchen. Das ist die Idee überhaupt. Ich werde die Taubstummenheime besuchen und den armen Geschöpfen dort eine neue Chance bieten: eine Lebensperspektive! Eine Ehe mit einem deutschen Mann. Sie kriegen in Thailand bestimmt keinen ab. Die Eltern werden froh sein, sie loszuwerden, und die Heime auch. Schließlich verursachen solche Frauen doch enorme Kosten. Ich erlöse damit die Familien und die Heime von ihren Verpflichtungen. Man wird mir dankbar sein. Dort werde ich zum Wohltäter und Helden und hier zum reichen Mann. Wenn ich es geschickt anstelle, kriege ich vor Ort bestimmt noch Zuschüsse von den Kirchen oder Gemeinden für jede Frau, die ich ihnen abnehme.

Er rieb sich die Hände, klopfte seinem Gegenüber auf die Schulter und sagte: „Sie sind ein feiner Kerl. Wirklich. Sie haben mich auf eine großartige Idee gebracht. Und Sie kriegen Ihre Taubstumme. Das versprech ich Ihnen. Allerdings ist sie nicht so billig wie die andern. Für eine Taubstumme müssen Sie schon noch fünftausend drauflegen."

Helmut Schmidthausen schluckte zwar schwer, war aber sofort bereit zu zahlen. „Dafür will ich dann aber auch eine Jungfrau haben", kartete er nach.

Martin Schöller nahm die Bitte nur zu gern auf. „Das kostet noch mal einen Riesen extra. Jungfrauen werden immer seltener. Nicht nur in Europa."

„Eigentlich … eigentlich will ich gar keine Jungfrau. Eigentlich … "

„Was wollen Sie eigentlich?"

Schmidthausen stotterte plötzlich, seine Augäpfel traten hervor, der Hals schwoll rot an, die Nasenflügel blähten sich auf, doch er konnte seinen Wunsch nicht äußern. Voller Spannung half Martin Schöller ihm auf die Sprünge: „Wenn Sie mir nicht sagen, was Sie wollen, werden Sie nie bekommen, wovon Sie träumen. Dies ist der Moment, alles herauszuschreien. Ich liefere genau nach Wunsch. Ich bin zwar teurer als die anderen. Aber ich erfülle auch alle Wünsche. Also los!"

Helmut Schmidthausen trank noch einen Schluck und stotterte: „Ich … ich … ich möchte eine, die frigide ist."

Martin Schöller lachte. „Das ist ein Scherz, oder? Alle wollen ein kleines, geiles Luder und Sie eine, der es keinen Spaß macht?"

„Hm. – Ich find's eben toll, wenn ich spür, dass sie es nicht will. Verstehen Sie? Wenn sie Lust hat, vergeht meine."

Martin Schöller klatschte mit der flachen Hand auf den Tisch.

In seiner fröhlichen Betrunkenheit war er viel zu laut. Helmut Schmidthausen wurde das Gespräch unangenehm.

„Aha, so einer sind Sie! Es geilt Sie auf, wenn sie den Kopf schüttelt und ‚Nein, nein!' bettelt!"

„Pscht!"

Mit einer wegwerfenden Handbewegung zu den anderen Gästen hin, deren Hälse sich neugierig hochreckten, triumphierte Martin Schöller: „Ach was, lassen Sie die nur glotzen! Die sind bloß zu feige, ihre eigenen Wünsche herauszulassen."

Jetzt nahm Martin Schöller sich die Freiheit, seinen Kunden einfach zu duzen.

„Du willst eine, die keine Freude daran hat! Du sollst sie kriegen, ohne Aufpreis! Davon laufen nämlich Tausende rum."

Als Martin Schöller sturzbetrunken gegen zwei Uhr morgens das Lokal verließ und in der Hoffnung zum Weierstädter Bahnhof wankte, dort in der Bahnhofskneipe noch einen letzten Schlummertrunk und ein Taxi zu bekommen, stand er plötzlich vor Wolfhardt Pauls Trecker.

Wolfhardts Prophezeiung „Ich werde sie befreien" echote so laut in Martin Schöllers Gehirn, dass er herumfuhr, weil er Wolfhardt Paul hinter sich vermutete. Doch Wolfhardt war nicht da. Er saß in Köln auf einer Bank am Gleis fünf, völlig erschöpft und sterbensmüde. Neben ihm kauerte Mary und kämpfte gegen den Schlaf.

Mit einem einzigen Blick sah Martin Schöller, dass die Bahnhofskneipe bereits geschlossen hatte. Am Eingang parkte noch ein Taxi, aber es saß kein Fahrer mehr darin. Martin Schöller wollte plötzlich gar kein Taxi mehr. Trotzig setzte er sich auf den Trecker. Jetzt sah er das Beil.

Zum ersten Mal in meinem Leben, Wolfi, hab ich was und bin ich wer. Ich lass mir das nicht von dir kaputtmachen. Ich fang gerade erst an. Ihr macht kein kleines Döfchen mehr aus mir, das froh sein darf, im Skatclub der alten Männer mitspielen zu dürfen, obwohl es doch im Leben noch nichts geleistet hat. Ich krieg euch alle. Das ganze Dorf, und dann zahl ich euch's heim. Jede einzelne kleine Demütigung. Nichts habe ich vergessen und nichts verziehen. Gerade dir nicht, du blöder Bauer. Du hast zugesehen, wie deine Tochter mit Udo Tiedemann ging, statt mit mir. Du hast sie ihm erst richtig in die Arme getrieben, jawohl! Meinst du, sie hat nicht gemerkt, mit welcher Mischung aus Abscheu und Respekt du den angesehen hast? Er war immer das wilde Schwein, der Unberechenbare, ein Desperado, dem du jede Schlechtigkeit, aber auch jede Heldentat zugetraut hast. Ich dagegen, ich war nur ein braver Junge. Mamis Liebling! Ich war der, der immer seinen Teller brav leer aß. Gelobt und gehätschelt, aber von keinem ernst genommen. Das hat Helga gespürt. Genau das und es hat sie in Udos Arme getrieben. Sie wollte kein braves Muttersöhnchen. Sie wollte einen richtigen Kerl. Du hast alles verbockt. Du und Mutter und Günther mit seiner scheiß Erziehung zum mündigen Staatsbürger … Aber wehe, wenn wir mal aufmuckten, wenn wir wirklich mal protestierten, zum Beispiel gegen ihn. Dann war Feierabend mit der Demokratie. Ich werde es euch heimzahlen! Euch allen. Ich hab euch schon längst an der Leine. Glaub nicht, dass du noch davon loskommst. Gerade du nicht. Ich werd schon dafür sorgen, dass du sie bumst. Und danach geht's dir schlecht. Das weiß ich. Und du weißt es auch.

Plötzlich wusste Martin Schöller nicht mehr wohin mit seinem Zorn. Die Rachepläne waren ihm nicht genug. Er wollte sich bewegen, zerstören. Krach machen. Spüren, wie etwas in die Brüche ging. Er nahm die Axt, sprang vom Trecker und zertrümmerte mit zwei Hieben die vorderen Scheinwerfer. Es tat gut, das Glas zerspringen zu hören. Mit dem nächsten Hieb wollte Martin einen der großen Reifen platzen lassen, doch die Axt federte nur zurück und richtete nichts weiter aus. Das steigerte seine Wut nur.

Er zerfetzte den Sitz und zertrümmerte den Kühler. Auf der gegenüberliegenden Straßenseite wurde ein Fenster geöffnet. Ein Mann im Nachthemd sah heraus.

„Wenn du Streit suchst, bist du hier richtig!“, brüllte Martin

Schöller. „Komm runter, damit ich dir den Schädel einschlagen kann!"

Sofort verschwand der Mann wieder in seinem Zimmer und löschte das verräterische Licht.

Auch in der nächsten Viertelstunde kam die Polizei nicht. Martin Schöller ließ die Axt achtlos fallen und ging zum Haus des Taxiunternehmers Rolf Schulz. Martin klingelte so lange, bis Rolf Schulz persönlich öffnete und ihn anbrüllte: „Wissen Sie, wie spät es ist? Sind Sie wahnsinnig?"

„Ich brauch ein Taxi."

„Wir fahren nur bis eins, höchstens halb zwei, jetzt ist es fast halb drei. Unsereins will auch mal schlafen. Hier in Weierstadt lohnt es sich nicht, den Fahrbetrieb vierundzwanzig Stunden lang aufrechtzuerhalten."

Martin zog sein Geldbündel aus der Tasche, pellte einen Hunderter von der Rolle und hielt ihn Rolf Schulz hin.

„Reicht das?"

Wütend schüttelte Rolf Schulz den Kopf. „Für Geld kann man nicht alles kaufen, junger Mann!", brüllte er und knallte die Tür zu.

Martin Schöller machte sich zu Fuß auf den Heimweg.

## 61

Im Morgengrauen fielen Marys Augen zu. Trotz der kreischenden Geräusche einlaufender Züge schreckte sie nicht mehr hoch. Sie lehnte ihren Kopf an Wolfhardt Pauls Schulter, hielt seinen Oberarm mit beiden Händen fest und schlief tief ein.

Eigentlich fühlte er sich prächtig, so wie sie schlafend an ihn gekuschelt neben ihm saß. Uschi hatte das nie getan, nur Helga manchmal, als sie noch klein war.

Doch er konnte es nicht genießen, denn er fror, fühlte sich zittrig und klapprig, hatte Hunger, Durst, war müde und mindestens zwanzig Jahre älter als noch vor wenigen Tagen.

Mary, sinnierte er, hatte ihn nicht, wie erhofft, größer und schöner gemacht. Langsam wurde sie in seiner Fantasie zu einem Racheengel, der in wunderschöner Verkleidung auf die Erde gekommen war, um die Sünder herauszupicken und sie ihrer gerechten Bestrafung zuzuführen. Sie hatten sich von ihrer Schönheit blenden lassen. Und nun saßen sie da im Schlamassel und kamen aus ihrem Würgegriff nicht frei.

Vorsichtig, Millimeter um Millimeter, zog er seinen Arm zurück. Immer wieder, wenn er glaubte, er sei schon fast frei, drohte sie, vornüberzukippen und wach zu werden. Oder sie griff plötzlich im Schlaf noch einmal nach und zog seinen Arm wieder zu sich heran.

Er suchte eine strategisch günstige Position. Vielleicht gab es die Möglichkeit, sie auf der Bank schlafen zu legen? Er musste behutsam vorgehen. Unendlich behutsam.

Schon stand der erste Zug nach Weierstadt abfahrtbereit. Er wollte sich zunächst einfach losreißen und in den Zug rennen.

Wenn ich ihre Überraschung ausnutze, dachte er, kann es klappen. Aber dann fuhr der Zug ohne ihn ab.

Inzwischen kniete er vor der Bank, und Mary lag darauf. Er hatte sich aus seinem Pullover gehäutet wie eine Schlange. Ihr Kopf lag nun auf dem zusammengeknüllten Teil, aber seine rechte Hand und sein Unterarm steckten noch, von Marys Händen gehalten, im Ärmel.

Er konnte sich nicht entschließen, die Hand mit einem Ruck herauszuziehen. Was, wenn sie hochschreckte? Aber langsam ging es auch nicht. Immer wieder fasste sie nach. Dass ein Mensch im Traum so wachsam sein kann, dachte er, so anhänglich. Wälzt sie sich nie herum? Hat sie im Schlaf kein anderes Bedürfnis außer diesem einen: mich festzuhalten?

Dass andere Leute stehen blieben und interessiert zusahen, Mutmaßungen anstellten, lachten oder verständnislos die Köpfe schüttelten, störte ihn schon lange nicht mehr. Er wollte nur noch seine Hand aus dem Pullover ziehen und dann ab in den nächsten Zug nach Weierstadt.

Seit gut einer Stunde musste er zur Toilette. Manchmal wurde der Druck übermächtig, er glaubte, gleich in die Hose machen zu müssen oder seine Blase würde platzen. Er bemerkte nicht, dass er weinte, als es ihm endlich gelang, ein zur Wurst zusammengerolltes Stück Pullover in ihre linke Hand zu schieben und dafür Zentimeter um Zentimeter seine Hand zu befreien.

Da ließ sie mit der anderen Hand von allein los. Knüllte den Pullover unter ihrem Kopf dichter zusammen und zog die Knie an den Körper. Aus Dankbarkeit hätte er sie fast geküsst. Vor Schreck über diese Dummheit sprang er auf, stand jetzt fast aufrecht, aber eben nur fast, weil sich seine Wirbelsäule mit einem hämmernden Schmerz für die lange unbequeme Haltung rächte.

Er hastete zum anderen Bahnsteig. Sekunden, bevor der Zug nach Weierstadt einlief, warf Wolfhardt Paul noch einen Blick auf Mary.

Plötzlich juckte jeder Zentimeter Kleidung auf seiner Haut. Er konnte sich nicht überall gleichzeitig kratzen. Vom Bauchnabel an abwärts wurde das Jucken zu einem Stechen, das erst nachließ, als der warme Urinstrahl an Wolfhardt Pauls Beinen herunterlief.

Die Rückfahrt wurde zu einem bargeldlosen Albtraum. Er sah aus wie ein frierender Penner, und genauso wurde er von allen behandelt. Um nicht aus dem Zug geworfen zu werden, schloss er sich, immer noch ohne Fahrkarte, auf der Toilette ein.

Er hatte gehofft, als Held nach Ichtenhagen zurückzukehren, auf seinem Trecker sitzend wie Ivanhoe auf seinem treuen Pferd.

Nun hätte er sich am liebsten unsichtbar gemacht. Der Trecker sah zwar aus wie ein Haufen Schrott, aber er sprang noch an. Wolfhardt Paul empfand den zerschlagenen Trecker als eine gerechte Strafe, und es war ihm längst egal, ob diese Strafe von einem Gott, dem Teufel, einer Schildkröte, einem Racheengel oder von Martin Schöller bestimmt worden war.

„Damit du es weißt, Hans, ich gehe so oft mit ihr in Weierstadt essen, wie ich will! Sie wird meine Frau. Ich werde sie richtig legal ehelichen. Und das tue ich nicht für euch, sondern für sie und für mich. Wenn es uns Spaß macht, gehen wir mittags in Weierstadt im Chinarestaurant und abends in der *Linde* essen! Ich gebe dir jetzt dein Geld zurück und dann hältst du für immer den Mund. Nimmst du einen Scheck?"

„Oh nein. Ich nehme keinen Scheck. Du kannst dein blödes Geld behalten. Ja, heirate sie nur. Genauso war es besprochen. Aber ich habe meinen Anteil auf immer und ewig. Und ich werde ihn mir holen kommen, sooft ich nur …"

Günther Ichtenhagen deckte den Tisch weiter, als sei dies ein ganz normales Gespräch. Er wollte für Mary und sich das Frühstück vorbereiten und sie dann herunterbitten. Jedes Mal, wenn er ein Messer berührte, wich Hans Wirbitzki einen Schritt zurück.

Er hat Angst, dachte Günther Ichtenhagen, er hat Angst vor mir. Er traut mir zu, dass ich mit dem Messer auf ihn losgehe. Das ist gut so. Je mehr Angst er hat, umso leichter wird es für mich.

„Ich geb dir das Doppelte, Hans, dann hältst du für immer den Mund. Und betrittst mein Haus bitte nie wieder."

„Warum willst du sie plötzlich für dich allein, Günther? Sie reicht für uns alle. Es hat sie sowieso längst jeder gehabt …"

Günther Ichtenhagens Hand krampfte sich um das Messer.

„Ihr macht's nichts aus, Günther. Ich versteh deinen Sinneswandel nicht. Wir sind Skatbrüder. Es sollte alles so bleiben, wie es mal war. Nur einfach ein bisschen schöner werden, mehr wollten wir nicht. Wir wollten nur unseren Spaß haben. Ja, es ging um ein bisschen zusätzliches Vergnügen, um das, was uns unsere Frauen nicht gönnen, jetzt mach nicht so eine Staatsaffäre daraus!"

Plötzlich kam Martin Schöller mit wirren Haaren und nach

Fusel stinkend aus Marys Zimmer. Überrascht sahen Hans Wirbitzki und Günther Ichtenhagen die Treppe hinauf. Martin Schöller hatte kein Gespür für die bedrohliche Situation. Was er zu sagen hatte, machte alles andere unwichtig. Ohne jemanden zu Wort kommen zu lassen, knurrte er: „Ihr steht hier rum und quatscht. Wolfhardt hat sie freigelassen."

„Was?"

„Wolfhardt hat sie freigelassen!"

Um den Männern begreiflich zu machen, was passiert war, wies Martin Schöller hinter sich in Marys leeres Zimmer.

Um überhaupt etwas zu tun, wollte Hans Wirbitzki sich eine Zigarre anzünden. Aber er fasste sie zu hart an, sodass das Deckblatt brach. Das passierte ihm öfter. Normalerweise leckte er dann so lange über die verletzte Zigarrenhaut, bis sich die Wunde schloss. Jetzt zerquetschte er den trockenen Stumpen knisternd zwischen seinen Fingern wie ein lästiges, kampfmüdes Insekt.

Langsam erhob Günther Ichtenhagen das stumpfe Messer und löste sich vom Frühstückstisch. „Befreit? Gekidnappt! Ihr habt sie entführt, ihr Schweine! Und jetzt wollt ihr mir erzählen, sie sei mir weggelaufen! Niemand konnte sie befreien, denn sie durfte kommen und gehen, wann immer sie wollte. Ich habe sie nicht daran gehindert, ihr wart es. Ihr habt sie entführt, weil ihr nicht ertragen könnt, dass wir uns lieben!"

Martin Schöller stieg langsam die Treppe hinunter, auf Günther Ichtenhagen zu. Einen Moment lang hatte Hans Wirbitzki das Messer in Günthers Hand als gefährlich empfunden, obwohl er wusste, dass es nur zum Bestreichen von Broten diente. Aber Ichtenhagens Worte stempelten ihn zu einem kindlichen Idioten. Vor so einem hatte er keine Angst. Hans Wirbitzki nahm sich ein Brötchen vom Tisch, riss es auseinander, stippte eine Hälfte in die Erdbeermarmelade und lutschte die Marmelade mit lauten Geräuschen genüsslich ab, während er beobachtete, wie Martin Schöller und Günther Ichtenhagen aufeinander zugingen.

Hans Wirbitzki hatte im Gefängnis genügend Prügeleien

miterlebt. Er ahnte, wie es weitergehen würde. Von der Treppe aus konnte Martin Schöller seinem ehemaligen Lehrer mühelos mitten ins Gesicht treten. Geh nur näher, dachte Hans Wirbitzki, geh nur. Gleich lernst du etwas fürs Leben.

## 63

Punkt zwölf Uhr, mit dem Schlagen der Kirchenglocken, rollte der Mittagszug von Köln in Weierstadt ein.

Nur ein Passagier stieg aus: Mary. Sie blickte sich ein bisschen orientierungslos um, lief dann aber schnurstracks zum Taxistand.

Rolf Schulz fuhr sie gern nach Ichtenhagen. Er hatte von seinen freien Mitarbeitern bereits gehört, dass in Ichtenhagen neuerdings asiatische Schönheiten nicht nur im Club ein, und aus gingen.

Um die neue Lage in Ruhe zu überdenken, wollte Martin Schöller sich für eine halbe Stunde auf die Sonnenbank legen.

Auf dem Weg zu seinem Studio sah er Mary im Taxi an sich vorbeifahren. Mein Gott, muss die blöd sein, dachte er, die fährt tatsächlich zu ihm zurück.

An der Theke im Center, einen Eiweißdrink in der Hand, saß Udo Tiedemann und riss einen Witz, dessen Pointe Martin uralt vorkam, obwohl er den Witz gar nicht kannte.

Die beiden begrüßten sich wie alte Freunde, und Udo spielte auf Martins miese Laune an, als er lästerte: „Ich hab schon von deinen Problemen gehört, Alter. Da hast du dir eine Menge Ärger aufgeladen. Es wird nicht lange dauern, und die Passbehörde hetzt dir die Ausländerpolizei auf den Hals. Wenn du die Kleine nicht bald unter der Haube hast, lässt du sie besser wieder zurückfliegen, sonst …"

„Woher weißt du überhaupt …"

Martin hatte Udos angeberisches Lachen noch nie leiden können, doch jetzt, als er es wieder hörte, wurde Martin klar, dass er jahrelang versucht hatte, dieses Lachen zu imitieren. Aber um so lachen zu können, musste man etwas im Rücken haben. Geld von Papi, eine reiche Freundin, einen aussichtsreichen Posten, irgendetwas. Ihm war es nie gelungen, so zu lachen, denn er hatte nichts.

„Unser Willi hat mir die ganze Sache erzählt."

„Wer ist Willi?"

„Willi war in Frankfurt mal eine ganz große Nummer. Aber seit AIDS geht das Geschäft mächtig zurück, und dann haben ihn ein paar Puppen reingelegt. Und Willi war nicht clever genug. In dem Geschäft muss man hart sein. Ein Kerl wie ein Baumstamm ... Willi war mehr so'n pflaumenweicher, weißt du ... mit der Masche kam er bei den Weibern zunächst gut an, aber dann ... er hat seine Pferdchen nie richtig ans Laufen gekriegt ... jedenfalls arbeitet er jetzt als Aufpasser für mich im Club."

„Ich denk, das Haus ist verpachtet!"

Wieder lachte Udo Tiedemann sein unverschämtes Lachen. „Hast du dieses Märchen etwa auch geglaubt? Ach du liebe Güte, bin ich doof und vermiete den Laden für tausend im Monat, wenn ich auch das Zehnfache herausholen kann? Deine Kleine ist dir weggelaufen und flieht ausgerechnet zu uns in den Puff! Na, wenn das kein Zeichen des Himmels ist! Komm, lass uns eine Runde zusammen trinken."

„Nein, nein", winkte Martin Schöller ab, „nein, nein. Das will ich genau wissen. Erzähl mir mehr."

„Dir muss das Wasser bis zum Hals stehen. Mensch, du schwitzt ja richtig. Bist du zu Fuß gekommen? Was für ein Auto fährst du eigentlich? Jedenfalls ist sie zu uns gekommen, weil sie mit einem unserer Mädchen sprechen wollte. Sie hat wohl gesehen, dass ein paar Thai-Schwestern bei uns arbeiten. Sie hat ihnen den üblichen Scheiß erzählt, dass sie eigentlich heiraten wollte, jetzt aber dauernd ein anderer über sie steigt, na ja, du weißt selbst, welche Rosinen die Mädchen im Kopf haben. Komm, lass uns jetzt trainieren."

Martin hielt sich an der Theke fest.

„Was ist, Martin, hab ich was Falsches gesagt?"

„Sie hat gesprochen?"

„Na klar hat sie gesprochen. Was dachtest du denn?"

„Ich dachte, sie sei stumm."

„Haha. Bist du auch auf den Mist reingefallen? Hast du sie etwa von Lothar Sommer? Das alte Schlitzohr! So viele Stumme, wie der verkauft, gibt es in ganz Thailand nicht!"

„Ja aber …"

„Stell dich nicht so blöd an, Mensch. Wenn eine erst mal hier ist und zum zweiten oder dritten Mal von einem Typ abgelehnt wurde, steht sie derart unter Stress, dass sie plötzlich alles kann. Sie weiß, die Uhr läuft, weil sie höchstens sechs Monate Zeit hat, um zu heiraten. Dann geht's ab nach Hause. Ich sag dir, egal wie steif die Maus vorher war, plötzlich kann sie Spagat! Aber jetzt lass uns endlich trainieren. Ich hab nur zwei Stunden Zeit."

„Er hat mich betrogen", stammelte Martin Schöller plötzlich. Diesmal war Udo Tiedemanns Lachen nur noch gemein. So lachte man jemanden aus, den man verletzen wollte.

„Natürlich hat er dich betrogen. Ob du nun eine Frau kaufst oder einen Gebrauchtwagen, das ist dasselbe. Die Händler erzählen dir immer, was du hören willst. Ist aus ihrer Sicht ganz verständlich. Alle kommen gucken, wollen dran rumfummeln, 'ne Probefahrt machen, aber keiner kauft. Du hast dich da ein bisschen übernommen. Ich weiß, ich weiß: Martin, du hast jetzt Blut geleckt, denkst, das läuft immer so. Aber das sag ich dir: Für dieses Geschäft bist du nicht hart genug. Schuster, bleib bei deinem Leisten. Wie viel Kohle hast du bisher mit ihr gemacht? Soll ich mal schätzen? Als sie alle ganz wild auf sie waren, habt ihr die Nummer mit den kranken Eltern und den Schulden in Thailand gefahren. Stimmt's?"

Martin nickte.

„Und sie haben gleich alle Knete abgedrückt?"

„Günther hat das meiste gezahlt."

„Und sie haben das Ticket bezahlt, obwohl sie längst hier

war, stimmt's? Siehst du, hab ich mir doch gedacht. Da sind sie alle gleich. Wenn sie sich einmal entschieden haben, kann sie nichts mehr bremsen. Dann spielt das Geld plötzlich keine Rolle mehr. In letzter Zeit hat Lothar Sommer auch immer noch Bestechungsgelder für die Behörden in Bangkok verlangt. Das hast du auch gemacht, hm?"

„Ja. "

„Wie viel hast du kassiert? Fünfzig Prozent?"

„Zwanzig", gab Martin Schöller kleinlaut zu. Und schon hatte Udo Tiedemann Anlass zu neuem Spott, denn so billig verkauft sich nur ein Anfänger.

Er hatte Martin genug schockiert. Martin musste seine Führungsrolle anerkennen. Mit väterlicher Geste nahm er ihn jetzt in den Arm und sagte: „Du hast da ein ganz schönes Problem am Hals. Solche Geschäfte macht man besser nicht da, wo man wohnt. Wie stehst du da, wenn deine Eltern es erfahren? Ich mach dir einen Vorschlag. Ich lass einen Kumpel nicht im Stich, das weißt du. Ich nehm sie dir ab. Bis jetzt war alles, was ihr gemacht habt, legal und in Ordnung. Erst wenn die Passbehörden sich melden, gibt's wirklich Ärger. Das ist bald so weit, stimmt's?"

„Hm."

„Du brauchst mir nichts dafür geben, für dich mach ich's umsonst. Du kannst sie mir heute Abend bringen. Zur Disco oder … ich kann sie mir auch abholen, wenn's dir lieber ist."

Wütend stieß Martin Udo von sich. „Du hilfst gern anderen Leuten aus Schwierigkeiten, hä? Das hast du schon einmal getan!"

„Ja, ich weiß. Und deswegen solltest du mir auch dankbar sein."

„Bin ich aber nicht! Du denkst nur an deinen eigenen Vorteil. Ich habe Rolands Auge auf dem Gewissen, nicht du!"

„Stimmt genau. Ich hab dir nur den Ärger abgenommen."

„Den Ruhm hast du kassiert und Helga obendrein. Du warst wer, und ich?"

„Ja", lachte Udo Tiedemann, „du bist immer noch die Null von damals. Daran ändern deine Muskeln nichts. Willst du mal meine fühlen?"

## 64

Es dauerte endlos lange, bis die Tür geöffnet wurde. Mary drückte schon zum zweiten Mal auf den Klingelknopf, als die schlurfenden Schritte von Günther Ichtenhagen erklangen. Sie zuckte zurück. So vornübergebeugt und mit dem verbundenen Gesicht sah er aus wie eine der Grabstätte entsprungene Mumie. Mehr Gruselfigur als Mensch.

Der dicke, von Doktor Jostich fachmännisch angebrachte Verband, ließ nur Augen und Mund frei. Am Kinn sickerte Blut durch. Langsam, wie von einem unsichtbaren Flaschenzug bewegt, hob er seine Arme und breitete sie aus, um Mary zu begrüßen. Aus seinem zahnlosen Mund kam ihr Name wie ein Klageton. Sie lief nicht in seine geöffneten Arme, wie er gehofft hatte, sondern betrat nur stumm nickend an ihm vorbei die Wohnung.

Eine Mischung aus Freude und Schmerz trieb Tränen in Günther Ichtenhagens Augen. Sie war zu ihm zurückgekommen. Konnte er mehr erwarten? Jetzt, da er so viele Fragen an sie hatte und sie endlich Antwort geben konnte, schmerzte sein Kiefer bei jeder Silbe. Die Schwellungen im Mund und Rachenraum machten sogar das Schlucken zur Qual. Die Selbstverständlichkeit, mit der sie sich in seinem Haus bewegte, gefiel ihm. Vielleicht, dachte er, fühlt sie sich hier schon zu Hause. Sie brühte sich einen Tee auf und räumte wortlos den Frühstückstisch ab, an dem noch niemand gegessen hatte.

Günther Ichtenhagen holte bunte Kreide und schrieb mit roten Buchstaben auf Katis Tafel: Sprichst du Deutsch?

Er reichte ihr die Kreide, damit sie die Antwort aufschreiben konnte. Aber sie nahm das Stück nicht, sondern nickte nur.

Mein Gott, dachte Günther, dann hat sie die ganze Zeit verstanden, was die Männer in ihrer Gegenwart geredet haben.

Die Kreide fiel ihm aus der schlaffen Hand. Er bückte sich nicht danach, sondern redete gegen den Schmerz an: „Warum … warum hast du dich stumm gestellt?"

Sie zog den Teebeutel aus der Kanne, schluckte, sah Günther Ichtenhagen offen in die Augen und antwortete: „Du wolltest mich so. Herr Sommer hat gesagt, eine gute Frau erfüllt die Wünsche ihres Mannes."

Günther Ichtenhagen ertrug ihren Blick nicht länger. Er setzte sich an den Tisch, vergrub seinen verletzten Kopf in den Armbeugen und weinte wie nie in seinem Leben. Er spürte den Schmerz im Kiefer und in der Mundhöhle nicht mehr. Er wollte sprechen, aber er brachte kein Wort heraus. Nur sein Speichel zog ein Netz von Fäden. Er schluchzte. Als er aufsah, verschleierten Tränen seinen Blick.

Mary stand jetzt ganz nah bei ihm. Sie goss ihm ungefragt eine Tasse Tee ein und legte eine Hand auf seine Schultern.

Als Günther Ichtenhagen endlich wieder sprechen konnte, erkannte er seine eigene Stimme nicht wieder. „Aber du bist doch auch ein Mensch! Du darfst dich nicht so erniedrigen … Sei einfach, wie du bist …"

Sie schwieg lange und sah ihn nur an. Sie formulierte ihre Sätze erst ruhig in Gedanken vor, bevor sie mit heller, klarer Stimme sprach: „Dann hättest du mich nicht genommen."

Die Wahrheit traf ihn hart wie Martin Schöllers Fuß. Er versuchte mit einer Lüge zu parieren, wollte besser dastehen, als er war, und wurde sich dadurch der Jämmerlichkeit seiner Person erst recht bewusst.

Noch bevor es klingelte, hörten sie die Männer vor der Tür. Planlos hasteten die beiden durch die Wohnung. Unfähig, miteinander zu reden. Unfähig zu handeln. Panisch vor Angst.

Von draußen hörten sie Martin Schöllers Stimme: „Nimm du die Außentreppe, damit sie uns nicht abhaut."

Günther Ichtenhagen griff sich ans Herz. Bitte jetzt nicht!

Lass mich jetzt nicht im Stich! Hilf mir nur noch, das hier zu überstehen, dann bin ich bereit, mich hinzulegen und zu sterben, dachte er.

Mary floh in ihr Zimmer, aber Günther hielt sie auf. Sie hatten nur noch wenige Sekunden.

Der Keller!

Eine andere Möglichkeit gab es nicht. Gemeinsam fielen sie die Kellertreppe fast hinunter. Die Stahltür vom Heizungskeller bot einigen Schutz. Günther Ichtenhagen schloss sie auf. Mary flüchtete hinein und kauerte sich zwischen den großen Tanks an die kalte Rauputzwand. Günther schloss von außen ab und dachte: Gib mir Kraft, o Herr, gib mir Kraft, dass ich den Schlüssel nicht rausrücke. Egal, was sie mit mir machen.

Zunächst steckte er den Schlüssel in seine Unterhose, dann fürchtete er, dass er schon bei ein paar Schritten durchs Hosenbein herausfallen könnte. Er wühlte mit beiden Händen in seiner Unterhose herum, um den Schlüssel wieder nach oben zu befördern. Runterschlucken konnte er ihn nicht. Er versuchte, ihn zwischen seine Kopfhaut und den Verband zu schieben, aber das schmerzte zu sehr. Schon flog die Tür von Katis Zimmer auf. Schritte stampften die Treppe herunter.

Günther kam gerade noch bis zum Kühlschrank. Er warf den Schlüssel ins Eisfach.

Bruchteile von Sekunden später stand Hans Wirbitzki hinter ihm. Plötzlich kam es Günther Ichtenhagen verdächtig vor, dass er vor seinem eigenen Kühlschrank kniete. Er brauchte eine Erklärung dafür, musste von dem Schlüssel ablenken. Er nahm die Aquavitflasche als Rettungsanker, stemmte sich schwer am Kühlschrank hoch, schloss die Tür mit dem Knie und sah Hans Wirbitzki einladend an, ganz so als sei es normal, dass Gäste ohne Ankündigung eindringen.

„Gieß gleich vier ein. Ich lass die anderen rein!", grinste Hans Wirbitzki. Sein verächtlicher Blick stach durch Günther Ichtenhagens Verband. Hans Wirbitzki ging zur Tür und öffnete Martin Schöller und Wolfhardt Paul.

„Wir sind gekommen, um sie abzuholen", sagte Martin Schöller trocken und machte damit gleichzeitig klar, dass er sich durch nichts aufhalten lassen wollte. Er hatte keine Zeit zu verlieren. Martin Schöller und Hans Wirbitzki wirkten quirlig, angriffslustig, gemein. Wolfhardt stand ein bisschen eingeschüchtert hinter Martin Schöller. Er schämte sich.

Du auch, Wolfhardt?, wollte Günther Ichtenhagen fragen. Aber es war ihm den Schmerz nicht wert. Zu Martin Schöller gewandt, erklärte Hans Wirbitzki: „Oben ist sie nicht."

„Also los Günther, wo hast du sie versteckt?", fragte Martin Schöller.

Günther Ichtenhagen antwortete nicht. Er goss vier Gläser ein und brauchte alle Kraft dafür, nichts zu verschütten. Er reichte Hans Wirbitzki das erste Glas, das zweite an Martin Schöller. Martin nahm es ihm nicht ab. Wolfhardt hielt es für ihn wie sein Assistent und nahm selbst das letzte.

Was für die anderen aussah wie eine Geste der Unterwerfung, ein Willkommenstrunk des Bürgermeisters für die fremden Besatzungstruppen, um sich von ihnen Mildtätigkeit zu erkaufen, war in Wirklichkeit ein taktisches Manöver. Günther wollte in die Nähe des Telefons kommen. Sein Gehirn arbeitete plötzlich mit der Präzision eines Industriecomputers. Ein Überlebensprogramm lief ab, das emotionslos die Chancen für jede einzelne Möglichkeit durchspielte.

Wenn du es schaffst, das Telefon an dich zu reißen, kannst du den Anschlussstecker mit einem Ruck herausreißen und mit zwei Schritten in dein altes Arbeitszimmer springen. Du kannst die Tür hinter dir zuknallen. Es ist eine schwere Eichentür. Sie wird ein paar Tritten standhalten. Die Telefondose im Arbeitszimmer hast du nie benutzt, aber sie ist da. Wenn du den Apparat dort einstöpselst, können sie nicht verhindern, dass du ein Amt bekommst. Wenn du über Notruf die Polizei in Weierstadt erreichst, brauchst du nur noch ein paar Sekunden, um einen Hilferuf durchzugeben. Es kann gut gehen. Und wenn sie dich danach totschlagen. Die Polizei wird kommen und mit einem bisschen Glück ist sie da, bevor die Jungs die Stahltür zum Ölkeller aufgebrochen haben.

Als hätte er Günther Ichtenhagens Gedanken gelesen, lehnte sich Martin Schöller lässig an die Tür zum alten Arbeitszimmer.

Martin versuchte es noch einmal in aller Ruhe: „Die alte Hure hat uns reingelegt, Günther. Dich, mich, uns alle. Sie ist nicht stumm. Sie kann reden, und sie spricht Deutsch."

„Ich weiß", sagte Günther Ichtenhagen und betete zum Himmel, dass das Beben in seiner Stimme nicht noch grässlicher werden würde. Nichts ist schlimmer, als zu wissen, dass alle wissen, welche Angst man hat.

Jetzt konnte Martin Schöller sich kaum noch im Zaum halten: „Soso, der gute Günther hat es also gewusst! Aber uns nichts davon verraten. Der Herr Lehrer hält uns wohl alle für Idioten, was?"

„Lasst sie in Ruhe", sagte Günther, „ich gebe euch allen euer Geld zurück. Ich liebe sie. Ich werde sie heiraten. Ihr braucht nichts zu befürchten."

Hans Wirbitzki bohrte in der Nase. Wolfhardt Paul wollte sich ins Gespräch bringen, sich erklären, wusste aber nicht wie.

Martin Schöller reagierte mit geheucheltem Verständnis.

„Ach wie süß, du willst sie wirklich heiraten. Und dann vermutlich mit ihr hier wohnen, nicht wahr? Ein glückliches Ehepaar in Ichtenhagen. Wir kommen bestimmt alle zu deiner Hochzeit."

Mit einer theatralischen Geste wandte Martin Schöller sich an Wolfhardt Paul und Hans Wirbitzki: „Was ist schon dabei, wenn unser Skatbruder eine Thaifrau heiraten will? Tausende wollen das. Er erfüllt sich diesen Traum. Das ist für uns ein Grund zur Freude! Ja, lieber Günther, wir wollen, dass du glücklich bist! Wir stiften unseren Anteil für eine rauschende Hochzeit. Eine Hochzeit, wie das Dorf sie noch nicht gesehen hat. So soll es werden, oder nicht?"

Günther Ichtenhagen nickte. „Ja", schluckte er, „damit alle im Dorf sehen, dass ich es ernst meine. Ich lade alle ein. Ich will nichts Geheimes. Ihr könnt mit euren Frauen kommen und …"

Ich hab's geschafft, dachte Günther, ich hab's geschafft! Sie sehen es ein, ich füge ihnen keinen Schaden zu. Wir können die Polizei aus dem Spiel lassen. Es gibt immer eine Möglichkeit, sich gütlich zu einigen. Warum sollten sie quer schießen?

„Dann hol endlich die Braut, damit wir ihr gratulieren können, Günther!"

Es ist eine Finte. Nicht mehr als ein mieser kleiner Trick, dachte Günther Ichtenhagen und schüttelte den Kopf.

„Du willst sie uns nicht zeigen? Warum denn nicht? Ich denk, wir sind deine Freunde? Wir wollen die ersten sein, die gratulieren. Vergiss nicht – wir haben sie alle schon mal gebumst, deine Braut." Entschuldigend fügte er hinzu: „Außer Wolfi, oder irre ich mich? Die glorreiche Befreiung habt ihr doch sicherlich in Köln gefeiert, oder nicht, Wolfi? Die Befreier bespringen immer die armen Unterdrückten direkt nach ihrer Rettung, wusstest du das nicht? So ist es üblich in aller Welt."

Wolfhardt schleuderte beide Aquavitgläser auf den Boden.

„Ich wollte sie wirklich befreien. Ich wollte sie freilassen, richtig freilassen, versteht ihr? Ich wollte ihr die Freiheit schenken, aber diese alte Hure wollte nicht. Ich … ich … wär fast gestorben vor Angst. Ich hab so etwas noch nie gemacht. Ich hab mich von zu Hause fortgeschlichen. Eine Nacht auf dem Bahnsteig verbracht. Ich bin vor ihr weggerannt. Mein letztes Geld ist aufgebraucht, ich … mein Trecker ist kaputt. Uschi lässt mich mit ihren Fragen nicht mehr in Ruhe. Ich bin dreckig und bepisst nach Hause gekommen. Bevor dieses Weib kam, war ich glücklich, jawohl, glücklich! Das hat sie aus mir gemacht! Und undankbar ist sie obendrein. Kommt einfach zurück … Ich lass mich von der nicht länger fertigmachen! Sie muss weg! Weg!"

Süß säuselnd näherte Martin Schöller sich Günther Ichtenhagen bis auf Hautkontakt.

Lieber Gott, gib, dass ich nicht zurückweiche, lieber Gott,

gib, dass ich nicht zurückweiche! Gib, dass ich jetzt nicht zittere. Gib, dass ich standhaft bleibe!

„Sieh mal Günther, das hat gar nichts mit dir zu tun. Wir sind deine alten Kumpels, so soll es bleiben. Aber Mary kann nicht hierbleiben. Nicht in Ichtenhagen. Wie stellst du dir das vor? Sie geht bei Seglers einkaufen? Die Witwe packt ihr die Brötchen ein und weiß, wegen der Pissnelke hat mein Mann sich umgebracht? Uschi stempelt brav ihre Postkarten nach Thailand? Und Hanne verkauft ihr eine Avon-Kollektion? Nein, mein Lieber, das geht nicht. Ja, wenn sie stumm wäre, dann vielleicht. Aber so – es war anders abgesprochen. Wenn sie anfängt zu plaudern – und das wird sie über kurz oder lang tun – wird das Klima für uns alle hier unerträglich. Das willst du doch deinen alten Kumpels nicht antun, oder? Haben wir nicht schon genug gelitten?"

„Ich liebe sie", sagte Günther Ichtenhagen tapfer und spürte im gleichen Moment Martin Schöllers Faust in der Magengrube. Günther Ichtenhagen klappte zusammen.

„Oh Entschuldigung", heuchelte Martin.

„Entschuldige bitte. Das ist mir nur so passiert. Du weißt, manchmal habe ich mich nicht richtig in der Gewalt. Ich bedaure es wirklich. Aber du solltest mich auch nicht so reizen. Wir haben eine gute Möglichkeit, Mary loszuwerden. Niemand wird sie mehr sehen, niemand wird mehr von ihr reden. Keine Angst, wir werden sie nicht in deinem Teich ertränken … hahaha. Sie kann erst eine kleine Schiffsreise machen zur Erholung, und danach wird ein Freund sie dahin bringen, wo sie hingehört. Jedenfalls werden wir keine Probleme mehr mit ihr haben."

Martin half Günther wieder auf die Beine.

Günther schüttelte den Kopf: „Ich werde sie heiraten."

„Sieh mal Günther, es ist gar nicht so, dass wir kein Verständnis für dich haben. Du willst jetzt gerne so eine knackige Braut haben. Wer, wenn nicht wir, sollte das begreifen können? Du kriegst sie. Jawohl, du kannst sie haben. Ich habe einen ganzen Katalog voll. Du kriegst von mir sogar Rabatt. Einen Sonderfreundschaftspreis, nur für dich. Du kannst dir jede aussuchen, die du willst. Du kannst sie hier im Dorf heiraten, du kannst deine rauschende Hochzeit feiern. Ich persönlich werde den Trauzeugen spielen. Nimm eine, die sprechen kann oder eine, die stumm ist, das ist völlig egal. Du kannst jede haben. Welche immer du willst. Nur nicht Mary."

Günther Ichtenhagen würgte die Magensäure wieder runter, schüttelte den Kopf und presste zwischen den geschwollenen Lippen hervor: „Ich will nicht irgendeine, ich will sie."

„Aber Günther, sie sind alle gleich. Eine wie die andere. Jetzt sei nicht so verbohrt. Ich hab ein paar hundert Frauen in der Kartei! Da wirst du dich hoffentlich nicht auf die versteifen, die schon das halbe Dorf gehabt hat? Weißt du, dass sie zum Puff geflohen ist? Zum Puff, als du im Krankenhaus lagst? Ich konnte sie nur mit Müh und Not daran hindern, dort die Nachtschicht zu übernehmen."

Martin griff in die Seitentasche und holte ein paar Fotos hervor. Er warf sie vor Günther auf den Tisch.

„Such dir eine aus."

„Ich hab mir eine ausgesucht. Mary."

„Günther! Reiz mich nicht!"

Hans Wirbitzki, der bis jetzt fasziniert Martin Schöllers Redetechnik gelauscht hatte, platzte heraus:

„Das tut er nur, um uns zu ärgern. Nur um uns zu ärgern."

Martin Schauer winkte ab: „Aber trotzdem, mein Lieber, trotzdem wollen wir nicht so sein. Zum Beweis unserer Freundschaft stiften wir unsere Anteile an Mary für eine neue Frau. Wie findest du die hier zum Beispiel? Guck dir nur diese Lippen an. Und bestimmt ist sie genauso ein hilfloses geknechtetes Mädchen wie Mary. Bestimmt hat sie auch arme, verschuldete Eltern und Geschwister, die sie ernähren muss. Keine Sorge, das ganze Drumherum ist bei allen gleich. Du kannst dich jeden Monat als Wohltäter fühlen, wenn du einen Scheck rüberschickst. Und sie wird genauso lieb zu dir sein wie Mary. Vielleicht sogar noch lieber. Die meisten Thaifrauen sind treu und bumsen nicht so durch die Gegend wie Mary."

Günther Ichtenhagen stützte sich auf den Tisch. Seine Knie zitterten, sein Herz raste und machte unregelmäßige Sprünge.

„Was seid ihr für Menschen?", fragte er kopfschüttelnd. Ein Gemisch aus Blut und Speichel warf auf seiner Unterlippe Bläschen, als er unter Schmerzen weitersprach: „Man kann nicht eine Person einfach so durch eine andere ersetzen. Menschen sind nicht beliebig austauschbar. Mary ist eine eigene Persönlichkeit. Hat eigene Meinungen, Ansichten, Vorlieben, Prinzipien. Jeder Mensch ist unverwechselbar."

„Jetzt redet er wieder wie mein alter Lehrer. Ja, lieber Günther, das mögen wir so an dir! Immer einen flotten Spruch auf den Lippen. Sieh mal, diese hier sind auch unverwechselbar." Martin Schöller schob die Fotos näher zu Günther Ichtenhagen. „Jede von ihnen wird sich abstrampeln, um genauso unverwechselbar zu sein, wie du sie haben möchtest. Aber das mit Mary, das geht nun wirklich nicht."

Im oberen Stockwerk wurden Stimmen laut. Männerlachen.

Günther Ichtenhagen fuhr herum. Erwartungsvoll blickte Martin Schöller hoch und atmete tief mit stolzgeschwellter Brust ein. Bereit, jetzt jeden Gegner hinauszuwerfen. Wolfhardt Paul ging einen Schritt zurück, um im Korridor zu verschwinden. Er wusste nicht, wer kam. Er wollte nicht gesehen werden. Hans Wirbitzki stieg unbemerkt die Kellertreppe hinunter und suchte dort nach Mary.

Drei Günther Ichtenhagen unbekannte Männer kamen aus Marys Zimmer.

Sie wirkten euphorisch. Aufgedreht. Der mit den blonden Haaren lachte Martin Schöller an: „Wo ist denn die Kleine? Wir wollen sie für unsere Angeltour abholen! Wir dachten, den Abend vorher könnte man sich schon mal kennenlernen ..."

„Ich schick sie euch gleich rauf. Wir haben hier unten nur noch etwas zu klären. Oben im Kühlschrank steht Bier. Bedient euch. Macht aber die Tür hinter euch zu."

„Schon gut, schon gut, wir wollten nicht stören. Lass uns aber nicht zu lange warten."

Martin Schöller packte mit beiden Händen Günther Ichtenhagens Hals und schüttelte ihn: „Also, die Entscheidung ist längst gefallen. Wir zusammen haben achtzig Prozent an ihr und du nur zwanzig. Du kannst dankbar sein, dass wir uns überhaupt so lange mit dir beschäftigt haben. Wo ist sie? Heul nicht! Du kriegst ja eine Neue von uns."

Hans Wirbitzki stampfte die Kellertreppe wieder hoch und rief schon auf halber Strecke: „Martin! Die Tür zum Heizungskeller ist verschlossen, und der Schlüssel steckt nicht."

Martin Schöller drückte fester zu. „Also Günther, du hast sie im Heizungskeller versteckt. Wo ist der verdammte Schlüssel? Gib ihn raus."

Mit einem hoffnungsvollen Seitenblick auf Wolfhardt Paul brüllte Günther Ichtenhagen seinem ehemaligen Schüler die Antwort ins Gesicht: „Nein!"

## Die Recherche

Mit den Recherchen zur „Traumfrau“ begann ich 1986. Damals war die Welt noch eine andere. Wenn Schriftsteller sich einem Thema näherten, gaben sie keinen Suchbegriff bei Google ein, sondern sie besuchten Menschen, machten Interviews und schmierten Notizblöcke voll. Das alles war nicht mit einem Mausklick zu erledigen. Es dauerte lange. Sie wurden mit Lügen, Halbwahrheiten oder geschwätzigem Schweigen konfrontiert. Trotzdem hatte es viele Vorteile, denn das alles wurde sinnlich viel erfahrbarer. Ich roch, schmeckte, erlebte meine Geschichte.

Als ich mit dem Schreiben begann, war das alles für mich ganz normal. So ging ein Autor eben vor. Nie wären in meinen Büchern Mädchenhändler vorgekommen, wenn ich nicht gewusst hätte, wie sie aussehen, sprechen, sich bewegen, also, wenn ich nicht vorher mindestens einen erlebt hätte. In welchen Strudel von Ereignissen ich dann geriet, hätte man, im Nachhinein betrachtet, vielleicht voraussehen können. Doch ich war ein junger Schriftsteller, voller Kraft und Leidenschaft. Ich wollte einen wahrhaftigen Roman schreiben und war bereit, dafür, wie ich es damals ausdrückte, „meinen Arsch zu riskieren“.

Es war die große Zeit des Umbruchs. Jeder spürte, dass es so nicht weitergehen konnte. Unser Land wurde durch eine Mauer geteilt, die politischen Systeme standen sich feindlich gegenüber und bedrohten sich gegenseitig mit Atomraketen. Damals wurden Talibankrieger noch „Freiheitskämpfer“ genannt und von den westlichen Regierungen mit Waffen und Geld unterstützt.

RTL war ein neuer Sender, den kaum jemand reinbekam. Pro 7 ein Drink zum Fitwerden nach durchzechter Nacht mit vielen Vitaminen und rohen Eiern.

Irgendwie wusste jeder, dass es so mit der Welt nicht weitergehen konnte. Meine Art, an der notwendigen Veränderung mitzuarbeiten, war es, Bücher zu schreiben und dabei wollte ich genau sein.

Man hatte sich damals an viel Irrsinn gewöhnt. Auch an die Kleinanzeigen verschiedener Ehevermittlungsinstitute, die Thaifrauen und Filipinas für heiratswillige Männer anboten, die sich angeblich wohltuend von den deutschen Emanzen unterscheiden sollten.

Diese Anzeigen gingen fast unter in der Flut von Zigaretten- und Schnapswerbung, aber sie waren da. So selbstverständlich, dass man sie kaum noch zur Kenntnis nahm.

**Hübsche Exotinnen**
anschmiegsam, anspruchslos und treu ergeben, vermittelt:
**PV Hot pants**
Rheinstr. 2, 5231 Wahlrod, Tel. 02682/6500

**Hübsche Exotinnen,**
**anschmiegsam, anspruchs-los und treu ergeben vermit-telt: PV Hot pants, Rheinstr. 2, 5231 Wahlrod**
**Tel.: 02682 - 6500**

● **Thai Frau,** 21 Jahre alt, von Heiratsvermittler in die BRD gelockt, will den hier für mich ausgesuchten Partner (55 Jahre) nicht. Ohne Ehe schickt man mich bald nach Thailand zurück. Wer hilft mir? Chiffre 1012

**Philippina.** 21 J. alt. von Heiratsvermittler in die BRD gelockt. will den hier für mich ausgesuchten Partner (55 Jahre) nicht. Ohne Ehe schickt man mich aber bald nach Thailand zurück. Das wäre eine Katastrophe für mich. Wer hilft mir? CH 0 50 56

Ich war durch die Veröffentlichung des Romans „Die Abschiebung“ zu einer öffentlichen Figur geworden, an die sich viele Menschen wendeten, die sich ungerecht behandelt fühlten und vor Gericht nicht weiterkamen oder sich nicht ernst genommen fühlten. Natürlich waren auch viele Spinner darunter, aber zunehmend sprachen Mitarbeiterinnen von Frauenhäusern mich darauf an, dass bei ihnen immer wieder asiatische Frauen, die kaum ein Wort Deutsch sprachen und von Heiratshändlern nach Deutschland gebracht worden seien, Zuflucht suchten.

Ich begann, mich mit der Thematik zu beschäftigen. Damit bewegte ich mich sofort auf Glatteis. Mir war klar, dass ich keinen Roman aus der Perspektive einer asiatischen Frau schreiben konnte, die nach Deutschland verkauft wurde. Mich in sie hinein zu denken und zu fühlen, schien mir ein vermessenes Unterfangen zu sein. Aber es war durchaus möglich, mich den Tätern zu nähern, und ich fragte mich: Was sind das für Männer, die sich solche Frauen bei Ehevermittlern aus dem Katalog bestellen? Wie geht das überhaupt? Und was waren die Händler für Figuren?

Ich begann die Recherchen blauäugig, ohne große Vorbereitung, legte einfach los und improvisierte dann in der jeweiligen Situation. Das würde ich heute ganz sicher nicht mehr so machen. Ich beschäftigte mich die ganze Zeit mit der Frage: Wie komme ich rein in die Szene und wie schaffe ich es, dort nicht aufzufallen, sondern als einer von ihnen zu gelten.

In meiner anfänglichen Euphorie stellte ich mir überhaupt nicht die Frage: Wie komme ich aus der Nummer wieder raus und wie werde ich all diese Typen wieder los?

Ich schrieb also an eines dieser Ehevermittlungsinstitute und bewarb mich dort als Kunde, um mal zu gucken, wie das so geht. Gleichzeitig setzte ich mich mit agisra e.V. in Verbindung, eine Organisation, in der ein paar tapfere Frauen sich dem Menschenhandel entgegenstemmten. Sie waren zwar freundlich zu mir, hielten mich aber zunächst auf Abstand. Sie misstrauten mir im Grunde schon deshalb, weil ich ein Mann war. Im weiteren Verlauf meiner Recherchen fand ich das auch folgerichtig.

In der Szene war Schwester Lea Ackermann eine sehr wichtige Person. Wir trafen uns, sie vertraute mir und verstand sehr genau, dass das, was ich vorhatte, keine Frau machen konnte.

Das Ehevermittlungsinstitut reagierte prompt. Ich bekam einen Brief, dem gleich zehn Polaroidfotos beilagen. Auf den Fotos schöne, junge Frauen, keineswegs, wie ich schon erwartet hatte, in Dessous, sondern vollständig bekleidet, ja, fast ein bisschen spießig angezogen. Hinten auf den Bildern hatten sie Nummern, dort waren ihr Name, ihre Größe, ihr Gewicht, ihre Religion, ihr Geburtsdatum, ihr Familienstand und ihre Hobbys aufgeführt.

Ich staunte, für wie viele Frauen Haushalt und Kochen ein Hobby war.

Ich wollte näher ran, an die Händler.

Die Recherchen zum Roman dauerten fast zwei Jahre. Ich wollte die Menschen genau kennenlernen. Ihre Sprache. Ihre Träume und Wünsche.

Mehr als ein Dutzend Ehevermittlungsinstitute führten mich als Mann, der eine Traumfrau kaufen möchte. Ich bin überall anders aufgetreten. Als einsamer, liebeskranker Junggeselle. Als jemand, der Angst vor den emanzipierten deutschen Frauen hat. Als Barbesitzer, der eine billige Arbeitskraft sucht oder auch als rein sexuell interessierter Rammler.

Ich bewarb mich bei einem „Ehevermittlungsinstitut" als Mitarbeiter. Ich gab an, dass einige Freunde von mir Gastwirte seien, besonders in ländlichen Gegenden, und über ihren Schankräumen noch Zimmer frei hätten. Da die Gastronomie heute ein immer komplizierteres Gewerbe mit immer größerem Konkurrenzdruck geworden sei, hielte ich es für klug, den übernachtenden Geschäftsreisenden zusätzlich zu einem guten Abendbrot auch eine asiatische Schönheit anzubieten.

Die Frau im „Ehevermittlungsinstitut" versprach mir sofort

tausend Mark für jede Vermittlung. Es gehe für die Gastwirte auch ohne Heirat, gab sie an, es sei aber manchmal schwierig, weil die Aufenthaltsgenehmigungen oft nur für sechs Monate ausgestellt würden. Um eine wirkliche Abhängigkeit der Frau zu erreichen, sei eine Heirat sinnvoll.

Ich ließ durchscheinen, dass man mir bei anderen Ehevermittlungsinstituten höhere Provisionen angeboten hätte. Darauf schraubte sie mein Erfolgshonorar auf zweitausend Mark hoch.

Die Art, wie die Frau über Menschen redete, machte mich fertig. Ganz so abgebrüht hatte ich mir das alles nicht vorgestellt.

„Wenn die Kleine auch hinter der Theke arbeiten soll, achten Sie genau auf die Größe. Die asiatischen Frauen sind manchmal nur eins fünfundvierzig oder eins fünfzig groß. Da sieht man sie ja gar nicht, wenn sie hinter der Theke stehen, hahaha!"

„Sehen Sie mal diesen erotischen Schmollmund. Da wird doch jeder Mann gleich schwach."

„Mit den BH-Größen ist das so ein Problem. Unsere Mitarbeiter drüben können höchstens Oberweitenmessungen für Sie durchführen. Die haben da keine vernünftigen Büstenhalter und die Größen stimmen mit unseren nicht überein."

In einer Kölner Kneipe traf ich einen zwergwüchsigen vierzigjährigen Losverkäufer. Er zeigte mir stolz das Foto seiner Zukünftigen. Ein bildschönes Mädchen, zweiundzwanzig Jahre alt, aus Thailand. Seine Traumfrau. All seine Ersparnisse hatte er für diesen Kauf aufgebraucht. Insgesamt mehr als dreizehntausend D-Mark. In zwei Wochen sollte sie bei ihm sein und er wusste nicht, wie er die Zwischenzeit überstehen sollte. Er gestand mir, noch nie mit einer Frau intim gewesen zu sein. Selbst bei Huren war er abgeblitzt und verlacht worden. In seinem Gesicht glühte eine geradezu kindliche Vorfreude. Er versprach mir, alles für sie zu tun und sie schon jetzt abgöttisch zu lieben.

Sie hatten Briefe gewechselt (die Übersetzung übernahm das

Ehevermittlungsinstitut). Er trug sie bei sich und zeigte sie mir, drängte sie mir geradezu auf. Sie schrieb ihre Briefe in kindlichem Schulenglisch. Er bedauerte, nur Deutsch zu sprechen, glaubte aber, sie würde das schnell lernen. Er hatte sich bereits nach Kursen an der Volkshochschule erkundigt und sagte: „Ich werde mit dorthin gehen. Ich werde sie keine Minute aus den Augen lassen. So schön, wie sie ist, nimmt sie mir bestimmt sonst wieder einer weg. Die hat ja auch Augen im Kopf und sieht, wie andere Männer aussehen. Aber die gebe ich nicht wieder her. Die lasse ich keinen Schritt allein vor die Tür."

Dann gelang mir der große Schlag: Ein Termin beim größten Mädchenhändler der Bundesrepublik Deutschland. Mehr als hundertdreißig kleine Firmen oder Privatpersonen arbeiteten für ihn. Auch mich wollte er als Mitarbeiter gewinnen.

Natürlich benutzte ich dafür nicht meinen eigenen Namen. Zu groß war die Gefahr, dass er den Schriftsteller Klaus-Peter Wolf kannte und mir dann nur die offizielle Story auftischte. Ein Freund lieh mir seine Papiere.

Der Händler war ein mediengewöhnter Mann. In seinen Werbebroschüren dokumentierte er seine Seriosität und Glaubwürdigkeit auch durch Hinweise auf Fernsehsendungen. Zur besten Sendezeit, um 19.30 Uhr, gab es bereits mehrere Reportagen über ihn. Er wurde dabei nicht bloßgestellt, sondern ihm wurde das Mäntelchen der Seriosität umgehängt. Er sonnte sich in seinem Ruhm.

Noch einmal ging ich meine neue Biografie durch. Ich war jetzt zweiunddreißig Jahre alt, geschieden und als Industriekaufmann in ungekündigter Stellung. Weil meine geschiedene Frau mir so viel von meinem Lohn nahm, sah ich mich nach einer Nebenbeschäftigung um. Für den Mädchenhandel hatte man mir brieflich einen Nebenverdienst von gut achttausend D-Mark im Monat offeriert.

Ich nannte mich Harold Kempf. Ich hatte einen Ausweis auf den Namen und Kreditkarten. Ich hatte die Unterschrift geübt und konnte sie schwungvoll nachmachen. Mein Aktenkoffer war gepackt. Ich wollte versuchen, den Kerl zum Reden zu bringen.

Jetzt noch die letzten Feinheiten. Den Ehering nahm ich ab, schließlich war ich in meiner neuen Identität geschieden. Dort, wo der Ring saß, war die Haut noch weiß gefärbt. Mit einem bisschen Puder war das schnell übertüncht.

Ich durchsuchte meinen Aktenkoffer. Nichts durfte auf meine wirkliche Identität hinweisen. Die Zeitung, die ich mir für die Bahnfahrt eingesteckt hatte, nahm ich wieder heraus. Auf dem Streifenband standen mein voller Name und meine Adresse. Mir kamen Zweifel. Im Grunde war das alles ungeheuer stümperhaft, dachte ich. Von tausend Zufällen abhängig. Irgendwann würde meine Identität klar werden, spätestens bei Erscheinen des Buches. Nicht die Mädchenhändler hatten dann gegen geltendes Recht verstoßen, sondern ich, denn ich musste mit falschem Namen Dokumente unterzeichnen. Ich hatte gelogen und betrogen.

Im Zug schaute ich mir noch einmal meine Akten an, betete meinen neuen Lebenslauf herunter, versuchte, in die neue Identität zu schlüpfen. Da plötzlich fiel mir etwas ein: In welcher Steuerklasse befand ich mich jetzt eigentlich? Ich war geschieden und lohnabhängig. Als Schriftsteller bezahlte ich Einkommenssteuer, als Harold Lohnsteuer.

Scheiße. Welche Steuerklasse hatte ein geschiedener, jetzt allein lebender Industriekaufmann? Ich wusste es nicht.

Meinen Steuerberater konnte ich aus dem Zug schlecht anrufen. Es war kein Intercity mit Telefon und Handys spielten noch keine Rolle im Leben der Menschen. SMS gab es noch gar nicht.

Vielleicht würde dieses winzige Detail mit der Steuerklasse überhaupt keine Rolle spielen. Vielleicht war es der Stein, über den ich stolperte. Der Typ durfte keinen Verdacht schöpfen, wenn ich mit ihm redete, sondern musste sich in völliger Sicherheit wiegen. Ich sprach im Zug einfach wahllos Leute an und fragte sie nach ihren Steuerklassen. Ein junger Mann, der angeblich in Scheidung lebte, aber noch nicht geschieden war, hatte Steuerklasse vier. Ich beschloss, diese Klasse zu meiner zu machen.

Dieser kurze Zwischenfall machte mir klar, wie brüchig das Eis wirklich war und ich beschloss – zum wievielten Mal eigentlich? – in Zukunft nur noch Fernsehserien zu schreiben.

Ich hatte mir alles anders, falsch, vorgestellt. Ja, ich wusste: Dort wird ein Schweinegeld verdient. Aber trotzdem erwartete ich etwas Schmuddeliges. Einen Hinterhof. Eine Mischung aus Kneipe, Büroraum, Wohnküche und Abstellschuppen. Das Ganze hatte in meiner Fantasie Hafengeruch und war nur schummrig beleuchtet.

Die Zentrale lag aber nicht in einer abbruchreifen Baubude am Hafen, sondern mitten in der Innenstadt, direkt über Burger King, bei dem CC-Buchclub in der Fußgängerzone. Beste Geschäftslage.

Dann stand ich auf mehreren flauschigen Teppichschichten. Die Teppiche waren ebenso dick wie geschmacklos. Hellblau, zartrosa, grellgelb, mit Müsterchen und Ornamenten. Nicht eine Fluse, nicht ein Staubfleck.

Herrje, dachte ich, wer hält das sauber?

Ein Mann Mitte fünfzig, groß, drahtig, der in jedem Wildwestfilm den Guten hätte spielen können, komplimentierte mich hinein. Er hatte gleich einen Scherz auf den Lippen und zeigte mir seine gut gearbeiteten Zähne.

Dieses Zimmer hatte etwas Unwirkliches. So ein Zimmer vermutete man nicht in einer bundesdeutschen Großstadt. Eher in einem Schmachtschinken über das organisierte Verbrechen in Bangkok. Mindestens dreißig blank gewienerte Schnapsflaschen standen griffbereit. Ingredienzien für karibische Mischgetränke neben russischem Wodka und teurem Whiskey.

Der Typ nahm hinter dem Schreibtisch Platz. Nein, er thronte dahinter. Und das Wort Schreibtisch war völlig unpassend. Das Ding hätte als Tanzparkett für mindestens drei Paare herhalten können, war aus edel polierten, rötlich-braunen Hölzern geschnitzt, mit Intarsien aus Elfenbein und Perlmutt verziert. Die Stilrichtung würde ich als pompöses indisch-pakistanisches Rokoko bezeichnen. Im gleichen Stil waren alle anderen Möbelstücke gehalten. Aber ich war kein Antiquitätenhändler. Ich durfte mich auf einen schweren, geschnitzten Sessel setzen, ein Kissen aus hellblauer Thai-Seide mit goldgestickten Drachen ließ meinen Hintern das Holz nicht spüren.

Neben dem Schreibtisch reckte ein hölzerner Elefant seine Elfenbeinzähne in die Luft. Er war groß wie ein Kalb und suggerierte, dass in ihm etwas verborgen war. Vielleicht ein Fach für eine zusätzliche Schnapsflasche.

Hinter dem Typ schwammen Zierfische in einem veralgten Aquarium. Wie viele Götter und Symbole ich in diesem Raum fand, kann ich nicht schätzen. Das ganze Zimmer wirkte wie eine religiöse Kultstätte. Undenkbar, dass hier gearbeitet wurde. Kein Schreibwerkzeug lag auf dem Schreibtisch. Es schien auch kein Telefon zu geben. Ein Raum, wie gemacht für Hochzeitsfeiern, religiöse Rituale oder Besäufnisse.

Gleich sollte ich in seinen Fotoalben blättern. Mehr als siebentausend Damen, angeblich aus der ganzen Welt, standen zur Verfügung.

Nicht ohne Stolz zeigte mir der Typ ein kleines, wie ein Taschenbuch gebundenes Fotoalbum: „Manche Männer meinen, dass sie überhaupt keine Frau mehr abbekommen können. Aber so etwas gibt es nicht. Sehen Sie hier, diesen fünfundsiebzigjährigen Opa."

Ich sah ihn mir an. Er hatte eine dicke Weintrinkernase und wirkte auf mich wie die Karikatur eines gebrechlichen Mannes. Im Film hätte ich so einen Opa abgelehnt. Er wäre mir zu klischeehaft „alter Mann" gewesen. Lediglich seine Augen leuchteten feurig und standen im krassen Gegensatz zu seinem hängenden Gesichtsfleisch.

Auf der nächsten Seite hielt dieser Mann ein bildhübsches Mädchen im Arm. Seine Enkelin? Keineswegs. Seine Frau.

Die weiteren Fotos dokumentierten die Hochzeit in Thailand. Blumen wurden gestreut, man aß kniend aus Reisschalen, orange gekleidete buddhistische Mönche traten als Statisten auf. In alle Gesichter war ein strahlendes Lächeln gemeißelt.

Obwohl ich mit genau solchen Dingen gerechnet hatte, war ich erstaunt. In Thailand hatte der rüstige Rentner mit seinen Pensionsansprüchen für alle ein paar fröhliche Tage bezahlt. Wie würde das aber jetzt aussehen, zurück in der Bundesrepublik?

Ich konnte es mir schlicht nicht vorstellen.

„Falls Sie für uns arbeiten, stellen wir Ihnen solche Fotos natürlich zur Verfügung. Damit kann man auch den Letzten überzeugen. Das Glück ist noch für jeden käuflich. Mit unserem Rundum-Sorglos-Angebot zum Beispiel …"

Ich bat um eine Tasse Kaffee. Der Typ musste nicht erst mit dem Finger schnippen. Aus den daneben liegenden, europäisch eingerichteten Büroräumen tippelte sofort eine Frau herein und servierte. Ich bat um Milch und Zucker. Alles kein Problem.

Ich sollte eine Verkaufslizenz mit Gebietsschutz für den gesamten Landkreis erhalten. Hundertdreißig andere Lizenznehmer gab es in der Bundesrepublik. Jeder zahlte dafür monatlich dreihundert D-Mark an die Zentrale.

Ich überschlug es schnell im Kopf. Also würde man hier, auch wenn nicht ein einziges Mädchen verkauft wurde, trotzdem monatlich rund vierzigtausend D-Mark kassieren.

Der Typ bot mir einen Fünfjahresvertrag an.

Ich wendete ein, dass ich dann praktisch sein Angestellter würde, aber ich gleichzeitig meinen Arbeitgeber bezahlte. Das fand ich komisch.

Er lachte. In solchen Kategorien dachte er nicht. Diese Zeiten waren vorbei. Heute war jeder ein einzelner Unternehmer. Deswegen nannten sich die Händler vor Ort ja nicht Vertreter, sondern Lizenznehmer. Sie hatten eigene kleine Firmen zu gründen, die im Handelsregister ordnungsgemäß eingetragen werden mussten, worauf er mich gleich energisch hinwies. Ich sollte also nicht nur Mädchenhändler werden, sondern mich auch noch als Firma begreifen.

Während ich meinen Kaffee schlürfte, lauschte ich dem weiteren Angebot.

„Für eine Vermittlung zahlt der Kunde 5.677,20 D-Mark. Davon erhalten Sie – je nach Monatsleistung – gestaffelte Provisionen. Für den ersten Vertrag stehen Ihnen dreißig Prozent zu. Das macht 1.703 Mark und 16 Pfennige. Für den zweiten Vertrag fünfunddreißig Prozent, also 1.987 Mark und 2 Pfennige, für den dritten Vertrag siebenunddreißigeinhalb Prozent, das macht 2.120 Mark, für den vierten Vertrag schon vierzig Prozent, ab dem achten Vertrag bekommen Sie von uns die höchstmögliche Provision von fünfzig Prozent, macht 2.838 Mark 60."

Er lehnte sich zurück, um in Ruhe zu genießen, wie seine Worte auf mich wirkten. Ich ließ mich auf die Pfennigfuchserei ein und fragte, warum ich denn bitte schön bei so großen Abschlüssen noch eine Lizenzgebühr zu bezahlen hätte. Immerhin müsste ich, um die Frauen zu verkaufen, auch vor Ort in den Lokalzeitungen werben, wendete ich ein.

Gleich gestand er mir zu, ab der zweiten Vermittlung die Lizenzgebühr fallen zu lassen. Dies sei nur nötig, damit keine schwarzen Schafe das Gebiet blockierten und nicht ordentlich arbeiteten. „Heutzutage gibt es Leute, die nur gerade so viel arbeiten, wie sie zum Leben brauchen. Denen reicht es vielleicht, einen Vertrag im Monat zu vermitteln und dann machen sie sich einen lauen Lenz. Und vielleicht arbeiten sie mal einen Monat gar nicht, wenn sie vorher zwei Verträge hatten. Damit so etwas nicht passiert und die Firma keinen Schaden erleidet, erheben wir die Lizenzgebühr."

Bei den meisten Kunden wäre es in der ersten Euphorie auch möglich, ihnen noch eine Weltreise oder eine Abenteuerreise zu verkaufen. Für so etwas bekäme ich dann Provisionen zwischen 2.290 Mark für eine Hochzeitsreise und 3.170 Mark für eine Weltreise.

Ich hatte genug von den Zahlen und wollte jetzt eigentlich auf die Motivation seiner Kunden zu sprechen kommen. Ich stand auf, ging im Tempel ein wenig auf und ab und zog wie unabsichtlich eine Akte hervor. Sie war von dem Lizenznehmer in Landshut. Beim flüchtigen Durchblättern zählte ich zwanzig Verträge, die er im letzten Monat angeschleppt hatte.

Der Typ deutete mein Erstaunen richtig.

„Jaja", lachte er, „da sehen Sie mal, wie viel Geld man bei uns verdienen kann. Mit den Zusatzprovisionen und Reisen sind das im Fall Landshut gut fünfzigtausend Mark."

Ich setzte mich wieder.

„Fünfzigtausend Mark", lachte er, „so viel braucht man nicht mal, um einen Bundestagsabgeordneten zu bestechen. Wahrscheinlich kann man zwei dafür kaufen!"

Ich merkte, dass mein Mund austrocknete und wollte Kaffee nachgießen, es war aber keiner mehr da. Der Typ bot mir gleich einen seiner diversen Schnäpse an, ich lehnte aber ab, weil ich Angst hatte, jetzt unter dem Einfluss von Alkohol aggressiv zu werden. Ich wollte nicht aus seinem Büro Kleinholz machen, ich wollte Informationen für meinen Roman.

Ich zierte mich, den Vertrag zu unterschreiben.

Natürlich kam er gar nicht darauf, dass ich moralische Skrupel haben könnte. Er dachte, dass ich nicht an meinen Erfolg glaubte. Und das Glück noch gar nicht fassen konnte.

„Ja", versicherte er, „Sie werden mir bald schon dankbar sein. Ich verspreche Ihnen nicht, dass Sie bei mir rasch zum Millionär werden. Aber wenn Sie gut sind ..."

„Wenn ich so eine Ehe vermittle", fragte ich, „dann kann doch viel schief gehen."

Ungläubig sah er mich an. „Was denn?"

„Nun, zum Beispiel kommt die Frau, die beiden begegnen sich auf dem Flughafen zum ersten Mal und verstehen sich überhaupt nicht. Was dann?"

„So etwas gibt es nicht. Das ist Theorie. In der Praxis ist das alles ganz anders."

„Warum denn?"

„Wir übersetzen die Briefe. Vorher schreiben sich die beiden natürlich und klären alles ab. Es kommt immer zu einem intensiven Briefwechsel. Manchmal schreiben sie sich zwei- oder gar dreimal. Es geht nie Hals über Kopf. Sechs, sieben Wochen dauert es vom ersten Kontakt bis zur Ehe immer. Denken Sie alleine daran, dass das Aufgebot bestellt werden muss. Meistens dauert es sogar fast drei Monate. Es handelt sich um erwachsene Menschen. Sie werden sich doch in der Zwischenzeit klar darüber, ob sie sich mögen oder nicht."

Hielt der mich für so blöd oder glaubte der wirklich, was er erzählte? Ich fragte nach, was denn geschehe, wenn sich die beiden nicht verstehen, wenn es gleich wieder zur Scheidung käme, zu Eheproblemen.

Lächelnd erklärte er mir, dass man Glück nicht kaufen könne, auch nicht bei ihm. „Sobald die beiden sich haben, ist meine Arbeit erledigt. Jede weitere Verantwortung lehne ich ab."

Ich fragte, ob es eine Nachbetreuung gäbe. Er lächelte mich an.

Natürlich gab es so etwas nicht. Jetzt verspannte sich mein Rücken. Ich merkte, dass ich allein mit dem Wort Nachbetreuung nahe am Rand war, mich zu verraten. Das war Sozialarbeitervokabular. Das gehörte hier nicht hin. Ich musste mich bemühen, zwischen ihm und mir wieder eine unverkrampfte Atmosphäre zu schaffen, musste ihm zeigen, wie richtig ich seine Ansichten fand, denn ich wollte noch viel mehr von ihm wissen. Was er überhaupt über Menschen dachte. Über Frauen. Über seine Kunden speziell …

Er wurde hinausgebeten. Während er draußen telefonierte, brachte mir eine asiatische Frau lächelnd neuen Kaffee.

Die meisten Menschen glauben, „Menschenhandel" sei in der Bundesrepublik verboten. Und in der Tat findet sich im Strafgesetzbuch unter dem Stichwort „Menschenhandel" der Paragraf 181.

Wer einen anderen

1. mit Gewalt, durch Drohung mit einem empfindlichen Übel oder durch List dazu bringt, dass er der Prostitution nachgeht oder
2. anwirbt oder wider seinen Willen durch List, Drohung oder Gewalt entführt, um ihn unter Ausnutzung der Hilflosigkeit, die mit seinem Aufenthalt in einem fremden Land verbunden ist, zu sexuellen Handlungen zu bringen, die er an oder vor einem Dritten vornehmen oder von einem Dritten an sich vornehmen lassen soll, wird mit Freiheitsstrafe von einem Jahr bis zu zehn Jahren, in minder schweren Fällen mit Freiheitsstrafe von drei Monaten bis zu fünf Jahren bestraft.

Dieser Gesetzestext steckt den Rahmen ab, in dem der legale Menschenhandel stattfinden kann. Alle von mir befragten Mädchenhändler zuckten bei der Bezeichnung „Mädchenhändler" zusammen, wollten ganz und gar nicht so genannt werden, sondern bestanden darauf, Ehevermittlungsinstitute zu leiten oder zumindest eine Partnervermittlung zu betreiben. Denn Menschenhandel, so erklärte mir gleich jeder bereitwillig, sei in der Bundesrepublik verboten. Auch unter Mädchenhändlern hat sich diese Meinung breitgemacht. Nur: Ich behauptete, es ist legal. Leider.

Also machte ich die Probe aufs Exempel und erhielt eine Steuernummer als Mädchen- und Frauenhändler. Ja, für alle ungläubigen Leser: Unter Gewerbe, Punkt 7, ist angegeben: Mädchen- und Frauenhandel.

Finanzamt 5233 Ha[illegible] , den 06. 3. 89

Steuernummer: 18 0 7 1 9 W V 1 1

Bearbeiter: [illegible]

Fernruf: 02682/7051 Hausapp.: 56

Fernruf bei Durchwahl:

Herrn
Harold Kempf
Rheinstr. 2

5231 Wahlrod

[illegible] Herr Kempf!

Die Beantwortung der nachstehend aufgeführten Fragen ist für die Bearbeitung Ihrer Steuerangelegenheiten erforderlich. Ich bitte deshalb, das Vordruckschreiben erschöpfend zu beantworten und mit Ihrer Unterschrift versehen bis zum 20.03.1989 zurückzusenden. Die Zweitschrift ist für Ihre Unterlagen bestimmt.

Sollte der für die Beantwortung vorgesehene Raum nicht ausreichen, bitte ich, nähere Erläuterungen auf besonderem Bogen beizufügen. Sie können die erbetenen Angaben auch mündlich auf Zimmer 56 (montags bis freitags von 8.00 bis 12.00 Uhr) zur [illegible] erklären.

Mit freundlichen Grüßen
Im Auftrag
Kiel

Fragebogen für Gewerbeanmeldung - Einzelunternehmen und natürliche Personen -

| Frage | Antwort |
|---|---|
| 1. a) Familienname und Vorname (Rufname bitte unterstreichen)<br>b) Vorname und ggf. abweichender Familienname des Ehegatten | a) Kempf Harold<br>b) |
| 2. Geburtsdatum a) des Ehemannes b) der Ehefrau c) der Kinder (mit Namensangabe) | a) 01.07.56 b)<br>c) |
| 3. Familienstand | Verheiratet seit dem / Verwitwet seit dem / Geschieden seit dem<br>Dauernd getrennt lebend seit dem<br>ledig |
| 4. Religion | Ehemann --- Ehefrau |
| 5. Wohnort und Anschrift<br>a) Straße und Hausnummer<br>b) Postfach (falls vorhanden)<br>c) Postleitzahl und Wohnort<br>d) Zustellpostamt<br>e) Telefon<br>f) Wohnort und Straße am 31.12. des Vorjahres (falls von der jetzigen Anschrift abweichend) | a) Rheinstr. 2<br>b)<br>c) 5231 Wahlrod<br>d)<br>e)<br>f) |
| 6. Firmenanschrift und Telefon (falls von Nr. 5 abweichend) | Tel.: 02682/6500<br>Rheinstr. 2 5231 Wahlrod |
| 7. Beruf, Gewerbe (Bei mehreren Tätigkeiten ist die überwiegende Tätigkeit zu unterstreichen.) | Mädchen- und Frauenhandel |
| 8. Bankverbindung: Tragen Sie bitte Ihre Bankverbindung ein. Hierauf werden eventuelle Erstattungen vom Finanzamt überwiesen, die gemäß § 224 Abs. 3 AO unbar zu leisten sind.<br>a) Kontonummer<br>b) Bankleitzahl<br>c) Bankbezeichnung (Bankname, Ort)<br>d) Kontoinhaber (falls Sie nicht selbst Kontoinhaber sind) | a) 101-004034<br>b) 57351030<br>c) Kreissparkasse Altenkirchen<br>d) |
| 9. Sind Sie oder Ihr Ehegatte selbständig? | Sie selbst ja ☒ nein ☐<br>Ihr Ehegatte ja ☐ nein ☐ |
| 10. Stehen Sie oder Ihr Ehegatte in einem Arbeits- oder Dienstverhältnis? | Sie selbst ja ☐ nein ☒<br>Ihr Ehegatte ja ☐ nein ☐ |
| 11. Seit wann wird das Gewerbe betrieben oder die berufliche Tätigkeit ausgeübt? | Februar 1989 |

EtA 21e (Ko 0286)

Meine Firma hieß „Hot Pants". Ich gab Annoncen auf. Schon hatte meine Firma eine eigene Telefonnummer und einen eigenen Briefkopf. Ich inserierte keineswegs in irgendwelchen Schmuddelblättern, sondern in bürgerlichen Zeitungen.

> **Hübsche Exotinnen**
> anschmiegsam, anspruchslos und treu
> ergeben, vermittelt
> PV HOT PANTS

Bei den Alternativen versuchte ich es mit einem etwas längeren Text:

> **Hübsche Exotinnen**
> anschmiegsam, anspruchslos und treu
> ergeben, habe ich auf meinen langen
> Reisen in Asien und Lateinamerika
> kennengelernt. Kundig in
> fernöstlichen Massagetechniken, von
> denen ihr bisher nur geträumt habt.
> Sie wollen nichts lieber als einen
> deutschen Mann.
>
> HOT PANTS Agentur
> Tel.: ▇▇▇▇

Gleich am nächsten Morgen klingelte das Telefon. Eine Frauenstimme: „Schönen guten Morgen. Sie haben bei uns eine Anzeige schriftlich aufgegeben. Leider geht aus Ihrem Text nicht hervor, wie groß Ihre Anzeige sein soll. Ich würde vorschlagen, zweieinhalb Zentimeter. Sind Sie damit einverstanden?"

„Wie teuer ist das denn?"

„Fünfunddreißig D-Mark plus Mehrwertsteuer."

„In Ordnung."

Nicht alle reagierten so. Schon wenige Minuten später klingelte der Apparat in meiner neuen Firma erneut.

„Also, Ihre Annonce können wir so leider nicht annehmen", flötete eine junge Frau durch den Hörer. „Das klingt so unseriös. So etwas macht unsere Zeitung nicht."

Ich wies sie darauf hin, dass in der Samstagsausgabe drei Annoncen von Kollegen erschienen waren. Dort wurden Philippininnen angeboten, thailändische Mädchen, Polinnen oder einfach Asiatinnen.

Die Frau zeigte sich beeindruckt darüber, wie gut ich informiert war. „Ja, das stimmt schon, grundsätzlich machen wir so etwas, aber es muss ein bisschen seriöser klingen. Wie hört sich das denn an, hübsche Exotinnen, treu ergeben?! Können Sie das nicht anders formulieren? So bekommt unsere Zeitung einen schlechten Ruf bei den Lesern."

„Wenn ich die Annonce anders formuliere, werden Sie sie also aufnehmen?"

„Selbstverständlich."

„Machen Sie einen Vorschlag, vielleicht kann ich ihn ja akzeptieren."

„Das müssen Sie schon selber tun."

„Nun helfen Sie mir doch!"

„Na ja, Sie könnten zum Beispiel schreiben – also, das ist jetzt wirklich nicht meine Aufgabe – na, halt so etwas Ähnliches, wie die anderen schreiben."

„Ich will mich aber bewusst von meinen Konkurrenten abheben."

„Schreiben Sie einfach: Hübsche Frauen aus Asien suchen deutsche Ehemänner."

„Ich habe aber nicht nur Frauen aus Asien, sondern auch …"

„Sie müssen nicht so genau sagen, worum es geht, es weiß eh jeder Bescheid, wenn Sie Asiatinnen schreiben …"

„So eine Annonce würden Sie dann aufnehmen? Kann ich das schriftlich von Ihnen haben?"

„Ja, ich weiß nicht, da müssten Sie sich schon an unsere zentrale Anzeigenaufnahme wenden. Ich habe auch dort nachgefragt, ob das mit Ihrer Anzeige so richtig ist. Sie sollten sich, wenn Sie mich fragen, ein seriöseres Image zulegen."

„Jaja, darüber habe ich auch schon nachgedacht."

Ähnlich lautende Telefonate hinderten mich an diesem Tag an jeglicher anderer Arbeit. Niemand machte mich übel an. Niemand reagierte sauer oder erschrocken. Jeder wusste, was ich trieb. Die Leute empfanden nur als störend, dass ich es beim Namen nannte.

Man redete mit Engelszungen auf mich ein, ich sollte meinem Gewerbe einen bunten, sympathischen Anstrich geben. Mit den Inhalten meines Geschäfts schien niemand Probleme zu haben, sondern nur mit der Verpackung.

In einigen Werbeblättern erschien diese Anzeige einen Tag früher als von mir erwartet. Es war morgens früh, kurz vor sieben.

Das Telefon klingelte. Ich war noch nicht auf die Arbeit eingestellt und schaffte es auch so schnell nicht, umzuschalten. Wer rechnet schon damit, dass jemand kurz vor sieben Uhr morgens eine Frau kaufen möchte?

Der Anrufer schoss sofort auf das Ziel los. Er nuschelte seinen Namen und fragte dann: „Wie teuer ist denn so eine Exotin bei Ihnen?"

„Ja, das kommt ganz darauf an. Was für eine Frau wollen Sie denn? Eine Thailänderin, eine Philippinin, eine …"

„Ich will eine, die alles macht. Sie wissen schon, was ich meine."

„Nein, weiß ich nicht. Was meinen Sie denn?"

„Ja, ich denke, Sie vermitteln Exotinnen. Sie haben doch inseriert."

„Klar, hab ich."

„Und da wissen Sie nicht, was ich meine?"

„Nein."

Ich ärgerte mich über mich selber. Ich stellte mich an wie ein Idiot. Ich war der Händler. Ich wollte etwas verkaufen. Ich durfte nicht so abweisend, nicht so schroff reagieren.

Der Mann am anderen Ende stöhnte laut. So schwierig hatte er sich das mit mir nicht vorgestellt.

Ich versuchte jetzt, auf ihn einzugehen. „Sie suchen eine sexuell erfahrene Frau, ist das richtig?"

„Ich will eine, die alles macht", beharrte er. „Aber keine aus einem Puff. Also, so eine Ex-Nutte will ich auf gar keinen Fall. Kann ich denn da sichergehen?"

„Sie suchen also eine Frau, die alles macht, sexuell erfahren ist, aber am besten eine Jungfrau. Ist das richtig?"

„Wollen Sie mich verarschen?"

„Nein. Ich versuche, nur herauszufinden, was Sie wirklich wollen."

„Ich bin kein Perverser! Aber ich kauf bei Ihnen nicht einfach die Katze im Sack."

„Ich habe nur Fotos von den Frauen. Ausprobiert habe ich sie vorher nicht!", fauchte ich unwirsch. Ich hatte mich viel zu wenig im Griff. Hoffentlich bist du nach dem Frühstück besser, dachte ich …

„Also, eine Ex-Nutte nähme ich sowieso nicht …"

„Warum nicht? Haben Sie Angst, sie erkennt Sie als ehemaligen Kunden wieder?"

Jetzt legte er auf.

Ich hatte dieses erste Gespräch vergeigt. Es folgten noch sehr viele. Ich hatte Zeit, zu lernen.

Kurz nach acht. Mein nächster Kunde. Ich bemühte mich, freundlicher zu sein und den Anliegen meines „Klienten" aufgeschlossener gegenüber zu stehen. Er wollte gleich mal vorbeischauen und fragte, wie viele Mädels ich denn im Haus hätte.

„Die Frauen sind nicht hier", sagte ich. „Ich habe lediglich die Fotos."

Er lachte. Es handelte sich um ein Missverständnis.

„Sie sind ein Ehevermittlungsinstitut?"

„Ja, so kann man es nennen."

„Ich will aber nur ficken und nicht gleich heiraten."

„Ja, dann sind Sie bei mir falsch."

„Ich dachte, Sie hätten vielleicht Frauen da … so zum auf den Geschmack kommen …"

„Nein", sagte ich schon fast stolz. „Wir sind ein seriöses Unternehmen."

Die Agentur Hot Pants hatte zehn bis zwölf Anrufe von Männern pro Tag. Die immer gleichen Gespräche begannen schon mich zu langweilen. Das erste Erschrecken über die Dreistigkeit mancher Männer war dahin. Eine lange Diskussion mit Freunden ergab die Frage: Hatten die Männer bei meiner Art der Recherche überhaupt irgendeine Chance, gut wegzukommen? War das nicht völlig unfair? Und gab es ihn nicht auch, den Mann, der es gut und ehrlich meinte und für den das alles nicht mehr war als eine „normale Ehevermittlung"?

Um das auszuprobieren, wollte ich ganz auf seriös machen. Es waren zwei Anzeigen erschienen, nur hier in meiner direkten Umgebung, im Landkreis Altenkirchen. Mehr als eine halbe Stunde Anfahrtsweg wollte ich zu keinem Kunden haben. Ich wollte sie nicht in einem Chinarestaurant treffen und schon gar nicht in meiner Wohnung. Nein, ich wollte versuchen, zu den Männern, in deren Wohnungen zu gelangen.

Da ich damit rechnen musste, hier überall erkannt zu werden, stylte ich mich. Weißer Anzug, goldene Weste. Im Friseurgeschäft in Hamm ließ ich mir den Bart stutzen und die Frisur yuppiemäßig gestalten. Mein Nachbar, ein Augenoptiker, wusste über meine Recherchen Bescheid. Er brachte mir eine Brille mit Fensterglas.

Ich war mit meiner neuen Persönlichkeit schon ganz zufrieden. Ich ging sogar anders, bewegte mich anders, sprach anders und bekam vor dem Spiegel dieses gewissenlose Grinsen hin, das ich bei allen Mädchenhändlern bisher gesehen hatte.

All meine Vorbereitungen an diesem Tag waren umsonst. Sieben Männer aus dem Westerwald riefen an. Jedem sagte ich zunächst mein Sprüchlein auf: „Ich vertrete ein seriöses Partnervermittlungsinstitut. Es gibt viele Haie in diesem Teich, wie Sie sicherlich wissen. Ich mache nur saubere Sachen. Bei mir brauchen Sie erst nach Erhalt der Ware zahlen."

Alle Männer waren hoch erfreut. Sie lobten meine Geschäftsmethode, priesen meine seriöse Glaubwürdigkeit. Vier von ihnen hatten bereits Kontakt zu anderen Mädchenhändlern und waren über die Preise und Methoden empört, fühlten sich abgezockt.

Um sie einzulullen, ging ich noch weiter. Dabei benutzte ich ständig Worte wie „Ware", „Liefertermin", „Rückgabegarantie", „Umtausch", ganz so, als würde ich mit Fernsehgeräten handeln. Dies störte keinen meiner Kunden.

„Sie haben die Ware vierzehn Tage zur Ansicht. Das reicht ja wohl, um sie auszuprobieren, hahaha. Danach wird dann bezahlt, und zwar cash."

„Und wenn ich sie nach den vierzehn Tagen nicht haben will?"

„Dann bekommen Sie von mir eine Ersatzlieferung. Wie gesagt, bei mir zahlen Sie erst, wenn Sie zufrieden sind. Länger als vierzehn Tage kann ich Ihnen die Ware allerdings nicht zur Ansicht lassen. Was dem einen nicht gefällt, daran findet der andere ja vielleicht Gefallen."

Alle sieben Männer witterten sofort ein billiges Sondervergnügen. Genau horchten sie mich aus, wie das mit der Rückgabe funktionierte, wie viele Frauen sie zurückgeben durften, und sie hörten nicht auf, meine Geschäftspraktiken zu loben. Drei boten mir, ohne dass ich es verlangt hatte, auch bei Lieferung der ersten Frau gleich eine Anzahlung an. Ihre belegten Stimmen wurden freier. Einige wurden durch die Vorfreude geradezu fröhlich, ausgelassen.

Es war völlig klar: Keiner von den sieben Männern hatte im Sinn, die erste Frau gleich zu heiraten. Sie freuten sich auf die vierzehn Tage zum Ausprobieren. Sie konnten sich lebhaft vorstellen, unter welchem Druck die Frau während dieser vierzehn Tage stehen musste, solange sie sich noch nicht entschieden hatten. Darin lag ihr eigentlicher Spaß: Jemanden zu haben, der völlig ihrer Willkür ausgeliefert war. Jemanden, der alles tun würde, damit sie ihn am Ende nicht wegschickten.

Die Männer konnten nicht fassen, wie großzügig mein Institut war und wie locker ich die Geschäftsregeln mit ihnen handhabte. Ich gab zu erkennen, dass ich das nur deswegen konnte, weil ich „genügend Ware auf Lager" hatte, außerdem sei meine Ware im Ursprungsland vorsortiert worden und nur die besten Stücke kämen in mein Angebot.

Alle sieben Männer waren sofort bereit, mich zu treffen, wollten das auch noch am gleichen Tag, am liebsten in den nächsten zehn Minuten. Sie drängten mir am Telefon ihre Wünsche auf, fragten nach intimen Einzelheiten. Wieder war einer dabei, der unbedingt eine Jungfrau wollte und mir telefonisch bereits schilderte, dass er all die Tricks kenne, eine „künstliche Jungfrau zu bauen" und sich nicht hereinlegen lasse. Ich tröstete ihn, dass er sie ja zurückgeben konnte, wenn sie keine wirkliche Jungfrau mehr war. Das beruhigte ihn.

Ein anderer, mit merkwürdig hysterischer Stimme, wollte eine „Sklavia" haben. Ich verstand ihn zunächst falsch und dachte, eine „Slawia", also vielleicht eine slawische Frau. Aber ich hatte mich verhört. Als ich nachhakte, suchte er eine „Schuh- und Fußsklavin, die sich an den Brustwarzen aufhängen lässt".

Er war jetzt gar nicht mehr zu stoppen, redete sich in Rage. Seine Frau sei ja in der Psychiatrie gelandet. Die deutschen Weiber seien zu zickig und würden schon beim geringsten Schmerz durchdrehen. Diese Asiatinnen seien da viel mehr gewöhnt.

Mir wurde klar, dass ich es mit einem gefährlichen Mann zu tun hatte, der vermutlich geisteskrank war, und wenn er bei mir seine „Sklavia" nicht kaufen konnte, würde er sie bei einem anderen Mädchenhändler garantiert bekommen. Während er redete, versuchte ich über einen zweiten Apparat bei der Post anzurufen, in der Hoffnung, dass sie dort die Leitung zurückverfolgen konnten, um mir zu sagen, von wo der Mann angerufen hatte.

Ich scheiterte damit natürlich schon im Versuch. Wie sollte ich auch jemandem bei der Post erklären, dass ich ein Mädchenhändler war, der in Wirklichkeit keiner war, der einen Wahnsinnigen in der Leitung hatte, dessen Apparat festgestellt werden musste, weil er sonst die nächste Frau in die Psychiatrie bringen würde?

Eine Telefonnummer im Display gab es damals noch nicht. Ich hatte noch ein Telefon mit Wählscheibe.

Ich versuchte, einiges über den Mann in Erfahrung zu bringen. Seinen Namen, seine Telefonnummer, sein Alter, seinen Beruf. Aber da war er wie meine anderen Anrufer auch. Zwar wollte er alles über die Frauen wissen, aber nichts über sich selbst preisgeben. Wahrscheinlich stellte ich mich auch zu dämlich an, jedenfalls gelang es mir nicht, seinen richtigen Namen und seine Adresse herauszubekommen. Er wich immer wieder aus und legte dann plötzlich auf. Etwa eine Stunde später war er wieder am Apparat und fragte, ob die Sache mit seiner „Sklavia" funktionieren würde.

Ich zeigte mich bereit, ihm so eine Frau zu vermitteln und bat ihn, seine Wünsche schriftlich bei mir einzureichen. Ich bot mich an, dies dann kostenlos übersetzen zu lassen und seine Wunschliste nach Bangkok zu schicken, wo meine Freunde schon das Richtige für ihn finden würden. So hoffte ich, an seine Adresse zu kommen. Aber der Mann spürte vermutlich, dass er hereingelegt werden sollte. Jedenfalls brach er das Gespräch erneut ab und meldete sich nie wieder bei mir.

Die anderen sechs Männer waren harmloser. Oder sie rückten nur nicht so rasch raus mit dem, was sie wirklich wollten. Sie hingen, begeistert von meinen Geschäftsmethoden, in der Leitung und drängten auf einen raschen Termin. Ich spürte sie an der Angelschnur zucken und schaltete nun um. Ich versuchte jetzt, wirklich so etwas wie Seriosität an den Tag zu legen. Plötzlich sprach ich nicht mehr von Ware, sondern von Frauen, Mädchen und Menschen und verhielt mich so, wie ich mir vorstellte, dass es vielleicht ein Sozialarbeiter tat, der ein Kind zur Adoption freigab oder nicht.

„Ja, wenn Sie wollen, könnte ich jetzt gleich zu Ihnen in die Wohnung kommen."

„In meine Wohnung?"

Für alle sechs war der Gedanke, dass ich bei ihnen zu Hause auftauchen könnte, so unwirklich, dass sie nachfragten, ob sie es auch richtig verstanden hätten.

„Ja, natürlich in Ihre Wohnung. Ich muss doch sehen, wohin meine Mädchen kommen. Ich will doch einen Eindruck von der Wohnung haben. Hat sie bei Ihnen ein eigenes Zimmer? Wie ist das Zimmer eingerichtet? Gibt es zum Beispiel ein Bücherregal mit einheimischer Lektüre? Wenn sie das Fernsehprogramm hier schon nicht versteht, wird sie doch sicherlich zumindest etwas in ihrer Sprache lesen wollen."

Hier protestierte der Erste. Er wollte keine Frau, die lesen konnte. Aber jetzt blieb ich hart. Ich wollte die Wohnungen sehen und die Lohnstreifen der Männer. „Können Sie es sich überhaupt leisten, eine Frau zu ernähren und eine Familie zu gründen?"

Dann erzählte ich von einem deutsch-thailändischen oder deutsch-philippinischen Freundschaftskreis (den es überhaupt nicht gab). Angeblich tagte dieser Kreis wöchentlich in Altenkirchen. Ihm gehörten nach meiner Aussage zahlreiche Familien, aber auch einzelne Frauen an. Ich erfand sogar eine Mitgliedsgebühr für den Freundschaftsverein und pries ihn in den höchsten Tönen: „Es ist wichtig, dass die Frauen hier Kontakt zu Frauen in der gleichen Situation bekommen, damit sie sich nicht so einsam und allein fühlen. Wir organisieren Deutschkurse, Kochkurse, die Frauen werden über ihre Rechte in der Bundesrepublik informiert, lernen den Umgang mit Behörden. So versuchen wir, ihre erste Einsamkeit hier gar nicht aufkommen zu lassen. Sie wollen doch sicherlich auch nicht, dass ihre

Ehefrau völlig isoliert ist, keine Freunde hat und zu Hause in der Wohnung versauert? Wir machen gemeinsame Ausflüge, Kaffeestunden und so weiter – wie gesagt, ich leite ein seriöses Unternehmen. Bei uns gibt es eine Nachbetreuung. Wir lassen die Frauen dann nicht einfach im Stich wie andere Unternehmen. Wir bemühen uns seit einiger Zeit darum, von der Stadt eine Sozialarbeiterin für dieses Projekt zu bekommen. Bisher wird die Nachbetreuung ehrenamtlich gemacht."

Mein Ansinnen empörte die Männer. Sie fühlte sich gelinkt, hereingelegt, hintergangen. Niemand, der eine Sklavin kaufen möchte, will für sie ein soziales Umfeld oder gar eine Nachbetreuung durch Sozialarbeiter.

Zwei Kunden brüllten mich an: „Spinner!"

„Ich lass mich doch nicht verarschen!"

Dann legten sie auf. Die vier anderen versuchten verdattert, aus dem Gespräch wieder herauszukommen, versprachen, bald wieder anzurufen und versicherten, jetzt im Moment keine Zeit mehr zu haben.

Später ergab die Überprüfung der Namen, dass alle Männer mit falschen Angaben operiert hatten. Es war mir gleich komisch vorgekommen. So viele Müllers, Meiers, Schneiders und Schmidts gab es ja dann doch nicht.

Reichlich deprimiert fragte ich mich nach dem Ergebnis dieses Tages. Versuchte, alle Anrufe zu rekapitulieren, suchte das Gemeinsame in den Wünschen der Männer, aber auch das, was sie voneinander unterschied.

Eine gleichberechtigte Partnerschaft schien diesen Männern unerträglich. Sie dachten in Kategorien von herrschen und beherrscht werden, von oben und unten. Sie könnten für das gleiche Geld nach Thailand oder auf die Philippinen fahren, dort eine Frau kennenlernen und ohne zwischengeschaltete Händler heiraten und in der Bundesrepublik mit ihr zusammenleben. Warum wollten sie das nicht? Warum waren die Händler so wichtig?

Ich glaube, das Gefühl, die Frau gekauft zu haben, war für die

Männer besonders wichtig. Denn nur so entstand ein Besitzverhältnis. Es klärte, wer der Herr im Haus war.

Einige planten unter Umständen sogar, sich später großzügig zu zeigen, die Frau nicht einzusperren, nicht zu schlagen, ja sogar, sie liebevoll zu behandeln. Trotzdem war der Akt des Kaufens wichtig für sie, denn von diesem Punkt an ist alles, was sie der Frau zugestehen, eine Gunst, die sie gewähren. Jede liebevolle Geste eine Gnade und kann jederzeit entzogen werden.

Die Männer wollten sich sogar als großzügige, freundliche Ritter in der Not fühlen, als eine Art Entwicklungshelfer, denn sie wussten: Sie kommt aus einem armen Land in ein reiches Land. Die Männer glaubten, die Frau „von der Hölle ins Paradies" geholt zu haben.

Ihr Aufenthaltsrecht in diesem Paradies war an die Ehe gebunden. Im Fall einer Trennung musste die Frau das Paradies verlassen. Ohne diese wichtige Unterstützung der bundesdeutschen Justiz hätte der Sklavenhandel nicht richtig funktioniert.

Um die Frau gleich hier ans Haus zu binden, waren einige Männer geradezu versessen darauf, „ihr sofort ein Kind zu machen". Damit wurden die Fesseln für die Frau fast unlösbar. Das Kind, meist die einzig ernsthafte Bezugsperson, wird für die Frau zum ganzen Lebensinhalt. Wagt sie es, sich von ihrem Käufer zu trennen, muss sie allein in ihr Herkunftsland zurück, denn bundesdeutsche Gerichte gehen davon aus, „dass eine solche Frau ihre Kinder nicht nach hiesigen Wertmaßstäben erziehen könne".

Das Kind bleibt also beim Mann, somit hat er ein weiteres Druckmittel, um die Frau gefügig zu halten.

Jeder meiner Kunden war sich bewusst, dass er der Frau gegenüber alle Trümpfe auf seiner Seite hatte.

Es war sein Geld.

Es war seine Wohnung.

Es war seine Sprache.

Es war sein Land.

Die Gerichte sprachen sein Recht.

Würde die Frau, einmal hier angekommen, den Kampf gegen ihn aufnehmen, es wäre der Versuch, mit einer Wasserpistole auf einen hochmodernen Panzer zu schießen.

Das Bildungsniveau der meisten meiner Kunden schätze ich als recht niedrig ein. Es gab aber immer wieder Ausnahmen. Es kamen auch Akademiker.

Ein Zahnarzt suchte eine Buddhistin. Auf meiner Frage hin, ob er etwa auch Buddhist sei, lachte er und erklärte mir dann gleich bereitwillig: „Die Buddhisten glauben, dass das Leben der Menschen aus einer Kette von verschiedenen Leben besteht. Wenn es einem in diesem Leben schlecht geht, liegt es daran, dass man im vorherigen Leben Schuld auf sich geladen hat. Und dass man zu wenig Verdienste erworben hat." Wieder lachte er. „Auch, ob einer als Mann oder Frau geboren wird, entscheidet das vorherige Leben. Sagen Sie bloß, das wissen Sie nicht?"

„Nein, das wusste ich nicht. Aber was haben Sie davon, wenn Sie selbst kein Buddhist sind?"

„Nun, die richtigen Buddhistinnen fühlen sich von vornherein schuldig. Sie wissen, dass sie in ihrem vorherigen Leben nicht gut waren und jetzt dafür leiden müssen. Sie unterwerfen sich gerne, in der Hoffnung, im nächsten Leben besser davonzukommen. Diese Buddhistinnen sind das Gegenteil von unseren Emanzen." Er lachte erneut und versuchte dann in mein Schweigen hinein einen Scherz: „Als kritischer Verbraucher sollte man sich eben vorher informieren."

Im Laufe der Recherche sprach ich mit 120 Männern. Viele traf ich. Einer hat mich besonders erschreckt und mir wurde eine zusätzliche Dimension des Frauenhandels klar. Ich traf ihn in einem Chinarestaurant und zeigte ihm Fotos.

Er war mir sympathischer als die anderen Kunden in den letzten Tagen. Er wollte auch nicht gleich intime Informationen über die sexuellen Qualitäten seiner Zukünftigen, sondern betonte, dass er auch gerne eine geschiedene Frau mit Kind nehmen würde. Sie dürfe das Kind auch mitbringen.

Der Mann begann mich zu interessieren, denn meine bisherigen Kunden hatten geschiedene Frauen höchstens in die zweite oder dritte Wahl genommen, und wenn sie Kinder hatten, schon gar nicht. Wenn überhaupt, so gab es für die Kinder folgende „Kompromissformel“: Die Frau kommt, das Kind bleibt dort.

Dieser Mann nun betonte, gerne eine Frau mit Kind zu nehmen. Wir sprachen etwa eine halbe Stunde miteinander. Das Gespräch plätscherte dahin. Da setzte sich ein Verdacht in mir fest. Warum hatte mir dieser Mann noch nicht eine einzige konkrete Frage zu der Frau gestellt, die er von mir kaufen wollte? Nicht Größe, nicht Haarfarbe, Gewicht oder Brustumfang. Was ihn zunächst sympathisch machte, brachte mich jetzt gegen ihn auf. Irgendetwas stimmte da nicht.

Ich bot ihm eine fünfunddreißigjährige Filipina mit ihrem vierzehnjährigen Sohn an. Ich wollte gerade von der Frau erzählen, da würgte er das Gespräch sofort ab: Nein, nein, das interessiere ihn nicht, mit Jungen in dem Alter käme er nicht klar.

Ich zeigte ihm eine Thaifrau mit einer dreizehnjährigen Tochter. Seine Stimme wurde belegt. Er wirkte aufgeregt auf mich. Dann rückte er mit der Sprache heraus. Das Mädchen sei ihm zu alt.

Langsam witterte ich die Ungeheuerlichkeit, die sich dann auftat. Es ging ihm gar nicht um die Frau, sondern um die Tochter. Ich sprach meinen Verdacht aus. Sofort ließ der Mann einen Wortschwall auf mich los, warum das alles ganz normal sei und wie gut es Frau und Kind bei ihm haben würden. In anderen Ländern könnte man Kinder in dem Alter schon heiraten, nur bei uns sei das alles noch ein bisschen rückständig und verklemmt.

Zwischen acht und zehn sollte sie sein. Auf keinen Fall älter. In dem Alter könne man Kinder auch noch formen, und er garantierte dem Mädchen eine hervorragende Ausbildung, wie sie sie in ihrem Heimatland niemals bekommen könnte.

Er glaubte ja, mit einem Frauenhändler zu sprechen und tat sich keinen Zwang an. Wenn das Mädchen für ihn sexuell uninteressant würde, dann wäre es sowieso Zeit, die Frau loszuwerden, bevor sie durch die Ehe zu viele Rechte erwarb. Nach höchstens zwei Jahren – bevor die noch richtig Deutsch könnten – wären sie wieder zu Hause.

„Keine Opfer, keine Täter!", grinste er.

Leider reagierte ich emotional, brüllte den Mann an und beendete durch meine Unbeherrschtheit das Gespräch. Er floh aus dem Restaurant.

Aus den menschlichen Abgründen, die sich vor mir auftaten und den Erfahrungen mit den Menschen, die ich traf, ist der Roman „Traumfrau" gemacht. Stoff hatte ich durch die Gespräche mit Männern wahrlich genug für meinen Roman und konnte so meine Figuren entstehen lassen. Aber jetzt lief mir das ganze „Geschäft" nach. Kunden riefen an und fragten noch mal nach, wollten sich nicht damit zufriedengeben, bei mir keine Frau bekommen zu haben. Natürlich habe ich nie eine Frau wirklich verkauft. Ich habe immer nur so getan, als ob und dann versucht, die Kunden loszuwerden.

Unter ihnen gab es aber ein paar ganz hartnäckige. Um von denen nicht mehr länger belästigt zu werden, schraubte ich einfach meine Preisvorstellungen hoch. Schließlich konnte ich ihnen nicht meine wahre Identität nennen, ich durfte auf keinen Fall vor Erscheinen des Romans auffliegen, denn noch hatte ich ja auch einen Fuß in der Händlerszene und einige Frauenhändler glaubten, ich sei ihr Freund.

Ich dachte, bei den Männern funktioniere ein ganz einfacher Mechanismus. Wenn das Produkt überteuert wird, kaufen sie es dort, wo es preiswerter ist.

Aber da war ich auf dem Holzweg. Dadurch, dass ich die Preise in die Höhe schraubte, wurde ich für einige schräge

Gestalten erst richtig interessant. Sie glaubten, wer sich leisten kann, seine Frauen so teuer zu machen, der hat auch ganz besondere Ware.

Auch auf der Behördenebene lief das alles weiter. So gab es einen längeren Briefwechsel zwischen mir und dem Finanzamt zu der Frage, ob ich, wenn ich eine Frau verkaufe, sieben oder vierzehn Prozent Mehrwertsteuer zahlen müsse. Da ich als Künstler damals der siebenprozentigen Mehrwertsteuer unterlag, kannte ich das Spiel um die Mehrwertsteuer aus dieser Sicht und argumentierte folgendermaßen: „Einige meiner Frauen gehen ja künstlerischen Berufen nach, z. B. als Stripteasetänzerinnen in Bars. Für die möchte ich nur sieben Prozent Mehrwertsteuer bezahlen, nicht vierzehn."

Aber die Frage, die die Frauenbewegung schon immer interessiert hat, wurde im Finanzamt rasch entschieden. Wenn eine Frau verkauft wird, kostet das den vollen Mehrwertsteuersatz.

Ich muss aufpassen, wenn ich das aufschreibe und mich an all diese Dinge erinnere, dass ich nicht zynisch werde. Damals schwankte ich sehr zwischen Wut und Zynismus.

Natürlich wurde ich auch Mitglied bei der Industrie- und Handelskammer und man bot mir ein Gespräch für eine Existenzgründung an. Später, als ich mit dieser Behauptung an die Öffentlichkeit ging, drohte mir die Industrie- und Handelskammer mit juristischen Konsequenzen und bezichtigte mich der Lüge. Ich sei dort niemals Mitglied gewesen.

Ich kam tatsächlich kurzfristig sogar in Beweisnot, denn in meiner Wohnung war eingebrochen worden und einige der Akten befanden sich nicht mehr in meinem Besitz. Aber manchmal hat man Glück im Leben. In dem Fall war es so. In der EDV-Abteilung der Industrie- und Handelskammer hatte sich das alles noch nicht richtig rumgesprochen und so schickten sie mir eine Mahnung, weil ich meinen Jahresbeitrag schuldig geblieben war. Damit gab ich hocherfreut eine Pressekonferenz, und ab dann zog sich die Industrie- und Handelskammer in peinliches Schweigen zurück.

Dieses Buch konnte nicht einfach so erscheinen. Ich musste mich aus der Mädchenhändlerclique zurückziehen und befürchtete von dort Sanktionen. Mir war eins klar: Das Einzige, das mich schützte, war eine große Öffentlichkeit. Ich musste also mit einem Schlag heftig präsent sein.

Ich zählte dann darauf, dass mir niemand etwas tat, wenn die Frauenhändler davon ausgehen müssten, dass jeder normal intelligente Staatsanwalt gleich wissen würde, wer das war, wenn mir etwas passierte.

So bereiteten wir eine Pressekampagne vor. Die erste Fernsehsendung, in der ich auspackte, hieß „Mona Lisa". Ein Magazin für Frauen, das am Sonntag ausgestrahlt wurde, was mir deswegen besonders lieb war, weil dann in den Ämtern nicht schnell alle Akten beseitigt werden konnten.

Ich gab in den ersten vierzehn Tagen einundvierzig Radio- und Fernsehinterviews. Es gab große Talkshowrunden und auch Krawallshows, wie die von Axel Thorer bei RTL, Freitagabend, 90 Minuten. Außer mir waren noch vier Frauenhändler eingeladen, die ihren Ruf verteidigen wollten. Man hatte es tatsächlich geschafft, für diese Leute und für mich eine gemeinsame Garderobe zu besorgen. Ich wollte aber keineswegs mit denen zusammen in einem Raum auf die Sendung warten und wurde gerettet von den agisra-Frauen und einigen Betroffenen, die, obwohl sie sicherlich nicht die besten Erfahrungen mit Männern gemacht hatten, mir vorschlugen, doch mit ihnen in eine Garderobe zu gehen, das sei sicherer für mich.

Als die Talkshow begann, hatte ich mit vielem gerechnet und war bestens vorbereitet, aber ich konnte nicht damit rechnen, dass zwei Frauenhändler begannen, sich zu streiten, weil der eine Brasilianerinnen vermittelte und der andere behauptete, das sei überhaupt nicht in Ordnung, die mit ihrem Temperament könnten sich nicht unterordnen und seien doch noch schlimmer als die deutschen Emanzen. Ein seriöser Frauenhändler würde keine Brasilianerinnen im Programm führen.

Schrille Talkshows, die in ihrer Absurdität kaum zu überbieten waren, aber eben doch bundesdeutsche Wirklichkeit spiegelten, halfen uns letztendlich, ein ruhiges, ja fast stilles Buch in großen Auflagen zu verkaufen.

Wenige Tage nach Erscheinen des Buches kurvten ein paarmal schwarze BMWs und ein schwarzer Porsche durch das Dorf, in dem ich damals wohnte. Autos, die weder vorher noch nachher jemals dort gesehen worden waren. Das Ganze sollte mich wohl einschüchtern. Noch mehr Klischee geht schon kaum noch. Aber ich hatte inzwischen längst gelernt, dass das Klischee eben oftmals wahrer ist als die Wirklichkeit.

Ich machte mit der „Traumfrau“ 180 Veranstaltungen im ganzen Land. Manchmal in Büchereien, Bibliotheken, organisiert von Frauengruppen, es gab sogar Lesungen in Frauenhäusern, in die normalerweise überhaupt kein Mann hinein darf. Aber auch ganz andere Frauengruppen holten mich als Referenten. Frauen von Hydra oder HWG (Huren wehren sich gemeinsam) luden mich zu Veranstaltungen ein.

Angebote, das Buch zu verfilmen, häuften sich und ich war glücklicherweise durch die vielen Leser des Romans finanziell in der Lage. „Nein“ zu sagen, wenn ich spürte, dass man meine Geschichte und meinen Roman nur benutzen wollte, um eine voyeuristische Story mit Frauen in Strapsen zu drehen.

Natürlich wurden im Nachhinein auch die Gerichte aktiv. Ich hatte einige Dinge getan, die man nicht tun durfte. So wollte man mir den Prozess machen, u. a. wegen „Vortäuschung einer Gewerbeausübung“.

Von diesem originellen Straftatbestand hatte mein Anwalt noch nie etwas gehört und stellte etwas süffisant die Frage, man könne mir natürlich vorwerfen, dass ich keine Frauen verkauft hatte. Ob es denn besser gewesen wäre, ich hätte meinen „Beruf“ wirklich ausgeübt? Und ob das Verfahren gegen mich niedergeschlagen werden könnte, wenn ich nun doch noch rasch ein paar Frauen verkaufen würde?

Wir haben darauf niemals eine Antwort erhalten. Aber ich war mit falschem Namen und falscher Adresse aufgetreten. Ich hatte mit falschem Namen Urkunden unterschrieben und es spielte vermutlich auch eine Rolle, dass die bundesdeutsche Justiz nicht gerade in glorreichem Licht erschien, als die Ergebnisse meiner Recherchen in der Öffentlichkeit breit diskutiert wurden.

Im rheinland-pfälzischen Landtag stellte eine Abgeordnete den Finanzminister zur Rede, ob es denn korrekt sei, dass ein Schriftsteller namens Klaus-Peter Wolf für Mädchen- und Frauenhandel eine Steuernummer erhalten hätte und sogar Mehrwertsteuer für verkaufte Frauen zahlen sollte.

Der Minister antwortete mit Zoten, die im Gelächter des Parlaments untergingen. Das Ganze war später im Radio zu hören. Die Begründung des Ministers sah dann so aus, dass man ja schlecht Waffenschiebern und Mädchen- und Frauenhändlern Steuerfreiheit gewähren könne.

Einiges, was damals geschehen ist, war sicherlich so absurd, dass man aus heutiger Sicht auch schon mal gerne ungläubig darüber lacht. Als es geschah, fand ich es aber gar nicht lustig.

Man wollte mir also den Prozess machen und mein Verleger schlug in einem Brief ans Gericht vor: „Wir unterstützen den Prozess gegen Klaus-Peter Wolf. Die Bevölkerung ist durch die Berichterstattung so aufgebracht, irgendjemand muss jetzt eingesperrt werden. Und wenn Sie schon die Frauenhändler laufen lassen, dann wird es Zeit, wenigstens Klaus-Peter Wolf einzulochen. Wir schlagen allerdings vor, den Prozess nicht, wie vorgesehen, im Landgericht stattfinden zu lassen, sondern doch lieber in der Frankfurter Oper, denn es werden viele Journalisten erwartet, auch Kamerateams aus Japan, Thailand und von den Philippinen haben sich bereits angesagt und es könnte voll werden. Außerdem wollen wir im Anschluss an den Prozess zu einer kleinen Cocktailparty einladen, zu der selbstverständlich auch Sie und Ihre Gattin herzlich eingeladen sind."

Wen wundert es noch, dass der Prozess nicht stattfand und ich im Vorfeld bereits begnadigt wurde.

Ich wollte das nicht, aber ich musste erfahren, dass man eine

Begnadigung in Deutschland nicht ablehnen kann und kein Recht darauf hat, dass der Prozess gegen einen auch noch eröffnet wird.

Als die Staatsanwaltschaft dann, auch durch öffentlichen Druck, die Ernsthaftigkeit der Lage erkannte, wurden den richtigen Leuten Prozesse gemacht. Dazu aber fehlten die passenden Gesetze, schließlich standen Ehe und Familie unter besonderem Schutz des Staates, und die Händler verfuhren nach drei goldenen Regeln:

Erstens: Zahle immer pünktlich deine Steuern.

Zweitens: Halte dich von Drogentussis fern, die verderben das Geschäft.

Drittens: Schlage niemals eine Frau in der Öffentlichkeit.

Damit waren sie nur schwer zu kriegen. Die, die eingesperrt wurden, holte man über einen anderen Weg, genauso, wie damals Al Capone: Die Steuerfahndung schlug zu.

Was ist also geblieben aus den Wirren dieser Zeit? Haben sich all diese schlaflosen Nächte gelohnt? Die Ängste, die sich auch von Freunden auf mich übertrugen. „Eines Tages packen sie dich, Klaus-Peter, und rächen sich."

Die Recherchen hatten mich mehr als 200.000 D-Mark gekostet. Geld, das man nicht von den Steuern absetzen kann.

Mir war eines erschreckend klar geworden: Auch ich habe etwas von den Abgründen dieser Männer in mir. Auch ich kann mich nicht ganz freisprechen. Das wurde mir klar, als ich mit den Frauenhändlern soff, als ihr Kumpel auftrat und mit ihnen die Abende verbrachte. Ich bin kein besonders guter Schauspieler. Kein Regisseur konnte diese Rolle vorher mit mir proben. Ich musste es aus mir heraus spielen. Und niemals haben sie Verdacht geschöpft. Sie waren ohne Argwohn und noch nie so sehr hereingelegt worden wie von mir.

Was hatte ich in mir, dass das alles so gut klappte? Als diese

Frage mich immer mehr zu quälen begann, brach ich die Recherchen ab. Ich wollte nicht mehr der Frauenhändler sein, der Kunden traf und mit seinen Kumpels auf die Piste ging. Ich wollte wieder der Schriftsteller Klaus-Peter Wolf sein, der Krimis schrieb und witzige Kinderbücher, manchmal beim Fernsehen sein Geld verdiente und versuchte, seinen Kindern ein guter Vater zu sein.

Mit der Angst vor der Rache aus dem Milieu wurde ich fertig. Mit der Angst vor den Veränderungen in mir selber lange Zeit nicht.

Ich bin erstaunlich heil aus all dem herausgekommen. Aber ich war danach nicht mehr derselbe.